T0294447

LOS REINOS EN LLAMAS

GRANTRAVESÍA

SALLY GREEN

LOS REINOS EN LLAMAS

Traducción de
Juan Fernando Merino

GRANTRAVESÍA

LOS REINOS EN LLAMAS

Título original: *The Burning Kingdoms*

Texto © 2020, Half Bad Books Ltd.

Publicado originalmente en inglés por Penguin Books Ltd., London

Traducción: Juan Fernando Merino

Mapa e ilustraciones de capítulos: Alexis Snell
Diseño de portada: Mike Heath
Fotografía de la autora: Mark Allen

D.R. © 2021, Editorial Océano de México, S.A. de C.V.
Guillermo Barroso 17-5, Col. Industrial Las Armas
Tlalnepantla de Baz, 54080, Estado de México
www.oceano.mx
www.grantravesia.com

Primera edición: 2021

ISBN: 978-607-557-306-9

IMPRESO EN MÉXICO / *PRINTED IN MEXICO*

Para Anna, Hannah, Indy,
Jack, Joy, Lily,
Lucy, William y Zoe

La guerra no es un juego de pobres.
La guerra: El arte de vencer, M. Tatcher

¿El arte de la guerra? Tonterías.
La guerra no es arte, sino una serie de errores.
Reina Valeria de Illast

CASTILLO DE
TARASENTH
FIELDING
BRIGANT
MAR
DE
BRIGANT
BRIGANE
ABASC
CALIDOR
MAR DE P
CALIR
N

MESETA NORTE
PRAVONT
RÍO ROSS
ROSSARB
ÍA DE
SSARB
DORNAN
GOLDMINSTER
CROSSEA
CHEAMSTER
PITORIA
A
WESTMOUTH
GORGANT
RÍO CHAR
CHARRON
TORNIA
ILLAST
SAVAANT

HAROLD

CAMPO DE HALCONES, NORTE DE PITORIA

Una joven está sentada, inmóvil y silenciosa,
aguardando las órdenes del príncipe,
ella es serena, dócil y hermosa.

Canción tradicional de Brigant

Era una tarde gloriosamente cálida y soleada, y el joven príncipe Harold vagaba por el borde del bosque tarareando para sí, tratando de inventar más versos para una antigua canción.

La princesa aguarda, astuta y silenciosa,
lista para llevar a cabo *un homicidio*
Ella es desafiante, asesina y hermosa.

El príncipe Boris vigoroso y veloz cabalga.
su corazón atravesado por una lanza
al fin muerto.

Harold avanza a encontrar su futuro,
noble y atrevido
con el mundo a sus pies tendido.

Harold se detuvo y colocó el puño de la mano derecha a la altura del corazón, de la misma forma en que lo haría en la corte cuando se reconociera su nueva posición como heredero al trono de Brigant.

Con el mundo a sus pies tendido...

La antigua canción era sobre una joven pura que soñaba con que un joven le diera sentido a su vida. Boris a menudo la cantaba cuando bebía.

—Bueno, hermano, ciertamente nuestra hermana le ha dado más sentido a *mi* vida.

El rojo brillante de una diminuta fresa silvestre que crecía muy cerca de la tierra llamó la atención de Harold, quien arrancó el delicado fruto. Estaba deliciosamente dulce y buscó más; recogió los más maduros y pisoteó el resto. Avanzó hacia donde el sol daba pleno, fuera del bosque, y lamió el jugo que corría por sus dedos. Frente a él, el humo gris todavía persistía en el campo de batalla, sin lograr ocultar del todo los detritos de la guerra: cadáveres, caballos heridos y armas; lanzas clavadas en ángulos extraños, perforando la tierra quemada. Harold echó la cabeza atrás mientras cerraba los ojos, recibiendo el sol en el rostro, sintiéndose verdaderamente dichoso.

—¡Qué! ¡Hermoso! ¡Día!

Las palabras que acababa de gritar parecieron pender y vibrar en el aire inmóvil.

—Qué día tan glorioso —gritó de nuevo. Estaba asombrado, de todo: de su posición, de cómo se había materializado y de lo bien que se sentía.

Pero nadie respondió. Todo estaba en silencio, salvo por algunos chillidos lejanos: tal vez un hombre o un caballo malherido, aunque no parecía un ruido que pudiera provenir de ninguno de los dos.

En medio del campo de batalla había dos carretas quemadas: una, la que había transportado a la hermana de Harold, la princesa Catherine; la otra, al príncipe Tzsayn. Las mulas que habían tirado de las carretas también yacían allí, en posiciones contorsionadas, todavía enganchadas a los restos, una de ellas con la cabeza atrás y la crin titilando con pequeñas llamas, y la otra con una pata apuntando hacia el cielo. Harold había inspeccionado las carretas junto con su padre y Boris cuando fueron construidas. En aquel entonces, habían tenido un aspecto bastante impresionante, pero ahora, como todo lo demás, parecían pequeñas e insignificantes.

A través del campo, algunos soldados de Pitoria emergieron de entre el humo, caminando lentamente, con la cabeza baja, quizá buscando heridos. Uno de ellos miró intensamente a Harold.

Harold le devolvió la mirada. ¿Lo desafiaría este hombre?

No. Ya la atención del hombre había regresado al suelo mientras continuaba su lento avance junto con los otros soldados. Quizás habían pensado que Harold era uno de ellos, o tal vez ya estaban hartos de luchar. Pero en la mente de Harold aún persistía aquella inquietud de que tal vez lo vieran sólo como un chico de catorce años: no un soldado, ni una amenaza.

Ya verían. Muy pronto todos se enterarían.

Harold estaba sorprendido de qué tan buenos combatientes eran los soldados de Pitoria; habían ganado esta batalla con facilidad y pocas bajas. Había escuchado mientras su padre y su hermano planeaban el ataque de Brigant. Había intentado hacer una pregunta y Boris le había dicho, como de costumbre, "deja de interrumpir", por lo que Harold se había sentado en silencio y empezado a planear cómo contrarrestar las tácticas simples del uso de la fuerza máxima que aplicaba su padre.

Lord Farrow, general de Pitoria, obviamente había considerado sus opciones. El padre de Harold había juzgado de forma completamente errónea a su enemigo, y había supuesto que Farrow, al no tener experiencia real en combate, sería fácil de derrotar. Harold había visto sólo por un instante a Farrow, durante las negociaciones para el rescate del príncipe Tzsayn. El Señor era vanidoso y codicioso, pero para Harold resultaba obvio que no era ni estúpido ni perezoso. Farrow había preparado el campo de batalla surcándolo con zanjas llenas de brea. Haberle prendido fuego al lugar —y a sus enemigos— había sido una forma sencilla para que Pitoria se deshiciera de sus oponentes. Es cierto que no se trataba de una verdadera victoria en realidad, puesto que la gente de Brigant había logrado retirarse, pero el punto es que los soldados de Pitoria habían controlado la situación. Una vez más, el rey Aloysius había subestimado a su oponente, tal como en la última guerra había subestimado a su hermano, el príncipe Thelonius, y una vez más se había arriesgado a ser visto como un tonto. Y Boris tampoco era mejor.

Tampoco había sido mejor.

Una sonrisa se asomó a la comisura de los labios de Harold.

—Mi padre subestimó a Pitoria y tú, queridísimo hermano, subestimaste a nuestra maravillosa hermana.

Harold había visto a Boris y Lang hablar con Catherine cuando ella estaba encadenada a la carreta durante el fallido intercambio de prisioneros. Incluso encadenada, Catherine lucía impresionante con ese vestido de seda blanca debajo de su bruñida armadura. Sin duda, Boris la había insultado, pero Lang había tocado el peto de Catherine, justo encima de los senos. Boris no debería haber permitido eso; Lang era un patán, un don nadie, y Catherine una princesa. Pero Lang ya estaba muerto. Y Boris también. Harold había tenido una visión perfecta de los momentos finales de Boris: la lanza volando desde la mano de Catherine, la fugaz mirada de sorpresa y de confusión en el rostro de su hermano. Harold casi había reído a carcajadas con esta imagen. Y luego vendría el deleite de ver a Boris caer, herido de muerte.

Y eso fue lo único que se había requerido para elevar a Harold a legítimo heredero.

—Gracias, hermana —Harold sonrió mientras miraba hacia el campamento de Pitoria, de donde Catherine había escapado. Harold siempre la había querido más que a su hermano. La joven era ingeniosa y astuta. Pero con seguridad debía haber inhalado algo de humo para conseguir semejante lanzamiento.

Harold mismo había inhalado por primera vez el humo de demonio púrpura sólo unos días antes. Se había sentido bastante nervioso. Su padre despreciaba cualquier cosa que "pervirtiera" la naturaleza, incluso el vino y la cerveza, y Boris le había advertido contra esta práctica, diciendo: "Esto va a aturdir tu mente. Y seamos sinceros, en el mejor de los casos, tu mente no es normal".

Harold era muy consciente de que su mente no era como la de la gente común. Pero ¿quién quería una mente normal y quién quería hacer lo que Boris había ordenado? Y en el campamento de Brigant había un buen número de jóvenes en posesión de humo de demonio que estuvieron más que encantados de compartirlo con el hijo del rey.

Harold había inhalado una cantidad mínima, pero de inmediato supo que su antigua vida había terminado. El humo lo transformó. Harold era pequeño y liviano: tenía más la constitución de su madre que la de su padre, para su decepción. Pero con el humo era incluso más rápido y más fuerte que los mejores hombres del ejército. Éste era el motivo por el que Boris no había querido que Harold obtuviera humo: tenía miedo de que fuera más fuerte que él. Pero ahora no importaba. Boris estaba muerto y Harold podía hacer lo que le viniera en gana.

—Y lo haré mejor que lo que alguna vez lo hiciste tú, hermano —murmuró—. Antes de cumplir los quince tendré mi propia tropa.

Boris no había recibido la suya hasta cumplir los quince años.

Harold sabía exactamente qué tropa quería, y ciertamente no incluía a los patanes de Boris. Harold quería las brigadas de jovencitos. Los había visto entrenar, había visto cómo el humo de demonio los había transformado de chicos en…

—Hey, tú.

Era uno de los cabezas azules de Pitoria que había estado buscando entre los heridos. No estaba solo, pero los otros estaban mucho más atrás.

Harold sonrió y saludó.

—Hola.

—¿Qué estás haciendo?

Harold respondió en su mejor acento de Pitoria:

—Admirando la vista —el hombre se acercó y Harold pudo ver que la cara debajo del cabello azul era inusualmente fea, con labios gruesos y una frente ancha y poco profunda—. Y tú lo estás arruinando.

—Eres de Brigant, ¿cierto, muchacho? No deberías estar aquí. Deberías irte.

—Ciertamente, soy de Brigant. He aquí a Harold Godolphin Reid Marcus Melsor, segundo hijo de Aloysius de Brigant, futuro rey de Brigant, Pitoria, Calidor y cualquier otro lugar que me apetezca, y estoy de un humor excepcionalmente bueno, a pesar de que estoy viendo al hombre más feo de Pitoria. Me iré cuando bien me plazca. Y ésta... —Harold desenvainó su espada— es la razón.

Al decir esto, corrió hacia el soldado. Realizó una voltereta, balanceando su espada mientras giraba en el aire, sintiendo la fuerza del humo y su espada tan liviana y fácil de manipular como una pluma. Se sentía como en una danza y Harold quiso reír otra vez mientras su espada cortaba limpiamente la pierna del soldado, justo por encima de la rodilla. Harold aterrizó con firmeza en ambos pies mientras el hombre caía al suelo sobre su espalda, mirando al cielo, abriendo y cerrando en silencio su boca de labios gruesos, como un atún jadeando sin encontrar agua. Los otros dos soldados de Pitoria gritaron alarmados y corrieron en dirección a su compañero, desenvainando sus espadas. Para Harold, todo parecía moverse lentamente, sonrió y extendió los brazos, preguntándose si lo atacarían, pero ellos se detuvieron, mirando nerviosos a su alrededor.

Harold gritó:

—Estaban buscando hombres heridos, ¿no es cierto? Bueno, ahora han encontrado uno. Deberían ayudarle. Se desangrará si no actúan rápido.

Uno de ellos se adelantó y se arrodilló junto al hombre con boca de pez jadeante.

—¿Por qué hizo eso cuando la batalla ya ha terminado? —preguntó el otro.

¡Qué preguntas tan sosas! Harold apenas se molestó en responder.

—Para demostrarles de lo que soy capaz. Y ahora que tengo su atención, lleven este mensaje a mi hermana, la princesa Catherine: díganle que Tzsayn y Farrow ganaron en esta ocasión, pero no lo harán de nuevo. La próxima vez, mi ejército de infantes les cortará a todos las piernas a la altura de las rodillas.

Y diciendo esto, Harold corrió hacia los árboles tan rápido como el viento. Los soldados ni siquiera intentaron perseguirlo; se arrodillaron junto a su compañero herido. Y por encima de los campos humeantes, por encima del río y de los campamentos del ejército contrario, por encima de todo ello, las nubes comenzaron a agruparse, y al final de aquella primera tarde del verano, las lluvias comenzaron a caer.

CATHERINE

CAMPAMENTO REAL,
NORTE DE PITORIA

La guerra no termina para los vivos; sólo halla su fin entre los muertos.

Proverbio de Pitoria

Un breve grito rompió el silencio de la noche. En su cama, la reina se dio vuelta, todavía medio dormida. Cada noche estaba llena de extraños sonidos y alaridos que provenían de las bocas jadeantes de hombres y demonios.

Era sólo un sueño...

Podía lidiar con sus sueños, pues se disolvían inofensivamente con el día, pero sus sueños rara vez la despertaban.

Tal vez fue el aullido de un zorro...

Aunque en el campamento no había zorros.

O un soldado gritándole a un compañero...

Quizás había sido justo eso.

Catherine abrió los ojos.

La tela de su tienda de campaña colgaba flácida en la penumbra que se cernía. Las lluvias que habían caído durante más de una semana por fin habían cesado, dejando charcos en las esquinas de las carpas reales y una humedad que persistía en el aire. Manchas de moho negro habían brotado con rapidez en todo lo que había en su tienda: las divisiones de lana, las cortinas de seda, incluso las sábanas se estaban convirtiendo en mortajas negras.

Afuera, se aproximaba la luz de una farola, lanzando vacilantes y encorvadas sombras junto a voces apagadas.

Savage y sus ayudantes.

Otro aullido de dolor y Catherine se levantó y salió de la cama. Se colgaba la capa en el momento en que Tanya entró corriendo. Aunque la doncella de Catherine no pronunció una sola palabra, su rostro lo decía todo: la condición del rey Tzsayn empeoraba.

Catherine se abrió paso a través de las particiones de doble cortina que dividían la tienda real, separando sus "recámaras" de las del rey. El general Davyon ya estaba allí, a horcajadas sobre la cama, sosteniendo a Tzsayn, que forcejeaba con él. Los ojos del rey se fijaron en ese momento en Catherine y gritó su nombre. Catherine corrió hacia él, sabiendo que un momento de retraso acrecentaría su pánico. La joven tomó la mano de Tzsayn y la sostuvo con firmeza.

—Ya, ya —dijo en voz baja—. Soy yo.

—¿Eres real? ¿Estás aquí? —la miró fijamente, como si aún no estuviera seguro de quién era.

—Sí, soy real. Estoy aquí.

—Pero si ellos te llevaron. Los de Brigant. Pensé que te había perdido.

—No. Escapé… en el campo de batalla. Lo recuerdas, ¿cierto?

Tzsayn la miró con lágrimas en los ojos y sacudió la cabeza, intentando evitar que rodaran por su rostro.

—Pensé que te habían llevado. Pensé… ese hombre.

Ese hombre, decía todas las veces. Se refería a Noyes, Catherine estaba segura, aunque él nunca había dicho su nombre. Él había sido el torturador de Tzsayn y sus hombres, y ahora asediaba la mente del rey.

—Fue un sueño, un mal sueño. Tienes fiebre, cariño. Por favor, recuéstate. Yo estoy a salvo. Pero también quiero que tú lo estés.

Catherine se sentó junto a la cama sosteniendo la mano de Tzsayn mientras el doctor Savage servía una taza de medicina lechosa; en el momento en que la extendió a los labios de su paciente, Tzsayn apartó la taza.

—No más de esa cosa. Déjenme tranquilo, maldita sea.

Davyon simplemente sacudió la cabeza y los asistentes del médico sostuvieron los hombros de Tzsayn mientras Savage vertía la medicina en la garganta del rey quien escupió y renegó, pero al final volvió a caer sobre sus almohadas, todavía aferrado a la mano de Catherine.

Cuando el rey estuvo otra vez tranquilo, Savage retiró las sábanas para revisar su pierna herida. Cada vez que hacía esto, Catherine solía enfocar su atención en el lado bueno del rostro de Tzsayn —su delicado pómulo, su ceja arqueada—, pero esta vez se obligó a mirar abajo mientras Savage desenrollaba las vendas.

Un vistazo fue lo único que pudo soportar. Debajo de la rodilla, la pierna de Tzsayn era un pedazo de carne sanguinolenta repleta de pus, con el pie hinchado como una calabaza.

Se volvió hacia Savage y Davyon.

—¿Qué le está pasando? ¡Se está poniendo peor!

Savage sacudió la cabeza.

—Las quemaduras de la infancia ocasionan que las nuevas tarden más en sanar.

Inmediatamente después de la batalla en el Campo de Halcones, Tzsayn pareció recuperarse, pero después de sólo dos días, una infección le había hinchado la pierna y el delirio abrumaba su mente. Catherine se había recuperado con rapidez de su propio calvario antes y durante la batalla. Tenía una cicatriz profunda en la mano, producto del pincho de metal que la había mantenido encadenada, pero el humo de demonio que inhaló la había curado al instante.

Si funcionara en Tzsayn, pensó. Pero él era demasiado mayor para que el humo púrpura tuviera algún efecto útil.

Catherine había quedado con algunas cicatrices físicas, pero pocas mentales. Había asimilado las consecuencias de sus acciones: había dado muerte a su propio hermano. No estaba orgullosa de eso, pero tampoco arrepentida. Había sido un hecho, algo que necesitaba hacerse. Los hombres mataban todo el tiempo, sin pensar mucho al respecto, pero Catherine había examinado sus acciones con la lógica propia de un juez, y no tenía duda de que había hecho lo correcto.

Boris era malvado y su padre lo había hecho así. Era probable que el mismo padre de Aloysius lo hubiera obligado también a ser de esa forma, y no hay duda de que a su vez el padre de él podría ser culpado, y el padre de su padre y así ascendentemente, a lo largo del linaje real. Pero la podredumbre tenía que parar. Y si los hombres no podían, o no lo hacían, Catherine lo haría por su cuenta. Había comenzado matando a Boris, pero tenía que hacer más. Ésta era ahora su certeza. Haría cuanto estuviera a su alcance para evitar que su padre causara más muerte, destrucción y miseria. Ésta era su gran ambición y no la agobiaba; por el contrario, la impulsaba a seguir adelante.

Y "seguir adelante" significaba actuar: no, significaba *ser* una reina, la reina Catherine de Pitoria. Había mentido acerca de estar casada con Tzsayn mientras él era prisionero de Aloysius, pero había continuado con la mentira cuando él fue liberado. Lo mismo habían hecho Davyon, Tanya e incluso Ambrose, así que ahora, para todos los efectos, ella *era* la reina, con todas las responsabilidades que esto conllevaba.

Por fortuna, los involucrados en el traicionero plan de entregar a Catherine a su padre a cambio de Tzsayn habían sido castigados con prontitud. Lord Farrow, así como sus generales y partidarios, habían sido arrestados y encarcelados de inmediato tras la batalla. En el par de días que Tzsayn estuvo lúcido, dejó en claro que lord Farrow sería juzgado por traición, y pocos dudaban de que sería hallado culpable y ejecutado.

Pero luego la fiebre de Tzsayn se había agravado y la responsabilidad de dirigir el ejército, y el reino, había recaído en la reina. Estas responsabilidades —algunas pequeñas, otras enormes— ocupaban por completo la mente de Catherine. Debía tomar decisiones sobre el ejército, la armada naval, la comida, los caballos, las armas y el dinero.

El dinero...

La mayor parte de la riqueza de Pitoria se había esfumado en el pago del rescate de Tzsayn y estaba ahora en manos de Brigant. La gente ya pagaba impuestos hasta el tope. El dinero —o su carencia— era una seria amenaza, así como la guerra.

Muy poco dinero y demasiado conflicto.

Catherine acarició la frente de Tzsayn. Ahora estaba dormido y se veía en paz, pero Catherine sabía que ella ya no dormiría más. Podría inhalar un poco de humo de demonio, que tenía la maravillosa habilidad de relajarla y hacerla más fuerte, pero Tanya también estaba despierta y se enfadaría si viera a su señora haciéndolo. Ser una reina, había descubierto, significaba aún menos privacidad que ser una princesa. La idea de tener tiempo para sí, sin ser observada, parecía un lujo inimaginable. Se dirigió al exterior, seguida por Tanya. Davyon, de aspecto sombrío como siempre, estaba allí, mirando al horizonte. El cielo estaba despejado y comenzaba a clarear en el este.

—Al menos la lluvia amainó —dijo Catherine.

—Sí —respondió Davyon.

Catherine pensó en los montones de papeles que tenía sobre su escritorio. Todavía no estaba lista para enfrentarlos.

—Quiero dar una caminata.

—Por supuesto, Su Alteza. ¿Dentro del complejo real? O...

—No, una verdadera caminata, al aire libre, entre los árboles.

En el pasado, Catherine habría cabalgado felizmente con Ambrose como único guardia, y ahora le encantaría hacer eso. Pero lo que quería y lo que podía hacer eran cosas muy diferentes. Lo último que necesitaba era reavivar los rumores sobre su relación con su guardaespaldas y, además, Ambrose todavía se estaba recuperando de las heridas recibidas en batalla. Al pensar en eso, Catherine se sintió culpable. Muchos de sus soldados habían resultado heridos; debería mostrar su apoyo.

—Voy a recorrer el campamento. Me gustaría ver a mis soldados.

Davyon frunció el ceño.

—Necesitará que parte de la Guardia Real la acompañe.

—¿En mi propio campamento?

—Usted es la reina. Puede haber asesinos —murmuró Tanya en voz alta, como sólo ella podía hacerlo—. Y en caso de que lo haya olvidado, hay un ejército hostil al otro lado de esa colina.

—Muy bien —dijo Catherine—. Convoca a la Guardia Real.

Davyon se inclinó.

—Yo también la acompañaré, Su Alteza.

—¿Necesitará su armadura, Su Alteza? —preguntó Tanya.

—¿Por qué no? —suspiró Catherine—. Estoy segura de que la protección adicional complacerá a Davyon. Vamos a deslumbrarlos.

Aunque no se sentía en absoluto deslumbrante.

Mientras el sol ascendía sobre el campamento, Catherine, con un traje blanco bajo su brillante armadura, el cabello trenzado alrededor de la corona y suelto sobre la espalda, salió con Davyon (con una sonrisa rígida en el rostro), Tanya (los ojos cansados, un traje azul y chaqueta blanca que Catherine no había visto antes) y diez hombres de la Guardia Real, todos con el cabello teñido de blanco.

Catherine sintió que mejoraba su estado de ánimo en el momento de saludar a los guardias por nombre y se detuvo a preguntar a uno de ellos:

—¿Cómo sigue su hermano, Gaspar?

—Mejorando, Su Alteza. Gracias por enviar al médico.

—Me alegra que haya sido de ayuda.

Catherine no había puesto un pie fuera del recinto protegido desde la batalla del Campo de Halcones. Había estado en reuniones, cuidando a Tzsayn o durmiendo. Ahora, mientras daba unos pasos afuera de las altas paredes de las tiendas reales, vio al ejército de Pitoria. Su ejército.

El campamento se extendía hasta donde Catherine alcanzaba a divisar y, aunque no se había movido de sitio desde la batalla, estaba por completo irreconocible. Siempre había sido un poco caótico, con tantas tiendas de campaña, caballos y personas, incluso pollos y cabras, pero se había instalado en agradables y extensos pastizales. Siete días de lluvia y miles de botas pisoteando el suelo lo habían cambiado todo. Ya no quedaban rastros de hierba, sólo se veía el fango espeso intercalado con charcos de agua marrón, sobre los cuales nubes de diminutas moscas colgaban como humo a la luz de la mañana.

—Mosquitos —se quejó Tanya, golpeándose el cuello—. Ayer me picaron todo el brazo.

Davyon eligió una ruta por el campamento que estuviera lo más seca posible, pero mientras se movían entre las tiendas percibieron algo más suspendido en el aire, además de los mosquitos: un olor —no, un *hedor*— de restos humanos y animales.

Catherine cubrió su rostro con la mano.

—Este aroma es bastante abrumador.

—He estado en granjas con aromas más dulces —dijo Tanya.

Un poco más adelante, algunas de las tiendas estaban completamente anegadas. Los soldados caminaban con barro hasta los tobillos y nubes de mosquitos a su alrededor.

—¿Por qué no han trasladado sus tiendas? —preguntó Catherine a Davyon.

—Son los hombres del rey. Necesitan estar cerca del rey.

—Necesitan estar secos.

—No esperábamos que las lluvias duraran tanto, pero los hombres son resistentes. Es sólo agua, y como Su Alteza dijo, las lluvias parecen haber terminado.

Catherine salpicó de fango al pasar a un grupo de soldados en una pequeña isla de tierra relativamente seca. Los hombres saludaron y sonrieron.

—¿Cómo se las arreglan con la lluvia? —preguntó.

—Podemos con cualquier cosa, Su Alteza.

—Ya puedo sentir que mis botas están empapadas y sólo he estado aquí un momento. ¿No tienen los pies mojados?

—Sólo un poco, Su Alteza —admitió uno.

Pero otro hombre más osado agregó:

—Empapados, y así llevo varios días. Mis botas están podridas, los pies de Josh se han vuelto negros y Aryn tiene fiebre roja, por lo cual es posible que no lo volvamos a ver.

Catherine se volvió hacia Davyon.

—¿Fiebre roja?

Davyon hizo una mueca.

—Es una enfermedad. Los médicos están haciendo lo que pueden.

Catherine agradeció a los hombres por su honestidad y partió de nuevo. Cuando estuvieron fuera del alcance del oído de los soldados, le susurró a Davyon:

—¿Hay hombres muriendo de fiebre? General, esto no es lo que esperaba de usted. ¿Cuántos han enfermado?

Davyon rara vez mostraba sus emociones y su voz ahora reflejaba más cansancio que irritación.

—Un hombre de cada diez muestra síntomas. No quería molestarla con eso.

Catherine estuvo a punto de maldecir.

—¡Son mis hombres, mis soldados! —dijo—. Yo quiero saber cómo están. Usted debería haberme informado. Debería haber trasladado el campamento. Hágalo hoy, general. No podemos asumir que las lluvias no volverán. E, incluso si así fuera, este lugar ya es un lodazal, lleno de moscas y suciedad.

Davyon se inclinó.

—En cuanto Su Alteza regrese sana y salva al complejo real comenzaré el proceso...

—Comenzará el proceso *ahora*. Tengo diez guardias conmigo, Davyon, no necesito que usted también venga. Y me parece que ahora tengo más probabilidad de morir ahogada o de fiebre que por la flecha de un asesino.

Los labios de Davyon permanecieron apretados cuando volvió a inclinarse y se marchó sin decir palabra. Catherine continuó su recorrido, deteniéndose eventualmente para hablar tanto con sus hombres cabezas blancas como con los cabezas azules de Tzsayn. La mayoría parecía feliz de verla y todos preguntaron por su rey.

—Sabíamos que lograría escapar de Brigant. Si alguien podía hacerlo, era él.

Catherine sonrió y dijo lo orgullosa que estaba Tzsayn de sus hombres por su lealtad y coraje. Era evidente que ninguno sabía que Tzsayn estaba enfermo y quizá sería mejor mantener así las cosas.

La joven se detuvo en el extremo norte del campamento desde donde podía ver el Campo de Halcones. También estaba irreconocible, al igual que el lugar donde los soldados de Pitoria habían luchado y vencido a los de Brigant. El río se había desbordado y había inundado todo. Lo único distintivo que quedaba era un poste de madera torcido que se asomaba en ángulo desde el agua marrón: los restos de la carreta a la cual había sido encadenada, y que de alguna manera había sobrevivido tanto al fuego como a la inundación. En la orilla lejana, donde las tropas de su padre se habían reunido, no quedaba más que hierba. En los días posteriores a la batalla, los soldados de Brigant se habían replegado hasta las afueras de Rossarb, a medio día de viaje hacia el norte. Nadie sabía cuándo atacarían de nuevo o si lo harían, pero mientras su padre tomaba una decisión, no había sido tan insensato para quedarse más tiempo en un pantano.

Mientras Catherine examinaba el suelo, sintió una presión en el estómago. En los mapas mostrados durante las reuniones de guerra, todo parecía de alguna manera remoto, pero aquí el verdadero alcance de su difícil situación se sentía incómodamente real.

Incluso si Catherine había escapado de sus garras, Aloysius había conseguido casi todo lo que quería con su invasión: oro del rescate de Tzsayn para financiar su ejército y el acceso al humo de demonio en la Meseta Norte. Su ejército se había retirado, pero no había sido derrotado, mientras que los hombres de Catherine estaban hundidos hasta las rodillas en el barro, asolados por la fiebre.

Apretó la mandíbula. Deseó que Tzsayn pudiera ayudarla, pero por ahora tendría que arreglárselas por su cuenta.

AMBROSE

CAMPAMENTO REAL,
NORTE DE PITORIA

La enfermería se sentía fresca a la luz de la mañana. El coro de la madrugada, compuesto de gemidos, toses y ronquidos había dado paso a conversaciones tranquilas salpicadas con maldiciones y débiles gritos de ayuda. Ambrose yacía de costado en su desvencijado catre mirando hacia la puerta, deseando que la próxima persona que entrara fuera Catherine. Ella le sonreiría mientras se acercaba, caminando rápidamente y dejando a sus doncellas muy atrás, como solía hacerlo cuando lo veía en el patio del establo del castillo de Brigant. Ella tomaría su mano y él se inclinaría para besar la de ella. Él rozaría con los labios la piel de Catherine, respirando sobre su mano, inhalando su olor.

El hombre detrás de Ambrose tosió ruidosamente, luego escupió.

Ambrose llevaba ahí una semana. Al principio había estado seguro de que Catherine lo visitaría, pero cada vez menos ahora. Había pensado en ella todos los días, recordando los días que había pasado a su lado, desde aquellos primeros en Brigant, cuando cabalgaba junto a la joven por la playa, hasta aquellos gloriosos días en Donnafon, cuando la había sostenido en sus brazos, acariciado su suave piel, besado sus manos, sus dedos, sus labios.

El bramido de dolor de un hombre llegó desde el otro extremo del recinto.

¿Pero en qué estaba pensando? Catherine no debía venir aquí. El lugar estaba lleno de miseria y enfermedad. Él tenía que salir y buscarla. Pero para hacer eso, tendría que caminar. Había sido herido en el hombro y la pierna en la batalla de Campo de Halcones. Algunos soldados sanaban de peores heridas que las suyas, mientras que otros hombres se daban por vencidos y morían de heridas menos graves. Hubo un momento, después de la batalla, cuando pensó que no podría continuar, pero esa desesperación lo había abandonado y ahora sabía que nunca se rendiría. Lucharía por Catherine y por él.

Ambrose se sentó en su cama y comenzó sus ejercicios, doblando y estirando lentamente el brazo derecho como el médico le había indicado. Pasó al siguiente ejercicio: hacer círculos con el hombro vendado. Esto era más doloroso y tenía que hacerlo muy despacio.

La batalla de Campo de Halcones había sido ganada, pero la guerra estaba lejos de acabar. Y en cuanto a la participación de Ambrose en combate... bueno, él había intentado salvar a Catherine, pero sólo había logrado dar muerte a Lang. Habría querido enfrentarse a Boris, pero un grupo de soldados de Brigant había dominado a Ambrose, y había sido Catherine, vigorizada por el humo de demonio, quien había arrojado una lanza directo al pecho de Boris. Ella había salvado a Ambrose y dado muerte a su propio hermano. *¿Cómo se sentiría? ¿Matar a tu propio hermano?* Para Ambrose era algo imposible de imaginar; su propio hermano, Tarquin, era todo lo contrario a

Boris. Aunque ahora ambos estaban muertos. Y Ambrose no tenía la menor idea de qué pensaba Catherine de todo aquello. *¿Por qué no había venido? ¿Estaría también enferma?* Tantas preguntas y ninguna respuesta.

—¡Diantres! —gritó con dolor agudo al balancear el brazo demasiado rápido.

Tenía que salir de esta cama. ¡Tenía que salir de esta enfermería! El lugar era lúgubre. Cada catre tenía un hombre, pero pocos eran heridos de guerra; la mayoría había enfermado en el campamento. La fiebre roja, la llamaban, por el color que adquiría tu rostro cuando tosías como si estuvieras vaciando las entrañas. Un buen número de hombres había muerto la noche anterior y ahora sus catres estaban vacíos, pero Ambrose sabía que pasaría poco tiempo antes de que otro cuerpo tembloroso yaciera en medio de esas sábanas sucias. Era un milagro que no aún no se hubiera contagiado.

Ambrose giró hasta que ambos pies se plantaron con firmeza en el suelo. Con la ayuda de una silla logró ponerse en pie con dificultad, haciendo una mueca y temblando levemente mientras concentraba más peso sobre su pierna izquierda. Estaba débil, pero el dolor era soportable; *podría* salir caminando de allí si lo intentaba. Los médicos le habían extraído la flecha de la pantorrilla y le habían cosido con esmero la herida. La mayoría de los médicos habría amputado ante una lesión así, pero los del campamento lo habían operado con cuidado, y le habían dado tratamientos a base de hierbas, licores y compresas.

Ambrose contaba con los mejores médicos: enviados por Tzsayn.

La mejor medicina: enviada por Tzsayn.

La mejor comida: enviada por Tzsayn.

Las mejores prendas y la ropa de cama y... todo.

Todo excepto una sola palabra de o sobre Catherine. ¿Estaba Tzsayn manteniéndola alejada de él? Ésa debía ser la explicación.

—Tiene buen aspecto, sir Ambrose.

Ambrose estaba tan inmerso en sus pensamientos que se perdió el momento en que Tanya entraba en la habitación. Miró hacia la puerta a la espera de que Catherine apareciera.

—Uno de los médicos me pidió que le diera esto. Para la fuerza o algo así —Tanya extendió un plato de avena y notó la dirección de la mirada del joven—. Es lo único que traigo. No hay nadie más conmigo.

Ambrose asintió, tratando de ocultar su decepción.

—Es bueno verte, Tanya —extendió la mano para tomar el cuenco, pero perdió el equilibrio y tuvo que aferrarse del respaldo de la silla para mantenerse erguido; el movimiento le causó tal molestia en el brazo que soltó un gruñido por el sorpresivo dolor. Se bajó a un lado del camastro con tanta naturalidad como pudo.

Tanya reprimió una risa.

Ambrose la fulminó con la mirada.

—¿Siempre te burlas de los heridos?

Tanya sacudió la cabeza.

—No siempre, sólo cuando su cabello es de un extraño color verde.

—Ah, es eso. Intentamos infiltrarnos entre los hombres de Farrow —comenzó a explicar, mientras tocaba su cabello inusualmente corto, pero Tanya siguió sonriendo—. Como sea, no se desteñirá con una lavada.

—Tendrá que teñirlo de un color diferente; ésa es la única manera —se sentó a su lado en la cama y se inclinó hacia él, bajando el volumen de la voz—. Pero ¿cuál elegirá? ¿Blanco por la reina? ¿O azul por el rey?

—¿Azul? El anciano rey usaba el púrpura como su color. ¿No tendría que cambiar Tzsayn toda su condenada ropa y pintura corporal ahora que su padre ha muerto?

—No, los colores reales se alternan según el rey. Así que el color de Tzsayn seguirá siendo azul. Cuando él tenga un hijo, ese hijo usará el púrpura como su color, tal como el padre de Tzsayn. De todos modos, espero que usted use el blanco. ¿O no se lo pintará de ningún color?

—¿Podemos conversar sobre algo diferente al cabello?

—No estaba conversando sobre el cabello, sir Ambrose.

Ambrose miró a Tanya de cerca.

—¿Te envió ella? ¿Por qué no vino personalmente?

—La reina sabe que si ella fuera vista con usted sería... desventajoso para su posición. Pero consulta su estado con los médicos todos los días.

—¿Fue ella la que envió los médicos? ¿No fue Tzsayn?

—Ella envía médicos a muchos de sus hombres, los cabezas blancas.

—Suenas como un político.

—Qué bien. Por aquí hay que ser como ellos.

—¿Y mi dama también es uno?

Tanya frunció los labios.

—Lo es. Pero la política por sí sola no ganará esta guerra. Ella necesita hombres que puedan mostrar lealtad y oponerse a Brigant... por más que hayan perdido mucho y puedan perder aún más. Necesita su apoyo, sir Ambrose.

—Siempre lo tendrá, Tanya. Lo sabes bien.

Tanya asintió, pero no respondió.

—¿Puedes contarme más? —preguntó Ambrose—. ¿Se encuentra bien? La última vez que la vi estaba encadenada a una carreta. De hecho, la última vez que la vi me estaba arrojando una lanza... Bueno, no a mí, a Boris. Así que déjame reformular la pregunta: ¿se encuentra bien la reina? La última vez que la vi estaba por matar a su hermano.

Tanya desvió la mirada un momento.

—Ya se recuperó de las heridas que recibió por estar encadenada a la carreta. Agradezco su preocupación al respecto. Su hermano era un monstruo. No creo que esté exagerando al decirlo. Y su muerte no es una carga que pese mucho en el corazón de mi señora.

Al pensar en el corazón de Catherine, Ambrose quiso saber más y se le escapó otra pregunta:

—¿Y Tzsayn? ¿Cómo está él?

—Recuperándose de sus heridas.

Ambrose arqueó una ceja.

—¿Sus heridas?

La joven parecía un tanto nerviosa cuando respondió:

—Heridas menores producto de su encarcelamiento. Pero no lo veo mucho; es un hombre ocupado. Ser rey es... un trabajo de tiempo completo.

¿Entonces Catherine se veía con Tzsayn? ¿Con qué frecuencia? ¿A diario?

Tanya parecía haber recuperado el aplomo cuando dijo:

—Seguimos en guerra, sir Ambrose. El rey tiene muchas responsabilidades, al igual que la reina. La posición de Catherine depende de muchas cosas, incluyéndolo a usted. Necesita su ayuda. Necesita personas a su alrededor que puedan combatir, liderar e inspirar.

—Entonces, ¿se me permite estar cerca de Catherine? ¿Puedo reunirme con ella?

Tanya sacudió la cabeza.

—No puede ser vista con usted, Ambrose, y mi señor sabe bien por qué. Si intenta verla, corre el riesgo de arruinar la reputación de la reina: de arruinarla a ella. Si en verdad la aprecia, y sé que así es, ella necesita su apoyo como combatiente, no como amante.

—Antes, cuando estábamos cruzando la Meseta Norte, ella quería que yo fuera ambas cosas —Ambrose habló en voz baja, dudando si debería haber mencionado esto, aunque su interlocutora fuese Tanya.

—Sí, ella me lo dijo. Y en Donnafon ambos aprovecharon cualquier momento para pasar tiempo juntos. Y por esa razón, la reina casi pierde la vida. Pero lo que ahora está en juego es mucho más grande, Ambrose. No es sólo la vida de Catherine la que pende de una balanza, también todas nuestras vidas. Ella es nuestra reina. Su honor tiene que estar por encima de todo reproche y su lealtad a Pitoria debe ser incuestionable.

—¿Y yo soy cuestionable?

—Mi señor es un buen hombre y un buen soldado, Ambrose. Y necesita demostrarlo.

—¿No lo he hecho ya?

Tanya sonrió.

—Todos debemos probarlo una y otra vez. Ahora disfute de la comida antes de que se enfríe.

EDYON

CALIA, CALIDOR

—Éstos son los procedimientos para el día de tu investidura —el príncipe Thelonius le entregó un pergamino a Edyon—. Todo está organizado. Habrá celebraciones en todo Calidor. No podría sentirme más feliz. Tú eres el futuro de este reino.

Edyon ya había sido reconocido como el hijo de Thelonius, pero la investidura era un procedimiento formal para confirmar sus funciones y títulos: ahora era un príncipe, el príncipe de Abasca, y lo más importante, el heredero al trono de Calidor. Edyon echó un vistazo a los eventos enumerados en el pergamino, pero considerando que él era el futuro del reino, su nombre no se mencionaba muchas veces.

—Gracias, padre. Me aseguraré de seguirlo al pie de la letra. Pero, hablando de letras, ¿puedo plantearle un problema? Cuando vine de Pitoria traje conmigo un mensaje importante del rey Tzsayn y la reina Catherine. Eso fue hace una semana. La carta era una solicitud urgente de ayuda de su parte. Siento que debemos responder, y pronto.

Edyon requirió de toda su fuerza de voluntad para no gritar *"¡Ahora!"*, pero pensó que era poco probable que su padre, a quien había visto por primera vez la semana anterior, se tomara a bien algo así. No obstante, era *ahora* que se necesitaba la ayuda. Cuando Edyon salió de Pitoria, se habían enterado de que Aloysius estaba concentrando humo de demonio. Una vez que obtuviera el suficiente para vigorizar su ejército de jovencitos, no habría forma de frenarlo. No había tiempo que perder. Thelonius había derrotado a su hermano Aloysius en la última guerra y todos contaban con él para hacerlo de nuevo.

—Tienes razón, Edyon. Y he decidido que enviaremos una delegación a Pitoria para asegurarnos de que estamos plenamente enterados de la situación ahí.

¡Una delegación! No parecía gran cosa. Edyon había imaginado que su padre enviaría a todo el ejército una vez que entendiera la dimensión de la amenaza. Pero una delegación era mejor que nada, y ya era un primer paso. Quizás entonces los dos reinos podrían trabajar juntos compartiendo información, hombres, suministros…

El canciller, lord Bruntwood, dio un paso adelante y se dirigió a Thelonius:

—Su Alteza, siento que es mi deber recordarle los viejos problemas relativos a los tratos con tierras extranjeras, y también ponerlo al tanto sobre otro pequeño problema.

El rostro del canciller nunca parecía demostrar ninguna emoción verdadera; su sonrisa era aduladora, el ceño distante, la tristeza rutinaria. Y a Edyon siempre le daba la impresión de que ese hombre necesitara desesperadamente soltar una flatulencia y estuviera haciendo un gran esfuerzo por retenerla.

Quizás ése sea su pequeño problema.

—¿Qué problema? —Thelonius frunció el ceño.

—Habladurías, Su Alteza. Rumores. Chismes. Relacionados con Edyon —el canciller hizo una mueca como si la flatulencia le estuviera provocando muchas molestias internas.

—Espero que no haya más objeciones a que Edyon sea legitimado —la frase venía de lord Regan, el amigo más querido de Thelonius, el hombre que se había encargado de localizar a su hijo y entregarlo a salvo en Calidor. Aunque, por supuesto, no había resultado según el plan, debido a Marcio...

Pero ahora Edyon no pensaba en Marcio.

El canciller se giró hacia Regan y lo corrigió.

—En realidad, no hubo objeciones a la legitimación, sólo preocupaciones sobre un precedente que se está sentando.

Regan asintió.

—Por supuesto, así es, *preocupaciones*, no objeciones.

—Y ya las hemos resuelto. No hemos sentado ningún precedente —lo interrumpió Thelonius.

—Muy bien, Su Alteza —aceptó el canciller.

El primer obstáculo para la legitimación de Edyon era que Thelonius no se había casado con la madre de Edyon. Un buen número de nobles estaban preocupados por el hecho de que al colocar a Edyon en línea al trono, se permitiría que todos los hijos ilegítimos se presentaran a reclamar tierras nobles. Nadie tendría seguridad. El sistema se desmoronaría. Reinaría el caos donde ahora había orden.

Edyon se había preguntado cómo lidiaría su padre con esta difícil situación y asumió que llevaría semanas o meses considerar y analizar los puntos legales, pero el rey había ignorado el tema con facilidad. Thelonius había afirmado que él se había casado con la madre de Edyon en una ceremonia en Pitoria. Que se habían casado y se habían divorciado rápidamente. Los papeles se habían extraviado, pero Thelonius tenía un diario de los acontecimientos. Lord Regan, quien había viajado con él a Pitoria dieciocho años atrás, había sido llamado para confirmar todo. Y así, con tal facilidad y velocidad, la mentira se había convertido en verdad.

A Edyon, no obstante, le resultaba menos fácil confirmarlo. Estaba sorprendido de descubrir que, aunque podía mentir sobre la mayoría de las cosas, no podía mentir sobre su madre o su propio nacimiento. Él *era* el hijo ilegítimo de Thelonius. Sus padres no habían estado casados y toda su vida había sido moldeada por ese hecho. Ese hecho lo había convertido en la persona que era ahora y siempre había estado decidido a no avergonzarse de ello. Cuando el canciller lo presionó para confirmar la mentira de Thelonius, Edyon descubrió que lo máximo que podía hacer era no negarlo. Había argumentado:

—Yo no estaba allí. Estaba en el vientre de mi madre. Y ella nunca me habló de aquello —Edyon sintió que sólo podía decir eso, ya que no era una mentira completa, pero tampoco era toda la verdad.

Thelonius no tenía tales reparos e incluso una noche embelleció la mentira, aunque es cierto que lo hizo después de unas copas de vino, hablando de la boda como si hubiera sucedido:

—Una relación sencilla, unas promesas intercambiadas, una playa, el mar, jóvenes amantes, pero *estábamos* casados —había mirado a los ojos de Edyon con una sonrisa—. Y todos están de acuerdo en que eres mi viva imagen. Tu cara, tu estatura: eres igual a como era yo hace veinte años. Es obvio que eres mi hijo —y eso era verdad. Al menos no había argumentos, preocupaciones u objeciones sobre eso.

—Aunque todavía hay aprensiones entre los nobles —la voz del canciller interrumpió los pensamientos de Edyon.

—Ah, entonces ahora son *aprensiones* —murmuró Regan.

—Los nobles siempre tienen motivos de aprensión —Thelonius suspiró, miró a Edyon y agregó—: Acerca del dinero, del poder, del futuro.

Y ahora aprensiones respecto a mí.

—Y siempre debemos tener cuidado de calmar sus preocupaciones —continuó el canciller—. La carta que Edyon trajo de Pitoria, la solicitud de unir fuerzas con Pitoria, despierta una vez más el temor de que Calidor pueda perder su independencia ante un vecino más fuerte. Es un viejo temor, pero no menos convincente por lo antiguo, Su Alteza. Existe la preocupación de que cualquier asociación con Pitoria sea desigual, puesto que Pitoria, un reino mucho más grande y más poblado que Calidor, pasaría a dominar. Lo que puede comenzar como ayuda, podría terminar con nosotros siendo infiltrados y dominados.

—Una conversación que tuvimos muchas veces durante la última guerra—dijo Thelonius.

—Cuando luchamos solos, nos defendimos solos y salimos victoriosos solos —agregó lord Regan.

—Y estas preocupaciones han regresado, más fuertes que nunca. Los nobles necesitan asegurarse de que Calidor seguirá siendo independiente. Ellos necesitan saber que su futuro está en buenas manos —el canciller miró a Edyon y puso una cara extraña; su cólico parecía haber regresado—. Se habla de que el heredero fue enviado por el rey Tzsayn de Pitoria, hay preocupaciones de que su cercanía con ese reino pueda influir en la lealtad del príncipe.

—¿Dices que mi hijo es un traidor? ¿Un espía? —Thelonius parecía horrorizado.

—Nadie iría tan lejos, Su Alteza —replicó el canciller—. Pero debemos proceder con cautela. Necesitamos que los

Señores de Calidor apoyen a Edyon. Por fortuna, creo que unos pocos y sencillos acuerdos garantizarán que así suceda.

—¿Y cuáles son estos sencillos acuerdos, lord Bruntwood? —preguntó Thelonius.

—Una declaración explícita en la investidura de Edyon que permita asegurar que Calidor conservará su independencia.

Thelonius asintió.

—No tengo problema con eso. Parece razonable y una solución impecable. Por favor, organícelo, lord Bruntwood.

—Con todo gusto, Su Alteza.

—¿Eso es todo?

La flatulencia del canciller parecía empeorar.

—Qué pena. Yo también creo que además de una declaración, debemos asegurarnos de no aparentar lazos demasiado estrechos con Pitoria. Si bien su idea de enviar una delegación, una *pequeña* delegación, resulta comprensible, no se debe disponer de tropas, armas, hombres y ningún tipo de equipo.

—Pero ¿qué pasa con el humo de demonio? —preguntó Edyon—. ¿El ejército de jovencitos? —el canciller no parecía estar tomando el asunto con seriedad.

—Con el debido respeto, Su Alteza, el hecho de que nosotros aceptemos enviar una delegación, aun cuando sea pequeña, parece una reacción muy exagerada frente a un grupo de infantes sin entrenamiento que se autodenominan "ejército".

—Pero el humo funciona —insistió Edyon. Necesitaba convencerles de la gravedad de la amenaza, la necesidad apremiante de la acción—. Traje una muestra de Pitoria. ¿Me permitirían demostrar su poder? Quizá si los Señores de Calidor vieran sus efectos, entenderían mejor a qué nos enfrentamos.

Thelonius asintió.

—Una buena sugerencia, Edyon. Estoy de acuerdo que una demostración sería útil. Lord Regan ayudará a ponerlo en práctica.

Regan no parecía contento con esta tarea, pero asintió para confirmar que lo haría.

—Todo esto me parece innecesario —dijo el canciller—. Están atacando a Pitoria. No a *nosotros*.

—*Todavía* no —dijo Edyon—. Pero Brigant es nuestro enemigo. ¡Con seguridad los Señores de Calidor concuerdan en ello!

—Sin duda así es, Su Alteza —replicó el canciller—. Pero el enemigo de nuestro enemigo no es necesariamente nuestro amigo.

—¡Tampoco es necesariamente nuestro enemigo! —respondió Edyon—. Tzsayn es un buen hombre; no nos traicionaría, nos infiltraría o nos dominaría. No es como Aloysius. Y ha pedido ayuda. Nos ha ofrecido ayuda a cambio. Juntos podemos luchar contra Aloysius y vencerlo.

Thelonius apoyó una mano sobre el brazo de Edyon.

—Debo equilibrar tu perspectiva con las opiniones de los nobles, Edyon. Debemos ser vistos actuando de forma cuidadosa y autónoma con Tzsayn.

—Exacto —coincidió el canciller—. Deben vernos actuar exclusivamente por el bien de Calidor. Tropas de Pitoria en tierras de Calidor, por ejemplo, serían vistas como una amenaza. Los nobles saben lo que sucedió cuando sólo a cuarenta o cincuenta soldados de Brigant se les permitió entrar en Tornia: muchos nobles fueron asesinados.

—Ésos eran soldados de Brigant, no de Pitoria. Tzsayn no quiere eliminar a nuestros nobles. ¡Esto no tiene sentido! —exclamó Edyon.

—Tzsayn se ha casado con la hija de Aloysius. Un matrimonio arreglado por el propio rey de Brigant —intervino Regan—. No confiaría en ella ni un... bueno, no confiaría más de lo que se puede confiar en cualquier mujer. Es una marioneta, por cierto. Y hemos recibido noticias de que Tzsayn fue liberado por Aloysius. Seguramente Tzsayn le ofreció a Aloysius algo más que oro a cambio de su liberación. Quizá también prometió traicionarnos.

—No —Edyon sacudió la cabeza—. No. Tzsayn no es así. Y Catherine odia a su padre.

—Catherine es inmoral —dijo Regan con tono despectivo—. También hay rumores de que mató a su hermano, el príncipe Boris.

—Entonces, es difícil pensar que sólo sea una marioneta de Aloysius, ¿correcto? —respondió Edyon.

—Bueno, no estoy seguro de si debo creer o no en ese rumor, pero si es cierto, no me hace confiar más en ella —comentó Thelonius.

—Es tan despiadada como su padre —agregó Regan con una sonrisa burlona.

—¿No harán nada, entonces? —Edyon paseó la mirada de su padre al canciller y luego a Regan—. Dejarán que Pitoria luche y muera, y permitirán que Aloysius siga acumulando humo de demonios hasta que no haya ejército en esta tierra que pueda vencerlo, y ustedes se sentarán y esperarán a que nos ataque. ¿Así es como quieren que se desarrolle el futuro, así es como defenderán a su reino?

Thelonius se giró hacia Edyon, con rostro de piedra.

—No me acuses de fallar en mi deber, Edyon. Peleé con mis compatriotas contra Aloysius en la última guerra. Muchos hombres perecieron entonces. No me arriesgaré a perder nuestro reino en manos de Aloysius, pero tampoco por nadie más.

La cara de Edyon se enrojeció y bajó la mirada. No era ésta la manera en que había imaginado que transcurriría una de sus primeras reuniones políticas con su padre.

Thelonius se apartó de Edyon y se dirigió al canciller, con el tono de su voz tenso a causa de la ira.

—Aceptaremos una pequeña delegación de hombres no combatientes de Pitoria, y enviaremos nuestra pequeña delegación. Compartiremos información. Tienes razón cuando dices que debemos estar seguros de nuestros amigos. Nunca debemos ser demasiado confiados. Esperaba que ésa fuera una lección que mi hijo hubiese aprendido recientemente, pero parece que ya la olvidó.

Edyon sabía que su padre se refería a Marcio. Marcio, quien había estado involucrado en el intento de asesinato de lord Regan. Marcio, quien habría vendido a Edyon a Brigant. Marcio, quien ahora estaba desterrado. Edyon había amado, confiado y respetado a Marcio, sólo para descubrir que él le había estado mintiendo todo el tiempo.

—No padre, no lo he olvidado. Ni lo haré nunca —respondió con sinceridad.

Thelonius se volvió hacia Edyon.

—Entonces, confía en mí y en el apoyo de los Señores de tu reino —añadió en tono más bajo para que sólo Edyon pudiera escuchar—: Nuestros nobles son más importantes para ti que Tzsayn o Catherine o cualquier otra potencia extranjera. Debes ser visto como leal a Calidor por encima de cualquier cosa.

Edyon asintió e inclinó la cabeza.

—Por supuesto, padre.

MARCIO

FRONTERA ENTRE CALIDOR Y BRIGANT

—Sigue andando. Tu nuevo hogar está adelante.

Marcio apenas si tenía energía para dar un paso más. Le había tomado tres días caminar desde Calia hasta la frontera de Calidor, y lo único que había comido eran las sobras que los guardias habían arrojado al suelo. Lo único que podía ver era una increíblemente elevada muralla de piedra con una torre de vigilancia. El guardia puso la base de su lanza en la espalda de Marcio y lo empujó para que siguiera caminando. A medida que Marcio se acercaba a la muralla, vio que había escalones de piedra construidos en ella. En dirección a la cima había una estrecha saliente que conducía a la torre de vigilancia donde se encontraban cuatro soldados, mirando hacia abajo, en su dirección.

La muralla había sido construida por Thelonius después de la última guerra. Estaba hecha de piedra sólida, con fuertes y miradores para vigilar y proteger Calidor. También había puertas, una en el este y otra en el oeste, aunque era claro que a Marcio no se le permitiría utilizar ninguna. Él era un traidor. Había sido parte de un complot para matar a Regan y luego a Edyon. Las puertas no eran para él.

Comenzó a trepar. Los escalones de piedra eran estrechos, y Marcio estaba mareado a causa del hambre y la sed.

—Muévete, imbécil —gritó el guardia abajo de él.

Lo maravilloso de estar así de exhausto era que a Marcio ya no le importaban los guardias. Casi nada le importaba ya. Ni siquiera le importaba caerse, sólo seguía poniendo un pie delante del otro.

Y entonces llegó a lo alto de la muralla y miró al otro lado, a Brigant. No parecía tan malo: exuberantes pastos verdes, arbustos y árboles. Aunque llegar allí no sería un camino en línea recta. No había escalones de ese lado de la muralla. Mirando directamente hacia abajo, Marcio vio que la larga caída terminaba en una maraña de zarzas. Al otro lado había otra muralla más pequeña que tendría que escalar para entrar en Brigant. Primero debía encontrar una forma de descender por esta gran muralla, o podría simplemente arrojarse y poner fin al tormento. Pero por ahora no optaría por ninguna de estas opciones; miró de nuevo a Calidor... a Edyon.

Había viajado una gran distancia en los últimos meses: a través de Pitoria hasta Dornan para encontrar a Edyon, luego había escapado con Edyon a Rossarb, cruzando la Meseta Norte, y luego había regresado, perseguido por soldados de Brigant. Y ahora comprendía cuánto su compañía, el alma y el espíritu de Edyon, lo habían mantenido en marcha. Extrañaba su presencia más de lo que alguna vez imaginó que fuera posible. Se iba de Calidor y nunca retornaría. Nunca volvería a verlo. Si le hubiera dicho a Edyon la verdad antes, tal vez las cosas hubieran sido diferentes. Quizás Edyon lo habría escuchado, quizás hubiera entendido.

—¿Una lágrima final de despedida, Ojos Blancos? —le gritó un guardia—. Bueno, se acabó tu tiempo. Estás en nuestra muralla y si no bajas por tu cuenta, te arrojaremos nosotros.

El guardia comenzó a trepar.

Marcio tuvo la sensación de que las palabras del guardia no eran una amenaza vacía. Echó un vistazo final a Calidor: el reino de Edyon, ahora su hogar. Luego, cuando el primer guardia estaba llegando a la cima de la muralla, balanceó la pierna por encima del parapeto y se agachó. Buscó puntos de apoyo en la piedra y encontró pequeños huecos donde a duras penas podía acomodar las puntas de sus botas. Se aferró a la áspera roca, raspándose las rodillas, y de alguna manera pudo empezar a bajar. Sin embargo, en ese momento la mano perdió el agarre y ya, completamente falto de energía, en parte saltó y en parte cayó el tramo final, para aterrizar entre ramas y zarzas. Arriba, los guardias soltaron risotadas. Marcio gritó de dolor y desesperación, pero descubrió que no se había roto ningún hueso y, a pesar de haber quedado enredado entre las zarzas y de que éstas habían rasgado su camisa y arañado sus brazos, estaba intacto. Se abrió paso a través de un montón de ramas rotas y comprendió que la zanja, debajo, era profunda. La madera había sido puesta allí por una razón y pudo percibir el olor a brea. Toda esta área entre la muralla exterior de Calidor y la de Brigant, es tierra de nadie, una gran boca de fuego a la espera de ser encendida.

Trepó a la siguiente muralla, en la que también encontró escalones incorporados, pero consciente de que al otro lado no habría ninguno. Llegó hasta la cima, se agachó sobre el parapeto y descendió gateando lo mejor que pudo para poner un pie en el territorio de Brigant, aunque por fortuna no había nadie alrededor. No estaba seguro de cómo sería tratado por la gente de Brigant, que no tenía precisamente reputación de amable y generosa. ¿Acaso podría ser peor que los soldados de Calidor que acababa de dejar atrás?

Marcio comenzó a caminar. Lanzó una sola mirada hacia atrás para ver la muralla a lo lejos y la silueta de los soldados en la parte más alta. Descendió gradualmente por una colina. Pensó que ésa sería la forma más probable de encontrar un camino, tal vez personas y, con suerte, comida. Sintió alivio cuando encontró una corriente. Tomó agua y se bañó, se quitó el polvo de la piel y del cabello, y refrescó sus pies. Después de haber descansado, siguió la corriente hacia abajo, hasta que llegó a un camino pedregoso. No tenía nada para llevar agua, así que tomó un último trago y siguió el camino al este.

Marcio avanzaba con paso lento. No había encontrado señal de vida humana, más allá del camino. Cuando anocheció, no logró encender una fogata. Nada tenía, ni siquiera una manta que lo mantuviera abrigado. Se tendió a dormir. Al menos, ahora podía descansar cuando quisiera. Al menos, ya nadie lo maldecía ni lo pateaba. Pero despertó durante la noche, alerta y temeroso: después de todo, estaba en Brigant, territorio enemigo. Marcio se agachó cerca del suelo, atento a los ruidos de la noche, pero no había sonidos humanos ahí. Fue en este instante cuando aparecieron las lágrimas. Estaba en verdad solo, sin amigos, sin familia, sin hogar e, incluso, sin reino.

Recordó esa última vez en la celda con Edyon. Él había dicho que Marcio era "Un verdadero amigo. Y un amor verdadero", pero Marcio lo había traicionado. Y ni siquiera cuando Edyon lo confrontó, Marcio consiguió decirle lo que en realidad sentía. Nunca había estado seguro, sino hasta que fue demasiado tarde, de todo lo que amaba a Edyon. Las lágrimas rodaron por sus mejillas, cerró los ojos e imaginó a Edyon parado frente a él, imaginó que le decía cuánto lo amaba, imaginó que lo besaba y le rogaba que lo perdonara. Y en sus sueños, Edyon secaba con besos las lágrimas de Marcio.

A la mañana siguiente, Marcio siguió avanzando hasta que vio una pequeña granja no muy lejos del camino. Se tambaleó hacia el lugar para pedir comida. Había gallinas en el patio, además de cabras y un cerdo. Era un lugar pequeño y pobre y, no obstante, le pareció el paraíso. Marcio golpeó la puerta de la granja, pero no obtuvo respuesta. Tenía que comer, tenía que conseguir algo. Un huevo y un poco de leche de las cabras le permitirían seguir andando por el resto del día. Seguramente el granjero podría compartirle un poco.

Marcio se dirigió al gallinero y se deslizó dentro. Recorrió con las manos las estanterías y encontró dos huevos, que acomodó con gentileza en su bolsillo. Salió sintiéndose culpable, pero aún necesitaba tomar algo más. Para sobrevivir, necesitaba una manta y un odre para almacenar el agua. La casa estaba tranquila y vacía: ¿se atrevería a entrar?

—Es eso o morir —murmuró para sí mismo mientras abría la puerta y entraba.

La casa era pequeña y había muy pocas posesiones en su interior. Había una habitación con una cama individual a un lado y una rústica caja de madera que contenía algunas prendas y una manta. Marcio tomó la manta. Luego fue a la cocina —al otro lado de la habitación—, que tenía una chimenea, una mesa y dos pequeñas alacenas. En una encontró una pequeña jarra llena de leche. Marcio se lamió los labios y su estómago gruñó. La leche apenas rozó las comisuras de su boca, pero su sabor era graso y pleno. La alacena también contenía algunos quesos y manzanas. Marcio tomó un saco para guardar la comida y luego encontró algunas coles y nabos. Tomó uno de cada uno y también los metió en el saco.

Estaba saliendo de la casa, cerrando la puerta cuidadosamente, detrás de sí, cuando escuchó un grito.

—Hey, muchacho... ¿Qué estás haciendo?

Marcio se giró. Se acercaba un hombre mayor. Marcio debía elegir: confesar y pedir perdón, o correr.

Miró al hombre, que era nervudo, con una pequeña barba gris.

—Bueno, ¿qué buscas? —gritó el hombre, frunciendo el ceño y moviéndose sorprendentemente rápido en dirección a Marcio, que retrocedió—. ¿Es mi saco ése que tienes ahí? ¿Me estás robando?

—Sólo tengo hambre.

—¿Y qué le pasa a tus ojos?

—Ésos no los robé.

—¡Eres abasco! Pensé que los tuyos estaban muertos. Todos eran ladrones y escoria —el hombre tomó el saco, pero Marcio se lo arrebató, así que el hombre sujetó a Marcio.

Marcio alejó al hombre de un empujón.

—Ése es mi saco —el hombre volvió a aferrarlo, pero Marcio lo jaló y corrió unos pasos, volviéndose para suplicar—: Sólo tengo hambre. Sólo necesito un poco de comida.

El hombre se inclinó, recogió algunas piedras del camino y se las arrojó con gran precisión, mientras gritaba:

—¡Ladrón! ¡Ladrón abasco!

Las piedras golpearon a Marcio dos veces en la parte posterior de la cabeza mientras corría, y el hombre gritó; su voz viajaba sorprendentemente en el aire detenido:

—Te sacaré los ojos por robarme, abasco bastardo.

Marcio desaceleró en la cima de una colina antes de mirar atrás. El hombre estaba muy lejos, aún mirándolo. Marcio sacó los huevos de su bolsillo, los abrió y succionó su contenido. Arrojó las cáscaras al suelo y le gritó al hombre:

—Debí haber tomado también una gallina.

Esa noche, Marcio se las arregló para encender una fogata. Se envolvió en la manta y comió un poco de la comida, guardando lo que esperaba que fuera suficiente para el resto de su viaje. No sabía por cuánto tiempo estaría caminando y no podría arriesgarse a robar con demasiada frecuencia. Necesitaba llegar a un pueblo o a una ciudad. Necesitaba dinero, trabajo. Pero, a medida que avanzaba la noche, sus pensamientos se fueron desviando de esas inquietudes y regresaron, como siempre, a Edyon.

A la mañana siguiente, partió con las primeras luces, sin saber adónde se dirigía y sin estar seguro de querer llegar. Para empeorar más las cosas, empezó a llover. Marcio puso el saco sobre su cabeza y caminó penosamente hacia una hilera de pequeños árboles, lejos del camino, en busca de abrigo. Al acercarse, vio que los árboles crecían en un pequeño y estrecho valle. Resbaló por la pendiente de hierba mojada y barro, y aterrizó sobre su trasero, lo que suscitó una risita por encima de él. Marcio levantó la vista y se encontró con un chico apoyado contra el tronco de un árbol.

El chico era más pequeño que Marcio, extremadamente delgado, tenía un ojo negro hinchado, cabello rojizo desordenado y botas que lucían demasiado grandes para él. A modo de saludo, abrió su chaqueta hecha jirones para revelar que sus pantalones, que también eran demasiado grandes, estaban sostenidos por un cinturón de cuero grueso y desgastado, y dentro de éste estaba acomodado un largo cuchillo.

—No quiero problemas —dijo el joven.

—Yo tampoco —respondió Marcio—. Sólo quiero escapar de la lluvia.

—Igual que yo —el chico señaló con la cabeza el árbol a su lado—. Allí hay espacio.

Marcio caminó hasta el árbol, extendió su saco y se sentó sobre él. Miró al chico, que lo observaba con atención.

—Mi nombre es Sam.

—Marcio.

—No parece que la lluvia vaya a detenerse pronto.

Marcio no estaba de humor para una conversación sobre el clima, pero no le haría daño ser amigable.

—No, tal vez no.

—¿Tienes comida?

—Un poco.

Sam cerró su chaqueta para esconder el cuchillo y esgrimió una sonrisa en su rostro.

—¿Qué tienes?

—Queso, una manzana, nabos y col.

Sam se relamió los labios.

—Delicioso.

—¿Cuándo fue la última vez que comiste?

El chico se encogió de hombros.

—Ayer... o el día anterior, tal vez.

—¿Sabes cómo poner trampas para conejos?

Sam dijo que no, pero parecía confiado.

—Préstame tu cuchillo y te mostraré como hacerlo.

—No voy a caer en ese truco.

Marcio suspiró.

—Mira, hay agujeros de conejo por todos lados. ¿Qué tal si... te muestro cómo hacerlo, y tú lo haces? No tocaré tu cuchillo.

Sam asintió.

—Seises.

—¿Seises? ¿Qué significa eso?

Sam parecía confundido.

—¡Seises! O sea, trato hecho. Como una buena jugada de dados. Seises.

—Ah, ya entiendo.

Marcio le mostró a Sam cómo seccionar un trozo de una rama, cortarla y pelarla para hacer una pieza flexible que pudiera ser transformada en una trampa para atrapar un conejo. Sam aprendía rápido y trabajaba bien con las manos, pero nunca dejaba que Marcio se acercara al cuchillo, siempre lo metía de nuevo en sus pantalones cuando no lo estaba usando.

Después de que pusieron las trampas, Sam preguntó:

—Tú no eres de Brigant, ¿cierto? ¿De dónde eres?

—Soy abasco de nacimiento. He viajado bastante, ahora estoy probando suerte aquí —Marcio cambió rápidamente el tema y preguntó—: ¿Y tú de dónde eres?

—Blackton. Una pequeña aldea en el norte junto al mar.

—Entonces, ¿cómo llegaste aquí?

—Mi amo no podía pagarme, ni siquiera podía alimentarme. Y escapé.

—¿Le robaste la ropa? —Marcio sonrió, mirando los pantalones y las botas extragrandes.

El rostro de Sam se tensó.

—No soy un ladrón. Son míos.

Marcio asintió.

—Entonces, ¿fue tu amo el que te puso un ojo morado?

—¿Y tú alguna vez te cansas de hacer preguntas?

Era evidente que Sam se había metido en algún tipo de lío y que ésas no eran sus vestimentas normales. Pero Marcio no siguió presionando. Ambos tenían historias que no querían compartir.

—Así que vienes escapando desde el norte. ¿Adónde te diriges? ¿A Calidor?

—¡Calidor! Ellos son nuestros enemigos. ¿Por qué iría allí?

—Trabajo. Dinero. Comida. Es la tierra de la leche y la miel, después de todo.

Sam sacudió la cabeza.

—No por mucho tiempo, según dicen. De todas formas, voy a unirme al ejército. Ése es el lugar ideal —sonrió—. Allá podríamos encontrar trabajo, dinero y comida.

—Y la guerra y los combates —Marcio pensó en Rossarb—. Y la muerte y la destrucción.

—No para los vencedores. Los vencedores no son destruidos.

Marcio miró a Sam de arriba abajo. Era apenas un chiquillo. No debería estar en el ejército

—Tú eres un vencedor ¿cierto?

Sam se encogió de hombros.

—Me defiendo.

Marcio no mencionó el ojo morado.

—¿Cómo puedes unirte al ejército? ¿No tienes que ser primero escudero de un caballero o algo así?

—No en el caso de las brigadas juveniles. Sólo tienes que ser fiel al rey, y lo suficientemente joven.

—¿En serio? —el interés de Marcio despertó. ¿Era éste el ejército del que Edyon tenía que advertir a su padre?

—Son los mejores. Dicen que tienen poderes especiales, fuerza especial. Viven para siempre.

Tenía que ser el ejército de jovencitos, alimentado por el humo de demonio.

—Mmm. No estoy tan seguro de la parte de vivir para siempre, pero yo creo que ellos sí tienen fuerza especial.

El rostro de Sam se iluminó.

—¿También lo escuchaste? Algunos dicen que esto es obra de los demonios, pero no importa cómo funciona si me vuelvo lo suficientemente fuerte para combatir contra el que me plazca.

—Es verdad. Si inhalas el humo de demonio púrpura, te vuelves fuerte por un corto tiempo. También cura las heridas con rapidez.

Sam rio y se dio una palmada en el muslo.

—¡Sí! Es verdad. Es verdad. Seremos indestructibles.

—Aun así, tendrás que destruir a otras personas —le recordó Marcio.

Sam echó los hombros atrás.

—Las personas reciben lo que merecen. Los enemigos de Brigant necesitan recordar quién manda.

—¿Las mujeres y los niños también? ¿Los bebés? ¿Los ancianos?

—¡Yo no voy a luchar contra ellos! No están en el ejército. Pero… —Sam se encogió de hombros—: si estás en el lado equivocado, sufres.

Marcio asintió mientras pensaba en su familia y en todo el pueblo abasco.

—Eso es cierto.

Se mantuvieron en silencio durante un tiempo y luego Sam dijo:

—Ya antes he visto ojos como los tuyos. En el norte. Los esclavos abascos que trabajaban en las minas también tenían los ojos plateados.

—Ya veo.

—Mi maestro negociaba con los dueños de las minas, comprando y vendiendo estaño —Sam tocó el suelo con el dedo—. ¿Vienes de ahí? Cuando dijiste que viajaste un poco, ¿querías decir que escapaste?

Marcio sacudió la cabeza.

—No. Yo no era esclavo en Brigant. Yo era un sirviente en Calidor. Pero un sirviente es prácticamente un esclavo.

—No necesitas decírmelo. Entonces, ¿Por qué te fuiste de Calidor si es la tierra de la leche y la miel?

Marcio se encogió de hombros.

—Al igual que tú, Sam, me cansé de ser un sirviente.

—Entonces, ¿tú también te unirás al ejército?

Marcio no tenía planes sobre lo que haría a continuación, pero parecía que, cualquier cosa que intentara y adonde quiera que fuera, la guerra siempre se atravesaba en su camino. La guerra era su destino. No había vengado las muertes del pueblo abasco, tal como se lo había propuesto cuando salió del castillo de Thelonius, y ahora sabía que eso no sería posible. Habían desaparecido años atrás. Pero Edyon todavía estaba vivo, y Brigant ciertamente atacaría Calidor. ¿Podría Marcio ayudar de alguna manera? ¿Podría encontrar la forma de espiar al ejército de jovencitos y regresar con información valiosa para Edyon? ¿Podría recuperar su confianza?

Parecía una idea absurda. Lo más probable es que muriera en la primera batalla. Pero tenía que hacer algo. No podía sólo fingir que la guerra no estaba sucediendo. No podía pretender que no había conocido a Edyon. No quería hacerlo. Él deseaba regresar: no a Calidor, sino junto a Edyon.

El estómago de Marcio gruñó y lo trajo de regreso a la realidad, sentado en una zanja mojada junto a Sam. La cruda realidad era que él estaba muriendo de hambre y al menos en el ejército conseguiría comida.

—Sí, yo también me uniré al ejército —dijo.

EDYON

CALIA, CALIDOR

Edyon estaba parado al borde del campo bajo el ardiente sol de la tarde, con un recipiente de humo de demonio en sus manos. Junto a él estaban dos jóvenes nobles, llamados Byron y Ellis. Serían sus ayudantes para la demostración. Byron tenía la edad de Edyon, era apuesto, con una larga trenza de cabello negro que caía sobre sus hombros, y Ellis era de hombros anchos, rubio, un par de años más joven.

Al otro lado del campo, algunos de los hombres de lord Regan reían a carcajadas por alguna broma, mientras que otro hombre se estiraba y bostezaba. A la derecha de Edyon, a la sombra de una carpa larga y abierta, mozos en brillantes camisas blancas estaban prestos a servir.

Edyon miró hacia el castillo por enésima vez, con la esperanza de ver llegar a la audiencia para su demostración. Después de interrogarlo sobre lo que tenía planeado hacer, lord Regan le había dicho que reuniría a los otros nobles Señores de Calidor. "Puedes hacer la demostración en el campo de práctica de los caballeros. Me encargaré de la organización y el montaje", le había dicho. Pero a Edyon le parecía que había estado horas aguardando bajo aquel ardiente sol, y ninguno de los nobles había llegado.

Edyon caminó de un lado a otro hasta que por fin Regan apareció a la vista, caminando al lado del príncipe Thelonius y liderando una multitud de hombres bien vestidos. Se pasearon y lentamente se congregaron bajo la sombra de la carpa, donde tomaron algunas bebidas frías mientras hablaban entre ellos dos, ignorando a Edyon. Éste estaba a punto de llamar su atención cuando Regan se volvió hacia él y gritó:

—¿Ya está listo, Su Alteza?

¡Como si al que hubieran estado esperando la mitad de la tarde fuera a mí!

Edyon sonrió y dijo:

—Espero que todos estemos listos, Su Alteza y mis señores —se acercó a su audiencia—. Gracias, padre, por permitir esta demostración. Y gracias a ustedes, mis señores, por dedicarme su atención en esta gloriosa tarde.

"Abandoné Pitoria hace sólo un par de semanas para venir a Calidor, y me fue encomendada la responsabilidad de traer dos cosas conmigo. Ambas me fueron entregadas por la reina Catherine en persona. El primer elemento era una carta de *advertencia. Una advertencia sobre cómo el rey Aloysius* de Brigant está agrupando un nuevo ejército, con el que pretende conquistar el mundo. Pero primero tiene la intención de aplastarnos a nosotros, sus vecinos: Calidor y Pitoria.

Edyon debía tener cuidado de no mencionar que Pitoria había solicitado unir sus fuerzas con las de Calidor, pero sintió que debía explicar que ellos habían advertido a Thelonius de la amenaza. Y eso parecía estar marchando bien hasta ahora. Edyon continuó:

—Este nuevo ejército de Brigant es poderoso, aterrador, pero también inusual, ya que no está compuesto de hombres, sino de niños.

Entre los Señores de Calidor se escucharon carcajadas y aparecieron algunas sonrisas ante este comentario.

—¿Cuántos años tienen estos soldados? —preguntó uno—. Supongo que ya van solos al baño.

Edyon comenzaba a preguntarse si había alcohol en las bebidas que se estaban repartiendo. Intentó sofocar sus burlas.

—Reconozco que no suena ni poderoso ni aterrador. Suena absurdo. Pero puedo demostrar que es bastante real. Y eso me lleva al otro elemento que traje conmigo de Pitoria: humo púrpura de demonio.

Edyon levantó el frasco de humo para que su audiencia lo viera. Pero, a causa del calor, el sudor había resbalado por el brazo y cuando levantó la mano —quizá con un poco más de entusiasmo del necesario—, el recipiente se desplazó hacia arriba, fuera del alcance de sus dedos resbaladizos. Salió dando vueltas por el aire, y empezó a caer en dirección al suelo. Edyon observó con horror. No podía dejar que se rompiera, así que se lanzó tras el frasco, tropezando y trastabillando en el proceso; en el intento de atraparlo, lo que hizo fue derribarlo.

Thelonius frunció el ceño, algunos de los nobles rieron y lord Regan puso los ojos en blanco. Sin embargo, Byron, el mayor de los dos jóvenes que participarían en aquella demostración, avanzó con agilidad y atrapó el recipiente.

Edyon dio las gracias por lo bajo a Byron y con cautela tomó de nuevo la botella y la sostuvo en alto.

—Este extraño humo escapó de un demonio mientras moría.

—Casi se le escapa a usted también, Su Alteza —señaló alguien, provocando renovadas risas.

—De hecho, así fue, aunque cuando el humo deja a un demonio, no resbala de sus manos, sino que sale de la boca en una larga exhalación —Edyon intentó parecer serio—. Este humo púrpura proviene de jóvenes demonios. Ustedes quizá sepan que los demonios más viejos liberan un humo rojo que algunos usan en Pitoria como una droga de placer impúdico; sin embargo, estoy seguro de que nadie aquí la habrá probado. Este comentario también fue recibido con carcajadas, aunque Edyon se sintió aliviado de que ahora éstas parecían celebrarlo en lugar de bufonearlo.

—Este humo púrpura tiene usos mucho más siniestros. Si es inhalado por jóvenes, de sexo masculino o femenino, puede otorgarles enorme fuerza y velocidad. También tiene el poder de sanar heridas con rapidez, casi de forma milagrosa. Suena como una maravillosa droga. Pero en las manos equivocadas, en las de Aloysius, podría ser utilizado para la guerra.

"Lo mejor será demostrar el poder del humo y entonces las implicaciones serán claras. Sir Byron y sir Ellis se han ofrecido a ayudarme inhalando una pequeña cantidad de humo y luego les harán una demostración de cómo su fuerza y velocidad se ven aumentadas.

Edyon estaba satisfecho de ver que su audiencia ahora miraba con atención. Byron extrajo el corcho de la botella sólo por un momento, de tal forma que una voluta de humo púrpura pudiera salir. Algunos de los Señores de Calidor se acercaron para ver cómo Byron y Ellis inhalaban el humo.

—Pensé que se pondrían púrpuras —gritó alguien.

—El humo no afecta la apariencia, señor mío, sólo la habilidad: y ya está haciendo efecto en Byron y Ellis, como ahora lo demostrarán. En primer lugar, Ellis les demostrará su velocidad en una carrera. Él perseguirá a Byron, quien montará a caballo.

En la práctica, ambos jóvenes habían manejado bien la droga, sin marearse o aturdirse: el mismo efecto que había tenido el humo en Edyon, por lo que confiaba en que esta simple demostración saldría sin problemas. Byron montó y partió al galope. Edyon gritó:

—¡Atrápalo, Ellis! —y Ellis salió corriendo.

No obstante, Ellis daba ahora la impresión de estar un poco distraído por la presencia de los nobles gobernantes. Primero pasó corriendo delante de ellos, como demostrando su velocidad, antes de dar la vuelta y perseguir a Byron, quien ya estaba en la mitad del campo. Pronto ambos desaparecieron a lo lejos.

—¿Van a ir a Brigant a combatir? —gritó lord Hunt.

Parecía que así fuera, pero Edyon respondió:

—Ellis está ahora atrapando a Byron.

Por fortuna, Ellis pareció encontrar un paso todavía más rápido, se colocó a la par del caballo de Byron y dio un gran salto para luego aferrarse a la espalda de Byron. Sin embargo, en este momento, estaban en el otro extremo del campo.

—Pareciera que Byron desaceleró el paso —comentó alguien—. Aunque es difícil saberlo desde aquí.

—No logro ver nada —se quejó otro de los nobles.

—Redujo la velocidad del caballo —dijo otro—. Pero, aun así, es más rápido de lo que yo podría correr.

—Mis señores, no se preocupen. Repetiremos la demostración en esta dirección —Edyon intentó que su voz sonara como si todo hubiera sido planeado de esta forma—. Tendrán una vista perfecta —y Edyon corrió por el campo, agitando sus brazos hacia Byron, quien por fortuna se acercó a él antes de que Edyon llegara muy lejos y rápidamente entendió el problema.

—La próxima vez lo haremos justo en frente de ellos. Hazme una señal cuando estés listo —dijo Byron.

Edyon volvió corriendo a su posición.

—¿Está todo bien, príncipe Edyon? —preguntó lord Regan.

—Sí, bien, gracias, lord Regan.

Pero Edyon esperó. Y esperó. Y nada pasó.

Mierda, la señal.

Edyon agitó su brazo y Byron partió galopando hacia el grupo. Ellis esperó un momento antes de salir corriendo a un paso dramático. Caballo, jinete y corredor llegaron precipitadamente hacia el grupo de nobles. Algunos ya se estaban apartando cuando Ellis saltó sobre la grupa del caballo y sujetó a Byron, para enseguida derribarlo al suelo. Ambos jóvenes aterrizaron mientras el caballo corría por la carpa, golpeaba una mesa con bebidas y hacía correr a nobles y sirvientes.

—Bueno, no podemos decir que esta vez no lo vimos —comentó lord Hunt.

—Exactamente —respondió Edyon, aunque tenía ganas de gritar. ¿Por qué las cosas siempre le salían mal?

El padre de Edyon, no obstante, vino al rescate con una pregunta seria.

—Es impresionante la velocidad que desarrolla este joven. ¿Cuánto tiempo transcurre antes que el efecto desaparezca?

Edyon se sintió aliviado de responder de manera igualmente seria.

—Ellis podría correr a esa velocidad toda la tarde. Podría repetir lo que acaba de hacer cien veces más. Ni siquiera se quedó sin aire. Y Byron está ileso de su caída, ya que el humo cura al instante cualquier corte o contusión. Un ejército de jovencitos a toda marcha podría ser más veloz que la caballería.

—Muy bien, Edyon —Thelonius asintió y aplaudió. Muchos de los Señores de Calidor lo imitaron, aunque Edyon notó que ni lord Hunt ni otros cerca de él se unían.

—A continuación, haremos una demostración con la lanza —dijo Edyon.

—¿Necesitaremos protección? —preguntó lord Hunt.

—Retrocedan, todos —bromeó lord Birtwistle.

Edyon sonrió y los ignoró.

—Elegí la lanza para demostrar cómo el humo confiere fuerza sin reducir precisión. Como pueden ver, hay blancos pintados en esas puertas. No creo que ni el mejor lancero del ejército de Calidor pudiera lograr que su lanza volara a esa distancia, pero Byron y Ellis acertarán la diana.

Byron y Ellis recogieron sus armas y arrojaron sus lanzas mientras Edyon murmuraba: "Por favor, no fallen. Por favor, no maten a nadie".

Pero las lanzas volaron con perfecta precisión y aterrizaron tan fuerte que por poco partieron la madera donde estaban los blancos.

Algunos de los nobles silbaron con admiración, entre comentarios asombrados por lo que acababan de presenciar.

—¡Una última vez! —dijo Edyon—. Ellis y Byron podrían hacer esto con la misma fuerza y precisión cien veces, pero nuestras puertas no lo resistirían.

Acto seguido se repitieron los lanzamientos con los mismos resultados.

Thelonius volvió a aplaudir, y ahora la mayoría de los Señores de Calidor lo imitaron.

—¿Y cómo se desempeñan con la espada? —preguntó lord Hunt.

—Es lo que haremos a continuación —respondió Edyon—. Ellis y Byron se enfrentarán en duelo para ustedes, a fin de demostrar su velocidad y agilidad.

—Sería más relevante ver cómo les iría enfrentando a un soldado regular —dijo lord Hunt.

Edyon sacudió la cabeza.

—Me temo que eso sería demasiado peligroso.

—Bueno, me gusta pensar que no soy un soldado tan regular, pero voy a arriesgarme a uno o dos moretones —Regan dio un paso adelante y desenvainó su espada—. Quiero sentir la fuerza de los chicos. Byron, atácame. Sólo evita matarme, y yo te brindaré la misma cortesía. Acabo de recuperarme de un apuñalamiento.

Regan no mencionó que el apuñalamiento lo había sufrido de manos de Marcio y su compatriota, Holywell. No necesitaba hacerlo.

—Me encanta que se entregue al espíritu de la demostración, lord Regan —Edyon miró a Byron y asintió—. Lord Regan quiere sentir tu fuerza, Byron. Adelante.

No te contengas. Pero, por favor, no lo mates.

Byron sonrió.

—Solamente lo desarmaré, lord Regan. No deseo…

Regan lo atacó con su espada, esperando atraparlo desprevenido, pero Byron esquivó el ataque y contratacó con un contundente golpe de muñeca a la espada en alto de Regan, con lo que la derribó de sus manos. De alguna manera, Byron se acomodó enseguida y puso la daga en la garganta de Regan, simulando un corte sobre ella. Byron se mantuvo en esa posición antes de retroceder con gracia e inclinarse ante Regan.

Lamentablemente todo se desarrolló muy rápido, aunque de forma muy hermosa.

Dios mío, Byron es alguien a quien tener en cuenta.

Regan se frotó las manos, a todas luces un poco incómodo, aunque intentaba ocultarlo. Los nobles Señores aplaudían y reían.

—La fuerza de Byron es impresionante, y su velocidad asombrosa —sentenció Thelonius—. Por lo general, no lograría siquiera acercarse a usted, Regan.

Edyon estaba maravillado.

—¿Y cómo es el asunto de la sanación? —preguntó lord Hunt—. ¿Vamos a ver eso también?

No lo habían ensayado, pero era importante.

—Las lesiones sanan más rápido cuando has inhalado el humo, pero la forma más rápida de sanar es aplicar el humo directo sobre la piel. Tal vez si me hago un corte, Ellis pueda curarlo —explicó Edyon, aunque no quería cortarse, en realidad.

Sin embargo, Byron ya tenía una daga preparada y dio un paso al frente. Hizo un corte con la daga en la palma de su mano y dijo:

—Permítame, Su Alteza.

Byron es bastante heroico. Y sí, ciertamente lo permitiré.

Byron ahora extendía su mano, chorreando sangre, para mostrarla a la audiencia. Ellis inhaló el humo e inclinó la cabeza hacia la mano de Byron, mientras Edyon comentaba:

—Parece un poco extraño, pero Ellis sostiene el humo en la boca y pone la boca sobre la herida. El humo está en contacto con la piel desgarrada de Byron. Y Ellis mantendrá su posición allí todo el tiempo que pueda y luego, cuando se separe... —en ese momento, Ellis levantó la cabeza, con sangre en los labios y las mejillas, y Byron extendió la mano. Había sangre alrededor de la herida, pero el corte ya había cicatrizado.

Los Señores de Calidor murmuraron entre sí y se pasaron la botella de humo de demonio. Todos querían sentir su extraño calor y peso.

—¿Cuánto de esto tienen en Brigant? —preguntó alguien.

—No lo sé con exactitud —respondió Edyon—. Pero ése es el humo de sólo un demonio y, como pueden ver, es suficiente para muchas inhalaciones. Hay innumerables demonios en el mundo de los demonios. Si Aloysius logra capturarlos y matarlos a todos, tendría suficiente humo para vigorizar de inmediato a un enorme ejército. Tendrían la fuerza suficiente para conquistar el mundo.

—Y si conozco bien a mi hermano, va a intentarlo —dijo Thelonius—. Es una amenaza para nosotros y para Pitoria.

Edyon estaba tan animado por esta respuesta a la demostración que fue un paso más allá y agregó:

—Por eso el rey Tzsayn pidió que Calidor se uniera a Pitoria para trabajar como uno solo. Juntos tenemos mejores opciones de enfrentar a Brigant.

—¿Juntos? —preguntó lord Hunt—. ¿Con Pitoria? —dio un vistazo a su alrededor, a los otros grandes Señores de Calidor que estaban con una exagerada expresión de enfado en el rostro.

—Sí, juntos —enfatizó Edyon—. Trabajar con otros que son amenazados por Aloysius.

—No necesitamos trabajar con ellos. Podemos defendernos solos.

—No contra un ejército vigorizado por el humo —respondió Edyon.

70

Thelonius dio un paso junto a Edyon.

—Me temo que mi hijo tiene razón. Contra un ejército convencional, incluso el de Brigant, creo que podríamos defendernos. Lo hemos hecho antes. Pero este humo de demonio cambia las cosas.

—Pero, Su Alteza, hemos pasado la última década reforzando nuestras defensas —Hunt giró hacia Edyon—. El humo de demonio da fuerza y velocidad, pero ¿los protege contra el fuego?

—Mmm… No lo creo. En realidad, no he intentado eso.

—Necesitamos verlo. Ésa es una parte clave de nuestra estrategia defensiva en la muralla.

—Y eso es lo que ahora demostraré —dijo Regan, dando un paso adelante.

—Pero esto no lo habíamos acordado, lord Regan —dijo Edyon.

Regan lo ignoró y se dirigió a Thelonius y a los nobles.

—Está muy bien ver a Ellis y Byron correr detrás de los caballos, pero he preparado un ejemplo de lo que los invasores tendrán que enfrentar en nuestra muralla. Ésta será una prueba más contundente del poder del humo.

Regan condujo al grupo hacia sus soldados, que se encontraban parados junto a dos murallas de piedra divididas por un amplio foso. El foso estaba lleno de astillas de madera que estaban siendo encendidas, y debía haber brea o aceite mezclada con la madera, porque en un instante las llamas se elevaron con fuerza. Edyon había escuchado mucho sobre la enorme muralla de defensa que había sido construida desde la última guerra a lo largo de la frontera norte de Calidor. Ésta parecía tener el mismo diseño y aunque no era tan grande, seguía luciendo formidable. Claramente, Regan había empleado un tiempo considerable construyéndola, y era evidente que había evitado mencionarle a Edyon cualquier cosa al respecto.

—Lo único que Byron y Ellis tienen que hacer es cruzar desde ese lado, Brigant, a éste, Calidor —dijo Regan.

—No —respondió Edyon, mirando las llamas—. Es muy peligroso y no deberíamos pedirles que lo intentaran.

—Las murallas aquí son mucho más bajas que las de la frontera y el foso no es tan ancho o profundo, y ¿ya estás diciendo que esto es demasiado? —se burló Regan —. De pronto este humo todopoderoso resultó no ser tan poderoso.

Ellis, no obstante, miraba fijamente las llamas.

—Puedo hacerlo.

—No, no puedes —dijo Edyon, moviéndose para bloquear el camino de Ellis—. El humo te hace sentir invencible, pero no lo eres.

Regan sonrió.

—Interesante. *Ahora* estamos aprendiendo algo útil.

—¡Puedo hacerlo! —dijo Ellis, y corrió ágilmente alrededor de Edyon y se precipitó hacia la muralla.

—¡No! Ellis ¡Detente! Te lo ordeno —gritó Edyon. Pero ya era muy tarde.

Ellis ya estaba brincando de la primera muralla, desde la cual dio un gran salto hacia arriba, por encima de las llamas. Edyon contuvo el aliento mientras Ellis volaba por el aire. Por un instante, pareció que fuera a cruzar así todo ese trecho. Llegó muy cerca de la muralla del fondo, pero no lo suficiente, y cayó al foso en medio de un estruendo de madera astillada.

Las llamas se elevaron alrededor de Ellis. Estaba metido hasta los muslos en tablones ardientes y, no obstante, de alguna manera, gracias al poder del humo de demonio, trepó hasta salir del foso con la ropa quemada y el cabello en llamas. Byron corrió hacia Ellis, lo sacudió y lo ayudó a rodar por el suelo para apagar el fuego.

—Se curará, supongo —dijo Regan, mirándolo.

—Sí, pero le quedarán cicatrices —murmuró Edyon. Y a Ellis le dijo en voz baja—: Lo siento.

Ellis se recostó, las heridas apenas comenzaban a sanar cuando respondió:

—No, lo siento yo, Su Alteza. No escuché su orden. Yo ni siquiera pude hacer el salto.

—¡Me gustaría ver a Aloysius enviando a su nuevo ejército a través de nuestra muralla! —lord Hunt gritó por encima de sus voces, ignorando la difícil situación de Ellis—. Me gustaría verlos a todos arder.

Algunos otros nobles gritaron en señal de aprobación.

Lord Regan se dirigió a la audiencia:

—Príncipe Thelonius, señores míos, estoy seguro de que todos estamos agradecidos por esta demostración informativa sobre el humo de demonio realizada por el príncipe Edyon. Está claro que el humo otorga fuerza y velocidad, pero no protege del fuego, y que además perjudica el juicio y la disciplina. No necesitamos unir fuerzas con Pitoria. Necesitamos asegurarnos de que nuestras defensas permanezcan fuertes.

—Ciertamente, lord Regan —lord Hunt manifestó su acuerdo—. Podemos resistir —comenzó a aplaudir—. Bien hecho, príncipe Edyon, por su esclarecedora demostración.

Pero no era eso lo que intentaba probar con la demostración. En lo absoluto.

MARCIO

BRIGANT

Marcio y Sam caminaban juntos, la mayor parte del tiempo en silencio. Cuando Sam hablaba, fantaseaba sobre el futuro, que siempre era maravilloso, y cuando hablaba Marcio, reflexionaba sobre el presente, que estaba lejos de ser idílico. El tema más apremiante era la comida y cómo obtener más. Con las trampas para conejos ya habían cazado dos. Los habían devorado y también todos los alimentos que Marcio había robado, pero no es que estuvieran engordando.

Evitaron las pocas aldeas por las que pasaron, y ambos se escondían en cuanto veían que una carreta se acercaba por el camino. Marcio sospechaba que Sam se ocultaba porque había cometido algún delito, quizás habría lastimado al dueño de la ropa que llevaba puesta, y que él asumió que había sido de su amo. Pero Marcio no estaba tan interesado en descubrir la verdad, y Sam ciertamente no daría esta información de manera voluntaria. Marcio se escondía porque no estaba seguro de cómo lo recibirían los lugareños, a él, un abasco, dado que el territorio de Abasca pertenecía a Calidor y, por lo tanto, al enemigo. Preveía que la reacción de la mayoría de la población de Brigant sería similar a la del granjero al que había robado.

Otra lección que Marcio había aprendido de ese granjero era que las piedras podían protegerlo. Mientras caminaba, Marcio recogía piedras al costado del camino y las arrojaba a blancos elegidos aleatoriamente, como el tronco de un árbol o un arbusto. Las piedras eran la única arma que tenía, pero eran mejores que nada y podrían protegerlo si llegasen a meterse en problemas.

En dos ocasiones, los otros viajeros tuvieron la ocasión de notar la presencia de Sam, porque necesitaban preguntar sobre el camino a Hornbridge, que era donde le habían dicho que el ejército juvenil estaba acampando. Después de dos días, por fin llegaron a las afueras del pueblo, pero no había rastro de un ejército de jovencitos.

—Si alguna vez estuvieron aquí, ya no —Marcio pateó una bola de excrementos.

—¿Deberíamos preguntarle a alguien?

—Adelante —Marcio le señaló el pueblo.

Sam vaciló, pero luego se dirigió hacia las casas. Marcio se quedó atrás y se ocultó entre los árboles, sintiéndose como un forajido, pero sin estar muy seguro de por qué.

Poco después Sam regresó corriendo con una sonrisa en el rostro.

—Estuvieron aquí hace una semana. Sólo un pequeño número de ellos. Jóvenes de nuestra edad. No es un pelotón completo, pero definitivamente es parte de un ejército.

Marcio también sonrió, aunque de pronto se sintió nervioso. Él sabía que su plan de ser soldado, de obtener información y ayudar a Edyon era absurdo, pero al menos una parte de él ahora era un poco más real.

—Tomaron rumbo al poniente hacia aquellas colinas —dijo Sam—. Ven. Los alcanzaremos pronto. Estoy seguro.

Pero no vieron señales de un ejército o de una brigada, y ni siquiera de otro joven, además de ellos mismos. Se detuvieron cuando comenzó a oscurecer y encendieron una fogata, pero tenían poco para comer.

—Cuando encontremos al ejército, al menos tendremos comida —dijo Sam, avivando el fuego.

Marcio asintió.

—Comida y enfrentamientos.

Sam frunció el ceño.

—¿Qué hay de malo en eso? Quiero luchar por Brigant y por Aloysius. Es mi hogar y él mi rey. *Tú, ¿por qué quieres* combatir por él?

Marcio había estado pensando en esto. Necesitaba un buen argumento y tendría que convencer a más personas que a Sam de su nueva lealtad.

—No tengo hogar, Sam. No tengo familia, ni un reino. Nada. Pero odio a Calidor más que a cualquier otro pueblo. Quiero combatir contra ellos —recordó que la gente decía que parecía malvado cuando hablaba abasco, así que continuó en su antiguo idioma—: Y yo cometí un error y debo hacer lo que pueda para remediarlo, incluso si es en vano, incluso si muero.

Marcio miró en dirección de Abasca, las colinas oscuras contra el cielo. Podría haber tenido un hogar en esas colinas y vivido una vida pacífica, si no hubiera sido por el rey Aloysius y los hombres que luchaban para él. Y si no hubiera sido por el príncipe Thelonius y su traición. Ambos hermanos se odiaban, pero juntos habían causado la muerte de la familia de Marcio, de todo su pueblo. Habían destrozado por completo su vida y apenas conseguía imaginar lo que habría podido ser. Nunca recuperaría eso. Lo único que podía hacer era vivir cada día e intentar hacer lo que era correcto. Haría lo que pudiera para ayudar a Edyon. Él era la única persona leal con la que contaba ahora.

Mientras miraba hacia las colinas, Marcio vio un tenue punto de luz. Se puso en pie, al tiempo que observaba cómo aparecían otras dos luces. *¿Fogatas?*

Sam se irguió junto a Marcio.

—¿Crees que son ellos?

—No lo sé, pero si nosotros podemos verlos, ellos pueden vernos —Marcio pisoteó su propio fuego para apagarlo—. Iremos allá cuando amanezca. No creo que sea buena idea deambular por un campamento ajeno en medio de la oscuridad.

Sam sonreía de la emoción.

—Mañana a esta hora ya nos habremos enlistado en su ejército.

—Esperemos que acepten nuevos reclutas.

—Todo ejército los busca.

Esperemos que me acepten a mí.

Partieron al alba. A media mañana encontraron los restos de las fogatas que habían visto en la noche, pero todos los chicos —si es que eran ellos— ya habían partido.

Sam caminó alrededor, mirando el suelo.

—Estoy seguro de que son ellos. Había mucha gente aquí y, mira, han dejado huellas en esa dirección.

—Sí, es curioso que lo hayan hecho. Y la forma en que encendieron fogatas para que nosotros las viéramos. Casi como si quisieran que los encontráramos.

Pero Sam ya estaba siguiendo el rastro. Marcio se apresuró tras él, revisando todo el tiempo a su alrededor. Pronto entraron en un estrecho y boscoso valle tranquilo y silencioso. Continuaron caminando junto a una corriente, avanzando a un ritmo lento pero constante, hasta que Sam se detuvo de manera abrupta y señaló a su izquierda.

La silueta de un jovencito se recortó contra el horizonte. Apuntaba con su lanza a través del valle, y pronto apareció otra silueta sosteniendo una lanza. Ambos soltaron gritos cortos y rápidos y descendieron a toda prisa por las laderas del valle. Era algo peligroso y estúpido. *Tropezarán y se romperán el cuello*, pensó Marcio.

Pero no sucedió. En lugar de ello, el chico de la derecha saltó desde una roca, girando en el aire y colgando boca abajo, dando la impresión de que aterrizaría sobre la cabeza.

Sam jadeó.

En el último segundo, la silueta se enderezó, aterrizó sobre sus pies y aceleró hasta el extremo opuesto del valle. El otro chico saltó hacia abajo, haciendo una voltereta en el aire, y luego también salió corriendo. Un momento después, ambos se habían desvanecido a lo lejos.

—¿Viste a ese joven a la derecha? ¡Era casi como si estuviera volando! ¡Cuánto daría por hacer lo mismo!

—Nos uniremos al ejército, no al circo, Sam.

—Lo sé. Lo sé, pero de igual forma, se veían geniales —Sam partió tras los chicos—. Creo que nos están mostrando el camino a seguir.

Marcio miró hacia atrás y vio a otro chico en lo alto, a un costado del valle. Tenía la sensación de que ahora no habría vuelta atrás. Pero casi de inmediato Sam se detuvo.

—Maldición. El rastro se dirige a aquel acantilado.

—Tendremos que encontrar otra forma —Marcio miró a su alrededor y recordó algo. El silencio y la quietud: era como si estuvieran siendo observados. No, no era *solamente* que estuvieran siendo observados. Era la misma sensación que cuando los hombres del alguacil los habían estado siguiendo a él, a Edyon y a Holywell. Justo como cuando mataron a Holywell con una lanza. Nada pasaba. Ni una hoja se movía, ni una sola ave cantaba.

Nada.

Tal vez, Marcio sólo estaba imaginando todo.

Pero entonces escuchó un ave.

No, no era un ave: era un sonido de aleteo.

Sam gritó y sujetó a Marcio, lo jaló hacia un costado mientras una lanza perforaba el suelo a un paso de distancia. En la punta de la lanza había un trozo de tela. Aleteando mientras la lanza volaba por el aire había producido aquel peculiar sonido. En la tela estaba la figura con la cabeza de un toro.

Desde la izquierda de Marcio llegaron más sonidos de aleteo.

Marcio jaló a Sam hacia atrás en el instante en que otra lanza con una bandera se clavaba en el suelo donde éste había estado.

Luego llegó desde atrás otro sonido de aleteo. Ahora fue Sam quien empujó a Marcio a un costado mientras una lanza aterrizaba a los pies del primero.

Avanzaron hacia el acantilado. Más lanzas siguieron cayendo durante todo su trayecto. Los estaban obligando a trepar la pared rocosa.

—Necesitamos llegar arriba. Eso es lo que quieren que hagamos —Marcio encontró un asidero en el acantilado y comenzó a subir. Sam lo siguió.

Los asideros se hacían cada más difíciles de alcanzar a medida que Marcio trepaba. Y entonces se sintió totalmente expuesto. En cualquier momento, los chicos podrían arrojarle una lanza a la espalda. Su vida estaba en manos de ellos. Marcio maldijo, aunque siguió subiendo hasta que sus dedos alcanzaron la cima del acantilado. Las piernas le temblaron por el esfuerzo al extender la mano. Palpó a su alrededor, encontró un pequeño asidero y con un esfuerzo desesperado se impulsó hacia arriba.

Parado frente a él, en la cima del acantilado, había un jovencito, no mayor que él mismo e igual de delgado, aunque sus brazos desnudos eran musculosos y nervudos. Llevaba un chaleco de cuero con una insignia roja y negra, representando la cabeza de un toro, cosida a la altura del corazón. Y pegado a su cinturón encurtido, había una botella envuelta en piel, con una hendidura que revelaba una astilla de un brillo púrpura. Lo más importante era que el chico sostenía una lanza, que ahora bajó para que su afilada punta quedara a un palmo del ojo derecho de Marcio.

—Ojos plateados. ¡Lindos! Pensé que ustedes, los abascos, estaban todos muertos o eran esclavos.

—Pensaste mal.

—No es la primera vez —y el chico bajó su lanza y extendió la mano—. Déjame ayudarte.

Marcio ignoró el gesto, no confiaba en el chico, y tomó impulso para trepar por su cuenta.

—Hermoso día para escalar un poco. Por cierto, mi nombre es Rashford.

—Yo soy Marcio —dio media vuelta, miró por encima del acantilado, y agregó—: él es Sam.

Rashford también miró por encima del borde.

—Parece que Sam está tiene algunas dificultades.

Marcio no estaba seguro de cómo proceder.

—Podrías ayudarlo.

—¿Te refieres a atraparlo si cae? —Rashford sonrió y dio un paso atrás, levantando nuevamente su lanza en dirección al pecho de Marcio—. No soy de los que personas que ayudan. ¿Qué tipo de persona eres tú, Marcio?

—Por lo general, de las que se indignan cuando les apuntan con una lanza.

—Puedo verlo —Rashford empujó su lanza hacia Marcio, quien tuvo que retroceder hasta el borde del acantilado—. Pero yo también me indigno. No soporto a quienes nos siguen —golpeó con la lanza a Marcio, quien se tambaleó en el borde del acantilado—. A quienes nos espían —lo pinchó de nuevo con la lanza y Marcio tuvo que sujetarla para no caer.

—No los espiamos, Sam y yo queremos unirnos a su ejército.

—¿Ejército? ¿Sólo de chicos? ¿Sin nobles al mando? ¿Sin caballeros?

—Son fuertes, rápidos, buenos para arrojar lanzas —miró al suelo y vio que las lanzas habían sido recogidas por varios de los chicos que estaban en pie debajo de él—. Muy buenos para acechar. Y para ocultar su rastro, cuando lo desean.

—Creo que empiezo a entender lo que dices —Rashford retrocedió un poco, concediendo a Marcio un poco más de espacio—. Pero ¿en qué eres bueno, Marcio? ¿Qué puedes ofrecer a este *ejército*? ¿Eres fuerte? ¿Rápido? ¿Hábil con una lanza?

Marcio se encogió de hombros.

—Soy hábil sirviendo vino.

Rashford se echó a reír.

—No es que tengamos mucho por aquí y creo que si tuviera algo yo mismo podría servírmelo.

—Serví vino para el príncipe Thelonius. He viajado a Calidor y a Pitoria. Conozco el humo de demonio púrpura. Sé que te hace más fuerte y rápido. Y también sé que sana. Yo mismo me he curado con el humo. Apuesto a que eso es lo que hay dentro de esa botella que tienes allí.

Rashford levantó su lanza hasta que la punta estuvo de nuevo justo frente al ojo derecho de Marcio.

—Ciertamente, sabes mucho, Marcio. Tal vez demasiado. Yo no iría alardeando por allí mis lazos con el príncipe Thelonius. Estás en Brigant. Thelonius es el enemigo, eso debes saberlo muy bien.

—Y yo soy un abasco. La víctima de todos, el esclavo de todos. Pero en el fondo, los abascos no somos víctimas ni esclavos: somos luchadores. Nunca más volverán a convertirme en esclavo, para ello combatiré.

Rashford sonrió.

—Bien, eso es lo que yo llamaría actitud. Pero claro, si quieren unirse a nosotros, van a tener que demostrar de qué están hechos. Tendremos que ver un verdadero espíritu combativo —Rashford retrocedió y agregó—: ¿Por qué no le das una mano a tu amigo? No deberías dejarlo allí colgado.

En ese momento, los dedos de Sam alcanzaron la cima del acantilado y Marcio lo tomó por las muñecas y lo asistió en la última parte del ascenso. Cuando Marcio giró hacia Rashford, vio que los otros chicos ya se habían reunido junto a él. Llevaban jubones de cuero con insignias rojas y negras de cabezas de toros; todos sostenían lanzas con banderines, algunos portaban espadas cortas y cuchillos en el cinto. Algunos parecían tener pintura de guerra roja y negra en sus rostros, algunos sonreían, otros fruncían el ceño, todos estaban muy delgados, ninguno parecía lo suficientemente mayor para necesitar afeitarse.

—Adelante, Marcio. No seas tímido —gritó Rashford.

—No se asusten. No les haremos daño... bueno, no mucho —gritó otro chico.

Hubo risas, burlas y algunos chiflidos a medida que los chicos comenzaban a rodearlo: no había escapatoria, aunque en realidad, con la velocidad de estos chicos nunca habría posibilidad de escape. Marcio y Sam ahora estaban rodeados por un círculo de jovencitos, quizás un centenar de ellos.

Rashford dio un paso adelante.

—Como líder de los Toros, la mejor y la más honorable de las brigadas juveniles, los invito a demostrar sus habilidades en combate, así sabremos si son dignos de unirse a nosotros.

Sam asintió y sonrió.

—Sí, seguro. ¿Cómo lo hacemos?

Rashford le devolvió la sonrisa.

—¡Por supuesto, batiéndose a golpes!

Los jóvenes alrededor de ellos habían comenzado un cántico.

—Pelea. Pelea. Pelea.

Sam giró hacia Marcio.

—Hablan en serio. ¿Estás preparado?

—No creo que tengamos otra opción. Simplemente no uses tu cuchillo. Peleemos sólo con los puños.

—Sin duda. Trataré de no lastimarte demasiado —respondió Sam, y retrocedió, adoptando una postura bastante absurda con los puños rígidos y en alto.

—¿Hablas en serio? —preguntó Marcio.

Rashford, que caminaba dando vueltas al interior del círculo de chicos, gritó:

—Vamos, Marcio. Aposté a tu favor.

Marcio levantó la guardia y avanzó. Era mayor y más alto que Sam. Podría vencer con mucha facilidad.

Sam sonrió, giró la cabeza y le hizo señas a Marcio para que se adelantara.

Pequeño arrogante...

Marcio echó el brazo atrás y lanzó un fuerte golpe a la mandíbula de Sam. Pero el joven lo esquivó moviendo a un lado la cabeza. Marcio lo intentó de nuevo: Sam se movió y golpeó a Marcio en el vientre, haciendo que éste se doblara por el dolor.

Los chicos vitoreaban. Rashford gritaba:

—¡Marcio! Será mejor que no me decepciones.

Sam envió un puñetazo a la mandíbula de Marcio. Marcio retrocedió tambaleándose. Los jóvenes gritaban aún más. Marcio levantó la guardia, pero otro puño lo golpeó en la oreja. Y luego otro en el abdomen lo hizo doblarse una vez más. Sam bailó hacia atrás y Marcio sólo pudo ver sus pies moviéndose. De alguna manera, Sam sabía cómo luchar y Marcio no tenía nada que ofrecer. Sin embargo, tenía que demostrar su rudeza. Se enderezó y corrió hacia Sam, quien se movió a un lado y lo esquivó. Marcio lo intentó de nuevo y sucedió lo mismo. Rashford se acercó a él y lo giró para que le diera la cara a Sam, gritando:

—No nos hagas quedar en ridículo, Marcio —luego añadió en voz baja—: Esta vez golpéalo. En la nariz.

Y en esta ocasión, dos jóvenes sujetaron a Sam y lo dirigieron hacia Marcio mientras Rashford empujaba a Marcio en dirección a Sam. Marcio simplemente levantó el puño y fue más como si la cara de Sam golpeara el puño de Marcio. Pero el resultado fue el mismo: la sangre salió a borbotones de la nariz de Sam. El joven se tambaleó hacia un lado, agarrándose la cara y Marcio saltó encima de él, lo arrojó al suelo y lo pateó en la espalda.

Sam se giró e intentó escapar, pero Marcio cayó sobre él, y con las piernas sujetó los brazos del chico, golpeando su rostro una y otra vez. Finalmente, Rashford gritó:

—Basta, Marcio. Ya es suficiente.

Entonces, fue arrastrado lejos de Sam, quien se giró e intentó levantarse, pero enseguida volvió a desplomarse.

Rashford ignoró esto y añadió:

—Podemos ver que ambos chicos son buenos luchadores. Pueden unirse a nosotros. Sólo falta por hacer una cosa.

Y más rápido de lo que Marcio pudiera pensar en estas palabras, el puño de Rashford lo golpeó y el dolor invadió su cabeza, la sangre le llenó la boca y los sonidos de las risas y los vítores de los chicos se desvanecieron mientras la oscuridad lo envolvía.

TASH

TÚNELES DE LOS DEMONIOS

Primero llega una visión. Tonos de rojo te envuelven, relajando tus músculos y calentando tus huesos. Te hace sentir amado, te hace sentir fuerte. Y te hace querer regresar. Quieres salir a medida que das tumbos a través de éste, a través del humo rojo. Estás regresando.

¿Regresando adónde?

Abres los ojos. No hay rojo. Sólo negro.

El negro lo envuelve todo, es más negro que la noche más oscura. Pero no es de noche, no es de día, nada es.

Y hace frío. Piedra, piedra fría.

Silencio. Ni un solo sonido.

Excepto… excepto por la voz en tu cabeza.

¿Pero tienes siquiera una cabeza?

¿Tienes cuerpo?

¿Puedes sentir?

¿Estás viva?

¿Cómo sabes lo que eres cuando nada hay que puedas ver, escuchar o sentir?

Quizás esta oscuridad, esta frialdad, este silencio es la muerte.

Difícilmente puede ser jodidamente peor.

CATHERINE

NORTE DE PITORIA

En la guerra, el dinero es tan vital como las espadas.
Guerra: el arte de vencer, M. Tatcher

Las entradas laterales de la tienda de Catherine habían sido retiradas para que la reina pudiera aprovechar el sol del amanecer mientras se sentaba ante su escritorio. También podía dar un vistazo al campamento, que había sido trasladado a una verde pradera en una colina arriba de donde quedaba el antiguo. Estaba ubicado entre dos arroyos, los cuales proporcionaban agua limpia, pero sin riesgo de desbordamiento. Davyon había seleccionado la ubicación y organizado el traslado, asegurándose de que el príncipe fuera molestado lo menos posible y manteniendo a Catherine informada del progreso. Al menos eso había salido bien.

Catherine apartó la mirada de aquella panorámica y la dirigió a su escritorio, que estaba cubierto de papeles. Levantó el primero y le dio un vistazo: una factura de provisiones. Y debajo… otra factura, más provisiones. Y otra debajo de ésa. Una guerra no se trataba sólo de combates y tácticas militares; había que proveer víveres que aseguraran que los hombres estuvieran bien alimentados, y esto dependía del dinero.

Y luego estaba el problema sanitario en el campamento: hasta el momento, el ejército de Pitoria había perdido más hombres a causa de enfermedades que de enfrentamientos. La fiebre roja se había extendido con rapidez y ya había matado a varios cientos. Pero el movimiento había sido la decisión correcta. El nuevo campamento estaba más limpio y mejor organizado, con animales domésticos y letrinas alejadas de los dormitorios. Cada día eran reportados menos casos nuevos de fiebre. Pero en cuanto se resolvía el problema, ya Catherine debía encargarse del siguiente y luego del siguiente...

Éste era ahora su trabajo: asumir cada problema, enfrentarlo tan bien como pudiera, y luego pasar al siguiente. Lógicamente sabía que, de poder continuar, entonces, paso a paso, lo solucionaría. Pero los pendientes parecían interminables y los problemas necesitaban resolverse, dos o tres o veinte, a la vez. La mente de Catherine estaba sobrecargada. Necesitaba ayuda para pensar con claridad. Miró a su doncella.

—Te daré un nuevo título laboral, Tanya.

—¿Lady Tanya de Tornia? —replicó ella, al tiempo que ejecutaba una elaborada reverencia.

Catherine sonrió y rectificó:

—No. Dije título *laboral*.

—¿Directora de la pesebrera? ¿Pesebrera en jefe?

—Eres la doncella mayor. De hecho, eres mucho, mucho más que una simple doncella y definitivamente no una moza. Quiero que hagas lo que siempre has hecho por mí, sólo que bajo un título diferente.

—Entonces, ¿qué título recibiré?

—Ayuda de cámara.

—¿Ayudante de peluquería? Un papel vital en un reino tan obsesionado con el cabello como éste.

Catherine sonrió de nuevo.

—No, Tanya, tu nuevo título no es ayudante de peluquería. Dije *ayuda de cámara*. El mismo título que el general Davyon.

—Oh, ya veo. Gracias —Tanya asintió con gesto reflexivo, luego agregó—: Parece que obtendré un aumento de sueldo.

—¿Por qué todo tiene que girar en torno al dinero? —espetó Catherine—. ¿Tú también quieres llevarte mi último kopek? —sintió que lágrimas de frustración llenaban sus ojos. Habría querido destrozar todo el montón de papeles y simplemente salir de allí.

Tanya se acercó.

—Me disculpo, Su Alteza.

—No, yo me disculpo. Estoy cansada. Pero no debería desquitarme contigo —había estado sentada a un lado del rey la mayor parte de la noche, pero Tanya tampoco había dormido bien.

—Me siento honrada de que haya pensado en mí —continuó Tanya—. Y me siento honrada de tener un nuevo título. Y ayuda de cámara es un buen cargo. Si soy considerada para ocupar un papel siquiera un poco comparable al de Davyon, me siento muy honrada.

—El punto es que ya pienso en ti ocupando un cargo tan alto como el de él, y quiero que todos hagan lo mismo. Hemos pasado por muchas cosas juntas, Tanya. Quiero que el mundo sepa lo mucho que te valoro.

—Entonces, ¿soy su consejera?

—Ciertamente.

—¿Sobre algo en particular?

Catherine suspiró y acomodó los hombros. ¿Por dónde empezar?

—Guerra... dinero... matrimonio... amor.

—Las cosas pequeñas.

Catherine rio y besó a Tanya en la mejilla.

—Sí. Pero primero la guerra. Ven. Me esperan en el consejo.

Catherine había estado ausente de las reuniones diarias desde hacía varias mañanas, puesto que había estado al lado de la cama de Tzsayn, pero la joven reina estaba decidida a no perderse otra.

Ffyn, Davyon y Hanov, el general de mayor antigüedad de Tzsayn, lideraban el consejo de guerra. Cuando Catherine llegó, el general Ffyn, recién promovido para reemplazar a lord Farrow como líder del ejército de Pitoria, le sonrió del otro lado de la mesa del mapa.

—Buenas noticias, Su Alteza. Esta mañana llegó una delegación de Calidor. Se unirán a nosotros en breve.

—¡Por fin!

Había pasado un mes desde que Edyon zarpase hacia Calidor con la advertencia de Catherine sobre la amenaza que representaba el ejército de infantes y de su petición de formar una alianza contra su padre, y el silencio había sido tan ensordecedor que ella había comenzado a temer que el mensajero no hubiera alcanzado su destino.

—¿Quizá pueda actualizarme sobre la situación general mientras esperamos a que lleguen?

—Sin cambios, Su Alteza. Los soldados de Brigant defienden sus posiciones alrededor de Rossarb y en la Meseta Norte.

Señaló las ubicaciones en el mapa, casi asumiendo que Catherine lo ignorara.

—Pero allí es donde está la mayor parte de la acción —dijo Tanya, gesticulando hacia la Meseta Norte—. En el mundo de los demonios, quiero decir.

Ffyn miró a Tanya y luego a Catherine con las cejas en alto. Tanya no pertenecía oficialmente al consejo de guerra. Con toda la naturalidad que le fue posible, Catherine lo clarificó:

—He ascendido a Tanya al cargo de ayuda de cámara. Agradezco sus opiniones sobre todos los asuntos.

El general se aclaró la garganta.

—Por supuesto. Lo que Su Alteza considere que sea lo mejor.

—Y Tanya tiene razón —continuó Catherine—. Mi padre está consolidando su posición en la meseta y está ocupado reuniendo el humo de demonio. Tiene justo lo que quiere: un suministro seguro de humo y tiempo para entrenar a su nuevo ejército. Cuando todo esté listo, no tendremos oportunidad.

—Quisiera creer que hemos ofrecido un poco más de resistencia de lo que parece esperar, Su Alteza —respondió con rigidez el general Ffyn.

—Ha visto los efectos del humo, general. Todos sabemos que un ejército vigorizado por éste es invencible, aun cuando se trate de un grupo poco entrenado de chiquillos. No hay vergüenza en admitirlo. La vergüenza estaría en no tener un plan para lidiar con ello.

Ffyn sacudió la cabeza.

—Nuestros números pueden haber bajado debido a esta maldita fiebre, pero ya hemos superado el asunto. Tenemos una buena posición en terreno alto. Creo que podemos mantener esta posición si el ejército regular de Brigant ataca.

—Empero, uno de mis hombres regresó de Brigant anoche —el general Hanov, que controlaba la red de espías, intervino—. Nos informa que se han avistado brigadas armadas de jovencitos.

—¿El ejército de chicos?

—No exactamente, Su Alteza. Las brigadas son pequeñas unidades: hay al menos diez, con cien chicos en cada una. Estos jóvenes son brutales, fuertes y rápidos... y día a día mejoran sus habilidades para el combate.

—¿Y dónde están estas brigadas?

—Al menos tres con Aloysius, cerca de Rossarb.

—¿Y el resto?

—Creemos que en la frontera con Calidor.

Catherine levantó la vista del mapa.

—¿Calidor? ¿Cree usted que se estén preparando para invadir?

Hanov lo negó.

—Son apenas unos cientos de niños. Las mejores tropas de Aloysius todavía permanecen en Rossarb. No hay señales de que se dirijan al sur.

—Incluso si este nuevo ejército fuera la avanzada, Aloysius no podría invadir Calidor sin el apoyo de su tropa regular, Su Alteza —explicó Ffyn—. Necesita desplegar soldados en el terreno para ocupar el reino una vez que el combate haya terminado. Todavía no veo algo que indique un ataque inminente contra nosotros o Calidor.

—Estoy de acuerdo con Ffyn —dijo Davyon—. Excepto que tenemos el problema del mar de Pitoria.

—¿El mar? —preguntó Catherine.

—Los soldados de Brigant pueden no estar enfrentándonos a nosotros ni a Calidor en tierra, pero ya han comenzado a asediar nuestras naves —respondió—. Hemos tenido que atraer a puerto la mayor parte de nuestra flota. Las naves de Brigant son más grandes y rápidas que las nuestras, y ahora mantienen un control casi total de las aguas entre Pitoria y Calidor.

Catherine maldijo en su interior las reuniones que se había perdido. Había estado ocupada con Tzsayn y las finanzas, pero su padre nunca se quedaba quieto. ¿Cuál era su gran plan? Miró de nuevo el mapa.

—¡Si los soldados de Brigant son libres de moverse en cualquier lugar alrededor del mar de Pitoria, podrían invadir en cualquier punto de nuestra costa! Debemos recuperar el dominio marítimo.

Ffyn parecía irritado.

—¿Cómo? No podemos tomar el control del mar sin armada.

—Entonces debemos conseguir mejores navíos —dijo Catherine, pero incluso mientras hablaba, sentía que su alma se hacía pedazos. Ella podría gritar todo lo que quisiera a sus generales al respecto, pero ellos ¿de dónde sacarían los barcos? ¿Cuánto tiempo tomaría construirlos? ¿Cuánto dinero?

—Calidor tiene una flota poderosa —dijo Hanov pensativamente—. La construyeron tras la última guerra para defenderse de Aloysius.

—Entonces, debemos pedir a la delegación de Calidor que nos presten su fuerza para proteger nuestra costa y patrullar el mar de Pitoria. Es una solución que nos beneficiará a ambos.

¿Podría ser realmente algo tan simple?

—Tiene razón, Su Alteza —dijo Davyon—.

Debemos proteger nuestra costa. Pero el humo es la clave de esta guerra. Esto es lo que Aloysius necesita para su victoria. Ésa es la razón por la que sus fuerzas se concentran en el norte, que es su mayor fortaleza, pero también su mayor debilidad.

Catherine sonrió.

—¡Una debilidad! Me estás dando una esperanza, Davyon. Explícate.

—Es una cuestión de logística, Su Alteza. El ejército de Aloysius está muy lejos de su hogar. Algunos de sus suministros pueden venir a lo largo de la costa norte entre Brigant y Pitoria, pero el ejército es demasiado grande para ser abastecido sólo por tierra, por lo que la mayoría viene por mar. Eso funciona en verano, pero será diferente cuando comiencen las tormentas de invierno.

—Pero el invierno está a meses de llegar —objetó Ffyn—. Y mientras tanto, Brigant tiene la superioridad en el agua y se fortalece en la ruta terrestre todo el tiempo.

Catherine asintió.

—Pero con el apoyo naval de Calidor tendríamos la oportunidad de interrumpir su envío marítimo e incluso atacar la ruta de la costa norte, cortando sus líneas de suministro terrestres.

—Lo que dejaría a Aloysius atrapado en Rossarb, muriendo de hambre —remató Davyon.

Catherine sonrió.

—Elaboren los planes.

Davyon se inclinó.

—Su Alteza.

—Mientras tanto —continuó Catherine—, ¿cómo podemos detener el recaudo del humo? Tienes razón, Davyon, que el humo es la clave de todo. Siento que ya tenemos algún conocimiento del mundo demoniaco, pero no lo estamos utilizando.

—Tengo una sugerencia, Su Alteza —dijo Davyon pausadamente—. Podríamos enviar una unidad especial detrás de las líneas enemigas para interrumpir el tránsito. Un pequeño grupo de hombres seleccionados que puedan viajar con rapidez y atacar con precisión. Sería una misión peligrosa, pero causaría algunos dolores de cabeza a los soldados de Brigant.

Catherine asintió, mientras sus pensamientos se dirigían a Ambrose. Él sería el líder perfecto para tal misión y enviarlo lejos tendría la ventaja adicional de aplastar los rumores que aún zumbaban por todo el campamento sobre la naturaleza de la relación entre la reina y su guardaespaldas. Pero, debido a esos rumores, Catherine ni siquiera se atrevía a sugerir su nombre al ayudante más cercano de Tzsayn.

—Encuentra la forma de hacerlo, Davyon. Sin el humo, el ejército juvenil es apenas una banda de niños.

Un soldado entró en la tienda con una reverencia formal.

—Su Alteza, ¿me permite presentar a la delegación de Calidor?

Catherine salió de detrás de la mesa del mapa y alisó sus faldas. Éste era un momento histórico: el comienzo de una alianza entre Pitoria y Calidor. Tenía que dar la apariencia de una reina.

—Lord Darby y maese Albert Aves.

El soldado se apartó y dos hombres mayores entraron e hicieron una reverencia. Catherine asintió con gesto refinado, a la espera de que el peón anunciara al resto de la delegación.

El silencio se extendió por el lugar.

Finalmente, después de lo que pareció un siglo, Catherine comprendió que era todo: lord Darby, un hombre viejo y frágil, de cabello blanco como una nube, y su asistente, que no era mucho más joven. Difícilmente era una delegación que pudiera impresionar.

—Lord Darby —comenzó Catherine a toda prisa—. Bienvenido a Pitoria.

—Nos sentimos honrados de conocerla, Su Alteza —lord Darby volvió a inclinarse en un gesto rígido—. Pero esperaba tener una audiencia con el rey Tzsayn.

La mandíbula de Catherine se tensó. Por supuesto que lo esperaba.

—Es una pena, el rey se encuentra indispuesto hoy, pero cualquier mensaje que tenga para mi marido, me lo puede decir y tenga plena seguridad de que lo compartiré con él.

Lord Darby parecía un poco inseguro.

—¿Es posible que el rey se encuentre disponible mañana?

—Me temo que no. Pero ahora estoy disponible yo, lord Darby. Como reina de Pitoria tengo el mismo estatus que mi esposo.

El ayudante de lord Darby murmuró al oído de su amo. Darby asintió y una sonrisa cruzó su rostro.

—Mis disculpas. Tengo instrucciones de presentar mi mensaje al rey, pero por supuesto si eso no es posible... —tomó un pergamino de un bolsillo interior y se lo tendió a Catherine—. Un mensaje para Sus Altezas, del príncipe Thelonius de Calidor.

Catherine aceptó el pesado pergamino con una sonrisa. Violó cuidadosamente el sello de cera verde, consciente de que todos los ojos estaban puestos en ella. Este pergamino contendría la oferta de Thelonius para unir fuerzas con Pitoria en contra de Brigant y cambiar el rumbo de la guerra. Era un momento significativo y leyó en voz alta para que todos los presentes pudieran escuchar:

—"Su Alteza Real Príncipe Thelonius de Calidor envía sus saludos y agradecimientos al rey Tzsayn y a la reina Catherine de Pitoria por el generoso apoyo a su hijo Edyon, príncipe de Abasca. El heredero real será investido formalmente en Calia como sucesor al trono de Calidor, y el rey Tzsayn y la reina Catherine están cordialmente invitados a asistir como espectadores de honor a la ceremonia y a las celebraciones que a continuación se llevarán a cabo."

¿Hemos solicitado una alianza militar y nos están invitando a una fiesta? Catherine respiró hondo. *Seguramente ahondará más adelante sobre la guerra. Thelonius apenas comienza con su agradecimiento.*

—"El príncipe Edyon nos ha demostrado el poder del humo púrpura de demonio y agradecemos a nuestros amigos de Pitoria por proporcionarnos un ejemplo de cómo actúa esta extraña sustancia."

Bien. Más agradecimientos…

—"También agradecemos su advertencia sobre la inminente amenaza de las fuerzas del rey Aloysius de Brigant. En Calidor estamos conscientes de nuestro vecino del norte y la amenaza que plantea a nuestra libertad y seguridad. Hemos preparado bien nuestras defensas y continuaremos resistiendo con firmeza en caso de que Aloysius ataque nuestras fronteras. Lord Darby tiene muchos años de experiencia luchando contra Brigant y lo hemos enviado como nuestro emisario especial, para brindarle asesoramiento sobre la forma de lidiar con nuestro enemigo común. Nuevamente, ofrezco mi más sincero agradecimiento. Príncipe Thelonius de Calidor."

¿Emisario especial? ¿Asesorar? Gracias y más gracias, Pero para qué sirven tantas gracias! ¿Esto es lo único que ofrece?

Catherine permitió que el pergamino se enrollara mientras volvía su atención a los hombres frente a ella.

—¿Cuántos hombres ha traído con usted, lord Darby?

Darby pareció confundido.

—Sólo a Albert, aquí presente. Él se ocupa de todas mis necesidades, y al príncipe Thelonius le pareció que viajaríamos más rápido sin una escolta militar completa.

Catherine se tragó un repentino estallido de ira. Esto era el esfuerzo de Calidor —dos ancianos y una carta de agradecimientos vacíos—, cuando lo que necesitaba eran hombres, barcos y una oferta de alianza. ¿A qué estaba jugando Thelonius? Edyon había demostrado el poder del humo, o eso decía la carta. ¿Cómo era posible que Thelonius no viera la amenaza? Esta respuesta era una locura o un insulto.

—Bueno, si los enviaron para dar consejos, tal vez podría aconsejarnos sobre la cuestión de los barcos. Tenemos una necesidad urgente de apoyo naval y...

Lord Darby se aclaró la garganta suavemente.

—Perdóneme, Su Alteza, pero ha sido un viaje muy largo y no soy tan joven como sus gallardos generales. ¿Podríamos considerar este tema mañana?

—La guerra no esperará hasta mañana, lord Darby.

—No, por supuesto que no, Su Alteza. Pero quizá para entonces estaré en mejores condiciones de asistirla.

Catherine estaba en grave peligro de decir algo poco diplomático. Con un esfuerzo supremo, se obligó a sonreír una vez más.

—Sin lugar a dudas. Alguien le mostrará sus habitaciones.

Darby hizo una reverencia al salir de la tienda, mientras Catherine se preguntaba si recibiría o no algún tipo de ayuda.

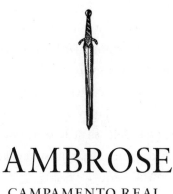

AMBROSE

CAMPAMENTO REAL, NORTE DE PITORIA

—Se ve bien —dijo Geratan, revolviendo el cabello de Ambrose. Lo habían teñido de blanco brillante, recortado en la parte posterior y dejado largo en la superior: igual que el de Geratan. Sólo que el de Ambrose no era lo suficientemente largo para permanecer oculto detrás de las orejas, por lo que seguía cayendo en su rostro.

—Hubiera sido más fácil conseguir un sombrero.

—Pero esto demuestra tu lealtad —Geratan hizo girar su espada de madera de entrenamiento y apuntó con ella a Ambrose—. Y eso resulta muy importante si por tus venas corre sangre de Brigant —Geratan continuó blandiendo su espada a su alrededor—. Cada día hay más cabezas blancas. Y también azules. Todos están interesados en mostrar su lealtad a Tzsayn y a Catherine. Hay mucho entusiasmo por ellos como pareja.

—Esta semana, sí, pero es algo que fluctúa.

Ambrose no lograba olvidar la forma en que Catherine había llegado a Pitoria en medio de una ola de entusiasmo, sólo para tener que huir luego a la capital por temor a perder su vida tras la invasión de Aloysius.

—Para Tzsayn es constante. De hecho, desde que su padre murió, el entusiasmo ha crecido aún más.

Ambrose sabía que eso era cierto. Y solamente escuchaba buenas cosas sobre Tzsayn. El nuevo rey había guiado a sus tropas valientemente en la defensa de Rossarb, y había preferido ser capturado en lugar de huir y dejar abandonados a sus hombres.

—Sí, todo el mundo ama a Tzsayn.

Geratan miró a Ambrose.

—¿Todo el mundo?

Ambrose ignoró la pregunta.

—Me encantaría continuar esta conversación, pero estamos aquí para practicar —blandió su espada de madera frente a Geratan, quien la golpeó con fuerza y la lanzó hacia atrás.

—¿Así que no serás amable conmigo? —preguntó Ambrose—. Acabo de salir de mi lecho de muerte. Mi hombro está rígido y a duras penas puedo caminar.

—Puedes cojear bastante bien —Geratan se lanzó hacia delante, intentando hacer un corte en el muslo de Ambrose, pero éste lo esquivó de manera automática. Geratan asintió—. Y tal parece que tus instintos no están tan mal.

—Esta espada de juguete es inútil, nada como la real. Un palo sería mejor —Ambrose giró la espada de madera hacia la izquierda y la derecha, sintiendo el equilibrio de ésta... y su propia falta de práctica.

—Deja de lloriquear y pon un poco de esfuerzo de tu parte.

Geratan se abalanzó a la otra pierna de Ambrose, pero de nuevo fue contrarrestado por Ambrose, quien respondió:

—Cuidado con lo que deseas, Geratan —al tiempo que se deslizaba bajo la guardia de su oponente y lo golpeaba con fuerza en el muslo izquierdo— o vas terminar apaleado por un lisiado.

—O abrumado por su palabrería —respondió Geratan, atacándolo una vez más.

Ambrose se defendió con facilidad.

—Pero quiero hablar. Todavía no me has contado lo que descubriste en el norte.

Geratan había regresado esa mañana de una expedición de exploración en la Meseta Norte para evaluar las posiciones del ejército de Brigant.

—¿Alguna señal de Tash? —preguntó Ambrose, aunque sabía que, si hubiera habido alguna, Geratan lo habría dicho. No tenían noticias suyas desde que había elegido volver al mundo de los demonios para descubrir más sobre ese extraño reino subterráneo. Quizá nunca volvería a haber señales.

—No. Sólo unos cuantos soldados de Brigant y muchos mosquitos.

Mientras hablaba, Geratan descuidó su guardia y Ambrose contraatacó, lo llevó rápidamente hacia atrás y golpeó su espada, que arrancó de su mano en el tercer golpe. Ambrose se esforzó por ocultar su regocijo y forzó un ceño fruncido mientras giraba el hombro, murmurando sonoramente:

—Sí, estoy muy fuera de forma.

Geratan gruñó:

—Inténtalo de nuevo. Esta vez seré más exigente.

Ambrose sonrió.

—Ah, bajaste la guardia a propósito. Ahora me doy cuenta. Fue un acto de bondad con un hombre herido.

—No pareces haber perdido la técnica, sir Ambrose —gritó Davyon mientras se acercaba a ellos a través de la hierba—. ¿Cómo sigue la pierna?

—Aún cojeando, camino más rápido día a día.

—¿Estás planeando volver a la guerra? ¿O tu esgrima es sólo por diversión?

—Soy un soldado, Davyon. En cuanto me encuentre bien, volveré a mi posición como guardia personal de Catherine. *Si alguna vez quiere volver a verme, claro está.*

Davyon asintió.

—Un cargo vital, por supuesto, pero tenemos otros planes para ti. Si eres capaz y estás disponible para ello.

—Otros planes. Lejos de Catherine, puedo apostar. Eso se ajustaría a la perfección a los planes de Tzsayn, ¿no es así, Davyon?

Davyon sonrió, pero su mirada era fría.

—En realidad, este plan es idea de la reina, sir Ambrose. Acompáñame y te explico.

Davyon condujo a Ambrose hasta una gran carpa. Dentro había dos mesas cubiertas con mapas. En uno de estos mapas las posiciones de varias tropas estaban caracterizadas con pequeñas piezas de ajedrez, figuras de piedra con banderas que indicaban su nacionalidad. En la otra mesa estaban mapas más detallados de la Meseta Norte y el área alrededor de Rossarb. Con rapidez, Ambrose captó las posiciones de los ejércitos de Pitoria y de Brigant.

—No veo fuerzas de Calidor en ninguna parte. Hubiera esperado que para este momento ya comenzaran a llegar.

Davyon esbozó una sonrisa forzada.

—De·hecho, una delegación de Calidor arribó ayer.

—¿Y?

—Están de nuestro lado en corazón y espíritu.

Ambrose no pudo evitar soltar una breve carcajada.

—En corazón y espíritu, pero no en cuerpo, quieres decir.

—En resumidas cuentas, así es.

—Entonces, ¿no enviaron hombres?

—Dos de barbas grises que nada han hecho desde que llegaron, más allá de comer y dormir. Sobre todo, dormir. Sin embargo, no son hombres lo que necesitamos de Calidor en este momento, sino algunas de sus embarcaciones. La guerra terrestre permanece por ahora estática, pero debemos recuperar el control de dos ubicaciones: el mar de Pitoria, lo que explica la necesidad de los barcos, y el mundo de los demonios, lo que te atañe ahora.

—¡Ah, me tocó la opción fácil!

—Sí, la misión va a resultar un desafío, incluso para ti.

¿Desafío o imposibilidad?

—¿Cuál es el objetivo? —preguntó Ambrose.

—Detener, o al menos interrumpir, el suministro de humo.

Ambrose frunció el ceño.

—¿Acaso no tienen ya todo el que necesitan? Cuando Geratan nos contó que estaban reuniendo el humo, me dijo que obtenían dos botellas al día. Han ocupado la Meseta Norte por más de un mes. Eso es bastante humo para mantener a su ejército especial en marcha.

—En realidad, no creemos que sea así. Hay mil chicos en su ejército. Necesitan humo para entrenar y para usar en las batallas reales que vendrán. No creemos que tengan todavía suficiente.

Ambrose asintió.

—Entonces, ¿cuál es tu plan?

—Tú y un escuadrón subirán a la meseta y entrarán al mundo de los demonios. El grupo de Geratan ha encontrado un hueco que considera podrían usar. Una vez dentro, deberán encontrar una manera de interrumpir su acopio de humo.

—Me parece que hace falta uno que otro detalle, si no te importa que lo señale.

—Ninguno de nosotros sabe exactamente qué está pasando allí. Tendrás que reaccionar ante la situación que encuentres. Contarás con los mejores hombres y el mejor equipo: lo que necesites. Y con Geratan, por supuesto. Ambos han estado en ese mundo. Ya saben cómo es. Regresen allí y hagan lo que tengan que hacer para impedir que los soldados de Brigant sigan sacando el humo: destruir cualquier arsenal, matar soldados, tomar el control del acceso al mundo de los demonios si es posible.

—Ah, ¿eso es todo? —murmuró Ambrose.

El plan era estúpidamente peligroso y seguramente fracasaría... no obstante, Ambrose ya estaba calculando cuántos hombres necesitaría. Un pequeño destacamento podría ser mejor en el mundo de los demonios, donde la comunicación resultaba tan complicada. Pero ¿a cuántos soldados de Brigant estarían enfrentando? Y algo más, igual de importante, ¿a cuántos demonios...?

—¿Qué tan pronto quieres que partamos?

—Para ayer es tarde.

CATHERINE
NORTE DE PITORIA

Amor, pasión, deseo: todo esto sería terriblemente sencillo si las personas no fueran tan terriblemente complejas.

Reina Valeria de Illast

—Por supuesto que deseamos cooperar, Su Alteza —lord Darby asintió sonriendo. Albert, su asistente, asintió sonriendo también—. Y ahora que tengo una comprensión profunda de las diferentes fortalezas y debilidades, siento que puedo brindarle mi consejo.

Catherine tuvo que morderse un labio.

—Sin lugar a dudas, estoy muy agradecida por su consejo, lord Darby, pero lo que más necesito son navíos.

—Ah, los barcos.

—En efecto. Barcos. Para proteger nuestra costa.

—Sí, en efecto. Los mismos barcos que Calidor necesita para proteger su costa.

—Si ustedes nos ayudan ahora, nosotros podríamos ayudarlos en el futuro.

—Pero es posible que no tengamos futuro si quedamos vulnerables al mover nuestras naves desde sus posiciones defensivas.

—Entonces, ¿no pueden disponer ni siquiera de uno?

—Cada barco está realizando un trabajo vital para Calidor.

—¿En verdad? Entonces, ¿con cuántos navíos cuentan? ¿Exactamente en qué punto están, a lo largo de su costa? ¿Para qué, precisamente, necesitan todos los barcos?

Darby miró a Albert, quien respondió:

—Tendremos que analizarlo.

—¿*Cómo?* —exclamó Catherine, con la paciencia ya agotada—. *Exactamente, ¿cómo van a analizarlo?*

Albert palideció.

—Voy a… Voy a enviar una solicitud de información a Calia, Su Alteza.

—Bueno, esperemos que ésta atraviese el mar de manera segura… ¡Si tuviéramos barcos para proteger al mensajero!

Catherine salió de la tienda, murmurando a Tanya mientras salía:

—Otro retraso, otra evasión. Lo que necesitamos son los barcos.

—Hace un rato hablé con Albert.

Catherine se giró hacia ella.

—¿Lo hiciste?

—Él está tan frustrado como nosotros. Dice que Thelonius quiere ayudar, y lord Darby también, pero muchos Señores de Calidor nos temen tanto como a Aloysius.

—¿*Nos* temen?

—Bueno, temen que una alianza signifique una pérdida de independencia. Pitoria es mucho más grande que Calidor: creen que podríamos invadirlos.

De regreso en la tienda, Tanya se dejó caer en su silla y durmió casi al instante: Catherine no era la única trabajando largas horas. Pero Catherine no podía darse el lujo de descansar. Había más documentos que revisar, más dinero que recolectar y, con certeza, una respuesta en alguna parte en relación con el problema del frente marítimo...

Catherine caminó alrededor de su tienda, pasando junto al cofre que contenía su recipiente de humo púrpura de demonio. Una pequeña inhalación le haría tanto bien: la relajaría y le daría energía para la tarde. Sin dejar de mirar a Tanya, quien roncaba levemente, Catherine levantó con cuidado la tapa del cofre y sacó la botella, cálida y pesada en su mano. Dejó que una voluta de humo púrpura se deslizara hacia arriba y afuera de la botella y lo inhaló profundamente, esperando un aumento repentino del vigor.

Nada pasó.

Catherine parpadeó. Se sintió un poco mareada, pero nada más.

Seguro no había aspirado suficiente. Inhaló de nuevo, con más fuerza. Ahora sintió el calor del humo llenando sus fosas nasales, su garganta y sus pulmones. Su cabeza vaciló y se sintió un poco mareada, pero no tuvo un aumento de energía, ninguna sensación de fortaleza o poder.

Se sentó en la cama. Quería llorar. Ni siquiera el humo parecía estar funcionando ahora.

¿Pero por qué? Hacía sólo unas semanas la había dotado de la fuerza suficiente para enfrentarse a un hombre del doble de su talla. Sabía que el humo no funcionaba en las personas adultas, pero aún tenía diecisiete años. Era una niña en muchos aspectos, aunque con las responsabilidades de una mujer: de una reina. Catherine se recostó y miró hacia el dosel. No podía ser demasiado vieja para el humo. Lo necesitaba. Era su protección. Le había salvado la vida más de una vez. Sin eso, ¿qué era ella?

Sintió que un sueño pesado la invadía.

Catherine soñó que estaba dentro de un pequeño bote en un río crecido, sacando agua mientras los demás en la canoa dormían. Un hombre de cabello verde brillante le dijo que costaría mil kroners arreglar el bote, y entonces Catherine se inclinó e intentó rellenar las grietas de las tablas con trozos de papel, pero eran demasiadas y estaba hundiéndose, hundiéndose...

Despertó sobresaltada. No estaba segura de si había dormido sólo un instante o toda la tarde. Tenía la boca seca y estaba muy hambrienta. Tanya ya no estaba en su silla y Catherine se levantó para buscarla. Cuando salió de la tienda real, una figura familiar llamó su atención y la detuvo.

Junto al faldón de entrada de la tienda donde se celebraban los consejos de guerra, estaba Ambrose. Se suponía que Catherine no debía encontrarse con él, salvo para asuntos oficiales: lo había acordado con Tzsayn.

Él está al mando de una misión al mundo de los demonios. Algo bastante oficial.

Y Catherine quería verlo.

Soy reina. Debería poder hacer algunas cosas que me placen.

Ambrose se dirigió a la carpa.

Espera que lo siga. ¿Cuánto tiempo ha esperado allí?

La joven reina recordó la emoción, el anhelo que solía sentir al vislumbrar su cabello a lo lejos, la belleza de sus manos mientras la levantaba sobre su silla de montar, cabalgar por la playa en Brigant, con el sol en la espalda, saltar al agua y nadar en el mar frío, con el agua presionando su cuerpo, tirando de su ropa.

Ahora no percibía esa emoción, nada de la intensa pasión que habían experimentado en Donnafon. En cambio, se sentía nerviosa. Ese nerviosismo mezclado con temor que solía acosarla en Brigant. El miedo a ser descubierta.

Bueno, no estoy haciendo algo malo. Sólo hablaré con él.

Entró en la tienda. Ambrose estaba en pie junto a los mapas, como si los estuviera revisando.

Sigue siendo tan apuesto.

Y ahora él se acercó a ella. Tenía una leve cojera.

¡Hasta con ese defecto luce atractivo!

Ambrose se inclinó y mantuvo una corta distancia entre ellos.

—Su Alteza. Sólo repasaba los planes.

Pero es un mentiroso terrible.

—¿Cuánto tiempo llevas recordándolos?

—La mayor parte de la tarde estuve esperando verla. De hecho, he estado esperando verla durante semanas. Desde la batalla de Campo de Halcones.

Catherine asintió.

—Me disculpo que no haya podido visitarte cuando fuiste herido. Acordé con Tzsayn que sólo te vería en situaciones formales. Mi reputación… —Catherine se sonrojó, sin saber qué más decir, y miró hacia la entrada de la tienda.

—Esto es más formal de lo que estábamos en Donnafon.

—La mayoría de las cosas son más formales que en Donnafon —la mente de Catherine voló de regreso a las habitaciones que tenía allí, todas las veces que habían logrado estar solos juntos, los besos que habían intercambiado y los abrazos de los que no se cansaba jamás—. Pero las cosas han cambiado desde entonces, Ambrose —dijo con firmeza, aunque todavía sentía atracción por él… algo en su presencia física la atraía. Y ahora fue Catherine la que se acercó.

—¿Qué ha cambiado? ¿De qué forma?

El mundo había cambiado, pero al verlo aquí, Catherine todavía sentía una conexión con Ambrose. Era su guardia y su amor. Él había arriesgado su vida por ella muchas veces y la arriesgaría nuevamente. Pero no podía poner eso en palabras y en su lugar se encontró diciendo:

—Gracias por aceptar dirigir la misión al mundo de los demonios.

—Es un honor —se acercó a ella—. Pero pregunté qué tanto han cambiado las cosas. ¿Ha cambiado mi señora?

Sí. No. De pronto, Catherine ya no se sentía tan segura.

—Soy mayor.

—¿Y más sabia? ¿Es eso lo que quiere decir?

—No. No estoy… No estoy segura de lo que quiero decir. No esperaba verte hoy. No estoy segura de qué decir.

—¿Tiene que ensayar todo lo que va a decir? ¿No puede hablar desde su corazón? ¿Puede decirme algo de lo que está pasando allí dentro? He estado pensando en mi señora todos los días, pero no he hablado con Su Alteza desde antes de la batalla.

—Eso parece que fue hace mucho, mucho tiempo.

—*Fue* hace mucho tiempo, pero siempre pensé en Su Alteza.

—Adquiriste una cojera.

—Si.

—Te cortaste el cabello.

—Todos comentan sobre el cabello.

—Eso es Pitoria para ti.

—Pero no he cambiado por dentro… ¿Y mi señora?

—Yo… —Catherine sabía que había cambiado. Definitivamente, sus circunstancias habían cambiado. Pero ¿qué pasaba con sus sentimientos hacia Ambrose?

Dio otro paso más cerca.

—Mis sentimientos son los mismos, Catherine. Todavía la amo. ¿Puedo hacerlo?

Y él se inclinó y besó su mano. Sus labios se sentían suaves y gentiles sobre la piel, su aliento cálido, y la atracción física hacia él era maravillosa...

Catherine se inclinó hacia su antiguo escolta y murmuró:

—Sir Ambrose...

—¡Sir Ambrose! —siseó Tanya.

Catherine saltó hacia atrás, soltando su mano como si se hubiera quemado.

—Tanya —dijo Ambrose, poniéndose en pie—. Buenas tardes.

Tanya posó sus manos en las caderas y miró primero a Ambrose y luego a Catherine.

—¿Estaban examinando la misión, cierto?

—En realidad, sí —respondió Ambrose—. La comunicación sin palabras es algo que necesitamos en el mundo de los demonios.

Y el joven se acercó a Catherine y volvió a levantar su mano, presionó con fuerza los labios contra su piel, permitiéndole sentir su respiración. Luego levantó la cabeza, retiró suavemente su mano de la de ella y abandonó la tienda.

Catherine lo vio alejarse.

¿Qué estarían haciendo ahora si Tanya no hubiera aparecido? ¿Cómo podría ser aquello indebido cuando la sensación era tan maravillosa?

TASH
TÚNELES DE LOS DEMONIOS

Estás viva, tal vez. Aunque también es posible que estés muerta. Lo único que sabes es que todo está negro, silencioso y frío como la piedra.

El negro es el negro más oscuro. Hay piedra por todas partes, sólo que no puedes verla. Da lo mismo si tus ojos están abiertos o cerrados: es negro.

El silencio es total.

Encerrada en una caja, solitaria y silenciosa.

Pero adentro…

Es un maldito ruido el que siento dentro de mi cabeza. Maldito ruido, maldito. Y puedo escuchar mi propia respiración, lo que significa que todavía estoy viva, ¿cierto?, pero ésta no es forma de vivir y la voz en mi cabeza es tan ruidosa en ocasiones —COMO AHORA— que creo que me estoy volviendo LOCA, LOCA, LOCA, o que estoy soñando y que voy a despertar, pero nunca despierto, y tal vez esto es sólo el comienzo de la locura y tal vez la locura sea mejor que la muerte. Y ahí es cuando sé con certeza que no estoy loca ni muerta, soy más prisionera de la piedra que un condenado y en verdad, pero en verdad, tengo un frío del demonio. Nadie debería sentir este frío. Frío que se mete en los huesos.

Aunque he sentido más frío.

Como en aquella tormenta en la que Gravell y yo estuvimos atrapados por tres días en un hoyo de nieve, acompañados sólo por sus gases para mantenernos calientes. Ciertamente, el lugar no estaba en silencio en ese momento, mientras él soltaba pedos.

Tash intentó reír, pero las lágrimas ya corrían por su rostro y empezó a sollozar.

Negro, silencio, o soledad.

No tengo miedo de morir o de volverme loca, pero no quiero sufrir; deseo que alguien tome mi mano, odio sentir esto. Quiero a Gravell y sus apestosos pedos, tanto, tanto.

Los demonios la habían dejado allí para que las paredes de piedra se deslizaran sobre ella, atrapándola en este pequeño espacio del tamaño de un ataúd.

¿Por qué me hicieron esto?

Las paredes se habían deslizado hacia ella, pero hacía mucho que habían dejado de moverse. Tash no tenía idea de por qué. No estaba segura de si los demonios querían que muriera o sólo encarcelarla. Se aferró a la esperanza de que no le habían permitido morir... así que tal vez esto fuera un castigo.

Y tal vez ellos saben que en verdad lo siento mucho y que en verdad nunca más quiero volver a lastimar a un demonio. Y si saben eso, entonces tal vez me dejarán salir.

Tienen que dejarme salir pronto.

¿Me equivoco?

AMBROSE
CAMPAMENTO REAL,
NORTE DE PITORIA

Le había tomado unos días, pero con la ayuda de Geratan, Ambrose había escogido a cincuenta hombres para su misión y ahora estaban allí parados frente a él, todos en buena forma y saludables, una mezcla de cabezas blancas y azules.

—Felicitaciones a todos, caballeros, por haber sido seleccionados para unirse a mi escuadrón. He visto combatir a cada uno de ustedes y tuve el placer de enfrentar a algunos en el campo de prácticas —Ambrose había realizado esto en parte para poner a prueba a los hombres, pero también para demostrarles sus propias habilidades; los hombres necesitaban creer en él y en que su líder podría combatir a pesar de su cojera.

—Tenemos una misión especial. Los soldados de Brigant están recolectando humo de demonio. Nuestra misión es detenerlos. Para hacerlo, tendremos que ir al mundo de los demonios. Es un extraño y peligroso lugar, pero ya he estado allí y regresé a salvo, y así los traeré a todos ustedes de vuelta.

Los rostros de los hombres no demostraban miedo. De hecho, la mayoría estaba sonriendo.

—¡Al ataque! —gritó uno.

—No debemos temer al mundo de los demonios, pero no es como el nuestro. Allí, los sonidos son diferentes: las palabras son como platillos repiqueteando, un paso suena como una campana. Entonces debemos guardar silencio. Nuestra ropa, nuestras botas, nuestro equipo, nada debe hacer ruido.

—¿Cómo suenan los pedos, señor? —preguntó Anlax: una típica pregunta de Anlax. Hubo algunas risitas y comentarios sobre el hecho de que el olor parecía más preocupante que el ruido.

—En realidad, has planteado un buen punto, Anlax —dijo Ambrose—. En el mundo de los demonios no necesitarás comer. Por lo tanto, no tendrás que engullir frijoles en el desayuno, el almuerzo y la cena, y por tal motivo, por fortuna, nunca descubriremos la respuesta a tu pregunta.

—¿En verdad no comeremos, señor? —preguntó un hombre llamado Harrison.

—No. Sin embargo, tendrán sed. El mundo de los demonios es muy caliente. Necesitarán odres grandes para llevar el agua y suficientes provisiones para subir y bajar de la Meseta Norte, raciones básicas para cuatro días. Viajaremos rápido y livianos. Llevaremos armas para usar en espacios confinados: espadas cortas, dagas y garrotes. Por último, muy importante, aunque será especialmente difícil para algunos de ustedes —Ambrose miró a Anlax—: desde el instante mismo en que entremos al mundo de los demonios y hasta que salgamos de nuevo, no pronunciaremos una sola palabra.

Se escucharon unas cuantas carcajadas.

—Nada de reír tampoco —dijo Geratan—. Los sonidos delatarán nuestra presencia. Todos debemos aprender a guardar silencio.

—Sin embargo, si no podemos hablar —continuó Ambrose—, debemos comunicarnos de una manera diferente. En el mundo de los demonios se pueden escuchar los pensamientos de otra persona si se toca su piel. Así que puedo transmitir órdenes al pensarlas mientras toco a Geratan. Si al mismo tiempo él está tocando a Anlax, Anlax también escuchará la orden. Eso es útil, pero puede ser problemático. Podemos escuchar cosas diferentes a las órdenes. Podemos escuchar los pensamientos de otras personas por error. Los he elegido a ustedes por sus habilidades en combate, pero también por su temperamento. Debemos asegurarnos a toda costa de que trabajaremos como un equipo perfecto. Debemos confiar y respetarnos los unos a los otros. Sin darse cuenta, podrían contarle a otro soldado su secreto más profundo: o escuchar el de otro hombre. Deben estar preparados para eso y ser capaces de mantener la calma. No podemos arriesgarnos a ninguna falla en el trabajo en equipo o en la disciplina.

Los hombres mantenían expresión solemne y algunos asintieron, pero Ambrose estaba contento de que nadie hubiera hecho una broma.

—Entonces, debemos aprender a ser honestos el uno con el otro. Y comenzaré compartiendo algunas verdades sobre mí. Nací en Brigant, pero Pitoria es ahora mi hogar. Amo Pitoria y aprecio sus libertades y muchas de las personas que he conocido aquí. Pero en honor a la verdad, todavía sigo amando a Brigant.

"Es el hogar de mi padre y del padre de mi padre, la tierra donde crecí, donde aprendí a jugar con mi hermano y con mi hermana. Tiene hermosas montañas y costas escarpadas. Pero también un rey malvado y cruel. Es un lugar donde muchos son perseguidos. El reino donde mi hermano fue torturado y asesinado, donde mi hermana fue ejecutada porque se enteró de secretos que el rey no quería compartir —Ambrose tuvo que hacer una pausa para tomar aliento; rara vez hablaba de todo aquello. La visión de su hermana en el patíbulo y la de la cabeza cortada de su hermano llegaron a su mente, pero tenía que concentrarse en los hombres frente a él, debía pensar en ellos—. Y es por esta razón, a pesar de que todavía amo la tierra que me vio nacer, que estoy celoso de ustedes, hombres. Estoy celoso de cada uno de ustedes porque tienen un buen rey. Un gobernante honesto y justo, que no tortura ni mutila a su gente, sino que hasta llegaría al extremo de sacrificar su vida por ellos. Estoy celoso de eso y espero que algún día lo mismo sea dicho del gobernante de Brigant. Aloysius debe ser derrocado. Juntos podemos lograrlo. Juntos podemos poner fin a su reinado de terror.

Algunos de los hombres aplaudieron y Anlax gritó:

—Gracias por su honestidad, sir Ambrose.

Ambrose levantó las manos para pedir silencio.

—Y eso me lleva al tema más serio de todos —inspeccionó al grupo con una sonrisa—. El cabello.

—Blanco: ¡tiene que ser blanco! —gritó alguien.

—No, a la mierda, ¡tiene que ser azul! —respondió Anlax, sacudiendo sus propios bucles azules.

—Pensé que esto podría convertirse en la manzana de la discordia —interrumpió Ambrose—. Pero somos un equipo y debemos ser capaces de reconocer y confiar el uno en el otro. Somos el Escuadrón Demonio y, con permiso de la reina, tendremos nuestro propio color.

Diciendo esto, Geratan se retiró el sombrero para revelar una cabellera de brillante color carmesí.

Se escucharon algunos chiflidos y vítores.

—Una vez que finalicemos nuestra misión, pueden volver al color que deseen, pero mientras trabajemos juntos, éste será nuestro color.

Ambrose dio un vistazo al grupo y se alegró de que todos pareciera entusiasmados, sintiéndose desde ya parte de un equipo especial.

—Por último, tengo una cosa más que decir y después de eso guardaré silencio. Habrá situaciones en el mundo de los demonios donde necesitemos comunicarnos y no podamos tocarnos unos a otros. La mejor manera de hacerlo es con señales de las manos. Y, para ayudarnos, le he pedido a una experta que nos enseñe. Ella también ha estado en el mundo de los demonios y ha venido de allí, por lo que conoce exactamente lo que tendremos que enfrentar.

Entonces Tanya dio un paso al frente.

EDYON

CALIA, CALIDOR

Edyon se deslizó con lentitud fuera del frío mármol y se hundió en su bañera con agua tibia. Echó la cabeza atrás y sintió cómo su cabello flotaba en el agua. En el techo había una pintura de un jardín repleto de flores y árboles frutales con distantes montañas nevadas. Era hermoso. Todo alrededor de Edyon se veía hermoso, sonaba hermoso (había un tintineo de campanillas en la ventana), se sentía hermoso (cálido, cálido, cálido) e incluso olía hermoso (el aceite de almendras en el baño tenía un aroma tan delicioso que daban ganas de comerlo). Todo había sido diseñado con un concepto de comodidad y de seguridad en mente. O al menos, para la seguridad de *alguien*. Esta habitación era igual que la contigua. Habían sido las habitaciones de los dos hijos legítimos de Thelonius, Castor y Argentus, que había muerto a principios de año. ¿Si aún estuvieran vivos para heredar el trono, Edyon nunca habría conocido a su padre?

¿Castor se había recostado en la bañera como lo estaba haciendo Edyon ahora?

Sin duda.

¿También se habría sumergido y flotado e inhalado el aceite de almendras?

Posiblemente.

Castor esperaba ser el próximo gobernante de Calidor. Ahora él ya no estaba y ¿quién tomaba un baño aquí? *Un hijo bastardo de otra tierra.*

Edyon sintió pena por ellos, sus hermanastros muertos, y se sintió un poco apenado por sí mismo. Ahora estaba en los zapatos de ellos —bueno, en cualquier caso, en su bañera— y, aunque estaba rodeado de riquezas, también lo estaba de intrigas, dudas, habladurías y mentiras.

Los nobles Señores de Calidor eran un constante problema. Thelonius confiaba en ellos: proveían ingresos y hombres a la corona. Thelonius había enviado una delegación de sólo dos ancianos a Pitoria, porque ninguno de los otros regentes iría. Thelonius había tranquilizado a Edyon: "Lord Darby es viejo y frágil, pero tiene experiencia en la guerra. Confío en su juicio. Nos aconsejará acertadamente".

Desde su bañera, Edyon podía ver a través de las amplias ventanas el cielo azul lleno de nubes blancas y esponjosas. Incluso el cielo era bonito.

Talin, su criado personal, bajo y rechoncho, apareció sosteniendo algunas toallas.

—Es hora, Su Alteza.

—¿Ya? —Edyon sintió un retortijón en el estómago producto de los nervios.

Se puso en pie y, mientras Talin secaba su cuerpo con una gran toalla, Edyon enjugó el collar de oro que llevaba al cuello. Nunca se lo quitaba, ni siquiera en la bañera. La cadena ya no llevaba el anillo de oro que era el sello del príncipe: el anillo se había perdido en algún lugar de un río en Pitoria. Pero el collar era lo único que quedaba de su antigua vida. Le recordaba su pasado y lo vinculaba a su futuro. También le recordaba a Marcio, quien había rescatado la cadena del rio. Marcio, quien debería estar secándolo ahora. Marcio, quien debería estar vistiéndolo. Marcio quien debería estar masajeando sus hombros y serenándolo con su aguda conversación. Marcio, su único amigo.

Pero Marcio lo había traicionado. Le había mentido desde el comienzo.

Y, de todos modos, ¿a quién engañaba Edyon?, Marcio era un pésimo conversador.

—Disculpe, ¿qué dice Su Alteza?

—Nada, Talin. Nada.

Pero de alguna forma, Marcio siempre había logrado calmar a Edyon, siempre le había ayudado, siempre... había creído en él.

Marcio quería secuestrarte y venderte a Brigant. ¡Deja de pensar en ese maldito traidor!

—Todavía le queda mucho aceite en el cabello, señor —dijo Talin—. Puedo frotarlo y ondularlo con mis dedos. Su cabello es muy atractivo cuando está ondulado —y se ocupó de acomodar el cabello de Edyon, mientras éste permitía que lo acicalaran, lo vistieran y lo adornaran.

Cuando terminaron, Edyon se miró en el espejo y quedó sorprendido por lo que vio. Un joven muy apuesto, con rostro de piel suave y mirada triste. Su cabello estaba ondulado y brillante. Su vestimenta era hermosa: gamuza suave y sedosa.

Se escuchó un golpe en la puerta.

—¡Qué emocionante! Vinieron aquí por usted —dijo Talin—. Pero sus botas son más importantes. Ellos pueden esperar un poco —desapareció por un instante antes de reaparecer con un nuevo par de botas de cuero negro que tenían un ribete dorado en la punta y alrededor del tobillo. Por supuesto, también eran hermosas.

Edyon se sentó y se las colocó al tiempo que volvieron a golpear la puerta. Edyon sintió un retortijón en el estómago.

—Es mejor que les permitas entrar.

Talin inclinó la cabeza y se deslizó hacia la puerta. Las campanas tintinearon y la habitación pareció oscurecerse. Edyon miro por la ventana: el cielo estaba lleno de grandes nubes pesadas. Una tormenta de verano despejaría el aire, pero por el momento todavía hacía calor.

Edyon volvió a revisar su apariencia en el gran espejo. Su camisa de seda color crema estaba profusamente bordada con oro en el cuello y en los puños. Su ajustada chaqueta era de terciopelo negro y gamuza, con cuentas de oro cosidas al material y un curioso diseño aleatorio. Sus pantalones eran de gamuza negra y bastante ajustados, sin ser ridículos. Las botas eran brillantes, suaves y cómodas. Edyon retiró su collar de oro para colgarlo en la parte delantera de su chaqueta. Era perfecto: justo la cantidad precisa de oro y la cantidad precisa de negro.

—El príncipe Thelonius lo invita a su presencia, Su Alteza —dijo Talin.

Edyon tragó saliva y forzó una sonrisa.

—Sí. Excelente. Gracias, Talin.

Su mozo se inclinó más cerca y agregó en voz baja:

—Su aspecto es impresionante. Sólo crea en usted mismo, Su Alteza. Su padre se sentirá orgulloso de mi señor.

—Gracias, Talin —Edyon echó los hombros atrás y levantó la barbilla.

Piensa como un príncipe, actúa como un príncipe, camina como un príncipe.

122

Siguió a la guardia de cuatro hombres fuera de sus habitaciones y a lo largo de los amplios corredores de mármol hasta el Gran Salón. El distante murmullo de la conversación crecía a medida que se acercaba. A través de la enorme puerta que tenía al frente, Edyon pudo ver a su padre y, junto a él, en una mesa, la corona que llevaría Edyon.

La corona era un símbolo de estatus y poder. El joven a quien no se le había permitido estudiar en la universidad debido a su nacimiento la llevaría puesta. A partir de ahora, a Edyon se le permitiría estar en cualquier lugar.

Las trompetas comenzaron a soplar una fanfarria. Los guardias se movieron y Edyon entró con ellos al Gran Salón. Todos los ojos se volvieron hacia él. El corazón de Edyon latía tan fuerte que parecía resonar por todo su cuerpo al ritmo de las trompetas.

Por un momento, Edyon pensó que había visto a Marcio al otro lado de la habitación: ese mismo perfil y ojos de plata. Edyon se esforzó y miró de nuevo, pero era un truco de la luz. El joven noble a quien había notado en nada se parecía a Marcio.

La guardia escoltó a Edyon hasta donde estaba el príncipe Thelonius. Edyon se inclinó y tomó su lugar a la derecha de su padre. Ellos habían practicado todo esto el día anterior, pero en aquel momento el salón estaba vacío y ahora estaba lleno de extraños. Edyon miró hacia los rostros que lo observaban y sólo reconoció a unos pocos. Se sintió más solo que nunca. Le encantaría que su madre estuviera ahí, y Marcio.

Deja de pensar en Marcio. Piensa en que estás con tu padre. ¡Piensa en ser un príncipe!

Thelonius se dirigió a la concurrencia.

123

—Hoy nos encontramos reunidos para resarcir un despojo pasado. Mi hijo, mi primogénito, Edyon, está conmigo ahora, y no podría estar más orgulloso. Su linaje ha sido confirmado. Su posición es clara. Él es mi único hijo vivo. Mi heredero legítimo. Hoy será coronado y recibirá el título de príncipe Edyon, príncipe de Abasca.

Una mesa fue acercada frente a Thelonius y a Edyon. Tinta y plumas fueron llevadas sobre un cojín. El canciller desplegó el pergamino que le había sido mostrado a Edyon la noche anterior. Estaba bellamente escrito con letras serpenteantes en tinta negra y con estampados dorados, plateados y escarlata. Edyon miró de nuevo la parte donde decía "hijo y heredero del príncipe Thelonius Melsor". El príncipe lo firmó y luego Edyon lo firmó con su nuevo nombre: *Edyon Melsor*. El canciller vertió la cera y Thelonius puso el sello.

En este momento, se escucharon algunos aplausos corteses y Edyon levantó la mirada. Varios jóvenes Señores de Calidor miraban atentos: todos le sonreían. Todos a la espera de favores, agradecidos de que su reivindicación de terrenos no les hubiera sido retirada. Su padre le había explicado que debía tener cuidado de que la tierra que le diera a Edyon no fuera de ningún otro regente, que no ofendiera a nadie. Abasca, al parecer, a nadie ofendería, excepto quizás a Marcio, pero Marcio no estaba ahí.

¡Deja de pensar en ese maldito traidor!

La mesa ya había sido reemplazada por un taburete bajo acolchado de terciopelo. Un criado se acercó, llevando un gran cojín sobre el que descansaba la fina corona de oro forjado.

Edyon miró a la multitud. Los rostros genuinamente alegres y los falsamente sonrientes. Todos extraños.

No todos. Ahí estaba Byron. Byron, el más apuesto de los jóvenes en la corte, quien había conducido muy bien la demostración del humo, se encontraba lejos, en la parte de atrás.

Edyon se arrodilló en el taburete. Su padre tomó la corona de oro y la sostuvo sobre su cabeza.

—Corono a mi hijo, Edyon Melsor, como príncipe de Abasca y futuro príncipe, gobernante y defensor de Calidor —y bajó la corona sobre la cabeza de Edyon.

Edyon se levantó. El canciller pasó la espada y el escudo simbólico al príncipe Thelonius, quien a su vez los entregó a Edyon.

Edyon, mientras sonaban las trompetas, tuvo que sostener la espada en posición vertical y el escudo al frente. Mantuvo su posición firme. El canciller dio un paso adelante y Edyon repitió las palabras que dijo el canciller, jurando su lealtad a la verdad, al honor y a su padre. También juró que protegería la independencia de Calidor con su vida.

Hecho esto, Edyon sólo debía mantener esta posición mientras cada uno de los veintitrés Señores de Calidor le era presentado. El nombre de lord Regan fue pronunciado primero. Él avanzó con presteza, se inclinó, dio media vuelta y se alejó.

Lord Brook fue el siguiente. De los nobles regentes era el de mayor edad y a duras penas podía caminar. Pareció tomarle una eternidad para llegar.

¡Santo cielo, date prisa, anciano!

Brook se inclinó, retrocedió lentamente y se alejó.

Faltan veintiuno.

Edyon podía sentir el sudor acumulándose en su frente. Ellos no habían practicado esto por completo la noche anterior, y ya a Edyon le dolía el brazo y le había atacado un pequeño temblor que sólo consiguió atenuar al sostener con más fuerza la espada.

Esta espada debe ser la más pesada de todo Calidor.

Edyon bajó el brazo que sostenía su espada para un breve y feliz descanso, justo cuando lord Arnan fue llamado y casi de inmediato tuvo que levantar de nuevo el vacilante filo. Su chaqueta ahora se sentía demasiado apretada y calurosa. El sudor había brotado en su pecho y sintió una gota rodar por la frente y entrar en un ojo. Éste empezó a picarle de manera horrible y Edyon trató de retirarlo con un parpadeo. Entonces se dio cuenta de que no era sólo el sudor, sino también el aceite de su baño. Peor aún, el aceite estaba haciendo que su corona se resbalara. Y aunque Edyon mantenía la cabeza tan quieta como le era posible, la corona tenía un aspecto lamentable y la sentía terriblemente pesada. Otra gota de sudor aceitoso corrió por el costado de su cara. Y la corona pareció resbalar aún más.

Al llegar el sexto vasallo, la corona se había deslizado hasta las cejas de Edyon y el aceite corría por su nariz.

Las manos de Edyon estaban ocupadas con la espada y el escudo, así que lo único que podía hacer era usar la fuerza de voluntad y su expresión facial para frenar el descenso de la corona. Levantó las cejas lo más alto posible, deteniendo el deslizamiento de la corona y desviando la trayectoria del aceite hacia abajo por un flanco del rostro. Otros nobles pasaron frente a él.

¿Por cuál vamos? ¿Décimo? ¿Duodécimo?

Date prisa, viejo tonto.

Para cuando se presentó el vigésimo Señor de Calidor, lord Grantham, Edyon tenía la cabeza inclinada atrás, con las cejas en gravísima tensión.

Para cuando el vigésimo tercer nombre —lord Haydeen— fue pronunciado, el brazo de Edyon estaba temblando y sus cejas estaban estiradas al máximo. Lord Haydeen avanzó con elegancia, pero entonces miró a Edyon y pareció sorprendido por la expresión del joven. A Edyon le tomó un momento percibir que lord Haydeen estaba imitando sus propias cejas levantadas. ¿Era esto un insulto, una broma o un esfuerzo por ganarse su favor? Edyon no lo sabía ni le importaba. *¡Sólo date prisa y agáchate por amor de Dios!*

Haydeen hizo una reverencia rígida, manteniendo su posición baja por una eternidad, al tiempo que el brazo de Edyon temblaba y su corona comenzaba a rodar por los ojos. Ya no podía seguir con las cejas alzadas ni un momento más. Haydeen se levantó y dio media vuelta justo cuando Edyon dejó caer el brazo y la corona se deslizó hacia abajo, arrastrando consigo un charco de aceite que corría por los ojos del recién coronado príncipe. El dolor punzante era nada comparado con el alivio de bajar las cejas. Ahora Edyon tenía que deshacerse de la espada para poder levantar su corona.

Se puso en pie con los ojos cerrados y escuchó una risa apagada antes de que alguien tomara la espada. ¡Por fin! Edyon levantó la corona por encima de su cara. Pero por culpa de la tensión en el brazo, empujó con demasiada fuerza, y, debido al aceite, la corona se deslizó fuera de su cabeza y cayó con gran estruendo al suelo.

Hubo susurros y luego silencio.

Pero el silencio no duró mucho, pues fue ocupado por el ruido sordo de truenos lejanos.

MARCIO

BRIGANT

Marcio yacía en el suelo mirando hacia arriba mientras las estrellas ocupaban el cielo que se oscurecía. Ésta era la posición que tenía en la mayoría de las tardes: boca arriba y demasiado cansado para moverse. A su alrededor, los otros miembros de la Brigada Toro hablaban, y de cuando en cuando le llegaba la risa estentórea de uno o dos chicos. También se percibía un delicioso olor a carne asada: algunos de los chicos habían tenido éxito cazando un jabalí. Pero este lugar era silencioso en comparación con lo que Marcio había visto en los campamentos del ejército en Pitoria. No había nobles Señores, ni mozos, ni caballos, ni perchas, sólo chicos, cien de ellos, incluidos Sam y Marcio. Era un lugar pequeño y confinado, pero también violento y rudo. Había un gran orgullo en ser miembro de la Brigada Toro. Marcio no tenía recuerdos reales de su infancia en Abasca, pero así era cómo imaginaba que habían sido los combatientes abascos. Y estaba sorprendido de descubrir que le gustaba la vida en brigada. No era un sirviente o un lacayo. Tenía que hacer el mismo trabajo que todos los demás y nadie intentaba avasallarlo. Le ponían apodos, igual que a todos, y lo hacían bromeando, pues en el fondo lo admiraban.

Rashford, el líder, y Kellen, su segundo al mando, eran quienes habían hecho de la Brigada Toro la fuerza positiva que era. Ellos eran buenos combatientes que lideraban a través del ejemplo, animando a los otros chicos y dándoles oportunidad para destacar. Rashford era particularmente admirado, si no es que adorado, por algunos de los chicos más jóvenes. Tenía los hombros anchos, pero era nervudo, sin grasa en el cuerpo. Kellen era un poco más alto, con pequeños ojos oscuros que parecían estar constantemente examinando el grupo. Ellos no podrían haber tenido más de diecisiete o dieciocho años, aunque parecían mucho mayores. Marcio no había disfrutado que Rashford lo hubiera dejado inconsciente, pero respetaba la causa por la que lo había hecho. Era un rito de iniciación, una forma de demostrar quién merecía pertenecer al grupo.

La mayoría de los chicos provenían de la costa oeste de Brigant, todos de familias pobres o que no tenían ni siquiera una familia. Los Toros eran ahora su familia: y Marcio podía ver por qué les acomodaba. Eran hermanos de armas.

En los últimos días, los Toros se habían mudado de un lugar a otro. Los chicos rara vez usaban el humo, pues éste era demasiado precioso. Sabían que los líderes del ejército estaban trabajando para asegurarles mayor suministro, pero no sabían cuánto tardaría en llegar. Entretanto, practicaban todo el tiempo con espadas, lanzas y arcos. La espada era el arma que requería de mayor habilidad y con la que luchaba la mayoría de los chicos. Rashford era el más hábil, aunque Marcio se preguntaba si podría batirse contra alguien como sir Ambrose o el rey Tzsayn, nobles que se habían entrenado con estas armas desde la infancia. Marcio odiaba la espada, y hoy en el entrenamiento lo habían derrotado con ella e igual le sucedió en el boxeo y en la lucha libre. Su nariz, que acababa de sanar del golpe de Rashford, estaba de nuevo ensangrentada y rota, y él estaba casi seguro de que tenía dos ojos negros que le hacían juego.

Para Sam, eran naturales la mayoría de las armas. Él estaba floreciendo como parte de los Toros, como si por fin hubiera encontrado un hogar. Esta noche él estaba, como siempre, sentado con algunos de los chicos más jóvenes. Formaban una pequeña unidad. Marcio a veces se sentaba con ellos, pero la mayor parte del tiempo él formaba su propia unidad, practicando con un arma que le gustaba: las piedras que arrojaba cada vez con mayor puntería. A veces, imaginaba que estaba apuntando a un rostro en particular (el hombre que lo había torturado en Rossarb, lord Regan o las diferentes personas que lo habían insultado a lo largo de los años: pero no a Thelonius, pues su cara era muy similar a la de Edyon).

—¿Cómo te sientes? —Rashford miró hacia donde estaba Marcio.

Marcio se arrastró hasta quedar sentado, o al menos medio incorporado.

—Como si un burro me hubiera pateado y luego me hubiera pisoteado junto a sus amigos.

—¿Le estás diciendo burros a mis chicos? —Rashford se sentó junto a Marcio.

—Si les queda el guante…

—No sé qué significa eso.

—Es una expresión de Pitoria.

—¿Tú también has estado allí? —preguntó Rashford, mientras levantaba el cuero raído de sus botas.

—Sí, hace apenas un mes o algo así —Marcio le había contado un poco a Rashford de su vida en Calidor, pero no le había relatado de sus aventuras en Pitoria—. Desearía estar ahí ahora.

—¿Qué quieres decir?

—Es pacífico. Con riquezas. Buena comida. Sin tantos burros.

Rashford soltó una risita.

—Subí a la Meseta Norte. Donde viven los demonios.

—¿Viste demonios?

—Una pareja. Fuimos atacados por uno de ellos. Me recosté junto al cadáver de otro en medio de una tormenta de nieve para poder mantenerme abrigado.

Rashford frunció el ceño y miró a Marcio.

—¿Hablas en serio?

—Siempre. El humo también es algo serio. Y los demonios. Y la guerra. Sin embargo, no estoy seguro de querer confiar en el humo. O en el rey que vigoriza con éste a su ejército.

—Lo que dices suena a traición, Marcio. Eres nuevo en los Toros, así que por esta vez lo pasaré por alto —pero Rashford sonaba como si no le importara en realidad. Sacó la botella del soporte de cintura y se la extendió a Marcio—. Toma un poco. Te curará la nariz.

El recipiente estaba lleno de humo púrpura. Todos los otros chicos llevaban botellas similares con tapas de cuero, que ocultaban el humo luminoso de brillo púrpura. Marcio deslizó el corcho, dejó que saliera un poco de humo y luego lo inhaló. El humo fue directo al paladar y Marcio presionó a los lados de la nariz, alineándola lo mejor que pudo mientras se producía la sanación.

—Pronto te entregaré tu propia botella, cuando recibamos nuevos suministros —dijo Rashford.

Ya les había dado a Marcio y a Sam botellas vacías el primer día, y Marcio había estado pensando un poco en el asunto. Preguntó:

—¿De quién era la botella? Supongo que has perdido dos miembros y por esa razón tenías recipientes vacíos para nosotros.

Rashford entrecerró los ojos y se encogió de hombros.

—Parece que ya he olvidado los nombres de los viejos.

—¿Entonces cruzaron el umbral? —era una frase que había escuchado a los otros chicos usar algunas veces, una frase que parecía llenarlos de temor. Eso significaba que alguien se había hecho demasiado mayor para servirse del humo. Cuando eso sucedía, debía abandonar la brigada. Marcio recordó que el humo obraba en la princesa Catherine, en Edyon y él mismo, pero no para sir Ambrose o para el rey Tzsayn, quienes eran apenas unos años mayores.

—No es difícil de resolver, Marcio. Todos nos estamos haciendo mayores. Pero nunca se sabe en realidad cuándo cruzarás el umbral. Diecisiete, dieciocho, definitivamente, a los diecinueve.

Marcio asintió y se preguntó cuándo le pasaría a Rashford. Después de todo, era el mayor de los chicos.

—Entonces, ¿qué pasó con ellos? Quiero decir, ¿simplemente se marcharon?

—Mi comandante encontró nuevos cargos para ellos. Ahora son soldados regulares en el ejército.

—¿Tu comandante? ¿Quién es? ¿Cuándo lo ves?

—No muy a menudo, lo cual basta. Pero, en realidad, ahora todos tenemos un nuevo comandante y voy a verlo en unos días. Tú y Sam tendrán que venir conmigo. Él quiere ver a todos los nuevos reclutas. Habrá una pequeña prueba para demostrar tu valía.

Marcio había escuchado a algunos de los otros chicos hablar de esto también. Parecía ser una carrera y, aunque al final terminaba convirtiéndose en una pelea siempre, no sonaba peor de lo que ellos hacían todos los días en el entrenamiento.

—¿Estarán allí los otros líderes de brigada? —Marcio también había escuchado hablar mucho de las otras brigadas: todas compuestas por cien muchachos.

Los Osos, los Halcones, los Ciervos, los Leones, las Águilas, los Zorros y, por supuesto, los Avispones, que tenían una particularmente joven membresía y tenían fama de ser tan pequeños y despiadados como su nombre sugería.

—Allí estarán ellos.

—¿Y alguien del ejército principal? ¿El ejército de los mayores, quiero decir?

Rashford resopló.

—Nada tenemos que ver con ellos.

—Pero deberían llegar pronto. Quiero decir, supongo que estamos aquí con un propósito y no simplemente para golpearnos a palos los unos a los otros todos los días por mero divertimento. Debemos partir a atacar a Calidor, lo que significa que el ejército de Brigant debe estar en camino.

Rashford sacudió la cabeza.

—No, Marcio. Tienes que pensar de forma diferente. Éste es un nuevo mundo y la forma en que combatimos nosotros, las brigadas juveniles, es diferente a cualquier cosa que alguien haya visto antes. Podemos saltar sobre diez soldados, luego dar una vuelta y matarlos a todos con unos pocos lances de espada. Incluso serás capaz de desarmar a otro espadachín. Le romperás el brazo si tu espada encuentra la suya. Toda esta práctica por la que pasamos da a los chicos un poco de confianza, pero el humo hace la diferencia. Con el humo somos imparables. Podemos hacer lo que queramos. El viejo ejército sólo se interpone en el camino. Bueno, en realidad se quedaron rezagados. Son un chiste. Temen que los pongamos en evidencia —se inclinó hacia delante y añadió en un susurro—: Temen que también a ellos los hagamos morder el polvo.

Y Marcio, por primera vez, comprendió que Rashford tenía razón. El ejército juvenil no necesitaba el apoyo de la fuerza de combate usual, que sólo frenaría el avance de los chicos.

—Pero ¿Aloysius no querría presenciar la carnicería que ha incentivado?

—¿Te refieres a la carnicería que *hemos* hecho? —Rashford se encogió de hombros—. Yo no sé sobre eso.

—Querrá verlo en algún momento. Supongo que corremos, matamos a todos en nuestro camino, y luego defendemos el fuerte hasta que los hombres lleguen. Lo que suena bien… hasta que nos quedemos sin humo. ¿Cuánto humo suministran cada vez? ¿Suficiente para días? ¿Semanas?

—Diez días máximo. Nuestra relación no es la de un ejército normal; la nuestra está basada en el comercio: ellos nos dan humo, nosotros les entregamos cadáveres.

Al principio sonaba bien, pero Marcio lo pensó por unos segundos más y sacudió la cabeza.

—No. Ellos te dan humo. Tú les das una victoria segura. Tú tienes más poder del que crees. Tienen razón en temerte.

Se sentaron en silencio por unos momentos antes de que Marcio preguntara:

—Pero ¿qué sucede al final?

—Vencemos —Rashford sonrió y sus dientes blancos brillaron en la oscuridad.

134

Marcio no estuvo de acuerdo.

—Sólo vences cuando inhalas el humo. Sin humo, te derrotarán fácilmente. Ésa es la razón por la que lo racionan. Al final de la guerra, o cuando cruces el umbral, en el mejor de los casos obtendrás un trabajo de mierda en el ejército regular. El tipo de trabajo que dan a personas como nosotros, que no somos nobles, que ya hemos cumplido nuestro propósito. Yo creo que el rey Aloysius evitará que te quedes por ahí despidiendo un mal olor.

Rashford miró al cielo.

—Bueno, no tengo intención de quedarme por ahí, Marcio, cuando llegue ese momento. No soy ningún tonto. No he estado en la lujosa Calia ni en la maldita Pitoria. Nunca he retozado con un demonio muerto ni he servido vino a un príncipe. He vivido en Brigant toda mi vida, y he visto cosas peores de lo que podrías imaginar: hombres colgados, ahogados y descuartizados por nada; personas muriendo de hambre; niños atropellados por hombres a caballo. No sé qué pasará conmigo, pero sé que por primera vez tengo el poder de hacer lo que quiera con mi vida. Voy a disfrutarlo mientras pueda. Y cuando te miro veo a alguien muy parecido a mí.

—¿Pero no estás pensando más allá de tener diez días con humo?

—No dije eso, Marcio. Estoy haciendo mis propios planes. Pero ciertamente, no los voy a compartir contigo —se inclinó y dijo en un susurro—: Me agradas, Marcio, pero hay algo acerca de ti… una sombra. No estoy seguro de poder confiar en ti: confiarte mis secretos o mi vida. Pero espero que por tu cabeza no estén pasando cosas demasiado retorcidas, pues por lo que he escuchado, mi nuevo comandante lo descubrirá pronto.

—Yo no estoy preocupado, Rashford. Nada tengo nada que ocultar.

—Buen trabajo. Porque no quieres estar en el lado equivocado del príncipe Harold.

EDYON

CASTILLO DE CALIA

Edyon se sentó junto a su padre en una reunión más con el canciller y lord Regan. Esperaba que fuera mejor que la anterior. Esta vez trataría de permanecer callado. Intentaría ser un hijo obediente, uno que no enfurecía a su padre y que demostraba su lealtad al reino.

Thelonius estaba leyendo un mensaje que acababa de llegar de parte de lord Darby.

—Los soldados de Pitoria mantienen su posición en el norte. Aloysius todavía está con su ejército principal en Rossarb. En Pitoria creen que está cosechando el humo de demonio púrpura, pero no tienen idea de cuánto ha podido reunir. Lord Darby dice que están convencidos del poder del humo y de que Brigant planea atacar a Calidor y a Pitoria, e incluso más allá. Darby está impresionado por la reina Catherine, que es firme pero razonable. Sin embargo, está preocupado porque aún no ha visto al rey Tzsayn, quien todavía yace enfermo a causa de las heridas que sufrió cuando fue prisionero de Aloysius. El ejército de Pitoria es una fuerza considerable, a pesar de que se ha visto diezmado por una enfermedad en las últimas semanas.

Edyon estaba complacido de que lord Darby estuviera impresionado por Catherine. Sus pensamientos se remontaron a aquella ocasión en que ella había presidido el juicio en su contra. "Firme pero razonable", la resumía perfectamente. Todo eso sonaba bien, pero ¿Tzsayn había estado descansando durante semanas, y todavía no se había reunido con la delegación de Calidor? ¿Por qué?

Thelonius levantó la vista por un instante y luego retomó la lectura.

—La evaluación de lord Darby dice así: "Pitoria es vulnerable a un ataque de Brigant en el norte: ellos deberían resistir contra las fuerzas normales, pero el ejército juvenil es un factor desconocido. También son vulnerables a un ataque en el sur, si Brigant enviara una avanzada por barco, Pitoria tendría que dividir su ejército, y tal vez el norte caería". La evaluación de Darby sugiere que tal ataque es probable.

Y si el norte caía, el ejército de Brigant tendría libre acceso a toda Pitoria, la Meseta Norte y al mundo de los demonios, y podrían transportar el humo a sus huestes juveniles tan rápido y tan a menudo como quisieran. Serían imparables. Edyon estaba ansioso por hablar, pero ¿debía intervenir? ¿Qué se suponía que debía hacer o decir?

Thelonius miró a Regan.

—Nuestros informes afirman que la flota de Brigant se está concentrando.

Regan asintió.

—Un ataque naval parece inevitable. Pero ¿nos atacarán a nosotros o a Pitoria?

A ambos, probablemente. Edyon tenía muchas ganas de hablar, pero presionó el puño sobre sus labios. *No lo hagas. No lo digas.*

Thelonius golpeó con un dedo el pergamino.

—Aloysius quiere vengarse por Boris. Estoy seguro de eso. Quiere que su hija sufra. Sospecho que atacará Pitoria primero, pero no estaremos muy lejos en esa lista —Thelonius continuó leyendo hasta el final del mensaje—. Lord Darby recomienda que brindemos asistencia a Pitoria, no con hombres, sino con navíos.

¡¿Qué?! ¡Darby recomienda ayudar al enemigo de nuestro enemigo! Impactante.

Regan frunció el ceño.

—Pero si nuestra fuerza naval los apoya, nosotros quedamos vulnerables.

El canciller también frunció el ceño.

—Los nobles se opondrán.

Regan continuó:

—Necesitamos todos nuestros barcos para nuestras propias defensas. Brigant podría atacar nuestra costa primero. E incluso si vienen por nosotros en segundo lugar, como usted lo mencionó, no tardará mucho. No es responsabilidad nuestra que en Pitoria no hayan construido su propia flota como nosotros lo hicimos.

Edyon quería gritar. ¡Si no ayudaban ahora a proteger Pitoria, entonces sería imposible detener al ejército juvenil más adelante! ¿Qué importaba de quién era la "responsabilidad"?

Edyon se sorprendió al ver a su padre sonreír.

—Lord Darby tiene un plan bastante ingenioso. Sugiere que enviemos quince barcos de remos o remeros, como ellos los llaman. La pérdida de sólo quince pequeñas embarcaciones no debería afectar nuestras defensas.

—Y luego, ¿esto cómo ayudaría a Pitoria? —preguntó el canciller.

—Ellos pueden usar los remeros para invadir los barcos del ejército de Brigant. De esta forma, disminuiremos su flota mientras aumentamos la propia.

Lord Darby era astuto e inteligente.

—¿No necesitarán capacitación en su uso? —preguntó el canciller.

—Sí —respondió lord Regan—. Los remeros son diseño nuestro. Garantizan que nuestras aguas sean seguras. Si revelamos sus secretos a Pitoria, entonces no tenemos ventaja, en caso de que vengan por nosotros en algún momento.

Oh, eso es ridículo. ¿Por qué lo harían? Nunca han amenazado a Calidor. Si Regan decía otra cosa, Edyon tendría que morderse la lengua para no hablar.

Thelonius sacudió la cabeza.

—Regan, usted va demasiado lejos. Los remeros son diseño nuestro, pero no son un arma secreta. O les damos barcos y entrenamos a los soldados de Pitoria, o además de barcos enviamos hombres. Y yo sé que no querrá hacer esto último.

—Tampoco deseo lo primero. No deberíamos darles nada.

¿Nada? Edyon no podía decirlo. Pero salió como un extraño tipo de chillido, forzado a través de sus labios, y trató de cubrirlo con una tos.

—Esto no es abrir la caja de Pandora, como usted teme, lord Regan —dijo Thelonius—. Esto no llevará a que Pitoria invada nuestra tierra.

—Los barcos son de Calidor y tendrán hombres de Pitoria en ellos —respondió Regan.

Thelonius murmuró:

—Y si usted lo dice, los otros nobles también lo harán.

—Los barcos no serán de Calidor si se los vendemos a Pitoria —dijo Edyon. Regan y Thelonius giraron hacia él—.

Sólo es una pequeña sugerencia. Quiero decir, apenas una idea. Y presumiblemente, podemos cobrar una tarifa alta por estas embarcaciones, sean lo que sean.

Thelonius asintió.

—Me gusta esa idea, Edyon. Los Señores de Calidor pueden compartir de forma equitativa las ganancias. Se compensará parte de la carga de financiar el ejército y de la construcción del muro y las defensas marítimas.

—Pensé que Pitoria estaba en bancarrota —dijo Regan—. Después de que pagaron el rescate de Tzsayn, Aloysius se quedó con todo su dinero. No podrán pagarnos ni un kopek.

—Podemos ofrecerles un préstamo —dijo Edyon—. Cobrarles interés. Lo hacemos todo el tiempo en Pitoria.

El canciller ahora también estaba asintiendo.

—Ésa sería una excelente fuente de ingresos para el futuro.

El ceño fruncido de Regan se profundizó.

—Sí, hasta que en Pitoria incumplan el préstamo y usen nuestros barcos contra nosotros. Entonces el trato ya no será tan maravilloso.

Thelonius suspiró.

—Entiendo sus preocupaciones, Regan, pero mientras todos estamos nerviosos a causa de enemigos potenciales, nuestro enemigo conocido se fortalece. La carta de lord Darby explica con claridad la amenaza que Aloysius representa, y tenemos que lidiar con ello. Si en el futuro Pitoria da señales de algún tipo de hostilidad, entonces reaccionaremos a ella.

—¿Enviaremos botes y hombres? —preguntó Regan.

—Quince remeros y algunos hombres para entrenar a sus soldados. Cobraremos por los barcos y por el entrenamiento, tal como lo sugirió sabiamente mi hijo. No lucharemos junto a Pitoria. Ésta es una transacción comercial. Los hombres que enviemos sólo compartirán su experiencia. Nadie de Pitoria vendrá a Calidor.

—Y yo calcularé el precio de los barcos, del servicio y los intereses sobre cualquier monto no pagado —dijo el canciller.

—Excelente —dijo Thelonius, asintiendo—. ¿No puedes ver que esto nos beneficia a todos, Regan?

—Sólo quería advertirle sobre los riesgos. Pero por supuesto, como siempre, Su Alteza tiene razón —Regan hizo una gran reverencia y agregó—: De hecho, hay beneficios para todos nosotros.

CATHERINE
NORTE DE PITORIA

Una mujer debe conocer su mente antes de obrar.

Reina Valeria de Illast

—El rey ha preguntado por usted, Su Alteza.

Catherine levantó la vista de su escritorio y miró en dirección al doctor Savage.

—¿Está despierto?

—Despierto, pero débil. Si usted pudiera animarlo a descansar, Su Alteza, eso ayudaría.

—Haré lo posible, pero él tiene voluntad propia.

Y el rey siempre afirmaba que estaba bien, incluso cuando se encontraba adolorido o en evidente estado febril. ¿Por qué Tzsayn sería incapaz de admitir su debilidad, incluso para sí? Catherine recordó cuando se conocieron, a su llegada a Tornia, y lo orgulloso y distante que Tzsayn le había parecido. A partir de ese momento, había aprendido un poco más sobre él, y sí, era orgulloso, pero no distante. Amaba a su familia y a su reino. Era inteligente, ingenioso, extremadamente valiente y consciente de que su vida pendía de un hilo que podría romperse —o ser cortado— en cualquier momento.

Era Ambrose quien había hablado sobre las vidas que penden de un hilo, aunque ahora Catherine no podía recordar cómo había surgido esa conversación. Pero a la joven le gustaba la analogía. Sí, los hilos podrían romperse, o cortarse, pero también podrían fortalecerse al trenzarse con otros.

—Qué gusto me da verte —dijo Tzsayn cuando Catherine entró en su recámara.

El rey estaba apoyado en la cama sobre una montaña de almohadas azules. Había transcurrido más de un mes desde su liberación del cautiverio y las heridas en el cuello habían sanado, pero su rostro seguía tenso y sus ojos todavía albergaban una expresión atormentada. A Catherine le dio la impresión que, aunque el rey ya no estaba encerrado en una jaula obligado a ver a sus hombres ser torturados hasta la muerte, las escenas se seguían recreando en su cabeza. Se sentó cerca de Tzsayn y le tomó la mano, sintiendo lo delgada que estaba.

—¿Cómo te sientes?

—Bien. Muy bien. Y ahora que estás conmigo, mucho mejor.

—¿Y tu pierna?

—No quiero hablar más de mi pierna. Savage me ha aburrido hoy hasta la muerte con el tema. Cuéntame de ti…

—También me encuentro bien. Trabajando duro.

—No estaba pensando en tareas, estaba pensando en ti. Teniendo que lidiar con todas las presiones del gobierno al igual que con cosas de la vida… y de la muerte.

Catherine frunció el ceño. ¿En qué muerte estaba pensando él?

Tzsayn pareció leerle la mente y agregó con amabilidad:

—Estaba pensando en tu hermano. Todavía no hemos hablado de eso.

En su mente, Catherine volvió a ver la lanza que salía de su brazo, volando bajo y veloz, Boris girando hacia ella, la mirada de ambos al encontrarse en ese último momento, cuando la pértiga atravesaba su pecho.

—No me arrepiento de lo que hice.

Los ojos de Tzsayn estaban sobre los de ella, como si estuviera buscando algo.

—¿En absoluto?

Catherine sacudió la cabeza.

—Él era mi enemigo. Me habría matado sin dudarlo. Me habría torturado y humillado. Cuando pienso en eso, sé que no debe mortificarme que me alegre su muerte, que me alegre haberlo matado. Lamento que mi hermano fuera una mala persona. Lo siento por mi madre, que lo amaba. Pero no me arrepiento de mis acciones. Lo volvería a hacer. A veces, me pregunto si debería haberlo hecho antes: haber encontrado una manera de dar muerte a mi padre y a mi hermano mientras dormían —Catherine miró a Tzsayn—. ¿Te escandaliza?

Tzsayn levantó una ceja con ironía.

—¿Tu avidez de sangre propia de Brigant?

—Mi falta de feminidad. La violencia de mis sentimientos. Su brutalidad.

—Admiro tu honestidad —le sonrió por un instante, como si quisiera tranquilizarla—. Siempre lo he hecho. Y estoy agradecido por ello. La honestidad es un bien precioso. En cuanto a lo que se supone que es feminidad, ser gentil y amable con alguien que es un bravucón, un bruto e inhumanamente malvado en su trato con los demás, pues bien, ser gentil y amable con alguien así, más parece una estupidez. Es debilidad, es incapacidad de apoyar a los que sufren, y ese tipo de gentileza y amabilidad no deben ser admiradas; ciertamente, no en una reina.

Tzsayn seguía sorprendiéndola. Catherine casi esperaba que él se hubiera horrorizado por la tosquedad de sus sentimientos. ¿Su *deseo* era que él se horrorizara, que se alejara?

—No eres débil, Catherine, pero me preocupo por ti, por lo que se requiere de ti. El trabajo, la guerra.

—Por favor, tampoco hablemos de esto. Ya has hablado suficiente sobre la pierna y yo ya estoy harta de hablar sobre los suministros de alimentos.

Tzsayn sonrió.

—Te puedo decir que después de estar tendido en la cama durante semanas, la idea de una conversación sobre medidas de trigo resulta incluso emocionante.

—Bueno, entonces puedes hablarlo con Tanya, porque no diré una palabra más sobre ese tema.

—Entonces, ¿de qué hablamos?

—Estaba pensando en nuestro primer encuentro…

—Ah, sí, recuerdo ese día.

—La forma en que me frunciste el ceño —Catherine estaba bromeando y también era vagamente consciente de que estaba haciendo su habitual truco de tomar sus problemas a la ligera, pero comprendió que por una vez en su vida se sentía feliz de jugar a ser feliz.

—¿Te fruncí el ceño? Te equivocas. Hice todo lo posible por mostrar mi absoluto desdén por toda la farsa. Ésa era mi mirada de desdén —hizo una buena imitación del gesto.

Catherine lo negó con un gesto, sonriendo.

—Un terrible ceño fruncido. Un momento después de tu gesto de sorna.

146

—Jamás hago esos gestos. Me haría ver muy desagradable. Y todos saben que el rey Tzsayn de Pitoria no es desagradable.

Tzsayn se volvió de manera que ella sólo pudiera ver el lado quemado de su rostro, el que parecía viejo y marchito, la piel arrugada sobre el ojo y la ausencia de ceja.

Catherine se inclinó y lo besó.

—Eso es verdad.

Los ojos de Tzsayn se encontraron con los de ella y la joven reina se sonrojó, mientras comprendía que nunca antes había besado el rostro del rey. Se aclaró la garganta y dijo, casi en tono formal:

—Pero ahora debemos decidir qué hacer con nuestra pequeña farsa.

Catherine sintió que su sonrojo iba en aumento. Ella no quería que Tzsayn pensara que su matrimonio era una farsa. Era una mentira, sí, pero necesaria. Después de su captura, ella tuvo que declarar que se había casado en secreto con Tzsayn, para que los Señores de Pitoria no pudieran hacerla a un lado o enviarla de vuelta con su padre... aunque sólo había retrasado lo segundo. Desde su regreso, habían estado juntos: no exactamente como marido y mujer, puesto que tenían dormitorios separados en el ala de los aposentos reales, pero eso podía explicarse por el precario estado de salud de Tzsayn y Catherine sabía que cuando éste mejorara, las cosas tendrían que cambiar.

—No es una *pequeña farsa*.

Tomó de nuevo la mano de ella.

—Y no me arrepiento. La mentira te mantuvo con vida. Pero no quiero que nuestras vidas o nuestro matrimonio sean una farsa.

Catherine asintió. La temida cuestión del amor y el matrimonio.

—En la mayoría de los temas, eres veloz para compartir tus opiniones, pero en cuanto digo la palabra "matrimonio", enmudeces. Sin embargo, no podemos ignorarlo, Catherine. Podemos casarnos: convertir en verdad la mentira. O...

—¿O?

—Puedes esperar a que muera, producto de mis heridas.

—¿Qué? ¡No! No digas eso.

—¿Por qué no? He estado lo suficientemente cerca de la muerte estas últimas semanas. Sentí que se deslizaba encima de mí y me ponía sus dedos fríos alrededor del cuello.

—¿Por qué estás diciendo esas cosas? —Catherine dejó caer su mano—. Nunca lo pretendí. Y siempre he deseado que vivas, quiero eso ahora, a pesar de lo cruel que eres conmigo.

—No soy cruel, Catherine.

—Y yo tampoco —se inclinó y lo miró a los ojos—. Por favor, créeme cuando digo que mientras no estuviste, ni por una vez, esperé otra cosa que no fuera tu regreso. Y, en el tiempo en que has convalecido, no he esperado otra cosa que no sea tu recuperación. Y todavía la anhelo.

—¿Y si tus esperanzas se cumplen y me recupero? Entonces ¿qué elegirías? ¿Te quedarías y serías mi esposa o te divorciarías?

—¿Divorcio? ¿Acaso eso es posible?

—Sería la primera vez para un rey de Pitoria, pero dado que nuestros reinos están en guerra y tu padre ha asesinado al mío, estoy seguro de que mis legistas encontrarán una manera. Quiero que nos casemos: eso puedo decirlo de forma simple y honesta. Pero me gustaría también una respuesta simple y honesta.

—Son opciones simples, pero eso no significa que la decisión sea sencilla. Y no estoy acostumbrada a poder elegir. Estoy acostumbrada a seguir lo que se espera de mí.

Tzsayn frunció el ceño.

—Quizás eso fue cierto alguna vez, pero es evidente que ahora eres bastante capaz de tomar tus propias decisiones.

Catherine entrelazó los dedos. ¿Qué haría? Quería ser reina. Tenía la ambición de gobernar, de demostrar que ella, una mujer, era tan capaz como cualquier hombre. Pero ¿también quería ser esposa? Y si fuera así, ¿de quién? La respuesta debería ser obvia, sin embargo... cada vez que pensaba en ello, sus anhelos viajaban en múltiples direcciones.

Había sido enviada a Pitoria para casarse con Tzsayn, lo había aceptado como su destino, y se había sorprendido gratamente al conocerlo. Era atractivo, divertido, inteligente, amable y como ningún hombre —como ninguna persona— que ella hubiera conocido antes. ¿Tzsayn la haría feliz? ¿Esta vida la haría feliz? ¿Era la elección correcta? Así lo parecía hasta el momento en que pensaba en Ambrose. Sólo unas pocas semanas atrás su corazón estaba centrado en él.

—Éste *es* mi ceño fruncido —dijo Tzsayn—. Me reservo su uso para cuando suspires de esa forma.

—¿De qué forma?

—De la forma en que lo haces cuando piensas en sir Ambrose.

—No estaba pensando en él. Estaba pensando en ti.

—Acabo de alabarte por tu honestidad, así que no mientas ahora, Catherine —Tzsayn frunció el ceño—. Y tampoco me frunzas el ceño —pero ahora su gesto se convirtió en una mueca.

Catherine se levantó a medias.

149

—Ay, no soy buena para ti. Te estoy irritando.

—Eres muy buena para mí. Me duele la pierna, eso es todo —el rey cambió la posición, haciendo nuevamente una mueca—. ¿Sabes qué quiero, Catherine? Además de que mejore la pierna, por supuesto. Quiero *todo*: paz, felicidad, prosperidad, amor. Quiero todo eso y quiero compartirlo contigo. Creo que puedo darte esas cosas. Pero ¿tú puedes darme esas cosas a mí? ¿O quieres dárselas a alguien más? Necesito saberlo, Catherine. Juntos podemos gobernar este reino y gobernarlo bien. Podemos vencer a nuestros enemigos y vivir felices para siempre. Pero debes decidir si ésa es la vida que anhelas.

¿Cuál era la alternativa? Ambrose. Una vida más tranquila. Viajes. Libertad. ¿Qué era lo adecuado para ella?

—Otro suspiro —comentó Tzsayn—. Dime, ¿cómo está sir Ambrose?

—Como estoy segura de que Davyon ya te ha informado, él ya se ha recuperado de sus heridas y está a punto de encabezar una misión al mundo de los demonios.

—Y en verdad me alegro de su recuperación y le deseo éxito en su misión. Es un buen soldado y un buen hombre. Y esperará a que tomes tu decisión, si es un hombre que verdaderamente te merece. Y yo también lo haré, Catherine. Pero ninguno de los dos esperará para siempre. Lo cual me lleva a otro tema que quería comentar. Ahora soy rey y debo celebrar una coronación; las formalidades deben seguirse, incluso en medio de la guerra. Debería regresar a Tornia para la ceremonia.

Esta vez, Catherine se levantó como un resorte.

—¡No puedes viajar en el estado en que te encuentras!

—Tranquila, Catherine. Estaba a punto de decir que en lugar de eso, llevaré a cabo la ceremonia aquí. Será una buena oportunidad para estrechar los lazos con la gente del norte en una celebración y una forma de reconocimiento por lo único que han hecho en los últimos meses.

—Mientras estés lo suficientemente recuperado.

—Estaré bien. Podemos tener una ceremonia corta y sencilla. ¿Qué otra cosa se necesita además de unas pocas palabras y una corona?

Catherine no estaba totalmente convencida, pero intentó bromear.

—Bueno, supongo que eso mantendrá los costos bajos... y como debemos vigilar cada kopek.

—Hay algo más que considerar —continuó Tzsayn—. ¿Debería haber una corona o dos? Si yo soy coronado rey, entonces tú deberías ser coronada reina. Pero para que eso suceda, debemos estar casados. Me refiero a estar *realmente* casados. Si eso es lo que deseas, sería un honor para mí que fueras mi esposa y mi reina. Pero necesitas decidirlo, Catherine. Y pronto.

TASH
TÚNELES DE LOS DEMONIOS

Todavía estaba negro, silencioso y frío como la piedra. Tash tenía apenas el espacio preciso para darse vuelta y recostarse sobre el pecho o la espalda, con los hombros y las caderas rozando el techo de su espacio. Y tenía que moverse de manera regular, ya que sus piernas seguían entumiéndose y le dolía la espalda.

Al principio había tenido miedo de quedarse sin aire, pero de alguna manera éste le llegaba. Y el agua goteaba a través de una grieta cerca de su cabeza. Podía lamerla como un perro.

Aunque tampoco había mucho más que pudiera hacer.

Excepto pensar: podía pensar mucho. Parecía que en este lugar había pensado más que en toda su vida. Había regresado a sus primeros recuerdos: sentada bajo la lluvia en un charco fangoso, sus hermanos pisoteando a su alrededor para que el agua le salpicara la cara. También tenía otros recuerdos —sobre todo tristes— de su padre golpeando a sus hermanos o a ella, gritando y maldiciendo.

Sus recuerdos de Gravell eran diferentes. Se sentían reales: la hacían sentirse abrigada, la hacían sonreír y llorar (¿por qué pensar en Gravell siempre la hacía llorar?). Sí, le había gritado, pero de alguna manera, ni siquiera sus palabras más iracundas la llenaron nunca de temor, como sí lo hacían los pasos de su padre. Recordó la primera noche después de que Gravell la separó de su familia. Le había dado zapatos y comida y una manta extra cuando Tash había comenzado a temblar y a llorar. Durante las semanas siguientes había llorado mucho más, no de miedo o de frío, pero sí con una mezcla de alivio y pena: pena por mi antiguo yo que había perdido y no había conocido algo diferente. Gravell siempre le había causado asombro. Por fuera era grande y gritón, pero en su interior era una persona que se preocupaba por ella, y Tash lo supo desde el primer día. Nadie lo había hecho antes y eso cambió su mundo.

Tash deseaba haber abrazado más a Gravell, y deseaba poder abrazarlo de nuevo.

Bueno, tal vez lo volvería a ver pronto, si había una vida después de ésta. Gravell nunca había creído en ese tipo de cosas, y tal vez todo fuera una ilusión, pero sonrió al pensar en ello.

—Pero no vamos a cazar demonios —murmuró.

Y en su cabeza agitó su dedo contra Gravell, frente a él, en la parte más hermosa de la Meseta Norte, con la nieve pesada en las ramas de los árboles de coníferas.

—Podemos cazar por comida, pero nada más. No vender cosas por dinero, ní para que puedas tener a tus mujeres y tu pruka.

Y Gravell eructó y dijo:

—Tú no aprecias las mejores cosas en la vida. ¿Qué es la vida sin mujeres y pruka...? ¿Y sin pasteles?

—Podemos intercambiar un poco de carne y pieles por una tarta en Pravont.

Gravell sonrió.

—Ellos tienen las mejores tartas, la mejor comida de todo el mundo.

—No estoy segura de que sigamos en el mundo, pero me gusta lo de las tartas.

Gravell recogió sus arpones y dijo:

—Vamos, pues, a cazar.

Y Tash se sentía feliz de imaginar que estaba con Gravell. Feliz de haber conocido a un hombre que la había cuidado.

Se retorció para recostarse boca abajo y se enjugó las lágrimas. Continuó con su sueño, imaginando la cacería: corriendo por el bosque, encontrando huellas de ciervos y luego acercándose a la presa. Gravell enviándola a la derecha, para que asustara al venado y lo dirigiera hacia él. Ella sabía por instinto adónde ir y avanzó, pero para su sorpresa, no vio un ciervo. Había otra cosa delante de ella.

Era un demonio. Un enorme demonio rojo sentado en sus ancas.

Tash cayó al suelo.

¿Qué estaba haciendo allí?

El demonio estaba usando su mano —no, su dedo— para hacer marcas en la tierra.

Tash se acercó para ver mejor.

El demonio levantó la vista. Tash esperaba que fuera Girón, el demonio que había liberado de los soldados de Brigant, pero no era él. Era otro que también reconoció: el que había atacado al grupo dirigido por la princesa Catherine. Éste era el demonio que había tratado de matar a Geratan antes de que Tash interviniera y lo apuñalara, el que luego se había lanzado contra ella. El humo rojo que había escapado de su boca mientras moría parecía haber viajado por el cuerpo de Tash y, más que eso, parecía haberla llevado al centro del mundo de los demonios: al núcleo donde vivía el humo y donde todo parecía regresar. Y, recordando eso ahora, Tash sintió algo que se agitaba dentro de su pecho. Como si una pequeña voluta de humo estuviera de alguna manera inmóvil dentro de su cuerpo. ¿Era posible? ¿Sería eso lo que la mantenía viva? ¿Lo que impedía que la piedra la aplastara por completo?

Tash sintió una conexión con este demonio, pero ¿podría él explicar cuál era la conexión? El demonio era aterrador cuando estaba muriendo, pero ahora parecía bastante tranquilo, concentrado en lo que hacía: formar un agujero en el suelo, moviendo su dedo sobre éste. El agujero era poco profundo y pequeño, pero usó cuatro dedos y el agujero se hizo más profundo, luego usó la palma de su mano.

Tash se inclinó y vio que el agujero se adentraba en la tierra, estaba lleno de humo rojo y parecía que se estaba abriendo debajo de ella. Gritó y saltó hacia atrás.

Y se golpeó la cabeza en la piedra dura.

Estaba de nuevo rodeada de oscuridad. No había agujero, no había bosque, no había demonio.

Era un sueño.

Sólo un sueño.

Dejó caer la cabeza. Pero ahora cayó sobre una hendidura en la piedra.

Una hendidura que no había estado allí antes. Y…

¡Puedo verme las manos!

Había un tenue resplandor rojo en el espacio delante de ella.

Sus manos yacían en un ligero hueco, aproximadamente del tamaño de su cabeza y tan profundo como el puño de la mano.

¿Se estaba moviendo la piedra otra vez?

¿O moví yo la piedra?

Tash había soñado que el demonio estaba haciendo un agujero con sus dedos. Pero sus propios dedos estaban adoloridos, como si hubiera estado haciendo el mismo movimiento en su sueño.

Debo haber hecho yo el agujero.

Y, como cualquier prisionera, su siguiente pensamiento fue escapar.

Si pude hacer un agujero, podré cavar un túnel.

EDYON

CALIA, CALIDOR

Edyon estaba retrasado. Se suponía que debía estar en el patio principal para la procesión, pero se había perdido en los corredores del castillo. Un sirviente le había dado las indicaciones, pero de alguna forma había terminado cerca de la cocina. Allá pidió que lo ubicaran y terminó cerca de la biblioteca. Estaba comenzando a pensar que los sirvientes lo hacían a propósito. Pero alcanzó a escuchar un ruido que provenía de una multitud. Dio vuelta a una esquina y encontró delante el arco hacia el patio principal, lleno de gente. A medida que se acercaba, escuchó algunos fragmentos de conversaciones. "Se ha retrasado. Probablemente esté arreglándose el cabello". "Me pregunto si es un tanto ordinario."

Edyon dio media vuelta y se dirigió por el otro lado, apresurando su paso lo más posible. Era consciente de que toda la procesión estaba esperando por él, y de que lo había arruinado de nuevo. Caminó tan rápido como pudo hacia donde estaba su caballo, que alguien más sostenía, e hizo su mejor esfuerzo para montarlo con elegancia. Odiaba montar y los adoquines del patio estaban resbalosos a causa de la lluvia. No obstante, el caballo era el animal más manso de los establos reales, y Edyon estaba agradecido de que se mantuviera inmóvil.

Y con el toque de una trompeta se dio inicio a la procesión. Edyon cabalgó junto a su padre a la cabeza de una larga fila de nobles, soldados, caballos, tamborileros y trompetistas.

—Pido disculpas por mi tardanza —tuvo que gritar para ser escuchado en medio de la fanfarria.

Thelonius le hizo señas con la mano.

—Eres un príncipe, Edyon. La gente puede esperarte. Ahora haremos una gira real por nuestro territorio.

Se suponía que Edyon debía saludar a la multitud desde su caballo, pero lo único que quería hacer era aferrarse a la silla. Lo último que necesitaba era caer del caballo y convertirse en el hazmerreír de la corte. Los nobles venían detrás en la procesión, todos mirando su espalda. Edyon casi podía sentir sus miradas, evaluándolo y concluyendo que no estaba a la altura de su posición.

—Estás muy callado, Edyon —dijo su padre cuando la procesión abandonó la ciudad.

—Estaba pensando en los nobles. Y en la ceremonia de coronación.

—¿Ah?

—Fue un desastre.

—No. Fuiste coronado. Prestaste juramento. Hiciste lo que era requerido.

—Dio la impresión de que yo arrojaba la corona al suelo.

—No me pareció así.

—La nobleza lo vio así. El canciller nos había advertido que mi lealtad estaba siendo cuestionada. No es bien recibido arrojar la corona de Calidor al suelo.

—Fue un accidente —Thelonius se giró para mirar a Edyon—. Eres joven, sí, y seguro cometerás algunos errores: ¿no lo hemos hecho todos?

—Pero una de las primeras cosas que me dijiste fue que debemos aprender a balancear el poder de los vasallos: que ellos se hayan burlado de mí no me parece una buena forma de hacerlo.

—No se burlarán de ti cuando te conozcan un poco más, y esta gira te dará la oportunidad para ello —Thelonius le dio una palmadita en el hombro a Edyon—. Ésta es también una oportunidad para que puedas conocer tu reino. No tengo palabras para describir el placer de cabalgar junto a mi hijo —le dio un vistazo a Edyon y añadió—: Y también alberga otro propósito. Estoy seguro de que tienes razón sobre la amenaza de Aloysius. Revisaremos nuestras defensas, los principales puertos, y la muralla norte. Los Señores de Calidor podrán ser testigos de nuestra seriedad en relación con fortalecer nuestras fronteras.

Al poco tiempo llegaron a Gaross, ciudad de puerto fortificado, ciudad natal de lord Regan, que tenía el honor de ser la primera parada de la gira. Estaba a corta distancia de Calia y era reconocida por ser pintoresca. El castillo era impresionante, construido sobre numerosos niveles de terrazas y con vista al mar. La mampostería era práctica, formaba una sólida defensa, pero también bella, pues su apariencia había sido suavizada con plantas y flores. Cada terraza exhibía estanques y fuentes.

Regan les mostró con orgullo la terraza principal a un grupo pequeño, que incluía a Edyon.

—Ciertamente es muy hermoso —dijo Edyon.

—Mi arquitecto es un genio. Tenemos excelentes vistas a lo largo de la costa. Ha logrado integrar belleza con funcionalidad —replicó Regan—. Somos un sólido emplazamiento defensivo, y protegemos la costa de Calia hasta South Stacks.

Un noble que estaba observando el castillo comentó:

—Tu famoso arquitecto aún no ha organizado las ruinas, Regan.

Edyon había notado las murallas de piedra que se desmoronaban cubiertas por viñedos en un costado del castillo, pero le parecieron en cierto modo gráciles.

—¿Ruinas?

Regan sonrió.

—Es una especie de broma interna. Las murallas no son una ruina. Hace un par de años había comenzado a extender el castillo para añadir otro salón de reuniones, una galería, unas cuantas recámaras y más habitaciones para la servidumbre, pero estalló la guerra, y decidí que las habitaciones extras no eran una prioridad: podría encontrar un mejor uso para esos recursos y la mano de obra. Uno debe hacer sacrificios por su reino.

Edyon dio un vistazo a la extensión del hogar de Regan y consideró que no eran muchos los sacrificios que había padecido. Pese a todo, debía cortejar a sus vasallos, y eso incluía a lord Regan. Un poco de halagos no le haría daño, y siguiendo su impulso habló:

—Bueno, me parece todo maravilloso. Quizás algún día su arquitecto podría diseñar mi hogar en Abasca.

Regan sonrió.

—Por supuesto. Por supuesto. Me encantaría ver cómo domestica esa tierra. Y estoy seguro que esto le traería mucho placer: llevar cultura a la incivilizada Abasca.

Y de alguna forma, por la manera en que Regan miró a Edyon, sabía que se estaba refiriendo a Marcio.

No estaba intentando domesticar a Marcio o civilizarlo... Él no necesitaba que yo lo hiciera. No necesitaba para nada cambiar. Era perfecto tal como era. Es usted el que necesita ser domesticado. Es usted quien difícilmente se ha civilizado.

Edyon tuvo que alejarse de Regan. Este hombre le hacía hervir la sangre.

Marcio nunca tuvo este tipo de riqueza. Había perdido todo: hogar, familia, amigos. Y ahora incluso Calidor ha sido prohibida para él. Sí, yo sé que él intentó asesinarte, pero... pero... él perdió todo... incluyéndome.

Edyon entró furioso al castillo, escapando por un largo corredor, robando un pequeño jarrón de un armario junto al que pasó. El hecho de tenerlo en sus manos lo hizo sentir mejor. Más calmado.

Ésta era la segunda vez en las últimas semanas que robaba algo: había robado los guantes de Regan ese horrible día, cuando vio a Marcio en los calabozos de Calia. Edyon lamentaba que la urgencia de robar le estuviera asaltando nuevamente. De cualquier forma, no regresó el jarrón.

Edyon se dirigió hasta otra terraza con vista al mar. El paraje estaba enmarcado por árboles de limón y plantas con flores, las cuales atraían aves que revoloteaban a su alrededor, antes de lanzarse a probar el néctar. Todo era hermoso y pertenecía a Regan. Miró abajo, al jarrón que sostenía en sus manos. Estaba hecho de vidrio soplado, por lo que tenía burbujas en su interior, y sus colores eran del azul verdoso del mar. Era hermoso. Le pareció detestable. Lo lanzó por encima de la terraza y desapareció entre las rocas.

Esa noche tuvo lugar un banquete en un salón magníficamente decorado y en el que Regan ejerció de anfitrión. La comida era tan deliciosa como abundante, lo mismo que el vino, que Edyon cató de forma generosa.

* * *

A la mañana siguiente, Talin despertó a Edyon y lo vistió. Este día sería similar al anterior: una visita al siguiente castillo y otra evaluación de las fortificaciones. Sin embargo, aquel día era diferente dado que las nalgas de Edyon estaban sensibles a cuenta de la cabalgata del día anterior, y su cabeza estaba sensible a causa de los vinos de la noche anterior. Se las arregló para montar el caballo con un poco de ayuda, a pesar de que sentía un terrible mareo. Apenas había desenredado las riendas cuando una trompeta sonó con estrépito en su oído y el susto que le produjo casi lo hizo caer de su montura. Las trompetas, había descubierto Edyon, eran una gran parte de la vida real, una parte que felizmente descartaría.

La luz del sol lo cegaba, su chaqueta estaba demasiado caliente, y su boca tan seca como el horno de un panadero. La trompeta resonó con fuerza detrás de Edyon, quien pensó que no podría sentirse peor. Pero, justo después de iniciada la procesión, sintió que su estómago empezó a revolverse.

No vayas a vomitar. El vómito no es algo digno de un príncipe.

Edyon no era capaz de girar la cabeza o de abrir sus ojos más allá de pequeñas hendiduras. La única forma de sobrellevar la mañana sería si pudiera cabalgar y dormir al mismo tiempo, pero el ruido a su alrededor era insoportable.

—¿Puedo cabalgar junto a Su Alteza?

Era Byron, el hijo de uno de los Señores de Calidor que había tomado parte en la demostración con el humo de demonio.

—Si usted se deshiciera del hombre con la maldita trompeta, entonces tal vez podríamos conversar.

—Así se hará, Su Alteza.

El joven intercambió unas cuantas palabras con el hombre de la trompeta, y regresó en relativo silencio a cabalgar junto a Edyon. Byron tenía hombros anchos y tez oscura, y era apuesto, con una larga y hermosa cabellera, entrelazada con un hilo de plata que colgaba sobre su espalda. Durante la demostración, Edyon había descubierto que también era compasivo y valiente, pero viéndolo allí sentado sobre su caballo negro, pudo comprobar que los músculos de sus muslos eran incluso más impresionantes.

—¿Cómo le ha parecido la gira hasta ahora, Su Alteza? —preguntó Byron.

—Mucho mejor sin esa trompeta. En honor a la verdad, tengo una terrible resaca —dijo Edyon—. Y no soporto cabalgar. Preferiría caminar. Tengo las posaderas tan adoloridas como si me las hubieran azotado.

Byron rio. Y parecía que tenía una dentadura completa, de perfectos dientes blancos.

—Me temo que habrá muchas más cabalgatas antes de que termine la gira —dijo Byron—. Quizás una o dos cacerías también.

—No voy a cazar nada. Podría mirar, desde cierta distancia, y animar al ciervo o al jabalí o a cualquier desdichado animal que tenga que huir para salvar su vida.

Byron esbozó una sonrisa.

—Entonces me uniré a Su Alteza y no comeré carne, sólo nabos.

—Nada de nabos. Nunca más. Les tengo aversión —Edyon relató su arresto en Pitoria sólo un par de meses antes—. Habíamos huido a través de la Meseta Norte, luchado contra demonios y soldados de Brigant, *luego* un alguacil me arrestó y me arrastró con cadenas atadas a un caballo muy parecido a éste, y me arrojaba nabos para alimentarme.

Byron rio, frunció el ceño y miró a Edyon con los ojos entrecerrados.

—Nunca sé si habla en serio, Su Alteza. Su discurso de anoche nos divirtió a todos, aunque la mayoría pensó que exageraba sus experiencias.

—¿Fue eso lo que pensaron? —Edyon frunció el ceño. Recordaba vagamente el aburrido discurso de Regan sobre el orgullo que sentía por Calidor y las defensas costeras, aunque Edyon no recordaba mucho y podía recordar incluso menos de su propio discurso: tenía la sensación de que había dicho algo sobre amigos y vecinos, Calidor y Pitoria. Le preguntó a Byron: —¿Qué partes en particular pensaron que yo estaba inventando?

—Bueno, creo que la parte de dormir junto al cuerpo de un demonio muerto fue la más sorprendente, pero luego Su Alteza hablo de otros lugares en los que ha dormido: su vasta experiencia en calabozos. Comparó los méritos de cada uno.

—Ay, ¿en verdad?

—El rey Tzsayn era quien estaba más cómodo y lord Farrow quien estaba más asqueado.

—Por favor, no digas más —Edyon se preguntó si había mencionado a Marcio, pero seguramente no.

—¿Quizá se me permitiría hablar si elegimos un tema diferente? —preguntó Byron.

—Por favor. Aparta mi mente de esta horrible resaca. Háblame de ti, Byron.

Entonces el joven habló de su vida como el tercer hijo de lord Harris. Una familia feliz que vivía con cierta holgura, entre sol y huertos, viñedos y pesca del río. Las historias de Byron sí ayudaron a Edyon a olvidar su dolor de cabeza e incluso el del trasero, mientras se acercaban a su siguiente destino.

Esa noche, cuando Edyon entró en el salón de banquetes y vio otro festín desplegado, murmuró:

—Maldita sea, tendré que asistir a esto todas las noches.

Lord Regan estaba justo detrás de él y respondió:

—Ciertamente, Su Alteza. Y tengo curiosidad de saber sobre qué tema nos educará esta noche. ¿Otro tratado sobre la vida carcelaria? ¿O bien otro intento de llenar de elogios a su "amigo", el que lo ayudó a enfrentar las pruebas de su viaje?

Edyon hizo una mueca. Byron no había mencionado eso, aunque tal vez sólo Regan lo había percibido, puesto que sabía de la existencia de Marcio. Por supuesto, dado que Marcio había formado parte de un complot para asesinarlo.

Bueno, malditos los dos. Edyon se sirvió una enorme copa de vino. *Una copa para curar la resaca me será de ayuda, y daré tantos discursos ridículos como me dé la gana.*

Y esa noche pronunció otro, esta vez hablando apasionadamente de los demonios y su poderoso humo, de cómo éste puede vigorizar súbitamente a los chicos y también sanarlos.

—La amenaza de Aloysius y su ejército juvenil es algo que todos deberemos enfrentar algún día —dijo.

Cuando terminó, su anfitrión, lord Haydeen, le agradeció con una sonrisa.

—¡El humo es ciertamente poderoso, al igual que este vino!

Edyon miró alrededor del recinto y se preguntó si alguien lo había escuchado en realidad, si alguien creía en verdad lo que contaba sobre el humo de demonio o las cárceles o cualquier otra cosa.

El príncipe se excusó por el agotamiento del viaje y abandonó el salón para dirigirse a su dormitorio. Cuando llegó, vio a un criado que salía de la habitación contigua, con las botas de Regan.

—¿Qué estás haciendo con eso? —preguntó Edyon.

—Llevándolas a pulir, Su Alteza.

—Toma las mías también —dijo Edyon, y le indicó al mozo dónde estaban sus botas de montar. Todo el tiempo tenía esa vieja sensación, un zumbido en la cabeza, los brazos, los dedos—. Demonios —murmuró para sí.

El sirviente se alejó. La habitación de Regan estaba a pocos pasos de la suya. Podría introducirse en un segundo. Nadie se enteraría.

Edyon fue a su cama, se sentó y murmuró para sí:

—No. No debo. Debo resistir. Robar es malo. Aunque sea a lord "tengo curiosidad de saber sobre qué tema nos educará esta noche" Regan. ¡Ni siquiera se toma en serio la amenaza del humo y el ejército juvenil! —hasta el momento, Regan no había salido muy perjudicado. Había perdido un par de guantes y un maldito jarrón. Podría perderlo todo.

Y antes de que lo notara, Edyon ya estaba fuera de su habitación y entrando en la contigua.

A Regan le habían asignado una cámara grande, con un área para sentarse y la cama en el lado opuesto. Edyon se paseó por ella, sintiendo cómo se crispaban sus dedos.

Las vestiduras de Regan estaban colocadas sobre el taburete y sobre la cama había ropa de dormir bellamente bordada.

—No puedo imaginar a Regan en camisón —susurró Edyon y levantó la prenda. Era de tela fina y muy suave—. ¿Quién lo hubiera pensado? —arrojó el camisón al suelo, resistió el impulso de pisarlo y se acercó al taburete. Allí estaban los pantalones y la chaqueta de montar, al igual que sus cuchillos. Edyon extrajo uno y lo inspeccionó: largo y delgado, reflejaba la luz de las velas y parecía tener el acero muy afilado. ¿Habría luchado este filo contra Marcio?

Edyon dejó caer el cuchillo y éste abrió un agujero en el suelo. Lo recogió y volvió a enfundarlo.

Había una cómoda grande y pesada en la que destacaban un pequeño espejo y dos cepillos de plata. El espejo estaba diseñado para viajar, al parecer, pues se doblaba para formar un soporte y luego se volvía a juntar para hacerse compacto y protegerlo. El marco plateado a su alrededor estaba finamente grabado con la imagen de un árbol junto a un río.

Edyon tenía que tenerlo.

—Es demasiado hermoso para pertenecer a Regan —lo deslizó en el bolsillo interior de su chaqueta. Estaba abriendo la puerta para salir cuando escuchó pasos cada vez más cerca. Y una voz.

¡Regan! ¡Maldita sea!

Edyon cerró la puerta en silencio y entró corriendo a la habitación. Pero ¿ahora qué?

¿Meterse debajo de la cama? ¿Salir por la ventana?

Demasiado tarde. La puerta se estaba abriendo y lo único que pudo hacer fue deslizarse detrás de una gran silla de madera maciza y agacharse, esperando que las mantas que cubrían el respaldo lo ayudaran a ocultarse.

Regan entró, seguido por otros dos, y la puerta se cerró.

Edyon se acurrucó lo más que pudo y trató de respirar en silencio mientras Regan ofrecía oporto a sus invitados, a quienes Edyon reconoció de la demostración del humo: Birtwistle y Hunt. Alguien se dejó caer con pesadez en la silla, la empujó más hacia la esquina y dejó atrapado a Edyon por completo.

—Seré breve —la voz de Regan era curiosamente baja, en absoluto su forma habitual—. He estado pensando en su propuesta, como dije antes. Y, como dije, esto no es fácil para mí.

—Lo entendemos, Regan. No es fácil para ninguno de nosotros.

—Admito que no me he sentido muy contento durante algún tiempo. Thelonius ha… cambiado.

—Está más débil —agregó Hunt.

—La muerte de su esposa e hijos lo ha puesto más tenso —dijo Regan—. Es comprensible.

—Comprensible, pero no significa que sea aceptable. Tiene que ser apto para gobernar. Y poner a un bastardo en fila para el trono no es aceptable.

—Tampoco lo es el forzarte a cometer perjurio, Regan —ésa era la voz de Birtwistle.

—Eso es lo que más me ha herido —dijo Regan con voz dolida—. Thelonius, mi más viejo y cercano amigo, me pide que mienta bajo juramento. Dice que es por Calidor, pero en el fondo es por él.

—Y todo por ese chico imbécil.

—Y casi te matan intentando traerlo de vuelta.

—Todos estamos de acuerdo —dijo Hunt—. Daríamos nuestras vidas por Calidor. Ya hemos dado mucho: perdimos familiares y amigos en la última guerra, pagamos enormes impuestos para construir la muralla y las defensas marítimas. Ninguno de nosotros quiere perder más. Y esta alianza con Pitoria sólo será el comienzo. Recuerden esto que hoy les digo.

—Thelonius ha despachado barcos. Después de prometer que no lo haría —dijo Regan—. Consiguió hacerlo con la ayuda del joven bastardo, que parece saber mejor que nadie de su edad sobre pedir dinero prestado.

—Si no podemos confiar en que Thelonius mantenga una promesa como ésa, una promesa sobre la defensa de nuestro reino, ¿en qué otra cosa faltará a su palabra? —preguntó Hunt—. ¿Y qué le depara el futuro a Calidor si un joven nacido y criado en Pitoria, que es mitad de allá, asume el trono?

Nadie se atrevió a responder.

—¿Entonces, Regan? —preguntó Hunt—. ¿Qué dices? Te necesitamos. Hemos corrido un gran riesgo al hablar contigo, pero sabes que en el fondo del alma somos leales a Calidor.

—Sí, lo sé. Y no me complace estar de acuerdo con ustedes. Soy reacio, pero estoy dispuesto a aceptar su propuesta.

Se agradecieron y felicitaron en tonos de voz apagados, y luego Hunt alcanzó una voz aún más baja:

—Así que estamos de acuerdo en el qué. Lo siguiente es el cómo.

—Es difícil. Thelonius todavía tendrá muchos que lo apoyen —dijo Regan.

—Nuestra percepción ha sido muy similar hasta ahora —dijo Hunt—. La fuerza puede encontrar oposición; de hecho, casi invita a la oposición, pero un accidente… Bueno, eso deja el futuro abierto al más apto para llevar el reino hacia el futuro.

—Un accidente que prescinda de Thelonius y su ridículo descendiente de una manera simple y rápida, y obviamente trágica.

¡¿Qué?!

—Nadie se opondrá; nadie *puede* oponerse. El destino ha intervenido...

—Y puesto el poder en diferentes manos.

—Para el beneficio de todos.

—*Excepto el mío y el de mi padre.* ¡*Están conspirando contra nosotros!*

—Con Thelonius fuera de escena y sin herederos, el futuro de Calidor estará en manos de sus Señores. El canciller estará de acuerdo con cualquier cosa siempre que el dinero fluya. Y así será.

—Sin embargo, la gente ama a Thelonius.

—Lo olvidarán muy pronto. Los libros de historia pueden reescribirse.

—Pero él salvó a Calidor.

—La nobleza salvó a Calidor. Ésa es la historia que debería contarse. Sacrificamos a nuestros hijos y muchos vasallos dieron la vida.

—Entonces... la gran pregunta que sigue en el aire es *¿cómo?*

—Iremos a tu castillo, Birtwistle, la última parada de la gira real —dijo Hunt—. ¿No es un poco viejo y no está la mampostería frágil en algunos lugares? Un balcón podría derrumbarse en cualquier momento con el peso de un hombre. Un trágico accidente para el siempre desafortunado príncipe Edyon.

—Y su padre.

—El reino estará de duelo por un tiempo, entonces los Señores de Calidor gobernarán contigo, Regan, como nuestro líder.

MARCIO

SUR DE BRIGANT

Rashford, Sam y Marcio partieron al amanecer.

—¿Qué tan lejos está? —preguntó Marcio.

—¿Acabamos de salir y ya comenzaste con las preguntas? —bromeó Rashford.

—¿Acaso existe una ley en Brigant que prohíba hacer preguntas?

—Quizá —murmuró Rashford.

Y Marcio tenía muchas preguntas: ¿cómo sabía Rashford adónde ir? ¿El príncipe Harold era en verdad su oficial al mando? ¿Estaría realmente allí?

—Bueno, no puede haber una ley que prohíba hablar, y he escuchado muchas habladurías en el campamento durante la última semana —dijo Sam—. Se dice que el príncipe Harold es nuestro oficial al mando y heredero del trono de Brigant, porque el príncipe Boris murió en la batalla contra Pitoria.

—*Debería* haber una ley contra los rumores —respondió Rashford—. Supongo que éste viene de Frank y Fitz.

—No puedo creer que Boris esté muerto —Sam sacudió la cabeza—. Pensé que era invencible. Lo vi una vez. Cabalgaba sobre el semental más grande y negro que jamás hubiera visto. Apenas podía mirarlo por el brillo de su armadura. Pitoria pagará por haberlo asesinado.

—Aloysius los hará pagar. No te preocupes por eso, Sam —respondió Rashford.

—Entonces, ¿es cierto? ¿Boris *ha* muerto? —preguntó Marcio.

—Creo que el honorable príncipe Boris murió en batalla —respondió Rashford—. Sin embargo, no creo que haya sido el patético ejército de Pitoria el que lo mató. De buena fuente escuché que fue asesinado con una lanza arrojada por su propia hermana, la princesa Catherine. Y si es así, apuesto a que ella aspiró un poco de humo púrpura para hacerlo.

—Conocí a Catherine. Es pequeña y delicada. Sin duda, necesitaría inhalar humo, y sé que ella recurre a él —respondió Marcio.

Rashford rio.

—Bueno, por supuesto que eres amigo de ella, Marcio. Frecuentan el mismo fumadero ilegal, ¿cierto?

—No. En realidad, no.

Rashford volteó hacia Sam.

—¿Tú crees las historias de Marcio, Sam?

Sam le devolvió la mirada casi con sorpresa.

—Por supuesto. ¿Por qué no lo haría?

—Tu inocencia es encomiable. Yo, en cambio, no soy tan inocente. Y Marcio, desde luego, tampoco. Ha servido vino para el príncipe Thelonius, se ha tendido junto al cadáver de un demonio y ahora resulta que ha inhalado humo junto a la princesa Catherine.

—En realidad, ella miraba mientras el humo me curaba. El príncipe Tzsayn estaba con ella —replicó Marcio.

Sam sonrió ampliamente, encantado.

—Oh, por supuesto. Lo di por sentado —Rashford sonrió—. ¿Quién no ha frecuentado la compañía del príncipe Tzsayn? Los dos nos conocemos hace mucho tiempo. Pero dime, Marcio, ¿conoces al príncipe Harold de Brigant?

—Aún no.

—¿Cuántos años tiene el príncipe Harold? —preguntó Sam—. Pensé que era sólo un niño.

Rashford rio.

—Al igual que nosotros, sigue envejeciendo.

Marcio trató de recordar lo que sabía.

—Es tres años más joven que la princesa Catherine, eso significa que tiene catorce.

—Más joven que la mayoría de nosotros, los Toros —dijo Rashford.

—Me pregunto si le gustaría inhalar un poco de humo púrpura —dijo Marcio.

Sam pareció sorprendido.

—¡Un príncipe, no!

—¿Por qué no? ¿Quién no querría toda esa fuerza y poder, Sam?

—Pero es un príncipe. No lo necesita.

Marcio rio.

—Quizá lo necesite más.

Rashford se mostró de acuerdo.

—Puede que tengas razón, Marcio. Ahora él es el jefe de las brigadas juveniles. No querría verse opacado por nosotros.

Era media mañana cuando vieron humo alzarse de un campamento entre los árboles. No era como el de los Toros. Era más grande, más ruidoso y mucho más elegante. Había muchos hombres y muchos caballos, y también algunas carretas y mulas. Un carro enorme, en el que estaban trabajando dos herreros, tenía una especie de barras de metal y cadenas. En el centro del campamento había dos grandes carpas con banderines negros, rojos y dorados: los colores de la familia real. Se dirigieron a un área abierta cerca de las tiendas donde ya se estaban reuniendo otros chicos. Todos llevaban puestos los chalecos de las brigadas juveniles. Rashford saludó a algunos mientras esperaban.

—Veo por aquí Osos, Zorros, Leones, Halcones e incluso algunos Avispones —murmuró Sam.

Rashford asintió y añadió pensativo:

—No obstante, no hay Águilas ni Ciervos.

Se encontraban allí tres, cuatro o más representantes de cada brigada: sus líderes y los nuevos reclutas. Era fácil distinguirlos. Los reclutas eran los que parecían nerviosos.

Sam jadeó y hundió el codo en las costillas de Marcio.

—Es él. ¡Ciertamente es él! El príncipe Harold.

Sin lugar a dudas, era el príncipe. Llevaba una bonita corona dorada entrelazada con su cabello para mantenerla en su lugar. Su ropa inmaculada era negra y dorada: botas y pantalones de cuero y una camisa de seda, con un jubón de cuero similar al que vestían todos los chicos, excepto que el principesco tenía un resplandor negro y sobre su corazón tenía una insignia diferente: un sol dorado.

—Éste es el mejor día de mi vida. Míralo. ¡Es como un dios! —murmuró Sam.

Y en honor a la verdad, Harold lucía impresionante. Estaba en pie en medio de una franja de luz solar que atravesaba los árboles. Sostenía una espada larga, que reflejaba la luz: su hoja centelleaba con brillos plateados y la empuñadura era de un dorado brillante. La espada era enorme y debía pesar casi tanto como Harold, que era pequeño y delicado, muy parecido a su hermana, aunque su cabello rubio era de un tono más rojizo. Seguía siendo un chico de catorce años, y definitivamente recurría al humo de demonio para levantar el arma. Detrás de él había dos ayudantes, hombres adultos, vestidos de manera inmaculada. Uno de ellos dio un paso adelante, les dio la bienvenida a todos y pidió a los líderes de cada brigada que se presentaran con sus nuevos reclutas. Los Toros fueron los primeros en ser convocados, lo cual era un honor; parecía que la brigada de Rashford era tenida en gran aprecio.

—¿Qué hacemos? —murmuró Sam.

Rashford respondió en voz baja:

—Haz una reverencia. Muéstrate fuerte. No mires a nadie a los ojos y, hagas lo que hagas, no te orines en los pantalones.

Marcio siguió a Rashford y Sam. Mantuvo la cabeza inclinada mientras el príncipe hablaba con su vasallo.

—Entonces, líder de los Toros, ¿cómo va el entrenamiento de tus chicos?

—Excelente, Su Alteza. Están en buena forma, saludables y fuertes. Están aprendiendo a manejar la espada y la lanza.

—Espero comprobarlo pronto. Pero hoy el turno es para los reclutas. ¿Cuántos chicos trajiste?

—Dos nuevos reclutas para reemplazar al par que cruzó el umbral el mes pasado.

—Dos para reemplazar dos, ¿confías en que son lo suficientemente buenos?

—Las otras brigadas siempre traen más chicos que las plazas disponibles para los cargos, pero yo selecciono con antelación. No le haré perder su tiempo con otros aspirantes.

—Tú. Levanta la cabeza —Harold señaló a Marcio, quien obedeció en el acto. El príncipe se acercó y miró al abasco a los ojos—. Tienes mucho plateado en esos ojos. He visto algunos así antes. Pero, ¿cómo es que ahora no trabajan en nuestras minas del norte?

—He vivido la mayor parte de mi vida en Calidor, Su Alteza. Como mozo al servicio del príncipe Thelonius.

—¿Y te atreves a venir a Brigant después de haber vivido con el enemigo? —miró a Rashford—. ¿Has traído un espía a mi campamento, líder de brigada?

Rashford pareció alarmado.

—No, Su Alteza.

—No soy un espía, Su Alteza. Odio a Calidor —y eso era verdad.

—¡Sin embargo, presumes venir de ese lugar! ¡El hogar del enemigo! —el príncipe tomó a Marcio del cabello y le torció la cabeza a un lado y hacia abajo. El abasco tuvo que hacer un gran esfuerzo para no soltar ni un quejido. Miró a Harold a la cara y no vio enojo ni irritación, sólo curiosidad.

El príncipe sujetó con fuerza el cabello de Marcio y se inclinó para susurrar:

—¿Crees que soy un tonto? Claramente eres un espía. O peor aún: un asesino.

Marcio tenía que pensar en algo para convencer a Harold.

—Si he espiado para alguien, ha sido para su propio padre, Su Alteza. Le había estado proporcionando información a otro hombre de Abasca llamado Holywell. Holywell trabajaba para su padre.

Todo eso también era cierto.

A la mención de este nombre, la cara de Harold se iluminó y soltó el cabello de Marcio.

—¡Holywell! Ja, ja. Lo conozco. Recuerdo haberlo visto apaleado hace años. Era un buen luchador. Un verdadero abasco. Un hombre duro y resuelto.

—Un buen amigo, pero ahora está muerto.

—¿Qué sucedió?

—Estuve con él en la Meseta Norte. Traíamos algo para su padre y escapábamos rumbo a Brigant —el "algo" que traían era Edyon, pero Marcio no se lo reveló a Harold—. Fuimos atacados por soldados de Pitoria y por un demonio. Los soldados se apoderaron de Holywell. Los demonios atraparon a los soldados. Yo escapé.

Harold sonreía ahora.

—¡Qué historia! Tus historias son tan desquiciadas como las de Holywell. Nunca estuve seguro de qué tanto podía creer en sus palabras, ni estoy seguro de las tuyas todavía, pero veo algo de él en ti. ¿Combates tan bien como tu amigo?

Marcio sacudió la cabeza.

—¡Por desgracia no, Su Alteza! Holywell era un experto en cuchillos y lo vi usarlos contra alguien en Pitoria, un alguacil, cuya muerte fue sangrienta pero muy veloz.

—Es cierto. Lo vi usar cuchillos. ¡*En verdad* lo conociste! —Harold asintió con aprobación—. ¿Cuál es tu nombre?

—Marcio, Su Alteza.

—Te estaré observando, Marcio. Espero grandes cosas de todos mis chicos, pero especialmente de ti.

Los Toros se alejaron y la siguiente brigada se acercó.

Sam estaba asombrado de que Marcio hubiera tenido una conversación con el heredero al trono.

—Yo no habría podido decir ni una palabra si me hubiera hablado. ¡Pero tú estabas charlando con él con tanta naturalidad como si estuvieras hablando con el panadero!

—Un panadero no me jalaría el cabello. Ni tiene el poder de hacerme ejecutar.

—Mierda, en ese momento pensé que estábamos en problemas —dijo Rashford—. Pero reaccionaste muy bien, Marcio. Creo que le agradaste. Sólo asegúrate de continuar simpatizándole, eso es todo —Rashford miró a su alrededor mientras los otros chicos eran presentados a Harold—. Bien, escuchen ustedes dos. La prueba comenzará pronto. Se selecciona a los mejores reclutas; el resto será rechazado. No avergüencen a los Toros.

No tuvieron que esperar mucho para descubrir cuál era el desafío. En cuanto todos los chicos fueron presentados al heredero, uno de los ayudantes del príncipe gritó:

—Y ahora para la prueba de los nuevos reclutas. Su comandante, el príncipe Harold, ha aprovechado la oportunidad para mejorar el desafío y ha diseñado personalmente esta prueba para hacerla más realista.

Y del interior de una carpa un hombre fue sacado a rastras. Estaba cubierto de cortes y magulladuras, no vestía camisa ni botas, sólo pantalones andrajosos. El hombre ya parecía medio muerto y apenas podía ponerse en pie. Tenía sangre seca en la barbilla y el cuello.

—Le han cortado la lengua —murmuró alguien detrás de Marcio.

Así que ésta es la idea de realismo del príncipe, pensó Marcio.

—Este hombre es un ladrón y un traidor —continuó el ayudante del príncipe—. Será ejecutado. Carece de valor alguno excepto como parte de la prueba que ustedes deben superar. El desafío para los reclutas es simple. Deben correr para recuperar la espada del príncipe, que estará cerca de este traidor. El primero en alcanzar la espada y devolverla al heredero, será el vencedor. Todos los reclutas serán evaluados por su velocidad, agilidad y espíritu combativo. Hay armas a lo largo de la ruta que pueden usar si así lo desean —se llevaron al hombre de nuevo a rastras.

Rashford se quedó mirando al prisionero y exhaló una maldición en voz baja, antes de girar hacia Sam y Marcio.

—Listo. Olvídense del prisionero: piensen el uno en el otro. Pase lo que pase, trabajen en equipo, cuídense entre ustedes y manténgase alerta. No se distraigan con las armas. Que los demás pierdan el tiempo en eso. Usa bien tus piedras, Marcio. Recuerda que el humo te sanará, y a los demás también. Así que no te reprimas, porque nadie aquí lo hará.

En ese instante, todos los reclutas recibieron sus raciones de humo e intercambiaron sus botellas vacías por las llenas. Marcio observó a los otros chicos aspirar el humo; algunos inhalaron grandes cantidades.

—No tanto —aconsejó Rashford—. Es necesario que mantengan la cordura. Inhalen una vez. Recuerden mantenerse enfocados. Los seguiré, pero no puedo interferir.

Los reclutas fueron separados de sus líderes. Sam se estiró y se incorporó. Marcio estaba nervioso, pero el humo también lo llenaba de fuerza y confianza. Algunos de los chicos empezaron a bromear y a gritarse entre sí. Estaban ansiosos por ponerse en marcha, todos tenían demasiada energía para mantenerse en su lugar.

El príncipe y sus ayudantes pasaron a caballo y el príncipe gritó:

—Buena suerte, muchachos. Muéstrenme lo que son capaces de hacer.

En ese momento, otro ayudante a caballo se hizo cargo.

—Bueno, muchachos. La espada del príncipe ha sido robada. Tienen que recuperarla. Sigan el sendero que sale del bosque y suban por la colina hasta llegar al ladrón. Recuperen la espada. Demuestren de que son capaces. ¿Están todos listos?

Los chicos gritaron en respuesta.

—Pregunté: ¿*están listos?*

Los chicos gritaron aún más fuerte.

—¿ESTÁN LISTOS?

La respuesta fue larga y sonora, con maldiciones y vituperios. Marcio se sorprendió uniéndose a los coros, gritando tan fuerte como le era posible.

—Entonces deben SALIR —el hombre espoleó su caballo y se puso en marcha.

Con hurras y alaridos, los chicos echaron a correr, sobrepasando rápidamente al hombre que iba a galope en el caballo. Marcio y Sam estaban en el medio del grupo de treinta chicos.

Lo mejor del humo era que correr resultaba sencillo y hacerlo con los chicos alrededor, vigorizante, como si se tratase de un mero divertimento. Pero Marcio tuvo que recordarse: *Esto no es divertido. Un hombre perdió su lengua. Esto es real.*

Algunos de los chicos se separaron. Un chico saltó para recuperar una lanza en lo alto de las ramas de un árbol. Otro ya había recogido un escudo. Pero Marcio no veía el sentido de las armas. No usaría una lanza contra otro chico; daría puñetazos y patadas y apelaría a sus piedras si fuera necesario. Y muy pronto lo fue. Los chicos se fueron poniendo más agresivos, tropezando entre sí, abriéndose paso a empujones. Una reyerta había comenzado a un lado. El humo los hacía más violentos y competitivos.

Un grito a la derecha de Marcio lo alertó justo a tiempo para saltar sobre un pozo. Otros dos chicos no fueron tan rápidos y cayeron. Pronto el grupo ya había abandonado el bosque y se encontraba en un prado, que se elevaba hacia una colina de pico redondo a lo lejos. En la cima había una plataforma con el artilugio de madera y metal en el que habían estado trabajando los herreros. El prisionero estaba parado en la plataforma, con los brazos extendidos. La espada estaba clavada en una viga de madera cerca de su cabeza.

Pero llegar a la espada no sería fácil: un chico cerca de Marcio gritó y cayó, con una flecha clavada en la pierna; arrancó la flecha mientras maldecía. El arquero escapó, pero no llegaría lejos: otros chicos lo persiguieron y lo derribaron.

Esos chicos se habían distraído de la tarea principal, pero Marcio y Sam no. Ahora estaban al frente del grupo. Marcio redujo un poco la velocidad para buscar más arqueros, pero fue un error. El dolor atravesó su espalda, no a causa de una flecha sino por un puñetazo.

—Eres muy lento, ojos blancos.

Un chico alto con la insignia de Zorro pasó corriendo junto a él y sujetó a Sam, que se había detenido para comprobar lo que estaba pasando. El Zorro levantó a Sam por el jubón y lo hizo girar, lanzándolo por los aires. Sam se incorporó con agilidad, esquivó una flecha y lo persiguió, pero habían perdido momentos preciosos. El Zorro estaba casi en la plataforma. Marcio le gritó a Sam que continuara mientras buscaba en su bolsillo, sacaba sus piedras y en rápida sucesión lanzaba tres a la cabeza del Zorro. El chico gritó y disminuyó la velocidad al tiempo que la sangre corría por su cuello. Sam pasó corriendo junto a él y le dio un puñetazo en la cara. Estaban ya casi en la plataforma, pero llovieron más flechas y Marcio y Sam tuvieron que retroceder para evadirlas. Los chicos de atrás se acercaban; uno arrojó una lanza que pasó silbando junto a la cabeza de Sam. Marcio defendió a Sam con sus piedras, maldiciendo mientras las arrojaba. Pero Sam ya había llegado. Subió a la plataforma y gritó:

—¡La tengo! Yo tengo la espada.

Y se paró sobre la plataforma por encima de todos, con la mano en la empuñadura del arma.

Marcio estaba debajo de él, listo para defender la posición con sus piedras, pero los otros chicos se frenaron cuando se acercaron el príncipe y sus soldados.

Era todo. Sam había vencido. Y, con suerte, Marcio había destacado lo suficientemente para poder permanecer en el ejército.

—Bien hecho, Toros: fueron los primeros en llegar a la plataforma. Pero para ser declarados vencedores deben devolver la espada —gritó el príncipe Harold.

Marcio sonrió y miró a Sam. Pero entonces comprendió que la prueba no exigía sólo conseguir la espada.

Estaba clavada en una viga de madera y sujetaba una cuerda. El prisionero al que le habían cortado la lengua estaba atado a una cruz de madera; no, no atado: sus manos estaban clavadas. Y encima del prisionero había un artilugio de metal con una enorme cuchilla adjunta. Estaba claro que cuando la espada fuera retirada, la cuerda se soltaría, la cuchilla giraría y… Marcio no estaba seguro, pero parecía que podría cortar al hombre en dos a la altura del ombligo.

El rostro del prisionero estaba lleno de odio, sus ojos miraban a Harold.

—Vamos, Toro. Quiero mi espada —dijo Harold.

Sam miró al príncipe. Su boca se movió, aunque de ella no brotó palabra alguna. Parecía que había dicho:

—Sí, Su Alteza —y con manos temblorosas, tomó la espada.

Por un momento, nada ocurrió. Sam esbozó una breve sonrisa de alivio y levantó la espada. Pero, cuando dio un paso hacia el príncipe, el artilugio se activó, casi arrancando el brazo de Sam antes de estrellarse contra el vientre del prisionero y rebanar su cuerpo. El hombre había sido cortado en dos. Sus ojos todavía miraban hacia delante.

Sam quedó conmocionado y también miró al frente.

El príncipe se adelantó y tomó la espada.

Sam brincó hasta donde estaba Marcio, sin mirar ni una sola vez al cuerpo que dejaba atrás.

—Tuve que hacerlo. Tenía que hacerlo.

—Lo sé, Sam. De todos modos, el prisionero estaba muerto. El príncipe lo hizo, no tú.

Marcio puso una mano sobre el hombro de Sam, pero Sam se la retiró.

—No me toques. No soy un bebé. El hombre era un traidor.

Y todos los chicos a excepción de Sam se quedaron mirando el cuerpo del prisionero mientras su mitad inferior se deslizaba con lentitud hacia el suelo y la mitad superior quedaba clavada en la cruz.

—Eso es lo que yo llamo un buen espectáculo —dijo Harold con una sonrisa—. Alcen la cuchilla.

El ayudante del príncipe corrió hacia el artilugio y tiró de la cuerda, pero no pudo moverla. Señaló a Marcio:

—Ayúdame aquí, abasco.

Marcio subió a la plataforma y jaló la cuerda; con el vigor que le confería el humo, levantó la cuchilla. Volvió a colocarla en posición vertical, salpicando a todos de sangre. Y luego las entrañas del hombre se deslizaron y la sangre corrió en riachuelos a través de la plataforma, seguida de un hedor espantoso. Marcio no quería mirar, no quería pensar. Se concentró en la cuerda y la ató de forma segura antes de saltar al suelo, para alejarse de todo aquello lo más rápido que pudiera.

El príncipe seguía mirando el cuerpo del hombre.

—Un trabajo perfecto. Muy hermoso. Imaginen el cuerpo de mi tío expuesto así: la carreta conducida de pueblo en pueblo en Calidor. También carretas para todos sus vasallos, y ese hijo bastardo que ha coronado. Será un desfile sin igual.

Marcio se estremeció. No había pensado mucho en su plan original para ayudar a Edyon en las últimas semanas, pero esto le recordó su verdadero objetivo. La gente de Brigant no era su amiga. La idea de que Edyon recibiera ese tormento era horrible. Por mucho que le agradaran Rashford y ser miembro de los Toros, éstos formaban parte del ejército de Brigant, al igual que los horrores como este dispositivo. Marcio se quedaría con los Toros esperando la oportunidad para ayudar a Edyon de cualquier manera si surgía la oportunidad de hacerlo. Pero no podía esperar para alejarse de Harold.

El príncipe levantó su espada y gritó:

—¡Los reclutas Toros han ganado! Trabajaron rápido y en equipo. Como un honor especial, serán los primeros reclutas de mi escuadrón de élite, la nueva Brigada Dorada. Permanecerán a mi servicio.

TASH
TÚNELES DE LOS DEMONIOS

El espacio de Tash era más amplio. No mucho, pero sí más grande. También se hacía más claro cuando un tenue resplandor rojo llenaba el aire. Tash sintió el calor de la luz y también sintió la luz dentro de ella. No podía entenderlo, pero ahora estaba segura de que algo del humo rojo del demonio moribundo había permanecido en su interior y le estaba permitiendo hacer un túnel.

Había comenzado de espaldas, frotando suavemente la piedra frente a su cara. Poco a poco, el espacio sobre ella se abrió. Por fin, había espacio para sentarse. Ahora el espacio era lo suficientemente amplio para estirar los brazos.

Y se siente tan, tan bien estirarse.

Tomó una pausa para girar el cuello y los hombros, luego estiró las piernas y los pies, pero tenía que volver a su labor. Se inclinó y respiró sobre la roca mientras frotaba las manos contra la superficie. Se estaba concentrando en la roca, pensando en hacer un túnel, y lentamente la roca se separó y Tash se abrió camino hacia delante. Era lento y difícil, le dolían los brazos y la piel de los dedos estaba en carne viva, pero lo estaba logrando.

A este ritmo, tal vez habré salido de aquí cuando cumpla cien años.

Mientras trabajaba, Tash pensó en antiguas libertades que había dado por sentadas: correr por la nieve a la luz del sol, mirar un cielo estrellado, sumergirse en arroyos helados.

Cuanto más recordaba cosas agradables, más rápido avanzaba.

Trató de pensar en el mundo humano, en lo hermoso que era y lo maravilloso que sería estar allí, pero a medida que se cansaba, sólo podía pensar en la profundidad de la roca entre ella y el mundo de arriba, y en lo doloroso que resultaba sentir la piel de los dedos en carne viva.

Era demasiado por hacer, demasiada distancia por cubrir.

Es imposible.

Sus brazos cayeron a los costados y Tash apoyó la frente contra la piedra y lloró.

Deseó que Gravell estuviera con ella. Se quedaría dormida en sus brazos y nunca despertaría. Las lágrimas corrieron por su rostro cuando lo imaginó sosteniéndola contra su pecho, su corazón latiendo con intensidad mientras la rodeaba con sus brazos. Imaginó que estaba en la Meseta Norte a su lado, bajo un cielo azul pálido.

Y entonces cayó hacia delante. La pared del túnel parecía estar retrocediendo sin el uso de sus manos. ¿Cómo era posible?

No importa cómo. Sigue haciendo lo que estás haciendo. Piensa en Gravell.

Lo imaginó frente a ella, sosteniendo sus lanzas.

Nada pasó.

Lo pensó en la nieve, caminando entre árboles.

La piedra pareció retroceder de nuevo.

¡Eso es! Piensa en el mundo humano. Oh, lo tengo. Piensa adónde quieres ir.

La piedra se separó, trazando un camino para que ella lo siguiera. Lo estaba haciendo. Estaba abriendo un túnel lleno de un tenue resplandor rojo. Levantó los brazos y el suelo empezó a ascender.

Y Tash comenzó a reír mientras caminaba hacia su mundo.

CATHERINE

NORTE DE PITORIA

En última instancia, se debe elegir: sea correcta o incorrecta, cualquier elección es mejor que ninguna.

El rey, Nicolas Montell

Catherine entró de puntillas en el dormitorio del rey.

—¿Está durmiendo? —le preguntó en un susurro al médico, que estaba sentado junto a su cama.

El médico asintió.

—Sí, Su Alteza.

—No, no estoy durmiendo. Ya he dormido bastante —la voz de Tzsayn sonaba ronca, aunque muy baja—. Y estoy muy aburrido —intentó sentarse mientras el médico se apresuraba a ayudar—. Puedo hacerlo yo —murmuró Tzsayn, aunque era claro que no podía—. Déjenme a solas.

Catherine dio un paso atrás.

—No, tú no, cariño —Tzsayn le dedicó una sonrisa muy débil que se fue convirtiendo en una mueca mientras el médico lo incorporaba. Finalmente, se acomodaron las almohadas para satisfacción del rey y del médico, y éste se despidió. Tzsayn echó la cabeza atrás y cerró los ojos. Su rostro estaba empapado en sudor.

—¿Me siento aquí? —preguntó Catherine, palpando la cama al lado de Tzsayn.

—La silla es mejor. Ojalá pudieras estar más cerca, pero... me duele mucho la pierna. Empiezo a pensar que estaría mejor sin ella.

Catherine ojeó el aspecto del marco colocado sobre la pierna de Tzsayn, sosteniendo las mantas para que nada pudiera tocar la extremidad herida. No estaba segura de si él hablaba en serio o no.

—¿Qué dice Savage?

Tzsayn imitó la voz profunda y lenta del médico:

—*No dejaré que su pierna me derrote, Su Alteza. Si me permitiera aplicar variados ungüentos, hielo, una compresa caliente, una compacta, otra herbal* —miró a Catherine—. Me ha aplicado todo tipo de estúpidas curaciones y la pierna sigue empeorando.

—¿Deberíamos buscar otro médico?

—Él es el mejor. Sólo que ya estoy cansado.

—¿Quieres que te deje solo?

—¡No! —Tzsayn pareció sorprendido por la sonoridad de su respuesta y la repitió con tranquilidad—. No. Absolutamente no. Ya tuve suficiente de mi propia soledad. Mientras no te acerques a mí con otro remedio.

Catherine abrió las manos.

—Estoy desarmada...

—Y así debes quedarte. ¡Te lo ordeno! —dijo Tzsayn con una sonrisa, luego agregó—: ¿Esta visita es sobre el tema del matrimonio?

—Dijiste que necesitabas una respuesta pronto, pero sólo han pasado cuatro días.

Tzsayn parecía un poco triste.

—En efecto. No te apresures. Tómate tu tiempo.

Catherine frunció el ceño.

—¿Por qué lo dices? ¿Qué sucede?

—Nada. Nada. Dime algo que me anime. Cuéntame noticias.

—Por supuesto.

—Primero las buenas, luego las malas. Supongo que hay *algunas* noticias buenas, ¿o presumo demasiado? —la miró fijamente mientras decía esto, como juzgando su expresión en lugar de las palabras de su respuesta.

—Buenas noticias... bien... —a Catherine le costaba pensar en algo—. Le he concedido un aumento de sueldo a Tanya.

—Bien por ella.

—Y está gastando su dinero en... bueno, juguemos: tienes tres oportunidades para adivinar.

—Mmm, ni cintas ni zapatos: no son cosas que usaría. ¿De cuánto fue el aumento?

—Más de lo que pensaba.

—¿Qué quieres decir?

—De alguna manera, me convencí de que, dado que ella tiene el mismo título, debería recibir el mismo pago que el general Davyon. Todavía no estoy segura de cómo sucedió.

—Estoy empezando a pensar que Tanya debería ser mi jefa de negociadores.

—No sería una mala elección.

—Tú todavía eres mi primera opción: evadiste responder mi pregunta dando a entender que Tanya había sido más lista, de lo cual estoy absolutamente seguro que no es cierto. De todos modos, como no vas a responder a mi pregunta, supongo que gastó su dinero en... un caballo.

Catherine rio.

—A ella le gusta montar a caballo, pero no fue eso.

—Una armadura, como la tuya. Se vería espectacular.

—Me aseguraré de nunca sugerirlo.

—¿Estoy siquiera cerca con esa suposición?

—Ni un poco.

Tzsayn arrugó el ceño y se encogió de hombros.

—Libros.

—Ahora eres tú el que estás siendo absurdo.

—Me rindo.

—Dos palabras que nunca pensé que dirías.

—No me hagas esperar más. ¿En qué lo gastó?

—Lo repartió entre las viudas de las granjas aledañas. Mujeres que perdieron sus tierras y sus maridos en la guerra. Sus hijos están en la indigencia.

—Nos avergüenza con su generosidad. Pero es lord Eddis quien debería cuidar de su gente, no Tanya.

—Se lo planteé a Eddiscon, pero sus excusas parecen interminables: la falta de dinero que recauda; la cantidad de recursos que ha entregado a la corona. De hecho, lo comprendo. Yo misma estoy tratando de recaudar dinero para pagar soldados, comida, caballos, armas, barcos, reparaciones, carpas… la lista continúa. No tengo suficiente, y eso sin hablar de los que han sufrido más por la guerra. Estoy vaciando tus arcas con más rapidez que un galgo de Pitoria. Pronto tendremos que pedir prestado.

—Pensé que primero escucharía las buenas noticias.

Catherine sonrió.

—Mis disculpas. Tienes razón. Déjame pensar… Pero no encontraba qué decir.

—Sigues siendo una verdadera dama de Brigant. No leo buenas noticias en tus ojos.

—Estamos en guerra. Hay enfermedades, hay...

—¿Qué me dices del sol? Hoy brilla el sol, ¿no es ésa una buena noticia?

Catherine suspiró con dramatismo.

—Sí, pero en Brigant sabemos demasiado bien que el sol trae moscas, y con el sol viene el calor, lo que significa que la carne y la leche se estropean más pronto.

—Suenas más como granjera que como una reina.

—Sueno como una mujer que escucha las quejas de los agricultores todo el día.

—Bien. Así que la luz del sol es un problema. ¿Hablamos de la guerra? ¿Tu padre ha enviado su ejército contra nosotros?

—No. Todavía se está conteniendo, sin duda acumulando su arsenal de humo de demonio.

—Es una situación realmente sombría: sol y paz.

Catherine se burló.

—¡Y ríes de esta terrible situación! —la regañó Tzsayn.

—Mis disculpas de nuevo, Su Alteza.

—Entonces, dame las verdaderas malas noticias —su rostro estaba serio ahora—. ¿La fiebre roja?

—No ha habido nuevas muertes durante tres días y la mayoría se ha recuperado, pero algunos todavía están débiles.

—Ésa es casi una buena noticia, ¿o falta algo por contar?

—Sí, es casi una buena noticia, sólo que no del todo todavía.

—¿Está sir Ambrose listo para partir?

—Pasado mañana. Le iba a preguntar sobre eso. Sería útil que mañana yo asista al consejo de guerra, para que comprenda la situación general —Catherine vaciló y luego prosiguió—. Y me gustaría desearle lo mejor. Es mi amigo más antiguo. Me ha ayudado y protegido durante años. Esta misión es increíblemente peligrosa. Existen altas probabilidades de que no regrese. Confieso que me encontré con él una vez... por casualidad. Pero no debería tener que confesarlo. Necesito establecer mi propio estándar de comportamiento.

—¿Tú crees que soy un dictador? ¿Que he ido demasiado lejos en mi preocupación por las apariencias?

—No a la primera pregunta. Y quizás un poco sí a la segunda.

Tzsayn asintió.

—Deberías verlo. Agradecerle por todo lo que ha hecho —pero no pudo resistirse a añadir—: Pero encuéntrate con él en un lugar público. Con Tanya, Davyon y la mitad del ejército... no, con todo el ejército presente.

Catherine sonrió.

—Tanya, Davyon y los generales estarán en el consejo de guerra, en realidad, no será algo tan lejano a tu solicitud.

—Bueno. ¿Más novedades? ¿Cómo están nuestros amigos de Calidor?

—Lord Darby y su ayuda tienen más experiencia de lo que asumí en un inicio. Lucharon contra Aloysius en la última guerra y sus conocimientos son útiles, pero tratar con ellos es incluso más difícil que negociar con los agricultores. Han acordado vendernos algunos barcos, aunque a precios muy elevados. Los recibiré la semana entrante y Pitoria quedará endeudada por años.

—Los problemas del mañana los encararemos mañana —dijo Tzsayn—. Al menos tendremos los barcos hoy. Lo has hecho bien con Calidor. Thelonius siempre ha tenido problemas para confiar en los demás. Eso debe ser por tener un hermano como Aloysius, supongo —Tzsayn le tendió la mano—. Su piel se sentía caliente y los dedos más delgados, pero su tono era tan reconfortante como siempre—. Me asombras, Catherine. Venir de esa familia, tener a Aloysius como padre, a Boris como hermano, y ser tan cariñosa y tan atenta con los demás. No haber sido corrompida demuestra tu fortaleza.

—Es demasiado generoso de tu parte. Tuve suerte en un aspecto: al ser mujer, mi padre no se interesó por mí. Rara vez lo veía, rara vez me encontraba en compañía de Boris o de cualquier hombre. En ese tiempo, me sentía prisionera, pero ahora me alegro de haber llevado una vida protegida. Estuve a salvo de las peores costumbres de mi padre. Temo por mi hermano menor, Harold —dudó antes de agregar—: Estaba en el campo de batalla tras la muerte de Boris y me envió un mensaje.

—¿En verdad? No lo sabía.

—No quería molestarte con eso. Mutiló a un soldado de Pitoria tras la batalla, sin más motivo que su propio repugnante placer, y dejó el mensaje de que yo debería escapar antes de que él comandara el ejército en nuestra contra.

Catherine recordó a Harold cuando ella se marchaba de Brigant, viendo partir su barco desde el muelle: un niño pequeño a la sombra de su hermano mayor.

—Intento imaginarlo ahora. Pero pasamos tan poco tiempo juntos. Siempre estaba tratando de imitar a Boris o a mi padre. Acaba de cumplir catorce años. Por lo que dicen los soldados, tiene la fuerza de un hombre adulto, así que estoy segura de que debe haber inhalado un poco de humo púrpura de demonio. Pero me preocupa más que haya cambiado tanto en su corazón como en su cuerpo. Era un niño pequeño hace unos pocos meses, pero sé que mi padre estará entrenándolo: pervirtiendo su forma de pensar.

Tzsayn le dio un suave apretón en los dedos.

—Al menos ahora estás a salvo de tu padre.

—Al igual que tú —Catherine se inclinó y le dio un beso en la mano.

—No tienes idea de todo el odio que siento por él. Un hombre así no merece gobernar, no merece una familia.

Ella asintió, pensando en su madre, quien había perdido a Boris y a Catherine, y tal vez ya no veía a Harold.

—Me apena no poder ayudarte más —los ojos de Tzsayn comenzaron a cerrarse.

—Eres de gran ayuda. Pero estás cansado. ¿Te dejo ahora? ¿Quieres dormir?

—Quédate un poco más. Sostén mi mano. Dime algo bueno.

Y fue entonces cuando Catherine comprendió lo mucho que Tzsayn la necesitaba para dejar de pensar en todo lo que había vivido en manos de los torturadores de su padre. Así que la joven reina le describió el árbol que crecía fuera de su ventana en Brigane, cómo la brisa agitaba las hojas de tal forma que relumbraban y el sol transformaba su color pálido a un verde lima, lo cual le recordó otra cosa y Catherine describió entonces cómo había sido probar una lima por primera vez y lo encantada que estaba con el sabor, y a partir de allí habló de sus frutas favoritas: las frambuesas y las bayas que solía comer en Brigant. Y para cuando las describió todas, Tzsayn ya estaba durmiendo, con la cabeza girada hacia un costado, por lo que quedaban a la vista sus viejas cicatrices de las quemaduras.

Catherine besó su mano una vez más, la volvió a acomodar en la cama y salió de puntillas de la habitación.

AMBROSE

NORTE DE PITORIA

Ambrose cruzó el campamento haciendo su mejor esfuerzo por caminar sin cojear. Era el día antes de su partida hacia la Meseta Norte y por fin había sido invitado al consejo de guerra. Pero no le agradaba la cita. Esto significaba, sin lugar a dudas, que Tzsayn estaría allí. La invitación debía haber venido de él. No había forma de que se le permitiera acercarse a Catherine si el rey no estaba presente, no después de que Tanya los había sorprendido juntos.

El día anterior había tratado de apelar a la comprensión de la doncella de Catherine, pero ella lo había descartado rápidamente.

—Puede que no vuelva a verla, Tanya. La misión es absurdamente peligrosa.

—Y mi señor pone a Su Alteza en peligro cuando la busca. Ella… cambia cuando lo tiene cerca, sir Ambrose. Se olvida de sí.

Le gustó escuchar eso, aunque prefería pensar que más bien de lo que Catherine se olvidaba era de su labor y su cargo. Cuando estaba con él, la joven reina mostraba más su verdadero yo.

—Mi señor no le conviene a Su Alteza —continuó Tanya—. Su posición es precaria. Sería mejor si mi señor no volviera a encontrarse "accidentalmente" con ella.

—Me parece que Su Alteza entró en esa tienda buscándote. Yo sólo estaba allí tomando nota de las posiciones del ejército. Si hubiera sido invitado al consejo de guerra, no habría tenido que hacerlo.

—Davyon le informa a sir Ambrose personalmente. No es necesario que mi señor asista.

Y eso había sido todo.

Hasta esta mañana, cuando Davyon había enviado un mensaje: Ambrose era invitado al consejo donde, sin duda, Tzsayn estaría pontificando y posando con uno de sus absurdos trajes azules mientras Catherine era relegada a un segundo plano para encargarse de los pagos como una buena ama de casa.

Ambrose pasó junto a los guardias y entró en la tienda, con la pierna molestándolo sólo un poco. Davyon lo saludó con una reverencia formal y presentó a Ambrose al general Hanov y al general Ffyn.

—Entonces, sólo estamos esperando a Tzsayn, ¿cierto? —dijo Ambrose.

Davyon abrió la boca para comentar, pero luego se alejó.

—No. Su Alteza Catherine asiste en su lugar —respondió Hanov.

—Yo diría que asiste por sí misma —murmuró Ffyn.

—Bueno, si Tzsayn no viene, supongo que Su Alteza tiene que hacerlo —respondió Ambrose, un poco sorprendido. *¿Estará ella aquí? ¿Por qué no viene Tzsayn?*—. Quizás el rey está demasiado ocupado con lo último de la moda, diseñando unos nuevos pantalones de seda.

Davyon giró, con el cuerpo rígido por la ira.

—Va a perder una pierna, si insistes en saberlo.

¿Qué?

Los ojos del general parecían llenos de dolor e ira. Ambrose comenzó a disculparse, pero la mirada de Davyon ya había pasado de él a la entrada de la tienda. Ambrose se volvió y vio a Catherine en la puerta, con el rostro pálido.

—¿Es cierto? —preguntó.

Davyon asintió.

—Mis disculpas, Su Alteza. El rey no quería que mi señora lo supiera hasta después de la operación.

—Bueno, ciertamente ahora lo sé.

El silencio pareció haberse posado en el recinto. Nadie se movía.

Los ojos de Catherine se cargaron de lágrimas, dio media vuelta y salió de la tienda.

Ambrose quería esconderse en un agujero o rebobinar el tiempo y retractarse de sus palabras. Pero era demasiado tarde.

—Davyon, le pido disculpas. Yo…

—No me interesan sus disculpas —dijo Davyon furioso—. No se trata de usted, sir Ambrose. Está aquí para hablar sobre la guerra y asegurarnos de que no falle en la misión. Ahora prosigamos.

CATHERINE
NORTE DE PITORIA

El amor es locura, el amor es libre, el amor rara vez se prolonga por siempre.

Proverbio de Pitoria

Catherine yacía en su cama, sosteniendo la botella de humo púrpura contra el pecho. Quería hablar con Tzsayn pero no sabía qué decirle. ¿Qué podía decirle? Perder una extremidad ya sería bastante malo, pero si los mejores médicos de Pitoria no podían salvar su pierna, no había garantías de que salvarían su vida. ¿Por qué no se lo había dicho?

—¿Ha estado inhalando esa cosa?

Era Tanya, erguida junto a la puerta, con las manos en las caderas.

—Todavía no, pero voy a hacerlo —incluso si el humo ya no le daba fuerzas, podría ayudarle a olvidar su desdicha.

Tanya se acercó.

—Si de mí depende, no lo hará —le arrebató en ese momento la botella.

—¡Devuélveme eso! —Catherine se sentó y le tendió la mano.

Tanya no se movió.

—Es una orden.

—No —respondió Tanya, sosteniendo la botella fuera de su alcance—. Y esto es definitivo.

—¿Debería llamar a los guardias para que te la quiten?

—Bueno, dado que Su Alteza es reina y yo su simple ayuda de cámara, sí, podría hacerlo.

Catherine estuvo tentada a demostrar su posición... pero ¿para qué? Se recostó en la cama.

—Por favor, déjame tranquila.

—Tampoco puedo complacerla con eso, Su Alteza. Hablé con Davyon.

—Qué bien por ti.

—Y con Savage.

Catherine se tensó. ¿Quería en verdad saber lo que había dicho el médico? ¿Había peores noticias? Levantó la cabeza.

—¿Qué dijo él?

—Acaban de decidir que hay que amputar. Es el único camino a seguir: médicamente, quiero decir. Como usted tenía que ir a la costa para ver los barcos de Calidor, Tzsayn quería que se hiciera en su ausencia. Quería evitarle la angustia.

—Bueno, no me la ha evitado.

—No, pero mi señora podría ahorrarle algo de angustia a Su Alteza si le hace creer que todavía lo ignora.

Los ojos de Catherine se anegaron de lágrimas.

—¿Así que se supone que debo atender mis asuntos y esperar que mi esposo siga vivo cuando regrese?

Tanya arqueó una ceja.

—¿Su qué?

—Sabes a lo que me refiero.

—Sea lo que Su Alteza sea para mi señora, en este momento el rey está tratando de evitar que sufra. Estoy segura de que se siente impotente y quiere tener algún control sobre algo en su vida.

Catherine pensó que Tanya tenía razón. Pero todavía se sentía herida y enojada.

—La semana pasada me habló sobre la importancia de la honestidad. ¡Ja!

Pensó en esa conversación y luego en la más reciente. Él no la había presionado para que tomara una decisión de matrimonio e incluso dijo que podría disponer de más tiempo. Más tiempo, hasta después de su operación.

—Él... sabe que es posible que no sobreviva —Catherine miró a Tanya con lágrimas en los ojos.

—No puedo creer que Su Alteza quiera mentirle, pero está tratando de hacer lo que considera mejor. Se preocupa mucho por mi señora.

—Y yo por él.

—¿Lo suficiente para seguir adelante con su plan?

—No lo sé —Catherine debía partir hacia la costa al día siguiente. Estaría fuera tres noches. Davyon se quedaría con Tzsayn. Era su amigo y compañero más cercano, y estaría a su lado. Aun así, se sentía como si la estuvieran haciendo a un lado—. Davyon estará a su lado mientras yo miro —sintió que debería ser al revés: quería que fuera al revés.

—Savage dice que la operación llevará un buen rato y que Su Alteza recibirá un brebaje para dormirlo —dijo Tanya con cautela—. No despertará durante más de un día. Luego lo mantendrán sedado hasta que el dolor disminuya.

—Pero ¿qué sucedería si no despierta?

—Savage dice que hay muchas posibilidades de que todo salga bien.

—Entonces, existe una pequeña posibilidad de que algo salga mal.

—Que mi señora permanezca aquí no cambiará lo que vaya a suceder.

—Eso lo sé.

—Entonces... ¿debo organizar su ropa de viaje para mañana?

Catherine se acurrucó en su cama y murmuró:

—No lo sé. Déjame pensar.

Tanya salió y Catherine cultivó el silencio. Debía ir a ver los barcos; ése era su deber, pero no el único. Calidor podía esperar dos días, pero si retrasaba su partida hasta después de la operación, estaría ausente cuando Tzsayn despertara y comenzara a recuperarse, y también detestaría dejarlo en ese momento.

Tenía que tomar una decisión. Y vinculada a esa elección estaba también elegir entre Tzsayn y Ambrose.

Catherine miró hacia el dosel sobre ella.

Debo ver a Ambrose.

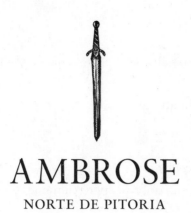

AMBROSE

NORTE DE PITORIA

Ambrose se paseó fuera de la tienda del consejo de guerra, maldiciendo su propia estupidez.

¡Idiota! ¡Idiota!

El resto de la reunión había sido un desastre. Catherine no había regresado y Davyon apenas le dirigía la palabra, mientras que Hanov y Ffyn parecían no saber adónde mirar o qué decir.

¿Por qué había hecho esa broma sobre la salud de Tzsayn? Es cierto que le irritaba que parecía gozar del favoritismo de Catherine. ¿Pero permitir que esa rivalidad afectara su comportamiento tanto para avergonzarse con comentarios infantiles e irreflexivos? *Imperdonable.*

En otras circunstancias, Ambrose imaginaba que él y Tzsayn podrían haber sido amigos. Admiraba la valentía y la bondad del rey. Y Tzsayn había sido torturado por Aloysius al igual que su hermano y su hermana, así que ¿no debería sentir más compasión hacia él? Pero no era así. ¿Qué le pasaba? ¿Era inhumano? ¿Su amor por Catherine estaba dejando fuera las nobles cualidades que alguna vez podía haber poseído?

Todavía caminaba de un lado a otro cuando Tanya corrió hacia él.

—Mi señora quiere verlo.

—¿Ahora?

—Ahora.

—¿Qué sucede?

—No lo sé, sir Ambrose, pero ciertamente mi señor ha armado revuelo.

Ambrose siguió a Tanya a través del complejo real hasta una carpa abierta junto a un arroyo, donde lo dejó solo. La mesa estaba abarrotada de papeles que indicaban que aquí era donde trabajaba Catherine. La ubicación era hermosa: el arroyo que borboteaba a lo largo del campamento, la disposición de las alfombras y cortinas de seda, el agua, la hierba, los helechos. Y ahora vio que Tanya caminaba hacia el otro lado del arroyo, como si estuviera allí para observar y como si él estuviera en el escenario de una obra de teatro.

—Sir Ambrose.

Se volvió para ver a Catherine. Su piel estaba pálida y sus ojos enrojecidos por el llanto.

—Su Alteza —Ambrose hizo una reverencia—. ¿Me permite hablar primero?

Catherine asintió.

—Sólo puedo disculparme por mi comportamiento de esta mañana. Fui imperdonablemente grosero e insensible. Estoy avergonzado de mí.

—Todos cometemos errores, Ambrose. Todos decimos cosas que no deberíamos —respondió ella.

—Discúlpeme si le he ocasionado dolor.

—Al principio me impactó, pero no tenías forma de conocer la situación de Tzsayn. Después de todo, hemos mantenido deliberadamente en secreto la gravedad de sus heridas. Y ahora parece que ni siquiera yo conocía la historia completa. Pero he tenido la mañana para pensar en ello y eso me ha hecho reflexionar en otras cosas también. En mis sentimientos por Tzsayn... y por ti.

—He arruinado la buena opinión que tenía de mí, ¿cierto? Puedo darme cuenta de ello.

Catherine aclaró.

—Mi opinión sobre ti no ha cambiado, Ambrose. No creo que pase nunca. Siempre has sido un buen amigo para mí. Me has visto atravesar tantos problemas; sería estúpido de mi parte dejar que un pequeño error echara por tierra todo eso.

—Espero haber sido más que un buen amigo para Su Alteza —Ambrose quería acercarse, pero había algo en la postura de la joven reina que lo detenía.

—Has sido mi primer amor, mi amigo y partidario más fiel.

¿El primero pero no el último?

Ambrose tenía que decir algo.

—Su amante y su guerrero. Ésa era la frase que usábamos.

Catherine se sonrojó un poco.

—Y yo siempre te amaré. Siempre. Eres parte de mí, de mi historia, de mi viaje a esta tierra —se llevó la mano al corazón—: Aquí habitas —luego sonrió, y se llevó la mano a la cabeza—, y aquí también. No cambiaría eso, incluso si pudiera. No deseo lastimarte, pero, por más que te ame, también amo a Tzsayn.

Ambrose tragó saliva, invadido por la desazón. No eran tanto sus palabras, sino la forma en que ella las pronunciaba: con una certeza que él nunca antes le había escuchado. No obstante, tenía que preguntar.

—¿Y mi señora elige a Su Alteza?

—Es el indicado para mí, Ambrose. Finalmente lo comprendí esta mañana, después de escuchar por lo que iba a atravesar. Es Tzsayn a quien realmente amo. Es él con quien quiero estar.

Tzsayn, Tzsayn, Tzsayn.

—Su Alteza la mantuvo alejada de mí. Incluso ahora se las arregla para hacerlo. Juega con la gente como si fueran piezas de ajedrez.

—No, Ambrose. Las circunstancias nos separaron. La sociedad, las apariencias... como quieras llamarlo. Pero, por mucho que te extrañara, pude soportar nuestra separación. Si algo me separa de Tzsayn, si algo le sucede ahora, sé que mi dolor será... más profundo.

—Y también sabe que es posible que Su Alteza no sobreviva a esta semana —Ambrose se sintió cruel al decirlo.

—Lo sé. Pero me arriesgaré porque puedo ver que el futuro con él, si nos es permitido, será lo mejor para los dos. Somos iguales, queremos las mismas cosas, podemos hacernos felices. Y ésa es la diferencia. Nunca estuve segura de poder hacerte feliz siendo yo misma. Con Tzsayn sé que cuanto más me acerco a mi verdadero yo, más florece nuestra relación.

Era el final. No había forma de discutir o suplicar. Ambrose se había quedado sin palabras. Vio en el otro lado del arroyo a Tanya, que observaba todo. Este lugar y esta gente eran parte de él. Había luchado por ellos, había derramado sangre por ellos. En Brigant, su hermano había sido asesinado, su hermana ejecutada. Su padre tal vez estaba muerto. Sus tierras perdidas para siempre. Todo parecía perdido.

¿Y todo para qué?

Ambrose sintió una imperiosa necesidad de montar, salir del campamento y buscar su propio camino.

Como si Catherine estuviera leyendo sus pensamientos, habló de nuevo.

—Ambrose, tengo la sensación de que estás pensando en dejarnos. Pero te pido que resistas ese impulso. Has salvado mi vida y la de Tzsayn también. Si no fuera por ti, toda Pitoria estaría perdida. Te debemos mucho y sé que ya has dado mucho, pero todavía te pido que sigas combatiendo a nuestro lado. Lidera la misión al mundo de los demonios. Eres un gran soldado, pero eres aún mejor líder. Ayúdanos y continúa la lucha contra mi padre.

¿Podría hacerlo? ¿Quería hacerlo? Ambrose sintió el impulso de tomar a Catherine en sus brazos y llevarla lejos. Pero ésta no era la Catherine de hace apenas unas semanas. La niña había desaparecido y en su lugar había una mujer. Bueno, él era un hombre para estar a la par con ella. Se enderezó, con la cabeza erguida.

—Combatiré, Catherine. Dirigiré el ataque al mundo de los demonios. Pero no lo haré mi señora, ni por Su Alteza, ni siquiera por esta tierra, sino por mí, por mi familia y por Brigant.

Y, mientras lo decía, supo que era la decisión correcta y que no habría marcha atrás.

CATHERINE
NORTE DE PITORIA

La verdad es como un diamante: preciosa y fuerte.

Proverbio de Pitoria

Catherine tuvo que calmarse después de que Ambrose saliera. Se había contrariado, obviamente, y quizás estaba enojado y muy herido y muchas otras cosas, pero ella tenía que creer que podía hacer frente a sus sentimientos. Ella también estaba molesta, pero había logrado dominar sus emociones, aunque las lágrimas inundaron sus ojos al recordar la expresión de dolor en el rostro de Ambrose. Su responsabilidad ahora, sin embargo, no era con el caballero sino con su rey. Quería estar con él más que nada en la vida. Salió corriendo de su tienda y se dirigió al dormitorio de Tzsayn, reduciendo la velocidad mientras se acercaba a su figura dormida y se sentó cerca de él, tomó su mano y la besó.

—Da gusto despertar así.

Catherine sonrió y volvió a besar su mano.

—Salgo al amanecer en mi viaje a la costa. Pensé que sería bueno sentarme contigo el resto de esta tarde. Si no te importuna.

—Definitivamente, no me importuna.

Ella besó su mano de nuevo.

La miró con ojos entrecerrados.

—Pareces diferente.

—¿Crees?

Catherine tenía que encontrar una forma de contarle su decisión.

—¿Y cómo estuvo el consejo esta mañana?

—¿El consejo de guerra?

—Sí, el consejo de guerra. Al que sir Ambrose fue invitado. ¿Asumo que asistió?

—Ciertamente, ahí estuvo. Se hizo teñir el cabello de carmesí. Quién hubiera pensado que alguien con el cabello de ese color aún podría ser tan... varonil.

—¡Sí! ¿Quién lo hubiera pensado? ¿Y se habló de algo en la reunión además del peinado de Ambrose?

—En realidad, no sé de qué se habló en la reunión. No asistí a ella.

—¿Qué? ¿Por qué no? ¿Qué ha estado sucediendo? —Tzsayn frunció el ceño.

—La verdad es lo que ha estado sucediendo.

—Estás hablando con acertijos.

—Por casualidad, escuché la verdad. Una verdad difícil, pero que necesitaba asimilar —Catherine levantó de nuevo la mano del rey y la besó—. La verdad de lo que harán... que tu pierna está peor de lo que yo sabía... de lo que me dijiste. Que Savage te va a operar —sus ojos se llenaron de lágrimas.

Tzsayn se esforzó por incorporarse.

—¿Quién te lo dijo?

—Nadie. Escuché a Davyon, pero no lo culpes. Debiste decírmelo.

—Mi opinión es diferente. Y Davyon debería haber mantenido la boca cerrada. Se supone que debe ser discreto. Ése es su trabajo.

—Bueno, a veces incluso Davyon comete un error. Se preocupa mucho por ti.

—No es excusa.

—Y yo también me preocupo mucho por ti. Me preocupa que hayas planeado engañarme. Sé que lo hiciste por las mejores razones, pero cuando conversamos la semana pasada me hablaste de honestidad y, sin embargo, decidiste ocultármelo. No estaba segura qué hacer cuando me enteré, si debía seguir la corriente e ir a comprar algunos barcos.

—Obviamente, te decidiste en contra de esa línea de acción tan sensata.

Catherine ignoró el comentario y continuó.

—No quiero que me engañes nunca. Y yo no te engañaré. En nada. Grande o pequeño. No voy a fingir que no sé sobre esto: es demasiado importante. Me duele que pensaras que sería mejor que yo lo ignorara. No quiero que tengamos una relación donde haya de por medio mentira o fingimiento… no si vamos a ser marido y mujer.

Tzsayn permaneció muy quieto.

—¿Marido y mujer?

—En efecto.

—Entonces… ¿estás diciendo que aceptas casarte conmigo? —preguntó Tzsayn, con una media sonrisa asomada a su rostro.

—Sí, eso es lo que estoy diciendo.

Tzsayn se llevó la mano de ella a los labios y la besó.

—Quiero abrazarte, pero estoy demasiado débil.

Catherine se inclinó suavemente y lo besó en los labios.

—Me pediste que eligiera mi futuro. Elijo un futuro a tu lado.

—¿En verdad? Incluso si... mi pierna...

Catherine volvió a besarlo en los labios.

—Te quiero. Con o sin pierna.

—Sabes que mentí porque estaba tratando de... —Tzsayn se detuvo cuando vio cómo lo miraba—. Bien, no voy a esgrimir excusas sobre eso. Pero no quiero que canceles tu viaje.

Catherine asintió.

—Ojalá pudiera. Ojalá pudiera estar contigo. Me dolerá marcharme, pero tengo que firmar los acuerdos del préstamo. Sólo el sello real será suficiente o si no, conociendo a la gente de Calidor, se volverán con sus barcos. Y cada día que no contamos con ellos somos vulnerables.

—Ojalá pudieras quedarte, pero ambos somos fuertes. Saldremos de ésta.

¿Pero tú eres lo suficientemente fuerte?

Quizá. Catherine miró fijamente el rostro delgado de Tzsayn y le pareció que ya había cambiado. Sonreía y había alegría en sus ojos.

—Sí, somos fuertes —repitió Catherine—. Saldremos de ésta.

—Y cuando regreses, celebraremos la coronación —se inclinó y susurró—: Y, antes de eso, la ceremonia de matrimonio, que anhelo mucho más.

—Te quiero muchísimo.

Tzsayn sonrió.

—Y yo te amo. Haré todo lo posible para ser el marido que mereces. No te mentiré ni te engañaré, saldré de esta maldita cama e, incluso con una sola pierna, caminaré a tu lado.

TASH

TÚNELES DE LOS DEMONIOS

Tash subió la pendiente, mientras la piedra se partía ante ella. En su mente tenía una imagen de la Meseta Norte, de la luz del sol y de los árboles y un arroyo. Estaba sedienta y cansada, pero de pronto la oscuridad que la rodeaba ya no era de un rojo oscuro, sino azul oscuro. Se veían pequeños puntos de luz plateada por encima: estrellas.

Tash levantó los brazos, sin atreverse a creerlo.

Por favor, que esto no sea un sueño.

Trepó por la pendiente y su mano tocó tierra fría, no piedra, sino tierra, tierra en la que clavó los dedos. El aire era helado y se desplomó, rodó sobre la espalda y luego se arrastró hasta un árbol para abrazarlo como a un viejo amigo. La corteza arañó su mejilla.

—Es real. Lo logré.

Tash paseó la mano por el suelo. Lo único que quería hacer era maravillarse con la belleza de la meseta. Se recostó, se quedó mirando las estrellas, lloró en silencio y finalmente durmió.

Todavía estaba oscuro cuando despertó, con un frío que le calaba los huesos.

—Al menos, no es esa horrible oscuridad total. Ésta es la oscuridad más clara posible —murmuró—. Y murmurar para una misma no es señal de locura. Es sólo una señal de... ser un tipo de persona normal. Hablaría con los árboles si pudiera. Diantres, estoy helada.

Se puso en pie y dio un salto para calentarse.

—Necesito encender una fogata. Conseguir algo de agua y comida. Luego...

Pero no estaba segura de lo que vendría después de eso.

—¿A quién le importa? Primero, el fuego.

Tash se puso en marcha, recogiendo viejas ramas secas y un poco de musgo, que sería útil para encender la fogata. Encontró un arroyo cercano, bebió agua y se lavó la cara. Mientras caminaba, notó un tenue resplandor rojo en una leve depresión en el suelo delante de ella. Se quedó congelada. ¿Un hueco de demonio?

Entonces comprendió lo que era y sonrió.

—He caminado en círculos. Es mi hueco de demonio. Yo hice eso.

Encendió el fuego y se preguntó si alguien podría verlo. Los soldados de Brigant o los de Pitoria. ¿Acaso Geratan? Pero no avistó más fuegos. La única luz provenía de las estrellas y la luna.

Se recostó junto al fuego, cálida al fin.

—Mañana pondré trampas para obtener comida. Será muy fácil cuando haya descansado —cerró los ojos y volvió a dormir.

Cuando despertó de nuevo, el cielo era de un azul pálido y el sol flotaba por encima de las copas de los árboles. Su fuego se había apagado, pero ella reposaba sobre una piscina de luz. Se sentía maravilloso el calor sobre la piel. Se levantó y se estiró. Ah, la alegría de estirarse.

Su estómago lanzó un fuerte gemido. No había sentido tanta hambre desde hacía mucho tiempo. Tendría que colocar algunas trampas para conejos y luego se orientaría. ¿Dónde estaba exactamente?

Primero la comida.

Hizo trampas, las colocó y volvió a encender su fogata, luego se sentó junto a ésta, mirando hacia su hueco de demonio. Todavía estaba allí, todavía brillaba con un resplandor levemente rojizo. Tash había pensado que podría cerrarse: después de todo, no había un demonio vivo que lo mantuviera abierto. Por alguna razón seguía así, aunque estaba abierto para ella. Era su túnel, su hueco de demonio.

Pero yo no soy un demonio.

Ante ese pensamiento, Tash miró su propia piel para comprobarlo.

Definitivamente soy humana.

Pero el hueco del demonio, su hueco, estaba allí.

Aún hay una voluta de humo dentro de mí. Ésa es la razón. Todavía tengo un poco de humo en mi interior que salió del demonio cuando estaba muriendo. Un vapor que debía volver de regreso al núcleo del mundo de los demonios, pero que por alguna razón se quedó rezagado.

Tash se apartó del hueco.

—Es posible que tenga un poco de demonio en mí, pero no soy uno de ellos. Soy humana. No pertenezco allí. Pertenezco aquí, al mundo normal.

Pensó en la civilización más al sur. En verdad debería volver allí.

—Debería conseguir un trabajo, comida... una cama para dormir —levantó el cuero gastado de su calzado—. Nuevas botas. Las que vio en Dornan. Las más bonitas del mundo. Aunque ahora que lo pensaba, Tash ya no quería las botas. No estaba segura de lo que anhelaba, además de sentarse junto al fuego a descansar.

Era un lugar hermoso. El arroyo, claro y apacible, formaba una hermosa piscina perfecta para bañarse. Era similar a una en la que se había bañado el verano pasado, con dos grandes piedras planas, una sumergida para que pudieras sentarte cómodamente en el agua y la otra fuera del agua para secarte. Ahora le vendría bien un baño. Éste sería el lugar perfecto. Se levantó y fue a la piscina.

Cuando Tash se acercó, pudo ver que las dos piedras no eran similares; tenían *exactamente* la misma forma que la piscina que recordaba.

¿Era la misma?

Imposible, eso era seguro.

De todos los millones de lugares que emergen en la superficie de la Meseta Norte, ¿ella había salido a un lugar en el que había estado antes?

Se veía exactamente igual.

Si es el mismo lugar, entonces...

Tash dio la vuelta y caminó hacia el oeste y, a poca distancia, encontró lo que estaba buscando. Ahora estaba parcialmente relleno, una parte había colapsado, pero otras estaban en pie. Era el pozo de demonios que Gravell había cavado.

Caminó de regreso a su hueco de demonio y cayó en cuenta de que era allí donde ella y Gravell habían establecido su campamento. El mismo lugar donde se habían sentado y habían hablado y... era el lugar que había imaginado cuando estaba excavando el túnel con su mente para salir.

El túnel no sólo la había llevado a la Meseta Norte: sino que la había llevado al mismo lugar que había estado imaginando. *Justo el mismo lugar.*

—¡Mierda!

Eso es increíble. Quiero decir, mover rocas es increíble, pero mover rocas para que puedas viajar a donde quieras: eso es realmente asombroso.

Y ahora Tash tuvo otra idea.

Si pienso en Girón, ¿puedo hacer un túnel hacia él?

Quería ver a Girón. Él era el único demonio que había tratado de ayudarla y Tash sabía que él no querría que ella estuviera encerrada en una piedra.

—Pero Girón quizás estará con todos los demás demonios que sí quieren encerrarme en una piedra. Aunque ahora ya no pueden hacerlo, ja, ja. No ahora que soy la reina de la excavación de túneles.

Pero podría ser que no sólo la encerraran en piedra la próxima vez. La próxima vez...

Podrían simplemente arrancarme la cabeza.

Tash sabía que debía olvidarse del mundo de los demonios y dirigirse al sur.

Debería conseguir un trabajo, un trabajo seguro, que proveyera y... y... Pero no quiero eso. Quiero ver a Girón. Quiero aprender sobre el mundo de los demonios.

Volvió a mirar su hueco de demonio. Cristal, la chica que había visto en el mundo de los demonios, parecía conocerlo mejor que nadie, al menos mejor que cualquier otro humano. Tash también quería saber sobre ella y por qué estaba ayudando a los soldados de Brigant.

Me pregunto si ella también puede hacer túneles. Pero estará con muchos soldados que no son conocidos por ser más amables que los demonios, así que en realidad no puedo preguntar.

Tash comenzó a caminar de un lado a otro. Quería poner a prueba sus habilidades. ¿Pero cómo?

Dejó de pasearse.

—Sencillo. Me dirigiré al núcleo central. Una vez allí, puedo decidir sobre Cristal o Girón o simplemente marcharme para siempre. Pero primero tengo que saber si en verdad puedo hacerlo.

EDYON

ABASCA, CALIDOR

Edyon había permanecido agachado y temeroso, oculto detrás de la silla en la habitación de Regan hasta mucho después de que Hunt y Birtwistle se marcharan. Regan se tomó un tiempo para hacer sus abluciones, apagó las velas y se fue a la cama, pero fue sólo cuando roncaba ligeramente que Edyon se atrevió a empujar con cuidado la silla, salir de su escondite y arrastrarse hacia la puerta. No fue de inmediato a buscar a su padre para informarle de la conversación que había escuchado. En lugar de ello, regresó a su propia habitación.

¿Por qué no había denunciado la traición de inmediato? Bueno, en realidad, Edyon tenía la sensación de que su padre no le creería. Y no estaba seguro de creerlo él mismo. Todo el incidente parecía irreal y a esta sensación de irrealidad había que agregarle que estaba un poco ebrio cuando se había ocultado detrás de la silla. Edyon esperó un día para revelarlo, y luego otro, y a medida que pasaban las horas, el evento completo parecía menos probable y comenzó a preguntarse si habría escuchado mal, o malinterpretado, o si incluso habría imaginado todo.

El castillo de Birtwistle era la última parada de la gira, por lo que Edyon tenía algo de tiempo para decidir qué hacer, aunque el hecho es que el tiempo se estaba acabando. Un día le preguntó a su padre, con practicada espontaneidad:

—¿Confías en lord Regan?

—Por completo —respondió Thelonius sin dudarlo—. Es mi más viejo amigo y mi confidente. Le confiaría mi vida, y la tuya. ¿Por qué lo preguntas?

Edyon no encontró otra cosa qué hacer salvo desviar la mirada.

—Ninguna razón en particular.

Lo que necesitaba era una prueba. Algo que pudiera mostrarle a su padre para que no fuera sólo su palabra contra la de Regan.

¿Había más nobles involucrados en este complot de asesinato, o eran sólo Regan, Hunt y Birtwistle? Parecía que Regan no había sido el instigador, aunque tampoco se había requerido mucho tiempo o esfuerzo para atraerlo al complot.

La ironía era que Edyon podía entender algunos motivos de los conspiradores: creían que Edyon era ilegítimo, lo cual era cierto. Él mismo no había sido capaz de mentir sobre el matrimonio de sus padres y, no obstante, Thelonius había obligado a Regan a perjurar.

Luego, por supuesto, estaba la cuestión del dinero. Edyon se enteró por el canciller de que todos los Señores de Calidor habían sido gravados con severos impuestos para financiar la construcción de las enormes murallas fronterizas. Regan, Hunt y Birtwistle habían sido los más afectados y aún continuaban pagando. Por último, estaba el asunto de la ayuda a Pitoria y, por tanto, también de que el propio Edyon, su futuro rey, había nacido allá.

Sin embargo, nada de esto era motivo suficiente para una insurrección ni podía excusar el asesinato. Y los traidores estaban con él y con su padre todos los días y todas las noches. Edyon los vigilaba de cerca, los escuchaba hablar y observaba sus gestos amanerados. Se preguntó si podría obtener algo durante las conversaciones, pero todos tenían cuidado de sólo hablar de cómo defender a Calidor y de apoyar, si bien tibiamente, cualquier decisión que tomara Thelonius.

La gira había progresado hasta la muralla fronteriza y cabalgaron hacia el oeste a lo largo de ella, acampando una noche bajo su imponente presencia. La muralla era, como todos habían dicho, impresionante. Era evidente que se habían necesitado muchos hombres y muchos recursos para construirla. La primera muralla era formidable, el foso ancho y profundo, y la muralla del fondo era gruesa y sólida.

Edyon despertó temprano y permaneció recostado en su cama, pensando en los traidores, la muralla, Aloysius y, de hecho, su vida entera. Recordó la predicción de Madame Eruth: *He ahí la encrucijada. Ahí se divide tu futuro… Es un viaje, un viaje difícil, a tierras y riquezas lejanas o… al dolor, el sufrimiento y la muerte.*

Él había elegido un camino y, después de mucho tiempo con la muerte a su alrededor, ahora estaba en una tierra de riquezas. ¿Pero la muerte simplemente aguardaba al otro lado de la muralla? ¿Estaba la muerte amenazando a causa de los traidores?

Madame Eruth también había predicho sobre un apuesto extranjero. ¿Dónde estaba ahora? ¿Dónde estaba Marcio?

Edyon no podía quedarse más tiempo en la cama. Se levantó y trepó a lo alto de la muralla.

—¿No hay aún señales del ejército juvenil? —preguntó Byron al reunirse con Edyon a la luz de la mañana.

Edyon lo negó.

—Brigant es mucho menos siniestro de lo que había anticipado. Esperaba mirar por encima de la muralla y ver... eh, no lo sé, gente medio muerta de hambre y campos estériles —contempló los ondulantes campos verdes de la frontera de Brigant—. ¿Pero cumplirá su tarea la muralla? Imagina un ejército de chicos corriendo hacia nosotros, Byron. ¿Podrían escalar estos muros y atacarnos?

La mirada de Byron siguió la de Edyon.

—No sería fácil. Incluso si inhalan humo. Y una vez que estás en el foso, eres vulnerable, un objetivo fácil. Por supuesto, eso no significa que el ejército de Brigant no vaya a intentarlo.

Edyon sabía que él tenía razón. La muerte estaba al norte, pero, al volverse para mirar el campamento de su padre, vio a Regan y Hunt caminando y tuvo la sensación de que la muerte también estaba aquí.

La gira real salió del campamento y se dirigió al accidentado territorio de Abasca. Mientras ascendían entre las escarpadas montañas, Edyon trató de asimilarlo todo. Observó paisajes impresionantes del valle, una serie de cascadas con los colores tenues de un arcoíris en medio de la niebla en el fondo. Pero no había personas, ni pueblos, ni siquiera caminos adecuados.

—Entonces, ¿qué piensas de tu tierra, Edyon? —preguntó Thelonius mientras cabalgaba a su lado.

—Es muy hermosa.

—Hermosa y vacía. Sé que crees que no me importaban los abascos, Edyon. Pero no es así. Éste era su hogar y combatieron denodadamente y murieron en el intento. Era un pueblo valiente.

Edyon asintió, pero no supo qué añadir. Era cierto: Marcio era quizá la persona más valiente que había conocido.

—Durante la última guerra, los abascos quedaron atrapados aquí, rodeados por el ejército de Brigant. Aguantaron todo lo que pudieron hasta que el enemigo los abrumó con sus fuerzas, mataron a la mayoría y los que sobrevivieron fueron tomados como esclavos. ¡Era numeroso el ejército de Brigant! A nosotros nos habían sitiado en Calia, pero todavía teníamos rutas por mar. Los abascos no. Podríamos haber escapado, por supuesto, pero yo nunca me iría.

Edyon recordó lo que Marcio decía sobre Abasca. El ejército de Brigant había matado a muchos, pero lo que derrotó a los abascos había sido el hambre. Ésta era su tierra, tampoco escaparon. Los habían matado o se los habían llevado.

Thelonius continuó:

—Anoche recibí noticias de nuestros espías en Brigant. Nos informan que su ejército principal todavía se encuentra en el norte y que no tienen tropas significativas en el sur. Mi evaluación es que los barcos que se están concentrando atacarán Pitoria, y las tropas terrestres también.

—Me alegra que hayas enviado los barcos.

—Esperemos que Tzsayn pueda hacer uso de ellos.

—¿Y si Aloysius derrota a Pitoria y se vuelve contra nosotros?

—Estaremos listos. Los puertos están protegidos. La muralla norte está bien fortificada. Incluso con todas sus fuerzas, el ejército de Brigant se vería en aprietos para franquearla.

—¿Y el ejército de chicos impulsados por el humo?

—Serán formidables. Nos lo has demostrado, Edyon. Lord Darby reporta que Pitoria ha despachado una misión para interrumpir el acopio de humo de demonio. Sólo podemos esperar que tengan éxito.

—¿No dijo lord Darby que el ejército juvenil estaba al sur de Brigant?

—En Pitoria creen que han llegado algunas brigadas de chicos. He recibido varios informes y parece que algunos están no muy lejos de aquí, justo al otro lado de la frontera —quizá al ver la expresión de preocupación en el rostro de Edyon, Thelonius añadió con tono despreocupado—: Pero no son un ejército: necesitan un líder y un ejército de verdaderos hombres detrás. Carecen de lo uno y lo otro.

—¿Pero el último rumor no afirmaba que Harold...?

—Harold es un niño. Más joven que tú e igual de inexperto. No es un líder. Él no es Boris, ni es Aloysius. Me encantaría que se hiciera responsable. Escuché que tiene un gran gusto por la moda y cambia a diario de peinado.

Edyon se sintió fugazmente avergonzado por la nueva y llamativa chaqueta de terciopelo que se había ceñido esa mañana.

—¿Pero no tiene asesores experimentados?

—Sí, Edyon, y aprenderá con el tiempo, como tú. Pero por ahora es sólo un niño.

Así que esto era lo que pensaba de él su padre. ¿Qué era sólo un niño? A veces era así como se sentía. Como un chiquillo que seguía a su padre, un hombre que había sido un extraño para él hasta hacía poco y, a menudo, todavía parecía un extraño. ¿Y cómo podía decirle a este hombre que su más viejo amigo estaba conspirando contra él? Sonaría ridículo.

Cuando llegaron a la confluencia de dos ríos, se detuvieron y acamparon para pasar la noche. Se dispusieron mesas con vino y comida. La cálida luz de poniente le concedía a todo un resplandor dorado. Edyon estaba junto al agua, mirando el sol que caía detrás de las montañas. Las antorchas del campamento comenzaron a brillar.

Byron regresó y le dijo:

—Abasca es realmente sorprendente. Hay belleza donde uno mire.

Edyon volteó hacia Byron y sostuvo la mirada durante lo que pareció un largo rato. *¿Se refiere a mí? ¿Byron está coqueteando conmigo?* Edyon no pudo evitar sonreír. *¡No! No seas ridículo.* Byron continuó:

—¿Tendrá su hogar aquí? ¿El castillo Edyon? Podría ser maravilloso.

—No estoy seguro. Quizá. Pero todo aquí es tan... tan vacío. No hay un pueblo, ni siquiera quedó una casa en pie de cuando habitaban aquí los abascos.

—Todos vivían en chozas de barro —dijo Regan, uniéndose a ellos y disipando de inmediato cualquier coqueteo que pudiera haber en el aire.

—No estoy seguro de que eso sea cierto —dijo Byron a Edyon en un murmullo.

—Era gente primitiva. Endogámicos —continuó Regan.

—Tampoco estoy tan seguro de eso —murmuró Byron de nuevo, y subiendo la voz replicó—: Mi padre los respeta mucho, lord Regan.

—¿Todavía? Y usted, Byron ¿ha conocido abascos?

—Mmm, no.

—Por desgracia, yo sí... como dije, unos endogámicos de aspecto maligno.

Regan miró a Edyon como esperando que admitiera que conocía al menos a un abasco. Edyon nunca antes había sentido tantos deseos de golpear a alguien.

—Aun así, sin duda un paraje impresionante —continuó Regan—. Sería un lugar magnífico para un castillo. Y práctico. Sólo dos días de viaje lo separan de Calia si remontan el paso. Y podrían mejorarse los caminos. En los valles de los ríos la tierra es fértil para la agricultura. Hay muchos bosques para obtener madera, para cazar. También hay algunas antiguas minas de cobre, estaño y plata, que podrían reabrirse.

Casi sonaba como si Regan estuviera planeando tomar Abasca para sí mismo una vez concretado su complot.

—Es muchísimo trabajo. E implica una gran cantidad de dinero —dijo Edyon, preguntándose si Regan diría algo más.

—Pero podría ser maravilloso —agregó Byron—. Quizá podría utilizar la ladera de la montaña para crear cascadas, piscinas y jardines.

Edyon asintió.

—Incluso podrían superar a las fuentes y terrazas de lord Regan.

—Sería una empresa encomiable, Su Alteza —respondió Regan—. Puedo ver que sería un lugar maravilloso.

Sí, pero ¿a quién imagina viviendo aquí? ¿A mí o a usted?

Y entonces Regan no pudo resistirse a agregar:

—Ciertamente sería un lugar maravilloso para que vivan usted y su familia: un lugar maravilloso para que sus hijos crezcan. Sin duda, su esposa sería una mujer afortunada.

Edyon fingió una sonrisa agradable.

—Lo sería. Aunque todavía no he encontrado a la mujer adecuada para mí.

—El canciller está muy ansioso de ayudar —dijo Regan—. Ya está elaborando una lista de posibles esposas para que su padre la revise.

—Bien, yo tomaré mis propias decisiones. Y no elegiré de una lista.

No elegiré a ninguna.

—Dígame, Regan, ¿usted cómo hizo su elección? —preguntó Edyon. Se había enterado de que la esposa de Regan había fallecido joven. Provenía de una acaudalada familia, más que la de Regan.

—Hice lo que me dictó el corazón —dijo Regan—. Compartimos un tiempo breve pero feliz —y con una expresión de dolor agregó—: Ojalá todos pudieran ser tan felices como yo lo fui.

—Suena como alguien muy especial. Desearía haberla conocido.

—En efecto lo fue. Disculpe, Su Alteza —Regan, abrumado por sus recuerdos, hizo una reverencia y se marchó.

Edyon lo vio alejarse.

—Debe haber sido una mujer extraordinaria para lograr hacer feliz a Regan.

—Fue extraordinariamente rica, según dicen —respondió Byron.

—A veces tengo mis dudas con lord Regan. Por lo visto, ha pensado mucho en los recursos de Abasca.

—Lord Regan piensa mucho en sus arcas.

—¿Confías en él?

Byron se encogió.

—Yo... ¿en qué sentido?

—¿Es leal?

—Sin duda, Su Alteza. Moriría por Calidor.

—Todos los Señores son leales a su tierra. Se llama interés propio.

Byron sacudió la cabeza.

—Creo que es muy duro con la nobleza, incluido mi padre. Él ama su tierra, pero también a la gente que la habita.

—Lo siento, Byron. Hablé precipitadamente. Por favor, perdóname, no quise insultarte, o a tu familia.

Pero Edyon miró a su alrededor. Este lugar no se sentía como su tierra, no querría morir por ella. Se sentía como una mentira.

—No sé si pertenezco aquí. Podría construir un castillo y una aldea, pero las personas que se mudaran no serían abascas. Yo no *soy* abasco.

—Su Alteza es príncipe de Abasca. Ésta es su tierra. Puede hacer con ella lo que desee. Haga con ella lo que a mi señor le plazca.

Edyon forzó una sonrisa.

—Eres una buena persona, Byron. A veces no sé qué creer. No estoy seguro de qué es verdad y qué es mentira. Pero tal vez algún día construya una casa aquí, un lugar para retirarme del mundo.

—Lo que sea que elija, conviértalo en su verdad, Su Alteza —Byron se acercó, levantó la mano del príncipe y la besó.

Para sorpresa de Edyon, las lágrimas se agolparon en sus ojos. Sintió que alguien realmente se preocupaba por él. Y de inmediato sus pensamientos se dirigieron a Marcio. Lo que habría dado por escuchar aquello de labios de Marcio, por que el bello chico de ojos plateados besara de nuevo su mano.

CATHERINE

NORTE DE PITORIA

Si el barco deja entrar agua, todos se mojan.

Proverbio de Pitoria

Cuando amaneció, Catherine soltó la mano de Tzsayn. Había pasado toda la noche con él, hablando, besándolo, compartiendo sus esperanzas y planes, pero ahora debía marcharse.

—Sé fuerte —le dijo en un susurro—. Una vez que esto termine, estaremos juntos —luego lo besó en la mejilla, y enseguida en los labios.

Tzsayn acarició su cuello.

—Ya me siento más fuerte, gracias a ti. Savage sabe lo que está haciendo. Me alegrará deshacerme de esta maldita pierna si eso significa que podemos comenzar nuestra vida futura juntos.

Catherine lo besó de nuevo.

—Estaré pensando en ti.

—Piensa en mí algunas veces, pero también en tu propia seguridad. Haz lo que dice Ffyn. Él está allí para tomar posesión de estos barcos, pero también para protegerte.

—Una vez que haya firmado un contrato de préstamo tan cuantioso que todos los administradores en Calidor estén vitoreando y yo esté totalmente a salvo, en ese momento pensaré sólo en ti. ¿Eso te parece aceptable?

Él sonrió.

—Eso es definitivamente aceptable.

—Tengo que irme. Un beso más, luego me marcho —pero pasaron al menos diez más antes de que ella lograra separarse.

Catherine, montada a caballo, abandonó el campamento junto al general Ffyn y un centenar de soldados cabezas blancas... y la tristeza de Tzsayn. Los hombres estaban inmaculados, sus armaduras y caballos relucían. La propia armadura de Catherine brillaba al sol y, con su vestido blanco debajo, lucía, según Tanya, "como alguien de otro mundo, alguien invencible".

A medida que atravesaban las aldeas a lo largo del camino, la gente salía a las calles para mirar y vitorear, y Catherine y los hombres devolvían los saludos. Todo era parte del desempeño de una reina. Gran parte de la vida parecía ser una actuación en la que a veces resultaba difícil saber dónde terminaba y dónde comenzaba la verdadera Catherine. Allí estaba ella, vestida con una armadura y luciendo invencible, aunque por dentro nunca se había sentido tan asustada. Tenía miedo por Tzsayn, por el dolor que ahora enfrentaba y por el dolor aún por llegar. Y, no obstante, muy pocas personas conocían su condición.

—La gente está encantada de verla, Su Alteza —dijo Ffyn.

Catherine parpadeó para enjugarse las lágrimas y apartó sus pensamientos de Tzsayn como había prometido hacer.

—Sí. Es increíble, ¿no crees? El frente de guerra está a sólo un día de camino al norte y, sin embargo, estas personas continúan con sus vidas.

—No tienen otra opción —respondió Ffyn—. Sus granjas y sus medios de subsistencia están aquí. Pero verla les da esperanza, Su Alteza.

Catherine sonrió en un gesto tenso.

—Quiero darles más que esperanza. Será mejor que estos barcos sean la respuesta que estamos esperando.

Llegaron a la ruta costera y se dirigieron hacia el sur. Ésta era la ruta que había recorrido Catherine con Ambrose semanas atrás, cuando huían de Tornia. Cuánto había cambiado desde entonces: el rey Arell había muerto, Aloysius había invadido la Meseta Norte y mucho más. Y Catherine también había cambiado. Ella era mayor y más sabia, y —sonrió al pensar en ello— finalmente su corazón había elegido a Tzsayn. Y, aunque se suponía que no debía pensar en él, se permitió algunos recuerdos felices de su sonrisa.

Era mediodía del día siguiente cuando llegaron al pueblo costero de Crossea. El puerto estaba lleno de marineros, trabajadores y comerciantes. Una pequeña delegación corrió a encontrarse con el grupo de Catherine y los guio hasta el muelle donde esperaban lord Darby y su ayudante. Catherine miró a su alrededor mientras se acercaba, preguntándose dónde estarían los barcos. Había muchas embarcaciones pequeñas en el puerto y dos más grandes, pero ni rastro de quince barcos provenientes de Calidor. Su corazón se encogió. ¿La gente de Brigant los habría retrasado o hundido? ¿Había sido en vano su viaje? ¿Podría haberse quedado junto a Tzsayn después de todo?

Pero lord Darby saludó a Catherine con una sonrisa.

—Buen día, Su Alteza. Me complace informar que la travesía fue exitosa. Sus barcos están listos, al igual que sus tripulaciones, para entrenar a sus soldados y marineros.

Se hizo a un lado y realizó un gesto grandioso hacia la docena de balsas amarradas en el puerto.

—Es un momento histórico de cooperación.

¿Qué? ¡No pueden ser éstos!

Catherine sintió náuseas. No, estaba furiosa. Lágrimas de rabia y frustración inundaron sus ojos. Esas tablas de madera amarradas al muelle no eran canoas. No medían más de quince pasos de largo, a duras penas se podían llamar barcos. Ella miró y miró fijamente, como si al observar con detenimiento pudiera encontrar un navío real oculto entre ellos. De acuerdo, era un momento histórico, un momento histórico de tontería de su parte por haber confiado en la gente de Calidor. Se quedó sin palabras.

Empero, el general Ffyn habló.

—¿Es esto alguna clase de broma?

Darby parecía confundido.

—¿Broma? No estoy aquí para bromear.

El general Ffyn se acercó al muelle, su voz estaba subiendo ahora peligrosamente de nivel.

—Ustedes nos prometieron barcos. Éstos son… bueno, no sé qué son. Pero no son barcos.

Darby sonrió.

—Tiene la misma reacción que muchos que ignoran el mar.

—¡Tengo la misma reacción de alguien que ha sido engañado! —exclamó Catherine, cuando por fin encontró su voz.

—¡Engañado! —los ojos de Darby se llenaron de indignación—. No estamos aquí para engañarlos. Estamos trabajando juntos.

—¡Ja! Ni una sola vez han ofrecido su apoyo —dijo Catherine, alzando la voz—. Ni una sola vez han ofrecido nada más que palabras, ni una vez han ofrecido algo real. Ustedes sólo accedieron a darnos los barcos después de que acordamos comprarlos, con unos precios desmesurados y altas tasas de interés. Todo se les debe arrancar a ustedes como dientes podridos y estos barcos son el truco más podrido con el que me he encontrado.

—Ésas son duras palabras, Su Alteza —espetó Darby.

—Coinciden con mis sentimientos. Esto es un atropello. Estamos en guerra. ¡Necesitamos su ayuda y ustedes nos envían estos... *juguetes*!

Ffyn avanzó hacia Darby.

—¿Estás trabajando con Aloysius? ¿Planeas hacernos fracasar? Porque eso es lo que parece. Debería haberte arrojado al calabozo y haber dejado que te pudrieras ahí.

Darby dio un paso adelante para encontrarse con él, y enderezó la espalda.

—No harás tal cosa. Nuestros barcos pueden vencer a los barcos de Brigant. Su problema es que sus hombres no pueden vencer a los soldados de Brigant.

—¡Sedición! Sedición frente a Su Alteza. ¡Puedo hacer que lo arresten por eso! —gritó Ffyn.

Albert, el ayudante de Darby, dio un paso al frente.

—Por favor, Su Alteza, permítanos explicar. Estos barcos son llamados remeros. Sí, son pequeños. Pero tienen un diseño especial que nuestra marina ha perfeccionado durante años. Son ultrarrápidos, estables en todos los climas e increíblemente maniobrables.

—Olvidaste mencionar que también son extremadamente costosos —respondió Catherine.

Lord Darby se aclaró la garganta.

—Su Alteza solicitó barcos que le permitieran tomar el control del mar de Pitoria. Y los remeros le permitirán hacerlo —dijo Darby—. Eso es por lo que están pagando.

—Permítanos al menos demostrarle lo que pueden hacer —dijo Albert—. Creo que quedarán impresionados cuando los vean en acción.

Catherine estaba dubitativa, de negarse no tenía otra opción más que volver al campamento con las manos vacías. Si los remeros eran un desastre, entonces habría perdido mucho tiempo, y aunque no tendría que pagar por ellos, ¿cómo harían entonces para proteger la costa?

—Será mejor que resulte muy impresionante.

Más tarde ese día, Catherine cabalgó con Ffyn y sus hombres hasta un promontorio cercano desde el que podían ver una amplia bahía llamada Boca del Infierno.

Lord Darby ya estaba allí y en tono helado explicó lo que sucedería.

—Esta bahía es una buena prueba para los remeros. Las corrientes son fuertes, hay olas altas y vientos variables. La mayoría de los barcos pequeños tendrían problemas, pero verán cómo surcan las olas sin problemas. Además, la playa es estrecha y arenosa, muy parecida a la orilla poniente de Rossarb, por lo que aquí se puede simular un desembarco.

Catherine arrugó la frente.

—¿Desembarco?

—Los remeros tienen múltiples usos, Su Alteza. Pueden permitirle recuperar el control del mar de Pitoria, o al menos evitar que los barcos de Brigant lo dominen. Su segundo uso es como buques de desembarco para transportar un gran número de soldados a distancias cortas, por ejemplo, a través de la bahía de Rossarb para desembarcar en la costa norte... Ése era su plan, ¿cierto?

—Es nuestro plan, lord Darby —respondió Catherine con cautela, aunque tenía botes de remos que podían hacer ese trabajo. ¿Y seguramente estos barcos no podrían hacer ambas tareas? Miró la bahía donde los pequeños remeros navegaban arriba y abajo alrededor de un gran navío. Tenía que admitir que eran rápidos y ágiles—. Pero ¿qué está pasando en este momento?

—Habrá dos demostraciones, Su Alteza —dijo Darby—. Ustedes necesitan barcos grandes que puedan patrullar el mar de Pitoria, pero no tienen el tiempo, ni el dinero para construirlos. Así que mi sugerencia es que los tomen.

—Tomarlos... —Catherine comenzó a sonreír—. ¿Tomar los del ejército de Brigant?

—En efecto. No es fácil, por supuesto. Pero los remeros pueden hacer eso por ustedes. Siempre y cuando sus hombres sepan luchar.

—Demuéstrenlo.

Darby asintió hacia Albert, quien agitó una enorme bandera roja. Darby señaló al mar.

—¿Ven el barco que se aleja ahora? Es el *Esmeralda*. Un barco grande, muy parecido a los de la flota enemiga. Ustedes podrían pensar que éste no corre peligro contra embarcaciones tan pequeñas. Pero ahora mírenlos pasar a toda velocidad por delante del *Esmeralda* y dar la vuelta rápidamente.

Y así sucedió.

Luego convergieron en el *Esmeralda*.

—Debido a que son tan maniobrables, pueden coordinar su ataque para que todos alcancen el objetivo al mismo tiempo.

Mientras hablaba, cuatro remeros avanzaban junto al *Esmeralda* y los hombres a bordo lanzaban garfios.

—El *Esmeralda* tiene mucha más altura, por lo que los hombres deben ser ágiles para abordarlo rápidamente. Éste es el momento de peligro. Pero con cuatro barcos atacando al mismo tiempo, las posibilidades de fallar se reducen mucho. Un solo barco sería repelido fácilmente, pero cuatro dominarán al buque.

Y los hombres ya estaban trepando por las cuerdas y subiendo a la cubierta del *Esmeralda*.

—Los remeros pueden llevar cincuenta hombres sin reducir su velocidad. Son las mejores embarcaciones para sus objetivos. No están construidos para la comodidad, no hay dormitorios excepto la cubierta, pero son el barco de ataque perfecto.

Catherine estaba sonriendo.

—Me gustan.

—Con quince remeros y el elemento sorpresa, pueden derrotar al ejército de Brigant y construir su propia flota en unos días.

—Y mi padre lo odiará aún más porque pone sus propios barcos contra él. Me gusta mucho su plan, Darby.

—Gracias, Su Alteza —respondió Darby, relajándose un poco—. Y ahora, la segunda parte de la demostración.

Albert agitó una bandera amarilla. Los hombres que habían abordado el *Esmeralda* regresaron rápidamente a los remeros mientras lord Darby retomaba sus comentarios.

—Como pueden ver, los remeros ahora navegan a gran velocidad directamente hacia la orilla. Hay cincuenta hombres a bordo de cada uno. Una vez más, coordinan su llegada para la máxima protección de sus propias fuerzas y el máximo impacto en el contendiente.

—Es el impacto en la costa lo que me preocupa —dijo Catherine—. ¿No se partirán cuando lleguen a la playa? Van muy rápido.

—Por favor, siga mirando, Su Alteza, y lo verá…

Acelerando hacia la orilla, los barcos navegaron con suavidad por la playa para detenerse mientras los hombres saltaban hacia las oscilantes aguas.

—El calado poco profundo y la quilla que se puede levantar permite que los remeros surquen las olas y se deslicen junto a la playa. Los soldados que desembarcan apenas se mojan las rodillas.

—¿Cuáles son sus debilidades? —preguntó Catherine.

—Como todos los barcos, necesitan viento. Si no hay viento, dependen de los remos, y si eso sucede cerca de un barco de Brigant, los hombres a su servicio tendrán que remar rápido en dirección opuesta. Pero en todas las demás circunstancias, los remeros son el mejor barco de asalto.

Catherine pudo ver lo rápido que habían desembarcado los hombres, quienes corrían ahora por la playa, armas en mano.

—¿Qué piensas, Ffyn? —preguntó.

—Parecen mejores de lo que pensé.

—Sí —Catherine sonrió—. Yo también lo creo. Quiero que los remeros entren en acción de inmediato. Quiero capturar algunos barcos de Brigant.

Catherine sintió una extraña sensación en la boca del estómago y se sorprendió al reconocerla: esperanza. Con estos barcos sería posible cambiar el rumbo de la guerra, vencer a su padre en el mar y luego detener su avance por tierra. Y si Ambrose podía interrumpir el suministro de humo, podrían vencer a Aloysius de una vez por todas.

Catherine deseaba poder contar a Tzsayn las buenas noticias. El sol se estaba poniendo y Catherine se permitió pensar en él. ¿Había sido un éxito la operación? No quería pensar en el dolor que debía estar sufriendo o, peor aún, en que tal vez no hubiera sobrevivido. Por el momento, lo único que podía hacer era esperar lo mejor. Miró el mar, la irónica belleza de Boca del Infierno, y deseó poder compartirlo algún día con Tzsayn en tiempos de paz. Pero ella partiría a la primera señal del amanecer para cabalgar de regreso hacia el hombre que amaba.

AMBROSE

NORTE DE PITORIA

E l escuadrón Demonio estaba listo para partir. Habían entrenado intensamente durante una semana en zanjas estrechas de paredes inclinadas para simular los túneles de demonios, practicando el combate cuerpo a cuerpo. Ambrose estaba en lo alto del pequeño campo de entrenamiento, viendo a sus hombres realizar un ejercicio final. Se veían bien, pero una ola de dudas y depresión todavía se cernía sobre los pensamientos de Ambrose. Era el mismo sentimiento que había tenido después de la batalla del Campo de Halcones, ese sentimiento de desesperanza, de estar solo y separado de las personas que lo rodeaban.

Había perdido a su hermana, Anne, y había tenido que presenciar mientras su propia familia la denunciaba; él mismo había tenido que denunciarla justo antes de su ejecución. Luego Ambrose había sido acusado de traidor y huido de su tierra natal. Su hermano, Tarquin, el más honorable de los hombres, su hermano y amigo más íntimo, había sido torturado y asesinado.

Ambrose no tenía idea de qué había sido de su padre, pero sospechaba que también estaba muerto. Había perdido a toda su familia y su hogar, pero durante ese tiempo, Catherine había sido su resplandeciente luz de esperanza. Se había aferrado a ella cuando escaparon de Tornia, y se aferró aún más cuando cruzaban la Meseta Norte tras dejar Rossarb. Había sido su roca a la que aferrarse cuando todo lo demás estaba perdido. Y ahora ya no podía abrazarla. No estaba seguro de tener algo más que pudiera anclarlo.

—¿Puedo unirme? —Davyon se acercó a él; su voz era formal y su rostro inexpresivo como de costumbre. No habían hablado desde el consejo de guerra dos días antes.

—Por supuesto, general Davyon —¿estaba aquí para verlo a él o a los hombres? A Ambrose esto le importaba poco—. ¿Cómo está el rey? —preguntó.

—Los médicos lo están operando ahora. No podría soportar estar allí. Pero Tzsayn es la persona más fuerte que conozco. Lo superará.

Ambrose asintió.

—Sinceramente, lo espero —era cierto: no quería que Tzsayn muriera; sólo no lo quería cerca, ni junto a Catherine—. Únicamente puedo disculparme de nuevo por mis vergonzosos comentarios de la otra mañana.

—Acepto tus disculpas, sir Ambrose. Creo que ninguno de los dos estábamos en nuestro mejor momento.

Sí, Ambrose no estaba en su mejor momento. Había estado celoso y había actuado de manera impulsiva. ¿Serían las cosas diferentes si hubiera permanecido en silencio? Ambrose sintió que el destino había intervenido y lo había puesto en un curso y ahora estaba a la deriva. Tzsayn tenía a Catherine. Ambrose no tenía nada. Nada excepto un grupo de hombres con cabello carmesí y una tarea casi imposible por delante.

Davyon señaló hacia los hombres en las zanjas.

—Se ven bien. Los has entrenado en poco tiempo.

Todos los integrantes del Escuadrón eran excelentes combatientes, pero ahora podían comunicarse con señales de manos y moverse silenciosamente a gran velocidad.

—Sé que has tardado más de lo que te hubiera gustado, pero era necesario para darnos la mejor oportunidad de éxito.

Ambrose se había angustiado por esto. Una semana de entrenamiento era otra semana de acopio de humo, pero Ambrose y Davyon sabían que esa misión sería su única oportunidad de cortar el suministro. Necesitaban equilibrar la preparación con la premura.

—Aunque en realidad... —Ambrose negó con un gesto y no pudo evitar decir—: *toda la misión es absurda: el ejército de Brigant es formidable, los demonios son salvajes y yo tengo cincuenta hombres.*

Davyon miró a Ambrose.

—¿Estás diciendo que quieres cancelar la misión? ¿Que no deberías liderarla?

—Estoy diciendo... —Ambrose no estaba seguro de lo que estaba diciendo—. Lo siento, han sido unos días extraños. Haremos la tarea que se nos ha encomendado —pero tenía un presentimiento de fatalidad—. Si... si no regreso, me gustaría pensar que todavía habrá justicia para mi hermano y mi hermana, Tarquin y Anne. Me gustaría que la historia registrara cómo lucharon y murieron por la verdad, y cómo su memoria ha sido enlodada por injurias. Justicia para ellos y la esperanza de que nadie más sufra la misma suerte —le dolía más que cualquier otra cosa que la gente pudiera creer que su hermano y hermana eran criminales, cuando el verdadero criminal era Aloysius, pero Ambrose no estaba seguro de poder lidiar con esas pérdidas. Todo parecía abrumador y él parecía demasiado pequeño—. ¿Puede Tzsayn encargarse de eso?

Davyon asintió.

—Su Alteza conoce a su hermana y a su hermano. Conoce la valentía de ellos y la tuya. Y, cuando esto termine, todos lo sabrán. Conocerán la verdad sobre la valentía y el sacrificio de cada persona. Comunicaré a Tzsayn y Catherine tus pensamientos, Ambrose, pero espero que hables con ellos a tu regreso.

TASH

TÚNELES DE LOS DEMONIOS

L*acavernalacavernalacaverna…*
Tash repitió el mantra en su cabeza mientras hacía un túnel. Se movía a paso lento. No tenía idea de cuánto tiempo había invertido en la labor, aunque no era su cuerpo lo que estaba cansado, sino su mente.

Tenía que seguir pensando en la caverna central del mundo de los demonios y no dejar que su mente divagara, pero estaba empezando a volverse un poco aburrido.

Aburrido, ¿entiendes? Estoy aburrida de atravesar la piedra.

Estás bromeando.

No es muy gracioso, pero es una broma.

Aburridamente aburrido ir a través de la piedra.

Se detuvo. El túnel había dejado de crecer.

Mierda. ¡Concéntrate! Piensa en la caverna.

Lacavernalacavernalacaverna…

El túnel comenzó a atravesar de nuevo.

Tash obligó a su cerebro a enfocarse en una imagen de las terrazas de nivel medio de la caverna central, las que se encontraban cerca de los soldados de Brigant y lejos de los demonios. No estaría bien salir entre ninguno de los dos grupos.

Eso no sería aburrido. Sería un desastre. Nivel medio, por favor. Preferiblemente vía directa. Sin giros, sin vueltas. Sólo ir directo.

Lacavernalacavernalacaverna...

La luz a su alrededor era roja y el túnel cálido. Como cualquier otro túnel de demonios. En su pecho podía sentir el calor del humo de demonio moribundo: su deseo de volver al núcleo. Era como un ser vivo y quería volver. Puede que Tash no fuera un demonio, pero mientras tenía el humo rojo en su interior, poseía algunos de sus poderes.

Lacavernalacavernalacaverna...

Y de pronto, la piedra que se estaba retirando frente a ella se disolvió por completo para revelar un enorme espacio abierto.

Mierda. Funcionó. ¡Funcionó!

El agujero era lo suficientemente ancho para asomar la cabeza.

¡Yo también estoy en la maldita terraza del nivel medio!

Tash saltó de entusiasmo y se cubrió la boca con una mano para evitar gritar de júbilo.

Una vez que se calmó, pensó en mover el túnel tres pasos hacia delante y la piedra que quedaba frente a ella se disolvió lentamente. Tash se dejó caer de rodillas y avanzó a rastras. Al mirar hacia los puentes de piedra que cruzaban la caverna de arriba y hacia las terrazas alrededor, no pudo ver a nadie, ni humano ni demonio. Al mirar por el borde de la terraza, hasta el núcleo de humo púrpura que se elevaba desde el centro de la caverna, pudo ver que la escena era la misma que cuando la había visto por primera vez, sin importar cuántos días o semanas atrás fuera... Los soldados seguían extrayendo el humo de demonio.

Había un cadáver con cabello azul tendido en la terraza inferior. Presumiblemente, el próximo en ser arrojado al núcleo, para renacer como un demonio. Y más lejos, había una pila mayor de cadáveres, quizá seis o siete.

Es horrible.

Había muchos soldados de Brigant en las terrazas inferiores. Los que no estaban de servicio parecían estar jugando a los dados o durmiendo. Había otros en guardia junto a las entradas de los distintos túneles que daban a la terraza inferior. Tash había visto cómo estos túneles se cerraban cuando los demonios que los habían creado morían, y parecía que muchos más se habían cerrado desde la última vez que había estado ahí; la mayoría de las terrazas —como aquella en que se estaban relajando los soldados fuera de servicio— no tenía túneles en absoluto. Tash volteó para examinar las terrazas sobre ella, pero era imposible ver desde su posición si los túneles también se habían cerrado.

¿Y dónde están los demonios?

Tash se arrastró un poco hacia atrás y se puso en pie, manteniéndose cerca de la pared y fuera de la vista de los soldados de abajo. Subió por una rampa hasta la terraza de arriba y luego por otra, pero todavía no había señales de ellos. Ahí también se veían menos túneles.

¿Dónde están?

Entró en el siguiente túnel que encontró, buscando las marcas en la pared que mostraran adónde conducía. Ella y Geratan habían logrado descifrar las señales que indicaban el camino a la sala de guerra de los demonios y al mundo humano. ¿Cuál sería la señal de este túnel?

Pero no había ninguna.

Qué extraño...

244

Tash avanzó a lo largo del túnel, preguntándose adónde conduciría, reduciendo la velocidad a medida que giraba bruscamente y descendía. Bajó la pendiente, tratando de avanzar y respirar sin hacer un solo ruido. Y luego llegó a una pequeña área abierta, un recinto que le era familiar pero diferente.

Ésta es la sala de guerra de los demonios.

Pero se había encogido. Todavía tenía varios túneles que se bifurcaban, pero también eran más pequeños. Reinaba un aire general de abandono.

Tash frunció el ceño. ¿Se habían ido los demonios? ¿Adónde habrían ido?

Revisó cada uno de los túneles en busca de señales, pero sólo encontró una, una que no había visto antes.

No tengo idea de lo que esto significa, pero apuesto a que este túnel lleva adonde están los demonios.

Tash se dirigió a lo largo de este túnel más grande que descendía en espiral, como si estuviera perforando hacia el centro de la tierra. Tash tenía un mal presentimiento al respecto, pero también un extraño impulso de continuar; sus pies la llevaban cuesta abajo cada vez más rápido hasta que finalmente se obligó a detenerse. Cerró los ojos y comprendió que sabía lo que le esperaba. Era el núcleo del humo. La voluta de humo que tenía dentro lo sabía. Quería ir allí. *Necesitaba ir allí.*

¿Era eso lo que significaba la nueva señal? ¿Que éste era el camino al núcleo?

Tash avanzó lenta y silenciosamente por el túnel hasta que se enderezó y pudo ver a lo lejos.

Mierda.

Al final del túnel había una amplia cámara llena de muchos demonios. Todos estaban alineados, tomados de la mano, de espaldas a ella. El recinto terminaba en una pendiente y al frente, Tash podía ver una brillante luz violeta.

Era el núcleo: la base de él, la fuente del humo.

Mientras Tash observaba, el demonio en el extremo más alejado del grupo soltó las manos de sus vecinos, saltó al núcleo y desapareció al instante.

Están volviendo al núcleo. Volviendo al humo.

Y Tash podía sentir en su interior la necesidad de seguirlos.

No, no hagas eso. Date la vuelta y sal.

Y, sin embargo, una parte de ella quería unirse a los demonios.

No soy un demonio. Soy un ser humano.

Tash puso sus manos en las paredes de piedra y obligó a su cuerpo a girar. Corrió de regreso a las terrazas, sólo sería capaz de pensar con mayor claridad cuando estuviera lejos del núcleo.

¿Qué estaban haciendo los demonios? No tenía sentido. Debían luchar contra los soldados de Brigant, no darse por vencidos.

Cuando llegó a la entrada de su túnel, vio el rostro de un demonio mirando desde una cornisa muy arriba. Luego vio a otro. Luego un tercero. Siguió buscando, pero eso fue todo: tres.

Así que no todos vuelven al núcleo: al menos no todavía.

¿La habían visto? Y si es así, ¿qué harían? Tash se apartó de la vista de los demonios, pero cuando lo hacía, otra figura familiar salió de un túnel muy por debajo.

Cristal.

La chica que había estado ayudando al ejército de Brigant estaba con el mismo soldado con el que Tash la había visto la primera vez. Se dirigieron al núcleo central y la rodearon, con el soldado tocando el brazo de Cristal, comunicando algo. Luego ella señaló hacia arriba, muy por encima de Tash. El soldado miró hacia donde señalaba y negó, luego de pronto sujetó a la chica y la arrastró cerca del borde, como si fuera a arrojarla al centro. Cristal pateó y luchó y el soldado echó a reír (un fuerte sonido metálico) y la tiró al suelo antes de alejarse, de regreso al túnel del que había salido.

Cristal se sentó en el suelo y se frotó la cara. Luego tomó una botella y fue hacia el borde del núcleo, moviendo sus manos hacia él, como si estuviera tratando de capturar en el recipiente la columna de humo. Pero el humo escapó. Por alguna razón, no podía embotellarse así; había que atraparlo mientras escapaba del cuerpo de un demonio.

Pero espera. Eso ha cambiado.

Tash miró fijamente el núcleo, recordando cuando lo había visto por primera vez.

El humo se alzaba mucho menos en ese entonces.

Cerró los ojos y trató de recordar su primera vista de la caverna. Era una cámara enorme, la mitad de Rossarb cabría allí. Y el agujero en el centro había tenido un brillo arremolinado rojo y púrpura, con volutas de humo púrpura saliendo de él.

Tash abrió los ojos. La caverna definitivamente era más pequeña ahora. Seguía siendo enorme, pero no tanto como antes. El resplandor del humo también era más brillante, y había más humo, que ondeaba desde el núcleo y ahora subía mucho más alto en la caverna.

¿Era eso lo que había señalado Cristal? ¿Había advertido que la caverna se estaba cerrando?

Más humo significa más demonios muertos. Y si la caverna se está cerrando, como los túneles, debe ser porque los demonios también están muertos.

Pero ¿por qué estarían haciendo esto los demonios?

Tash miró a Cristal. Si alguien tenía la respuesta, sería ella.

Correcto, señorita. Voy a buscarte.

EDYON

BIRTWISTLE, CALIDOR

Edyon todavía no le había contado a su padre sobre el complot de asesinato, y ahora la gira partía hacia Birtwistle. Esperaba haber descubierto alguna prueba, pero no encontraba nada y el tiempo se estaba agotando.

El cortejo siguió su camino a lo largo de la ruta costera, y llegaron a Birtwistle a primera hora de la tarde. El castillo estaba construido en el acantilado y, mientras cabalgaban hacia él, Edyon pudo ver algunos balcones extendidos sobre el mar. Recordó las palabras de lord Hunt: "Un balcón podría derrumbarse en cualquier momento con el peso de un hombre. Un trágico accidente…" Una caída de cualquiera de ellos significaría la muerte segura.

Cuando llegaron al castillo, como de costumbre, se había organizado un recorrido por el edificio y sus fortificaciones. Birtwistle les mostró desde el pasillo a través de la galería de retratos a lo largo de corredores con destellos de las tierras de Birtwistle, y luego los condujo hasta una de las torres para ver la costa. En la torreta más alta había un pequeño balcón.

La brisa ahí era fuerte, pero aún se podía escuchar el sonido de las olas que rompían sobre las rocas de abajo. Birtwistle se irguió junto al balcón y dijo:

—Creo que la vista desde aquí es la mejor de Calidor. Si usted se asoma, puede ver tan al norte como Brigane y tan al sur como Calia. Por favor, Su Alteza, eche un vistazo.

Thelonius dio un paso adelante.

Edyon ya había esperado demasiado. Había querido encontrar el momento adecuado y la forma correcta de decirle a su padre lo que sabía. En lugar de ello, había sido un cobarde y había guardado silencio.

No era muy diferente a aquella ocasión en que Marcio había callado a Edyon la verdad sobre adónde lo llevaba, a pesar de haber tenido tantas oportunidades de hacerlo. Nunca hay un momento oportuno para compartir noticias funestas. Pero Edyon ya no podía permanecer en silencio.

—¡No! ¡Detente! —gritó—. No lo hagas.

Thelonius hizo una pausa. Toda la multitud, incluidos los tres traidores, giró para mirar a Edyon.

—Padre, el balcón colapsará si entras en él —dijo Edyon, mirando fijamente a su padre—. Lo sé.

Birtwistle pareció sorprendido. Regan se mostró impasible:

—¿Quizás al príncipe Edyon le afectan las alturas?

—Me afectan las traiciones. Usted, Hunt y Birtwistle están en esto. Éste es un complot para asesinar a mi padre y a mí.

Algunos en el grupo del cortejo fruncieron el ceño, por la confusión o la sorpresa, mientras que muchos miraban de Edyon a Thelonius y luego a Regan, pero todos permanecieron en silencio.

Thelonius también fruncía el ceño.

—¿Qué estás diciendo, Edyon?

—Planean asesinarte. Y a mí también —las palabras de Edyon fueron muy leves, como llevadas por el viento.

Pero Regan las había oído bastante bien y sus ojos brillaban.

—Éstas son acusaciones serias, Su Alteza. Tal vez haya tomado demasiado sol o incluso más vino de lo habitual, en cuyo caso, si se disculpa ahora, podemos... aceptar una expresión de arrepentimiento y olvidarnos del asunto.

—No. No voy a pedir disculpas. Ustedes están tramando mi asesinato y el de mi padre.

El rostro de Regan cambió a una expresión de disgusto.

—Ni siquiera el hecho de que haya bebido demasiado vino es una excusa para tal acusación. Le exijo que se retracte ahora mismo y se disculpe con lord Hunt, con lord Birtwistle y su servidor.

A Edyon no le importaba si Regan estaba furioso con él. Sólo quería que él y su padre estuvieran a salvo.

—Me atengo a mis palabras. Usted, Hunt y Birtwistle están planeando un golpe, pero sin la valentía para admitirlo o atacarnos de manera abierta siquiera. Están planeando un "accidente". Mi padre y yo moriríamos y ustedes se apoderarían de Calidor.

—Éstas son acusaciones descabelladas —dijo Hunt—. ¿Dónde están sus pruebas?

—Ésa es mi prueba —Edyon señaló la plataforma—. El balcón se derrumbará si entramos en él.

—Está diciendo tonterías —respondió Hunt.

—Entonces entre —dijo Thelonius.

El rostro de Hunt pareció temblar de miedo.

—Apoyo a mi hijo —dijo Thelonius, volviendo junto a él—. No haría acusaciones sin razón. ¿Una prueba? Bueno, veamos quién dice la verdad aquí.

Hunt tragó saliva y salió con cautela al pequeño balcón, se quedó inmóvil un momento y luego dio la vuelta para volver con Edyon.

—No pesa igual que dos personas —gritó Edyon.

—Me ofrezco para acompañarlo, ya que mi honor está en entredicho —dijo Regan—. Caminó hacia la plataforma y extendió los brazos.

Ahora Birtwistle se adelantó.

—Yo también. Daré un paso adelante con mis nobles amigos para demostrar que somos inocentes —no era un hombre pequeño, se unió a los otros dos y saltó pesadamente arriba y abajo.

Nada pasó. El balcón no se movió en absoluto.

Edyon se sintió mareado. *¿Imaginé todo?*

Thelonius parecía horrorizado.

—Mis señores. Mis amigos. Parece que son sinceros y mi hijo… mi hijo se ha equivocado —giró ahora hacia Edyon y agregó—: Estoy seguro de que se disculpará de inmediato y sin reservas. Y que explicará sus motivos más tarde.

Todos los ojos estaban fijos en Edyon. Tenía la boca seca. Había quedado como un idiota una vez más, pero como un idiota peligroso ahora. Levantó la cabeza y dijo:

—Le pido disculpas a usted, padre, por no poder demostrar mis palabras —dio media vuelta y salió. Byron dio un paso hacia él, pero Edyon ignoró a su amigo. Se dirigió a sus habitaciones.

¿Qué he hecho? ¿Cómo pude estar tan equivocado? ¿Todo era una trampa? ¿Sabía Regan que me estaba escondiendo en su habitación y decía disparates para ponerme en ridículo?

Edyon llegó a su habitación, cerró la puerta con firmeza, se sentó, luego se levantó, caminó hacia la ventana y regresó. Y enseguida, a la ventana de nuevo.

Debería haberme disculpado. ¿Por qué no lo hice? ¿Qué estaba pensando? Soy un imbécil. Un completo imbécil.

Se había equivocado por completo. Fue al sanitario, se inclinó y vomitó.

No podía quedarse quieto. Se paseaba mientras los pensamientos daban vueltas en su mente. Se detuvieron sólo por un fuerte golpe en su puerta. Era un guardia.

¿Me arrestarán por difamación?

El guardia le informó que era requerido de inmediato en presencia de su padre.

Ay, maldita sea. Seré arrojado a las mazmorras.

—Un momento —dijo Edyon. Cerró la puerta y volvió a vomitar de nuevo. Tomó un sorbo de agua y al voltear vio que el guardia había abierto la puerta y lo estaba mirando.

Edyon fue escoltado hasta las habitaciones de Thelonius y se sintió aliviado al descubrir que Regan, Hunt y Birtwistle no estaban allí. Eran sólo su padre y el canciller, lord Bruntwood.

—Príncipe Edyon, ha hecho la acusación más seria contra tres nobles Señores de Calidor. Tres de los vasallos más leales y honorables —comenzó el canciller—. Pero no es demasiado tarde para resolver la situación. Una explicación a su padre. Una disculpa sincera y completa a todos los involucrados...

—No —dijo Edyon—. No me disculparé, pero si habré de explicar lo que ocurrió.

El canciller miró de Edyon a Thelonius.

—Bueno, eso es algo, supongo. Y tengo muchas preguntas, pero quizá comencemos con una simple. ¿Por qué acusó a estos tres grandes nobles de tramar una traición?

Y entonces Edyon comprendió lo que sucedía: estaba siendo juzgado.

—¿Por qué? Porque es verdad. Creen que mi padre está llevando al reino en la dirección equivocada al alinearse demasiado cerca de Pitoria. Creen que yo no estoy en condiciones para gobernar después de él. Y ellos creen estar mucho mejor preparados. Los sentimientos de Regan se sintieron heridos porque mi padre le pidió que cometiera perjurio. Y en lugar de negarse, culpa ahora a mi padre. Estoy seguro de que hay muchas más razones, pero la codicia y su naturaleza mezquina parecen estar en el origen de todo.

—Eso explica su postura ante ellos, pero no la acusación —adujo el canciller—. ¿Por qué los señaló?

—Los escuché conspirando. Una noche, Regan, Hunt y Birtwistle hablaron de esto después de un banquete, de manera tan casual como si estuvieran planeando una cacería de jabalíes.

—Es muy difícil de imaginar, Su Alteza —el canciller frunció el ceño—. ¿Cómo alcanzó a escucharlos? ¿Cuándo estaban a la mesa?

—No. En la habitación de Regan, la segunda noche de nuestra gira.

—¿Y usted fue invitado? —preguntó el canciller, tratando de descifrar el asunto.

—No. Yo… de casualidad estaba en la habitación.

—No entiendo —interrumpió Thelonius—. ¿Cómo es que estabas en la habitación de lord Regan? Me parece recordar que habías bebido mucho. ¿Confundiste las habitaciones? Explica con claridad las circunstancias.

Edyon quería mentir, pero parecía inútil. No era un príncipe, de cualquier manera, todo era un fraude: no pertenecía aquí en absoluto. Sacó el espejo plateado de su chaqueta y lo soltó de golpe contra la mesa.

—Me encontraba en la habitación de Regan robando esto. Estaba a punto de salir cuando Regan, Hunt y Birtwistle llegaron. Me oculté y escuché la conversación.

Thelonius frunció el ceño y tomó el espejo plateado para inspeccionarlo.

—Pero ¿por qué? En verdad, no lo entiendo.

El canciller parecía igual de confundido.

—Soy un ladrón. No puedo evitarlo —dijo Edyon—. También estaba un poco ebrio, no lo negaré. Pero no cambiaré mi acusación. Estoy seguro de lo que escuché. Estaban planeando un asesinato.

Thelonius volvió a dejar el espejo plateado sobre la mesa.

—No sé qué decir, Edyon. ¿Careces de moral? ¿No atesoras el honor? Éste no es el comportamiento propio de un hijo mío.

Las lágrimas acudieron a los ojos de Edyon.

—Lo siento, Su Alteza, si cree que no soy digno de ser su hijo. Puede que sea un ladrón, pero tengo cierto honor. Estoy siendo honesto sobre lo que pasó. No mentiré sobre eso. Y no me disculparé con tres individuos del peor talante, hombres que sí carecen de honor.

—Entonces, no estoy seguro de lo que podemos hacer por Su Alteza, príncipe Edyon —sentenció el canciller.

MARCIO

SUR DE BRIGANT

De nuevo Marcio estaba sirviendo vino para un príncipe y aquello le desagradaba más que nunca.

El príncipe Harold tenía catorce años y tomaba el vino más como un complemento de su apariencia que por el gusto o para saciar su sed. La copa que usaba hoy estaba hecha completamente de oro, aunque algunos días prefería la que sólo tenía baño de oro. La mayoría de las cosas de Harold eran áureas, a pesar de que estaba en un campamento militar. Esas *cosas* incluían a Marcio, que ahora vestía una camisa blanca con un jubón sin mangas que tenía una insignia dorada sobre el corazón, para indicar que pertenecía a la Brigada Dorada. El día anterior, Harold se había quejado de que los ojos de Marcio eran plateados y no hacían juego con la jarra de oro que sostenía, y por un momento en verdad pareció que le arrancaría los ojos por no combinar con la vajilla. Harold consideraba a Marcio una más de sus posesiones, y no mucho más valiosa que sus platos y copas áureos.

Sam también pertenecía a la Brigada Dorada, pero a él no lo trataban como a un sirviente. Como Sam no tenía aptitud o experiencia para atender a un príncipe y, como había vencido en la prueba, Harold se complacía en encomendarle arduas tareas físicas a fin de poner a prueba su fuerza y velocidad. También estaba siendo entrenado en el uso adecuado de armas y ahora ya era mucho más hábil con la espada. Se estaba convirtiendo rápidamente en un soldado capaz y una vez incluso se le permitió entrenar con Harold.

—Sólo recuerda perder, Sam —murmuró Marcio en voz baja mientras miraba la contienda.

La Brigada Dorada estaba aumentando poco a poco en número, a medida que Harold seleccionaba a los mejores de las otras brigadas para engrosar sus filas. Ahora se componía de veinte chicos, cuyas funciones principales radicaban en actuar como guardias de Harold y, en el caso de Marcio, como su asistente personal.

El campamento del príncipe se desplegaba por el bosque y se extendía cada día más, a medida que más personas sabían de su ubicación y venían a ofrecer sus servicios. Las provisiones alimentarias —el depósito de harina y verduras, así como cerdos, gansos, pollos, cabras e incluso un rebaño de vacas— estaban a un costado del campamento. Los caballos, las sillas de montar y la armería se encontraban en el lado sur. Y ahí también estaban el herrador y, junto a él, los otros herreros que construían los extraños artilugios de metal que a Harold le encantaban. El mismo príncipe había diseñado las máquinas y dos veces al día supervisaba el progreso de su fabricación.

La inspección de la mañana había terminado y había llegado al campamento un nuevo hombre. Parecía un soldado, puesto que llevaba una espada; cabalgó hasta el campamento con sus propios hombres y provocó un pánico nervioso entre algunos que lo reconocieron. Era delgado, se encontraba en buena forma, iba vestido con elegancia y parecía lo suficientemente mayor para ser el padre de Harold, pero fue la forma en que se comportaba lo que llamó la atención de Marcio: era un hombre que podía mezclarse en el fondo de un recinto o ser el centro del escenario con un simple cambio de postura. Este hombre tenía una extraña confianza en sí mismo que Marcio sólo había visto en la realeza, algunos nobles y, de hecho, en Holywell.

Marcio se ubicó junto a la mesa cargada de frutas, nueces y, el platillo favorito de Harold, jengibre en conserva. Fijó la vista hacia el frente, como le habían enseñado, pero por el rabillo del ojo podía ver a Harold y al recién aparecido.

—Mandé a buscar a las Águilas y los Ciervos. ¿Dónde están? —preguntó el príncipe.

—Su padre los quiere cerca.

—Pero soy yo quien dirige las brigadas juveniles.

—Y es su padre quien lo dirige a usted, Su Alteza.

—¿Y qué me dices del humo? ¿Dónde está? Nos prometieron más.

—Estará aquí cuando sea necesario, cuando todo esté en su lugar —la voz del hombre era suave como la mantequilla y él parecía escurridizo.

—Pues es necesario. Y todo está en su lugar —Harold hizo un gesto de disgusto—. Entonces, ¿por qué estás aquí? No traes chicos ni humo. ¿Viniste como espía de mi padre, Noyes?

Así que ése era el nombre del tipo: Noyes. Marcio recordó algunas cosas que había escuchado sobre él. Éste era el temido maestro de espías e interrogador en jefe del rey Aloysius. Tenía reputación de ser tan inteligente como despiadado.

Noyes se acercó con tranquilidad a la mesa junto a Marcio y examinó la comida, sin siquiera mirar a Harold cuando respondió:

—El rey sólo me pide que le asegure que todo está bien. Su Alteza todavía es un hombre joven y, aunque posee un talento natural, carece de experiencia.

Harold se acercó a Noyes. En efecto, parecía un chiquillo en comparación con el hombre.

—He observado a mi padre toda mi vida. He estado en campañas con él desde que yo era un bebé. Sé que puedo ganar esto. Brigant necesita una victoria.

—Eso es cierto, Su Alteza. Pero su padre también necesita un heredero. Y no quiere arriesgarse a perder otro. Es por su amor a mi príncipe que exige precaución y quiere que me asegure de que así será.

—¿*Amor*? ¿De mi padre? —Harold puso los ojos en blanco—. ¿Sigue de luto por Boris?

—Su padre tiene mucho dolor e ira que afrontar. La muerte de Boris ha desviado su atención de Calidor. Thelonius tomó tierra de Aloysius, pero su hermana Catherine y su enfermizo marido le arrebataron a su primogénito. Su prioridad ahora es librar al mundo de ellos. Y el ataque comenzará pronto.

—Mientras tanto, Thelonius está sentado en su castillo disfrutando de las mieles. Debe estar riendo con deleite.

—No hay prisa. Calidor será nuestra a su debido tiempo —dijo Noyes, tomando un trozo de naranja confitada que pareció tragar entero.

—Yo digo que el momento es ahora —afirmó Harold—. Digo que mis brigadas están listas. Puedo hacerlo. Mis chicos saldrán victoriosos.

—Sortear el muro no será fácil, ni siquiera para sus chicos.

—Conozco la dimensión exacta del muro; fueron tus espías quienes nos dieron toda la información que necesitamos, como bien sabes, Noyes. Y también envié a mis propios exploradores. Tengo una manera de sortearla —Harold fue a la mesa central y recogió un pequeño artilugio de metal, lo que parecía una serie de pasarelas que encajaban juntas, pero podían sacarse—. Éste es un modelo.

Noyes lo tomó.

—¿Se extiende por la distancia entre las paredes? —lo abrió y lo sopesó en la mano—. El verdadero debe ser enorme. Y pesado.

—Pedí a mis herreros que fabricaran cuatro. Los llevaremos a la muralla antes del ataque. Se quedarán allí, escondidos. Están listos tres, sólo hace falta uno.

Noyes recorrió el modelo con los dedos.

—Supongo que los chicos pasarán corriendo por éstos, pero debajo estará ardiendo el fuego del foso. ¿Está seguro de que la construcción será lo suficientemente estable?

—Franquearemos el pozo y alcanzaremos las murallas en un abrir y cerrar de ojos. Y, una vez que termine aquello, puedo llegar a Calia en un solo día.

Marcio se quedó frío.

—Tal vez baste un día para llegar allí, y posiblemente tomarlo —admitió Noyes—. ¿Pero podrá retenerlo?

Harold sonrió.

—Entraremos con fuerza y rapidez, directo hasta el corazón de Calidor, y mataremos o capturaremos a Thelonius, a su hijo bastardo y a cada uno de sus nobles vasallos. Sus cadáveres estarán en exhibición para que todos los vean mientras avanzamos por las ciudades y pueblos de Calidor. Cuando la gente sea testigo de lo que mis chicos son capaces de hacer, se doblegarán —Harold miró a Noyes—. Sabes que mis chicos pueden hacerlo, y yo también.

—No niego su habilidad, Su Alteza, pero su padre no lo permitirá. Él mismo quiere enfrentarse a su hermano. Quiere entrar en Calia a la cabeza de su ejército. Ése ha sido su principal deseo durante años.

—No obstante, según usted mismo dice, él ha perdido su verdadero objetivo.

—Yo nunca diría eso, Su Alteza. Digo que su enfoque ha cambiado a otro frente por el momento. Pero regresará a lo que nos ocupa y será él quien dirija el ataque a Calia.

A Marcio no le importaba demasiado si el ejército de Brigant lo dirigía Aloysius, Harold o una jauría de perros; si llegaban a Calia, matarían a Edyon de cualquier manera.

—Pero mi padre se habrá ocupado de Pitoria bastante pronto, como dijiste, Noyes. Puedo atacar la muralla ahora y mantener el control de ella hasta que el rey esté listo para conducir su ejército a la capital.

—Quizá —Noyes volvió al mapa—. ¿Dónde está ubicado el ejército de Calidor?

—Están esparcidos a lo largo de la muralla y concentrados en campamentos en el oeste y el este, aquí y aquí —Harold señaló el mapa.

—Si toma la muralla, los soldados de Calidor vendrán por usted. ¿Podrá contra todos ellos?

Harold sonrió.

—Trataré de resistir la tentación de destruir el ejército por completo para que, cuando llegue, mi padre encuentre alguien contra quien combatir.

Noyes asintió.

—Sospecho que la gente de Calidor cree que todo nuestro enfoque está en Pitoria. Si usted puede tomar y defender la muralla, y luego desmantelarla para permitir que el ejército de su padre pase cuando hayan terminado con Pitoria, él verá el mérito de este plan. Pero su padre querrá al menos una sección del ejército principal aquí para apoyar su ataque. Y querrá saber que Su Alteza está a salvo.

—Entonces dígale que estaré fuera de peligro en la retaguardia. El humo me acompaña, con él soy invencible.

—Por desgracia no del todo, Su Alteza.

—Pero ves que el plan puede funcionar. Y cuanto más esperemos, más probable es que Calidor se entere de nuestras posiciones y fortalezca la muralla. Necesitamos avanzar. Envíame el humo. Y algunas tropas del ejército regular, si insistes en ello.

Noyes asintió.

—Convocaré a lord Thornlees y a sus tropas para que acudan desde el norte. Pueden proporcionar el apoyo del ejército tradicional y traer el humo. Thornlees podría estar aquí en una semana.

—¿Y dónde estarás tú, Noyes?

—Por desgracia, me perderé el espectáculo de sus brigadas al tomar el muro. Debo regresar al norte para apoyar a su padre. El ataque a Pitoria comenzará pronto.

Harold y Noyes parecían complacidos. Habían llegado a un acuerdo. Marcio no dejó que emoción alguna se proyectara en su rostro. Miró al frente, como siempre, y pensó en Edyon, lo imaginó a salvo en Calia, feliz con su padre, pero ¿cuánto más duraría aquello?

EDYON

BIRTWISTLE, CALIDOR

Edyon estaba sentado en su habitación, con lágrimas en los ojos. Se sentía más solo que nunca. Necesitaba a Marcio para que le diera confianza, para que le asegurara que no era un completo idiota. Marcio siempre creyó en él. E incluso si Marcio no pudiera ayudarle, Edyon quería verlo.

—Te extraño —murmuró mientras las lágrimas acudían a su rostro—. Lo que daría por que estuvieras aquí.

En ese momento, se abrió la puerta, pero sólo era Talin, que traía la mejor chaqueta de Edyon.

Edyon se secó el rostro. Talin debió haber notado sus lágrimas, pero levantó la chaqueta y dijo:

—Creo que necesitará esto para el banquete de esta noche, Su Alteza.

Por supuesto, habría otro banquete. Por mal que se hubiese comportado Edyon, los asuntos pendientes debían continuar.

—No quiero ir —Edyon comprendió que sonaba como un niño mimado y agregó—: No creo que sea requerido. Mi padre... —pero se quedó sin palabras.

—Escuché que se presentó un incidente en la torre.

—En efecto. El incidente fue que me comporté como un idiota, otra vez. Acusé a nuestros vasallos de traición sin proporcionar pruebas.

—Por eso mismo debería ir al banquete, Su Alteza. Si no le molesta que le dé mi opinión, tendrá que afrontarlos a todos en algún momento, y tal vez sea mejor más temprano que tarde.

—No estoy seguro de que pueda afrontar a mi padre, y no estoy seguro de que él me quiera allí. En cambio, estoy bastante seguro de que Regan, Hunt y Birtwistle no querrán que me siente a la mesa con ellos. Me equivoqué por completo. Una de las primeras cosas que me dijo mi padre fue que me condujera entre la nobleza con cuidado, y ahora los he puesto en su contra. Bueno, contra mí, como sea, y también contra él porque me apoyó. Me creyó.

—Y puede afrontarlos o esconderse aquí.

—Ocultarme suena como la opción más sencilla.

—Posiblemente lo sea por ahora. Pero creo que algunos vasallos lo admirarán más si Su Alteza no se deja amilanar por lord Regan. No todos son iguales a esos tres.

—Van a exigir una disculpa y yo no creo poder dárselas.

—Un príncipe debe hacer lo necesario para gobernar. Encontrará una manera. Y esconderse no es el camino.

Talin tenía razón. Edyon echó los hombros hacia atrás.

—Debo afrontar a mis enemigos —¿pero se disculparía? Le daban arcadas de sólo pensarlo.

Justo en ese momento alguien llamó a la puerta. Edyon susurró:

—Tal vez sea de parte de mi padre para decir que no vaya al banquete, que no me mueva en absoluto.

Pero era Byron.

—¿Se encuentra bien, Su Alteza? —preguntó.

—¡Adivina!

Byron parecía triste y preocupado.

—Lo siento. Me quedaría, pero debo volver con Su Alteza. Sólo me envió a buscar su botella de humo de demonio. Y dijo que no debíamos hablar.

¿Por qué quería el humo? ¿Pensaba Thelonius que Edyon podría usarlo contra los vasallos? ¿Se le consideraba ahora peligroso?

—¿Te dijo algo más? Sobre mí, quiero decir... ¿sobre el espejo plateado?

Byron pareció un poco avergonzado mientras asentía.

—Sí.

—Ya veo. Bueno, será mejor que vuelvas con él.

—Mi señor.

Tras una reverencia, Byron se alejó.

Así que eso era todo. A Edyon no le quedaba ningún amigo y pronto tendría que afrontar a sus enemigos.

Edyon acudió al banquete vestido con sus ropas más elegantes, con el aspecto de un verdadero príncipe, aunque por dentro era un manojo de nervios. Temía lo que dirían Regan, Hunt y Birtwistle, pero sobre todo temía ver a su padre de nuevo.

Los sonidos del salón de banquetes se extendían por el pasillo y llegaron hasta él. Los músicos estaban tocando y la conversación era animada, al menos hasta que Edyon entró en el recinto. Al punto, todos los ojos se fijaron en él y el alboroto enmudeció. La sala estaba repleta, la cena ya había comenzado. Thelonius estaba sentado a la cabecera de la mesa; a su lado, había una silla vacía y una cena servida.

Edyon se inclinó ante su padre.

Thelonius lo ignoró.

Edyon se sentó en la silla vacía y miró hacia la larga mesa. En el otro extremo, sentados justo enfrente, se encontraban Birtwistle, Regan y Hunt. Ellos también lo ignoraron, ni saludo, ni reverencia. Éste era el momento en el que debía disculparse. Edyon se aclaró la garganta, pero nada dijo. A su alrededor, las conversaciones se reanudaron. Edyon miró su plato; un pequeño pez frito reposaba en él, con el ojo negro, quemado. Tomó un bocado. No tenía gusto alguno. Dio un vistazo a los comensales, pero todos lo ignoraban, a excepción de Byron, que estaba sentado a la mitad de la mesa. Byron sintió la mirada de Edyon y asintió levemente dirigiéndole una pequeña sonrisa.

Quizá todavía tenga un amigo. Uno, pero no más.

Se inclinó hacia su padre.

—Sé que manejé mal la situación, pero temí por tu vida y debía contarte lo que escuché. Elegí la forma incorrecta de hacerlo, y por eso me disculpo. Pero actué con sinceridad.

—No te conozco bien, Edyon. Y conozco a Regan de toda mi vida. Es mi amigo más cercano. Eres un ladrón, y algunos dicen que también un idiota, sin lealtad a Calidor. Por la razón que sea, no te agrada Regan. Marcio envenenó tu mente contra él. Pero eso no es excusa para robarle o acusarlo de traición. Ésta es tu oportunidad de disculparte públicamente. Al final del banquete debes hacerlo, o tu futuro estará... bueno, no estoy seguro.

Antes de su coronación, su padre había dicho que el futuro de Edyon era Calidor y el de Calidor era Edyon. Ahora no parecía tener un futuro a menos que se disculpara. El príncipe pensó nuevamente en las predicciones de Madame Eruth, pero le pareció que no abarcaban aquello.

Edyon volvió a concentrarse en su plato, en silencio. Y en su propio silencio escuchó un ruido extraño que venía desde arriba, donde estaban los músicos, pero no era un sonido musical. Levantó la mirada y comprendió que estaban sentados bajo un gran balcón de piedra, donde actuaba un grupo de músicos.

¿Podría ser que se hubiera equivocado de balcón al hacer la acusación?

¿Podría ser que él y su padre no se encontraran en un balcón cuando éste se derrumbara, sino *debajo* de él?

Miró a Regan, que bebía de su copa, con los ojos puestos en Edyon.

No puedo desafiarlo de nuevo. Nadie me creería. No estoy seguro de que yo mismo lo crea.

¿Siquiera había escuchado el ruido extraño? Los sonidos en el pasillo eran una mezcla de conversaciones y música.

Pero entonces volvió a escucharlo.

—Padre, me gustaría continuar esta conversación contigo al aire libre y en privado —Edyon empezó a incorporarse. Necesitaban salir de ahí. En ese momento se escuchó un inconfundible crujido y el balcón comenzó a inclinarse hacia la cabeza de Edyon.

Desde arriba llegaron gritos cuando la piedra comenzó a caer. Era demasiado tarde: Edyon y su padre habían quedado atrapados. Pero Byron saltó a la mesa y corrió hacia el príncipe con la misma velocidad con que caía la piedra. Se arrojó sobre Edyon, los empujó a él y a Thelonius contra la pared, y volvió a subir a la mesa para sostener el balcón que se derrumbaba. Los músicos sobre el balcón gritaban y Byron les ordenó que salieran de allí.

—¡No podré sostenerlo por mucho tiempo más!

Se acercaron corriendo un par de guardias y arrastraron a Thelonius y Edyon hasta un lugar seguro, al tiempo que Byron daba un paso atrás. El balcón cedió y la mampostería y los instrumentos musicales cayeron al suelo. El extremo de la mesa quedó aplastado bajo un enorme bloque de piedra. Se levantó una nube de polvo mientras el ruido y los alaridos continuaban.

Edyon estaba respirando con dificultad. Estaba vivo. Su padre también. Increíblemente, nadie pareció resultar herido.

—Así que por eso querías el humo de demonio —dijo—. Para que lo tomara Byron, en caso de que necesitara salvarnos. De modo que me creíste.

Thelonius hizo un gesto de negación.

—Creo en estar preparado —cubierto por completo de polvo gris, exhortó—: ¡Detengan a mis enemigos! Aprehendan a Regan, a Hunt y a Birtwistle.

Se abrió paso hacia los escombros. Se escuchaban muchos gritos desde el otro lado de la nube de polvo. Cuando Edyon salió, Thelonius se encontraba frente a Regan.

—No he hecho absolutamente nada malo —decía Regan—. Thelonius, amigo mío. No deje que su hijo envene su mente contra mí.

—¡Ni siquiera tienes el honor de admitirlo!

—¿Admitir qué? La mampostería del castillo de Birtwistle es vieja. El balcón se derrumbó. Estoy agradecido de que Su Alteza esté a salvo.

Byron gritó desde el fondo del recinto:

—Colapsó porque alguien melló la piedra para debilitarla. Veo que se ha retirado un ladrillo de aquí.

Regan dijo a Thelonius en voz baja:

—Incluso si eso es verdad, no sabemos quién lo hizo. Podría haber sido cualquiera.

—Podría haber sido cualquiera, pero sé que fuiste tú —replicó Thelonius—. Hunt y Birtwistle han estado en mi contra durante mucho tiempo, pero tú, Regan, siempre te presentaste como mi amigo. Bueno, basta ya de tus mentiras.

—¿Mentiras? ¿Y qué me dice, Su Alteza, sobre el príncipe? —señaló a Edyon—. ¿Qué me dice de su propio hijo?

—Esto no se trata de Edyon.

—No, tiene razón. Se trata de su matrimonio, Alteza. O de la ausencia de dicha unión.

El silencio en el recinto era palpable ahora.

—Otra mentira, Regan. Otra mentira. Nadie puede confiar en ti —Thelonius dio un paso atrás—. Guardias —dijo—. Lleven a Regan al calabozo.

Regan sacó una daga de su cintura y saltó hacia el primer guardia, a quien apuñaló para tomar su lanza. Empujó la lanza contra Thelonius, pero éste la esquivó justo a tiempo, mientras otro guardia clavaba su espada en el costado de Regan.

Éste dio un paso atrás, dejó caer la lanza y se llevó las manos a la herida mientras la sangre se colaba por sus dedos. Los guardias lo agarraron por los brazos, pero ya no era una amenaza: sus rodillas se estaban doblando y su rostro había palidecido. Miró a Thelonius y dijo:

—Era su amigo.

—*Eras* mi amigo, pero ahora no existes para mí. Tu traición traerá vergüenza a tu casa —Thelonius se apartó y ordenó a los guardias que se llevaran al traidor.

Edyon miró, esperando que tal vez Regan ofreciera resistencia, pero estaba muy débil a causa de la herida; se preguntó si sobreviviría para enfrentar el juicio o si lograría siquiera ver la luz de un nuevo día.

Hunt y Birtwistle habían sido acorralados, pero no se habían resistido y también fueron conducidos por los guardias, al tiempo que el primero gritaba:

—¡Somos leales a Calidor!

Thelonius se acercó a Edyon y lo abrazó. Se giró hacia sus vasallos.

—Mi hijo fue lo suficientemente valiente para arriesgar su reputación y hasta su vida para cuidar de mí. No podría desear un mejor hijo y Calidor no podría añorar un futuro mejor que con él a su cuidado. Le debo mi vida.

Y Edyon se encontró junto a su padre, con las rodillas temblando por la conmoción. Mientras miraba a la nobleza alrededor del recinto, sus ojos se posaron en el cuerpo ensangrentado del guardia que Regan había asesinado, y las palabras de Madame Eruth volvieron a él.

Ahora veo muerte a todo tu alrededor.

CATHERINE

RUTA COSTERA,
NORTE DE PITORIA

Vuela hacia tu amor, como tu amor vuela hacia ti.

Proverbio de Pitoria

L os jinetes encontraron a Catherine en el trayecto, a medio camino entre la costa y el campamento, tres cabezas azules de la casa del rey. Cuando se acercaban, Catherine
aminoró la velocidad de su caballo. Traían noticias urgentes,
era claro. ¿Pero serían buenas o malas? El líder de los jinetes
se acercó directamente a ella, asintió en un gesto respetuoso
y le entregó un mensaje.

—Del general Davyon, Su Alteza.

Los dedos de Catherine se movieron con torpeza al romper el sello y abrir la carta.

*La operación fue un éxito. Savage está complacido. El rey
está descansando, pero sus primeros pensamientos al desper-
tarse fueron para Su Alteza.*

Davyon

AMBROSE

MESETA NORTE,
PITORIA

Con las primeras luces del amanecer, Ambrose abandonó el campamento al mando del Escuadrón Demonio y tomaron dirección al norte. Su partida fue discreta. Catherine aún no había regresado de la costa, Davyon se había despedido antes y casi nadie más sabía de su misión, que era justo lo que Ambrose planeaba.

En el campamento había sentido como si una gran ola de melancolía se elevara sobre él, como si se estuviera acumulando una gran cantidad de agua, lista para caer. Sin embargo, la ola iba retrocediendo mientras más al norte avanzaba. Mientras más lejos estaba del campamento, de Tzsayn y de Catherine, mejor sentía que podía respirar de nuevo.

Cabalgaron rápidamente hasta el río Ross y luego a lo largo del camino del río, hasta Hebdene, donde dejaron los caballos, cruzaron el viejo puente de madera y comenzaron la inclinada pendiente hacia la Meseta Norte, en dirección al hueco de demonio que Geratan había localizado en su anterior salida.

Los hombres estaban descansados, el clima era bueno y avanzaban a una excelente velocidad. Una vez en la meseta,

Ambrose envió cuatro hombres al frente para explorar y dispuso el resto en dos columnas paralelas. Marcharon en silencio, como se habían entrenado, pero interpretando sus señales de mano, Ambrose supo que la mayoría de los hombres esperaba encontrarse con algunos soldados de Brigant antes de llegar al hueco. Estaban ansiosos por combatir, ¿y contra quién mejor que los invasores de su tierra?

—Sucederá bastante pronto —murmuró Ambrose para sí mismo—. "Matar o morir" —ése era un viejo lema de Brigant.

Y él mataría a sus compatriotas, a cualquiera que respaldara a Aloysius.

—Piensa en Tarquin —aunque odiaba recordar el cuerpo torturado de su hermano, se obligó a hacerlo—. No puedo ser débil. No puedo dejar que estos momentos de desánimo me abrumen. Tengo que seguir luchando. Piensa en Anne. Piensa en todas las personas a las que Aloysius ha hecho daño. Tarquin debería estar ahora ayudando a mi padre a supervisar la cosecha, guiando a las personas que viven en nuestra tierra. Anne debería estar viajando, estudiando o enamorándose.

Amor...

Y no pudo evitar pensar en lo que sentía que debería estar haciendo él mismo.

—Protegiendo a la mujer que amo. Protegiendo a la princesa. Sólo que ahora es una reina y no desea mi protección.

Geratan empezó a caminar a su lado, con una mirada peculiar en el rostro.

—¿Estaba hablando solo? —le preguntó Ambrose.

—Sí, pero en el idioma de Brigant.

—Maldición.

Les digo a los hombres que deben permanecer en silencio y termino hablando solo en voz alta.

—¿No deseas detenerte y descansar?

—No. Quiero ir más rápido.

Geratan sonrió.

—Entonces, en movimiento —comenzó un trote suave.

Ambrose lo siguió. Para eso vivía: acción, un propósito. Era lo que necesitaba ahora más que nunca.

Hicieron un progreso considerable en su camino y descansaron la primera noche sin encender fuego. Ambrose compartió la primera ronda de vigilancia, luego se recostó a dormir, pero despertó al amanecer. Sus primeros pensamientos fueron para la misión, no para Catherine, lo cual era una buena señal. Tampoco sintió la ola de depresión aproximándose: otra buena señal.

Se puso en pie y caminó alrededor del pequeño campamento, comprobando que se hubiera efectuado el cambio de guardias como se había estipulado y que todo estuviera en orden. Luego se dirigió al arroyo. Se agachó para tomar entre las manos un poco de agua cuando apareció un pequeño ciervo. Ambrose se quedó inmóvil. El ciervo lo miró. Quizá nunca antes había visto a un ser humano. Ambrose permaneció muy quieto mientras el ciervo bebía agua. De pronto se escuchó desde el campamento el ruido de un casco que caía al suelo y el ciervo dio un brinco y se alejó veloz.

—No es que mis discretos soldados y yo seamos tan silenciosos —farfulló Ambrose.

Partieron de nuevo y por la tarde ya se encontraban cerca de su destino. Geratan le hizo una señal con la mano a Ambrose:

Hueco de demonio. Trescientos pasos.

Bien, pensó Ambrose. *Pero ahora viene la parte difícil…*

Un hueco de demonio significaba un demonio. Y Ambrose necesitaba entrar sin matarlo. Tenía la intención de incitar a salir al demonio y usar redes y sogas fuertes para atraparlo. Así era como los soldados de Brigant habían obtenido acceso: capturaron a un demonio y lo aprisionaron en el hueco para asegurarse de que el túnel no se cerrara. No se sentía bien actuar como el ejército de Brigant, pero ni a Ambrose ni a Geratan se les ocurría otra manera. La tropa había practicado, aunque no con un demonio real, por supuesto. Necesitaban hacerlo bien: el túnel debía permanecer abierto como ruta de escape para cuando terminaran su misión.

—Prepara la trampa, Geratan. Sabes qué hacer. Atrae al demonio hacia aquí. Haremos todo lo posible para no lastimarlo.

Geratan asintió. Se había ofrecido como voluntario para atraer al demonio; sabía cómo entrar en el mundo de los demonios y qué esperar de ese sitio. Pero ¿sería capaz de correr lo suficientemente rápido? Era fuerte y ágil, pero no el más veloz de los hombres.

Los hombres instalaron las redes, Geratan revisó todo y luego estrechó la mano de Ambrose, diciendo:

—Parece que no tengo otra cosa que hacer que ir a ver a ese demonio.

—Estaremos listos.

Los hombres esperaron en sus posiciones en silencio mientras Geratan se deslizaba a ras de tierra hacia el hueco del demonio.

Silencio. No había canto de aves. No había viento.

Ambrose esperó. Y esperó.

Y esperó.

¿Por qué tardaba tanto? ¿Estaría Geratan teniendo problemas para entrar?

Quizá ya el demonio lo partió en dos.

Justo en ese momento, Ambrose escuchó pasos.

¡Lo hizo!

Geratan apareció trotando. No era la velocidad ideal para huir de un demonio. ¿Qué estaba pasando?

—Tenemos un pequeño problema —dijo Geratan—. El hueco ya no está. Miré por todas partes en las cercanías, pensé que tal vez lo había pasado por alto, y revisé toda el área en vano. Desapareció.

Ambrose soltó una maldición. Tendrían que encontrar otra forma de entrar en el mundo de los demonios.

—¿Cómo encontraste aquella vez el hueco de demonio que estaba aquí?

—Recorrimos de lado a lado toda esta parte de la meseta hasta que lo encontramos.

—¿Cuánto tiempo les tomó?

Geratan hizo una mueca.

—Una semana.

Ambrose soltó de nuevo una maldición, pensando en la semana que tanto había insistido que dedicaran para entrenar a los hombres antes de partir. No tuvo en cuenta la posibilidad de que tuvieran que encontrar un hueco diferente. Ahora estaban en la meseta con raciones sólo para un par de días y sin ninguna idea de dónde empezar a buscar.

TASH
TÚNELES DE LOS DEMONIOS

De nuevo, Tash estaba abriendo un túnel con el poder de su mente.

Esta vez mantenía en su recuerdo una imagen de Cristal sola y dormida. El túnel se veía diferente ahora, estallaba por momentos, como si sólo funcionara cuando aquella chica estaba dormida o sola. Era un viaje lento.

No es una carrera. Lo importante es alcanzarla cuando esté sola, no rodeada por la mitad del ejército de Brigant.

Así que Tash sólo seguía avanzando cuando Cristal dormía, y descansaba cuando la chica estaba despierta. Entre tanto Tash planeaba lo que haría cuando la encontrara.

Me acercaré sigilosamente cuando esté dormida. Le pondré el cuchillo en la garganta. La despertaré. La interrogaré. Y averiguaré lo que está pasando con los demonios.

No parecía un plan muy factible, pero, claro, se recordaba Tash, ahora abría los túneles atravesando la piedra con el poder mágico de los demonios, así que ¿quién podía saber de qué era capaz?

El túnel se había curvado mucho hacia abajo al inicio, pero ahora era plano. Tash tenía la sensación de que estaba cerca, mientras en su mente cambiaba la imagen durmiente de Cristal, como si el túnel le estuviera mostrando lo que tenía delante. En la siguiente visión, Cristal estaba dormida sobre una manta en el suelo, y detrás de ella se veía una especie de jaula y...

La piedra que Tash tenía enfrente se abrió.

¡Funcionó! ¡Ahí está!

Tash dio un paso hacia atrás, necesitaba prepararse.

Bien. Vamos Cristal. Revisa que no haya alguien cerca.

Despacio, Tash se inclinó hacia el frente para asomarse a través de su hueco.

Se abría hacia una especie de cámara de piedra, iluminada por el mismo brillo que alumbraba todos los túneles de los demonios, pero aquí el resplandor era más púrpura que rojo. Había una pequeña entrada abajo, a la derecha de Tash, y en el fondo, a la izquierda, había una jaula con gruesos barrotes y una inmensa cerradura. No había soldados. La única persona allí era Cristal, que estaba dormida sobre su manta, tal como aparecía en la visión de Tash. Y apiladas hasta arriba dentro de la jaula...

Botellas. Contenedores de un resplandor púrpura.

¡Mierda! ¡Éste es el depósito de humo!

Tash dio otro paso hacia atrás.

Bueno. Tranquila. Piensa. Esto cambia las cosas. Si puedo pasar junto a ella, puedo llegar hasta las botellas y dejar salir el humo.

Tash imaginó que la hendidura en la piedra se expandía y de inmediato sucedió. Empezó a caminar despacio, miró a la derecha —ni un soldado— y avanzó lenta y sigilosamente hacia la jaula.

Cristal estaba tendida frente a la jaula, con una delgada manta sobre los hombros huesudos. Su cara parecía relajada, aunque estaba pálida y tenía círculos oscuros debajo de los ojos. Al mirarla de cerca, le pareció mayor de lo que Tash había pensado; tal vez un poco mayor que la princesa Catherine. Sólo parecía joven al verla de lejos porque era muy pequeña y enjuta. Estaba recostada cerca de la puerta de la jaula, que tenía un enorme candado, y la llave no se veía por ahí cerca.

Apuesto a que el comandante la tiene.

Tash quedó inmóvil, sin saber qué hacer.

Incluso sin abrir la jaula, podría tratar de romper todas las botellas desde afuera.

O si primero inhalo un poco de humo, podría volverme lo suficientemente fuerte para doblar los barrotes. Eso sería más fácil. Y muy útil si alguno de esos soldados asoma por aquí la nariz.

Sólo había inhalado humo una vez, en el castillo de Rossarb, cuando arrojó una lanza más lejos que todos los demás. La sensación de fortaleza que aquello le había dado era asombrosa, pero también extraña y, de alguna manera, antinatural. No obstante, una pequeña cantidad ahora no le haría daño.

Tash levantó el pie derecho para pasarlo por encima de la chica y lo apoyó sobre una de las barras horizontales de la jaula. Se afirmó bien en su posición y se inclinó hacia delante, estirando el brazo tanto como podía dentro de la jaula. Rozó con la punta de los dedos la botella más cercana.

¡Sólo un poco más!

Tash se estiró y volvió a tocar el frasco. Éste se tambaleó peligrosamente.

Tash sacó el brazo. No podría alcanzar nada desde ahí.

Con mucho cuidado, volvió a intentarlo. Se estiró un poco más, y logró cerrar los dedos sobre el cuello de una botella. Pero había olvidado que el humo era pesado y que tenía las manos sudorosas por los nervios y el calor. La botella comenzó a resbalarse.

¡Mierda!

Tash bajó la botella con suavidad hasta el suelo, en el interior de la jaula, y trató de nuevo, sujetándola mejor. Jaló la botella hacia ella, pero no cabía entre los barrotes.

¿Es una broma?

Volvió a intentarlo, dándole vueltas a la botella, pero seguía siendo demasiado ancha. Y ahora se estaba resbalando de nuevo. Trató de bajarla con suavidad, pero esta vez la botella tocó el suelo y produjo un ligero tintineo.

Tash se quedó paralizada.

Cristal se dio la vuelta todavía dormida y se estrelló contra el pie izquierdo de Tash.

Un instante después, la chica se encontraba sentada, gritando como si tuviera una campana dentro y Tash se lanzó hacia ella, la empujó al suelo y le cubrió la boca con una mano, mientras aferraba su cuchillo con la otra y lo ponía contra su garganta.

Tash miró de reojo hacia la entrada, preparándose para la llegada de los soldados. Pero nadie apareció. Todo volvió a quedar en silencio.

Tash se volvió hacia Cristal, que no estaba oponiendo resistencia; sólo la miraba fijamente con disgusto. Sus ojos brillaban como la plata, con un resplandor más enceguecedor que el de los ojos de Marcio.

¿Quién es Marcio?

Una vocecita de niña llenó la cabeza de Tash, y por poco suelta el cuchillo.

A ti qué te importa quién es Marcio. Mi nombre es Tash y tengo un cuchillo contra tu garganta.

Eso lo puedo ver, cerebro de guisante.

Si haces el menor ruido, te mato. Tash movió la mano que tenía sobre la boca de la chica, para apoyar todo su peso sobre el hombro de ella.

¿Estás tratando de llegar hasta el humo? Necesitas una dosis, ¿cierto?

No. Detesto esa cosa. Quiero la llave de la jaula. Para liberar el humo.

Pero ¿por qué querrías hacer algo así?

Porque no es de ustedes. No debieron haberlo tomado.

Tash esperó una respuesta, que no llegó. Tuvo que bajar la vista para revisar si su mano todavía estaba sobre el hombro de Cristal. La estaba tocando, piel contra piel. ¿Por qué no podía oír sus pensamientos?

Raro, ¿no es cierto? Pero tú en cambio no sabes guardar silencio. Tu pequeño cerebro de guisante está dando vueltas por todos lados. Eres como un pollo sin cabeza.

Si no tengo cabeza, no puedo tener cerebro de guisante, así que ya deja de decir tonterías.

Y de pronto Tash tuvo una visión: un pollo sin cabeza corriendo en círculos.

¡Basta!

Tash empujó el cuchillo contra el cuello de Cristal, pero la chiquilla sonrió y en la visión de Tash aparecieron más pollos, todos sin cabeza y corriendo en círculos, docenas de gallinas.

¡Basta! Eres tú la que se quedará sin cabeza si no tienes cuidado.

Si tuvieras la intención de matarme, ya lo habrías hecho. No sé qué es lo que buscas en realidad, pero no eres muy buena para obtenerlo. No eres muy buena para nada, ¿cierto, cerebro de guisante?

Puedo atravesar la piedra con mi mente.

Al oír eso, Cristal frunció el ceño y sus ojos se clavaron en el túnel que Tash había abierto.

Tash alzó las cejas.

Entonces no soy tan cerebro de guisante, ¿cierto?

Pero no obtuvo respuesta; lo único que se oía era una especie de extraño vacío. Era como si Cristal estuviera conteniendo todos sus pensamientos para ocultarlos de Tash mientras reflexionaba sobre el asunto. Por fin volvió a hablar.

Así que te agradan los demonios, ¿cierto?

Sí. Y quiero saber qué les está pasando. Tú lo sabes, ¿cierto?

Hay uno en especial, ¿no es así? Puedo ver que estás tratando de no pensar en él. Ah, claro, ya le diste un nombre: Girón. ¡Qué ternura! ¿Le dices así porque es la manera en que mata a la gente, girando su cabeza hasta arrancarla?

¡No! Se llama Girón por las marcas de la cara. Él es…

¿Él es qué? ¿Un demonio bueno? Ay, pero veo que te encerró en una cárcel de piedra. Tal vez no sea tan bueno después de todo, ¿cierto?

Girón no me encerró. Y en todo caso, escapé.

Cristal volvió a guardar silencio, pero no por tanto tiempo esta vez.

¿Cómo lo haces?

Tash sonrió. Se había estado preguntando por qué esta chica no había pedido ayuda ni había tratado de liberarse: quería tanta información de Tash como Tash de ella.

Puedo obtener información directamente de tu cabeza sin esos idiotas. Si vienen ellos, quizá te degüellen.

Tal vez puedas obtener información de mi cabeza, pero eso no significa que seas capaz de atravesar la piedra como yo. Supongo que tengo ese don.

¿Y en qué consiste?

Primero tienes que contarme tú sobre los demonios. ¿Cuántos quedan? ¿Qué están haciendo?

Hemos matado unos cuantos, pero la mayoría está escondida. Todo es muy aburrido. Los soldados arrojan cadáveres al hoyo central; de allí salen nuevos demonios. Los matan y el humo es recogido y almacenado aquí. El comandante Fallon está contento.

Fallon. ¿Ése es el soldado con el que siempre estás?

Yo no estoy siempre con él; él está siempre conmigo. No sabría qué hacer si no fuera por mí. Es otro cerebro de guisante. Sólo anhela humo, más y más humo.

Y tú le ayudas a conseguirlo.

Ellos necesitan el humo para librar su guerra. Y necesitan mucho. Deberías haber visto la jaula la semana pasada. Estaba hasta el techo, antes de que lo enviaran a sus brigadas. También se está volviendo más fácil de reunir; la cantidad de humo en el núcleo está aumentando y los nuevos demonios nacen cada vez más rápido. Lo cual, según veo, es algo que te interesa…

Cristal sonrió. Tenía los dientes podridos y sus ojos brillaban con una luz púrpura, como los de un demonio. Luego frunció el ceño.

Mis dientes no están podridos.

Sí que lo están. Pero los demonios se están arrojando voluntariamente dentro del núcleo de humo. Los vi. ¿Por qué hacen eso?

La chica esbozó una sonrisa.

Bueno, esa información es demasiado valiosa para alguien como tú.

Dime y te enseñaré cómo abrir un túnel con la mente.

No hay trato, cerebro de guisante. Estoy segura de que es divertido abrir los túneles así, pero pronto voy a irme de aquí y nunca volveré a entrar en un túnel.

¿Te irás después de que hayan matado a todos los demonios? ¡Tú y esos horribles soldados!

Si yo no los ayudara, encontrarían a alguien más. En todo caso, ¿por qué no debería hacerlo? Cuando termine todo me van a pagar tanto que nunca tendré que volver a trabajar. Podré comer y beber lo que quiera, nunca tendré que trabajar, no volveré a sentir hambre jamás y hasta un poni podré montar.

Hay gente muriendo, el mundo está en guerra ¡y tú quieres un poni!

Cristal soltó una risita desdeñosa.

Siempre hay gente muriendo. El mundo siempre está en guerra. Los de Calidor nos traicionaron y mi pueblo fue destruido. Pero los abascos mantenemos viva nuestra historia en nuestra pequeña comunidad de esclavos. Trabajé en las minas de Brigant durante años, fui esclavizada por mis dueños en cuanto pude gatear. Escapé y no volveré. Y creo que si quiero un poni, voy a montar uno.

Tash también quería salir de ahí.

No obstante, hay un pequeño problema, cerebro de guisante. No escaparás de los soldados de Brigant. Te harán trizas. Y yo veré cómo arrojan tu cuerpo al núcleo y esperan a que salga un diminuto demonio con cerebro de guisante al que yo misma mataré.

Y con esas palabras, Cristal sujetó el brazo de Tash y empezó a gritar. El ruido llenó la caverna de un horrible estruendo metálico.

Tash se liberó de las garras de la chica y corrió hacia su túnel, al cual alcanzó a llegar justo en el momento en que aparecía un soldado. Luego siguió corriendo, perseguida por los gritos del hombre.

Tash tenía la ventaja de que el túnel había sido hecho por ella y para ella, así que era pequeño y estrecho, y la voz del soldado pronto se fue desvaneciendo a sus espaldas. Cuando llegó hasta la terraza del nivel medio donde había comenzado, se asomó a echar un vistazo dentro de la caverna. Había soldados justo debajo, y se dirigían hacia ella. Debía encontrar su túnel para volver a la superficie. Tenía que salir de ahí.

Casi había llegado cuando oyó un estruendo fuerte y agudo. Al otro lado de la caverna, Cristal estaba con Fallon señalando en dirección a Tash con una expresión de regocijo.

Tash se apresuró a entrar en el túnel y corrió con todas sus fuerzas.

CATHERINE

CAMPAMENTO REAL, NORTE DE PITORIA

Con amor y amistad el matrimonio florece y fructifica.

Proverbio de Pitoria

Catherine apenas si se había despegado de Tzsayn desde su regreso al campamento. Se estaba recuperando, aunque Catherine sospechaba que mentía sobre el grado de dolor que estaba sufriendo. Pero también era evidente que se sentía feliz y ella también. Aun cuando el reino estaba en guerra y había mucho que temer, Catherine sentía un júbilo que nunca antes había experimentado. Sabía que su futuro con Tzsayn era lo indicado y que juntos lograrían sortear todos los obstáculos que se les atravesaran.

Desde luego, eso no quería decir que no tuvieran discusiones.

—No necesitamos casarnos de inmediato —dijo Tzsayn.

—¡Pero tú eras el que me estaba insistiendo en que debía decidirme pronto!

—Íbamos a esperar hasta la coronación… y sólo podré seguir adelante con esa ceremonia cuando me encuentre totalmente repuesto. Savage dice que me cortará la otra pierna si me esfuerzo demasiado.

—Pero yo quiero casarme ahora. No será una ceremonia pública. Sólo nosotros. Para hacerlo real... aunque sea en privado.

—Ah, pero yo sé lo estricta que es con la ley, magistrada Catherine.

—¿Y ahora estás tratando de librarte? ¿Por qué te muestras tan reticente?

Tzsayn sacudió la cabeza.

—No es reticencia.

—Sí lo es.

—Yo... me gustaría volver a sentirme más... como yo mismo. Quiero que me ames, no que me compadezcas.

Catherine tomó la mano de Tzsayn y la besó.

—Yo te amo. Con toda mi alma. Y no te compadezco en lo absoluto. Dijimos que hablaríamos con sinceridad y eso es lo que hago. Me preocupa que estés tan adolorido y lo difícil que será tu vida con una sola pierna, pero sé que encontrarás la forma de adaptarte. Y yo haré todo lo que pueda para ayudar. Pero necesito que creas lo que voy a decirte. El matrimonio ahora es lo correcto.

—¿Ahora?

—Mañana. Ya están ajustando mi vestido. Estará listo por la mañana.

Y así, a la mañana siguiente, después del consejo de guerra, que tuvo que celebrarse como si nada inusual estuviese pasando, Tanya le ayudó a Catherine a ponerse su nuevo vestido y le ofrendó una bandeja con frutas, miel y queso.

Catherine sintió que sus ojos se llenaban de lágrimas. En Brigant, la madre de la novia le llevaba el desayuno el día de la boda: su última comida como soltera.

—Gracias, Tanya, había olvidado esa tradición. Es bueno tener conmigo algo de mi hogar.

—No todo lo de Brigant es malo.

—Pero es extraño saber que mi madre ni siquiera sabe que estoy a punto de casarme.

—Ella sabía que mi señora se casaría con Tzsayn. Aunque las circunstancias son, sin duda, distintas de lo que esperábamos, estoy segura de que les desearía una vida muy feliz juntos. En ese momento llegó un mensajero que les informó que el rey estaba esperando. Y de pronto el corazón de Catherine empezó a latir con fuerza.

—Déjeme verla desde todos los ángulos, Su Alteza —dijo Tanya, mientras caminaba alrededor de Catherine y alisaba el sencillo vestido blanco y plateado.

—¿Ya podemos ir?

—Sí, luce perfecta.

Entonces caminaron juntas hasta la cámara privada de Tzsayn, donde esperaban el rey, el general Davyon y el canciller.

Catherine estaba feliz de ver que, por primera vez desde la operación, Tzsayn se encontraba fuera de la cama. De hecho, se veía radiante en su traje de seda azul, con un ribete de cuero en cuello y puños. En la chaqueta llevaba un botón de witun blanco, la flor que Catherine había elegido como su emblema. Tzsayn estaba sentado en una de las dos sillas que parecían tronos y, en cuanto Catherine entró, se puso en pie con la ayuda de una muleta y de Davyon.

Tanya escoltó a Catherine hasta el otro trono y Catherine se sentó, pues sabía que Tzsayn sólo regresaría a su silla cuando ella estuviera sentada. Catherine le sonrió y él respondió a su sonrisa y la tomó de la mano.

Los documentos ya estaban dispuestos y reposaban sobre una mesa. La redacción era tan ambigua que se podía interpretar que el matrimonio era una confirmación de una apresurada ceremonia anterior, que se suponía había tenido lugar en Rossarb, aunque también implicaba en sí misma una unión válida.

Catherine confirmó su nombre y observó mientras Tzsayn hacía lo propio. Prometió ser una esposa fiel y amar siempre a su esposo, y Tzsayn hizo lo mismo. Luego Tzsayn firmó el documento y Catherine tomó la pluma y escribió su nombre junto al de él.

Tzsayn volvió a tomarla de la mano y la besó.

—Siento una felicidad imposible de expresar con palabras, Catherine.

Catherine sintió ganas de reír a carcajadas por lo feliz que se sentía y murmuró:

—Te amo.

—Y yo a ti —Tzsayn la atrajo hacia él y estuvo a punto de caer de la silla, pero también estaba riendo, mientras Davyon lo ayudaba a recuperar el equilibrio.

El canciller carraspeó.

—Bueno, ahora los dejaré solos, Sus Altezas.

Davyon también se disculpó, al igual que Tanya. Luego sirvieron una cena sólo para Catherine y Tzsayn.

—¿Crees que alguno de los sirvientes sospeche?

—En lo que a mí respecta, ésta es una cena para celebrar mi recuperación y la compra de unas naves que habrán de ayudarnos enormemente.

Catherine fingió un gesto de reproche.

—Nada de hablar de naves en esta velada. Por favor.

—De acuerdo, siempre y cuando tú no preguntes por mi pierna. Que va bien, por cierto. Savage hizo un buen trabajo.

—¿Ni siquiera estás cansado?

—Estoy feliz de haberme levantado de esa condenada cama y de estar usando ropa normal de nuevo. Pero, sí, como prometí ser honesto contigo, estoy un poco cansado, pero muy, muy feliz.

Hablaron hasta que se hizo de noche, cuando trajeron más comida, encendieron las velas y esparcieron pétalos de rosa en el suelo.

—Todo el mundo parece particularmente solícito —dijo ella, mientras sentía como si estuviera casi en un sueño.

—Eso espero. Soy el rey. Y tú, la reina —Tzsayn sonrió de oreja a oreja—. Y también somos marido y mujer —dijo, al tiempo que se inclinaba hacia ella y la besaba en los labios—. Y espero que seamos felices.

—Muy felices. Aunque todavía no consigo creer que sea cierto.

El consejo de guerra de esa mañana parecía haber tenido lugar hacía siglos y la mayor parte del tiempo Catherine había logrado no pensar en los enfrentamientos. El tiempo que pasaba sin pensar en la guerra era como un precioso regalo. Así que miró a Tzsayn y dijo:

—Si soy honesta, que es lo que prometí, estoy un poco nerviosa.

—Yo también.

—¡Imposible!

—No ocurre con mucha frecuencia —dijo él, inclinándose de nuevo para besarla—. Y espero que esto ayude: eres mía. Y yo soy tuyo. Nos pertenecemos —Tzsayn colocó la mano en la cintura de Catherine y la atrajo hacia él—. Para siempre.

Catherine acarició su mejilla con la punta de los dedos, es decir, la mejilla sana, que tenía una piel perfecta.

—A pesar de todos los defectos de mi padre, y no voy a desperdiciar nuestro tiempo enumerándolos, él te eligió como mi marido. Y acertó al hacerlo. Lo hizo por motivos erróneos, pero eligió al hombre indicado para mí.

Tzsayn se estremeció.

—No quiero pensar en él esta noche. Tener una noche libre de ese monstruo será bienvenida.

—Tienes razón. Ésta no es la noche para hablar de él. Esta noche es para nosotros —Catherine sonrió y acarició la mejilla de Tzsayn, esta vez la que tenía la enorme cicatriz. Se sentía suave pero irregular, como cera derretida. Tzsayn giró la cabeza de modo que sus labios se encontraran y volvieron a besarse, uniendo sus lenguas, con los brazos de él alrededor del cuerpo de ella y las manos de ella apoyadas en la espalda de él.

Tzsayn empezó a desabotonarse la chaqueta con dedos temblorosos.

Catherine comenzó a reír, mientras trataba de ayudar y decía:

—La iluminación de los candelabros ofrece un ambiente muy acogedor, pero no veo lo suficiente para ayudarte con esto.

Al final, Tzsayn logró liberar el último botón y se quitó la chaqueta. Se sacó la camisa por encima de la cabeza y dejó al descubierto su torso, tan lleno de cicatrices como el rostro.

—No tiene el más agradable de los aspectos, pero espero que no te moleste demasiado —dijo.

Catherine sonrió y deslizó su dedo por el delgado abdomen de Tzsayn, trazando una línea entre la piel con cicatrices y la sana. Los músculos de Tzsayn se estremecieron. Era un hombre hermoso.

Y entonces, él le dio la vuelta a ella y desató lentamente las cintas de su vestido, besándola en el cuello después de cada tirón. Y poco a poco Catherine pudo sentir cómo se aflojaba su vestido.

—Te amo —le dijo en el momento en que desataba el último lazo.

AMBROSE
MESETA NORTE, PITORIA

Llovía a cántaros y Ambrose tenía barro hasta las rodillas. La misión era un desastre y se estaba poniendo peor. Hacía dos días que habían llegado al hueco de los demonios, sólo para descubrir que ya no estaba. Desde entonces habían deambulado por la Meseta Norte en busca de otro hueco, pero sin éxito. Los hombres estaban cansados, con frío y con hambre, pero lo único que podían hacer era seguir caminando. Ambrose tenía ganas de gritar por lo frustrado que se sentía, pero estaba demasiado agotado.

Sentado junto a la luz de una pequeña hoguera, esa noche Ambrose observó a sus soldados y pudo ver que habían empezado a perder la convicción. Todos estaban en silencio y hasta Anlax se había quedado sin bromas. ¿Acaso aquí terminaría la batalla de Ambrose? ¿Perdido en la Meseta Norte y muriendo de hambre?

Geratan parecía particularmente derrotado cuando se acercó a Ambrose.

—Lamento haberte arrastrado a este desastre.

Ambrose negó con un movimiento de cabeza.

—No tenías manera de saber que el hueco se iba a cerrar —ni siquiera el mismo Ambrose había pensado en que eso pudiera pasar. Él era el líder, debería haber considerado todas las posibilidades cuando estaba planeando esta misión. Era el responsable. ¿Acaso había estado demasiado absorto en su propia desgracia, sus propios problemas personales? Dependía de él encontrar una solución.

—Sólo tenemos comida suficiente para dar media vuelta ahora mismo y regresar al campamento. Pero si nos reaprovisionamos y regresamos, tal vez nos tomará más de una semana encontrar un hueco de demonio.

"Llegaremos demasiado tarde para impedir que los soldados de Brigant consigan más humo y lo envíen a su ejército.

Sin embargo, si nos quedamos aquí, corremos el riesgo de morir de inanición antes de encontrar otro hueco.

Geratan formó una mueca de desagrado.

—Las dos opciones son terribles. ¿Por cuál te inclinas?

—No lo sé —contestó Ambrose. Pero sí lo sabía. Tendrían que regresar. Su misión había fracasado.

EDYON

CALIA, CALIDOR

Edyon estaba con Byron en su terraza sobre el océano. Los edificios blancos de Calia se destacaban a lo lejos. Edyon observó el paisaje y luego a Byron. Hacía un día precioso y la vista era gloriosa, y Byron era indescriptiblemente atractivo.

—Gracias, de nuevo, por inhalar el humo y salvar nuestras vidas —le dijo.

Byron sonrió con timidez.

—Su padre me lo pidió. Dijo que tal vez no sería necesario. Lamento que lo haya sido.

—Yo también lo lamento —repuso Edyon. Aunque tal vez no estaba tan apesadumbrado. Ahora era visto como un héroe y su padre estaba a salvo de los traidores.

—Todavía hay algo que no entiendo de su lado de la historia —dijo Byron.

—¿Qué no entiendes?

—Sobre todo, la parte del robo del espejo. Quiero decir, ¿cuál era exactamente la razón para que Su Alteza estuviera en la habitación de Regan? ¿Acaso sospechaba de él?

Edyon negó con un gesto.

—Ay, no. En verdad estaba ahí robando un espejo.

—Pero... ¡no puedo creer que mi señor sea un...! ¿Acaso no tenía espejo en su habitación?

—¿Crees más en mi vanidad que en mi afición por el robo?

Byron sonrió y encogió los hombros.

—La verdad es que tengo una compulsión por robar —Edyon detestaba incluso admitirlo—. Obviamente, no me siento orgulloso de eso y es difícil de explicar, pero a veces siento la urgencia de tomar algunas cosas. Y no sé si es porque soy muy débil o porque estoy lleno de defectos, pero siempre cedo a la tentación. Todas las veces. Nunca sé cuándo va a ocurrir. Pero llevo mucho tiempo robando, casi desde que tengo recuerdos. Hace poco dejé de hacerlo, por un tiempo corto... Había alguien... me ayudaba a no robar.

Byron alzó las cejas.

—¿Alguien?

Edyon respiró profundo. Ahora debía ser realmente sincero. Ahora debía decirlo en voz alta.

—Un joven. Yo lo amaba.

Al ver que Byron no empezaba a gritar horrorizado, Edyon continuó:

—Servía a mi padre en palacio. Es una historia larga y complicada, pero el destino nos condujo a los dos a Pitoria. Pasamos muchas dificultades y me enamoré de él.

Edyon observaba a Byron para comprobar su reacción.

Los ojos de Byron mostraban interés y preocupación.

—El amigo que lo ayudó en todas sus dificultades. El que escapó con Su Alteza por la Meseta Norte.

—El mismo. Su nombre es Marcio.

—Y mi señor amaba a Marcio, pero ¿él?, ¿él no lo amaba?

—Ésa es una muy buena pregunta. Creo que sí. Pero no era tan sincero con respecto a sus sentimientos como yo.

—No muchas personas lo son, Su Alteza.

—Él era todo lo contrario a mí, de hecho, pero me salvó la vida en varias ocasiones, y me enorgullece decir que yo también lo ayudé a resistir terribles sufrimientos —los ojos de Edyon se llenaron de lágrimas al recordar a Marcio tumbado de dolor, después de haber sido torturado en Rossarb.

—¿Y dónde está ahora?

—No estoy seguro. Desapareció.

—Ah... él. He oído rumores.

Edyon asintió con un gesto y sintió náuseas.

—Estoy seguro de que debes haber oído todas las habladurías de la corte sobre él y sobre mí.

Byron negó enfáticamente.

—No. No sobre ese chico y Su Alteza, sino sobre cómo atacó a Regan. Escuché que fue Thelonius quien se compadeció de Marcio, que de hecho Thelonius lo valoraba como criado, pero tuvo que mandarlo lejos.

—La verdad es que le pedí a mi padre que lo liberara de sus deberes. En efecto, trató de matar a Regan; aunque ahora no parecería un crimen tan grave —en ese momento, Edyon pensó en Regan, encerrado en un calabozo en Birtwistle. Había muerto esa primera noche a causa de sus heridas y Edyon sintió compasión porque había estado solo, en una celda fría y miserable. ¡Era increíble cómo podían cambiar las cosas por completo y nadie podía predecir el futuro!

—¿Tal vez Marcio podría regresar ahora?

Edyon trató de sonreír.

—Eso me gustaría mucho, pero la verdad es que partió y no creo que quiera regresar.

—¿Puedo preguntar si fue su primer amor?

—No fue el primero. Pero... sí el único que me hizo dejar de robar —luego Edyon le preguntó a Byron—: ¿Y tú? ¿Te han roto el corazón alguna vez?

Byron asintió.

—Una vez. Era mucho más joven y, tal vez, mi corazón es hoy más fuerte gracias a eso. Fue un rompimiento sencillo, tanto para la relación como para mí. Él me dejó por otro.

¡Él! Bueno, ya lo había adivinado, no eran malas noticias.

—Lamento mucho el dolor que sufriste, Byron. Y, tal vez, al final mi corazón también se fortalezca.

Byron era una buena persona, pensó Edyon. Valiente, considerado y, desde luego, apuesto. ¿Sería tan malo establecer una relación íntima con un hombre así? Edyon se sonrojó al escucharse decir:

—Todavía amo a Marcio, pero eso se acabó y necesito encontrar una manera de combatir la soledad que siento. ¿Te quedarás conmigo, Byron? ¿Me harás compañía?

Byron se volvió hacia Edyon, hizo una venia, besó su mano y dijo:

—Haré todo lo que pueda.

MARCIO

SUR DE BRIGANT

Desde la visita de Noyes al campamento, Harold había invertido más tiempo en sus artilugios metálicos. Ya estaban construidos todos los puentes, pero había que ponerlos a prueba. Las brigadas habían descubierto, y luego perfeccionado, la mejor técnica para levantarlos, extenderlos y dejarlos caer casi en un solo movimiento. Ahora podían hacerlo con tanta rapidez que incluso mientras instalaban las pasarelas, los primeros chicos ya estaban lanzándose al aire para aterrizar sobre ellas y atravesarlas.

Los "peldaños" de la pasarela eran láminas planas de metal, colocadas a intervalos considerables, y la pasarela era estrecha para que la máquina no fuera tan pesada, según lo que Marcio había aprendido luego de oír la conversación de Harold con los herreros que las estaban fabricando. En la primera práctica, los chicos habían brincado de un peldaño a otro, pero eso había hecho que la pasarela empezara a sacudirse y el aparato entero se había volcado y lanzado a los chicos al aire. La técnica que usaban ahora era subir con suavidad por un lado de la pasarela, que era estrecha pero plana; si habías inhalado humo, eso era sencillo.

Todos los chicos se estaban volviendo cada vez más agresivos por el uso del humo y con frecuencia estallaban peleas entre ellos. No obstante, con todas las prácticas, el humo empezaba a escasear, al igual que la paciencia de Harold, que en realidad no era mucha.

Por fin, una semana después de que Noyes se marchara, lord Thornlees llegó con sus tropas. Instalaron un campamento separado del de los chicos, lo cual pareció prudente. Lord Thornlees vino al campamento de Harold a entregar el humo y Marcio sirvió vino a los dos.

—Cuando mis brigadas ataquen, tu trabajo será seguirnos. Nosotros tomaremos la muralla y ustedes la defenderán —indicó Harold a Thornlees.

Thornlees frunció el ceño.

—Sí, Su Alteza. Nosotros la defenderemos.

—Sí, sí.

—Aunque no estoy seguro de que podamos usar los puentes de metal que sus chicos emplean. Vi a las brigadas juveniles entrenar y, bueno, la agilidad requerida podría estar más allá de las capacidades de muchos de mis hombres. Y, obviamente, debemos llevar nuestros caballos.

—Ése es tu problema. ¿Acaso quieres que haga todo el trabajo?

—En lo absoluto, Su Alteza. Mi intención es desmantelar la muralla. Tengo hombres para ello.

—Está bien. Derriba lo que sea y abre un camino para los mayores.

Luego despachó a Thornlees, que ni siquiera tuvo tiempo de dar un sorbo a su vino.

Por fin llegó la mañana del avance. El humo se había repartido entre las brigadas. Las pasarelas estaban escondidas en la muralla. Thornlees mantenía su posición, un poco detrás de las brigadas juveniles. Sus hombres estaban listos para unirse al ataque, pero si Harold lograba su propósito, Marcio sospechaba que todo habría acabado antes de que éste llegara.

Marcio ayudó a Harold a vestirse. La única armadura que usaba era un peto que protegía su pecho y su espalda, y esto hacía que su torso pareciera más ancho y brillara con el fulgor de la mañana. Había un sol dorado sobre el corazón de Harold; suponiendo, claro, que tuviera corazón. Harold llevaba dos frascos de humo púrpura, uno a cada lado.

Harold examinó a la Brigada Dorada, pues debían complementar la apariencia del príncipe. Incluso revisó que la espada de Sam estuviera afilada y limpia, y le dio también una lanza.

—Sí, sí, sí. Eres mi estrella, Sam. Y ahora te ves como tal —la sonrisa de Sam fue tan amplia que pareció partir su cara en dos.

Harold volteó hacia Marcio y dijo:

—Tú eres un desastre con la espada, Marcio. Y no eres mejor con una lanza. Así que te mandé hacer especialmente unos cuantos de éstos —Harold estiró la mano, sobre la cual había tres pequeñas piezas de metal, cada una en forma de limón, pero con el tamaño de una nuez grande.

—Gracias, Su Alteza —Marcio no tenía idea qué se suponía que debía hacer con eso.

—Te he visto practicando con tus piedras. Las usaste con gran habilidad contra los otros reclutas en la carrera de reclutamiento. Estos proyectiles los diseñé yo mismo, con una forma adecuada para que vuelen rápido y sean certeros, y con más peso para aumentar el impacto.

Marcio tomó los proyectiles metálicos de manos del príncipe.

—Gracias, Su Alteza.

—Veamos qué puedes golpear con ellos. Inhala humo y arroja uno a... mi pecho.

—¡A su pecho! —Marcio no sabía qué pensar de esa idea—. Pero, Su Alteza, no suelo fallar.

—Pues no lo hagas.

Marcio retrocedió unos pasos. ¿Sería ésta su oportunidad de acabar con el ataque? ¿Matar a Harold y acabar con todo? Marcio se pasó la lengua por los labios.

—Más atrás —gritó Harold.

Marcio se alejó, sintiendo el peso de los proyectiles en su mano. Pero también sentía que las palmas le sudaban.

—Espero que, cuando estés en la batalla, luzcas más amenazante, Marcio. Parece como si estuvieras a punto de orinarte en los pantalones.

Marcio se inclinó para frotarse las palmas de las manos con los pantalones y balbuceó:

—¡Púdrase, Alteza! —luego se enderezó, echó su brazo hacia atrás y lanzó.

El proyectil cortó el aire, volando plano y con fuerza en dirección a la cara de Harold. Pero Harold también había inhalado humo, y sólo movió la cabeza con rapidez hacia un lado.

—Tienes que mejorar tu puntería. Te dije que golpearas mi pecho.

Marcio volvió a lanzar, antes de que Harold tuviera tiempo de decir otra palabra. El disparo golpeó a Harold en el pecho, con un impacto contundente que lo hizo tambalear.

—¡Vaya, vaya, Marcio! Eso dio en el blanco y fue mucho mejor —Harold bajó la mirada hacia su pecho—. Diantres, abollaste mi armadura. Justo en el corazón.

Marcio se quedó helado; afectar la armadura del príncipe y su apariencia era, quizá, más peligroso que hacerle daño. Pero Harold soltó una carcajada.

—Me gusta. Eso muestra que he estado en la batalla. Tengo un saco lleno de proyectiles para ti, Marcio. Serás letal con ellos.

Marcio tenía el último proyectil en la mano. Podía matar a Harold ahí mismo. Podía hacerlo, echó el brazo hacia atrás.

—¡Hey! —dijo Sam, al tiempo que agarraba el brazo de Marcio y le hacía una llave inglesa.

—¡Hey, tú, Sam! ¿Acaso no te gusta que me elogien aunque sea un poco por mis habilidades? No siempre tienes que ser el centro de la atención, ¿sabes?

—No es eso. Pensé que ibas a... —Sam soltó el brazo de Marcio—. No importa.

Marcio podía haber atacado a Harold pero, en realidad, Sam había hecho bien en detenerlo. Thornlees querría apoderarse de la muralla de cualquier manera, y el ejército de Brigant ya estaba en camino para atacar Calidor. La única esperanza de Marcio de serle útil a Edyon era mantenerse vivo y utilizar de alguna forma su posición privilegiada.

Harold salió cabalgando del campamento, con la Brigada Dorada corriendo detrás. Al frente marchaban sus huestes. Los Toros estaban en el centro, con Rashford a la cabeza. Muchos de los chicos tenían el rostro pintado y se habían rasurado la cabeza para dar extrañas formas a su cabello. Ya habían inhalado el humo, por lo visto, y sus líderes habían hecho lo posible por llevarlos en un estado de exaltación.

Harold detuvo su caballo y gritó a los chicos:

—Hoy es un día histórico. Hoy es el día en que nosotros, los jóvenes, mostraremos al mundo lo que somos capaces de conseguir. No necesitamos que hombres mayores nos dirijan ni nos digan qué hacer. Conocemos nuestro poder, nuestra velocidad, nuestra fuerza. Y ahora el mundo también se enterará. El mundo aprenderá a temernos, a no volver a hacernos a un lado. Hoy vamos a invadir Calidor. Nos apoderaremos de la muralla y los Osos la defenderán. Y yo correré con el resto de ustedes hacia Calia.

¿Qué? Ése no era el plan. Eso no era lo que Harold le había prometido a Noyes. Había acordado resistir en la muralla hasta que su padre llegara con sus tropas. Había prometido no seguir hacia Calia.

Los chicos estaban vitoreando enardecidos. Pero Marcio permaneció en silencio, tratando de asimilar las noticias. Giró hacia Sam, que estaba blandiendo su lanza.

—¿Iremos a Calia? ¿El príncipe Harold va a dejar a Thornlees en la muralla?

—Eso parece. Podemos hacerlo. Les demostraremos.

Los ojos de Sam brillaban con entusiasmo.

Harold siguió hablando:

—Calidor será nuestra. Todos los que se crucen en nuestro camino aprenderán a salir huyendo o morirán. Nosotros, los jóvenes, tomaremos Calia. Nosotros, los jóvenes, tomaremos Calidor.

Los gritos y vivas eran ensordecedores.

Harold estaba apoyado en los estribos, con los brazos abiertos y la armadura relumbrante.

—¿Están listos para mostrar al mundo de lo que somos capaces?

Los gritos aumentaron.

—¿Están listos?

Pero Marcio apenas podía oír lo que Harold estaba diciendo ahora, pues los gritos eran atronadores. Harold saltó de su caballo y empezó a correr al frente de los chicos. Marcio y Sam corrieron tras él, y los otros chicos los siguieron tan veloces como el viento en dirección de la muralla.

La primera era la más baja. Aunque sólida e imponente, gracias al humo que tenía en el cuerpo, Marcio la consideraba un obstáculo fácil. Lo que temía era el foso. Si caía en el hoyo cuando estuviera en llamas, salir de allí resultaría casi imposible.

El lugar que Harold había elegido para cruzar la muralla estaba entre dos puntos de vigilancia, pero, gracias al paisaje ondulante, los guardias sólo podrían verlos cuando estuvieran ya muy cerca. Una vez que quedaran a la vista, los chicos tendrían que atacar con velocidad.

Los chicos corrían cada vez más rápido. Delante de Marcio, ya estaban levantando la primera de las cuatro pasarelas. Los Osos y Los Avispones estaban trabajando juntos en eso. Los Avispones escalaron la muralla baja sin dificultad y los Osos levantaron su pasarela, escalaron el muro y luego lanzaron la pasarela formando un arco. Cuando la pasarela se sacudió, se abrió hacia el terreno entre las dos murallas con un fuerte ruido metálico.

Los soldados de Calidor ya estaban corriendo por encima de la muralla principal para defenderse de los invasores. Lanzaron sus primeras flechas contra los Avispones, que estaban atravesando el foso por encima de la primera pasarela. Una segunda pasarela aterrizó sobre el vacío causando un estruendo. La tercera ya se estaba arqueando hacia abajo, cuando uno de los guardias lanzó una antorcha encendida hacia el hoyo que estaban atravesando los Avispones. A ésa le siguieron más antorchas encendidas, mientras la última pasarela se ajustaba en su sitio.

Las flechas llovían sobre la multitud de chicos, mientras éstos lanzaban ganchos de agarre contra la primera muralla baja. Marcio estaba con ellos al pie de la muralla baja y ésta lo protegía de las flechas, pero no sería por mucho tiempo. Harold trepó por una soga y Marcio tuvo que seguirlo. Desde arriba, tenía una vista completa de la batalla. Las llamas en el foso ya se habían expandido y estaban empezando a lamer la parte inferior de las pasarelas.

Los soldados de Calidor estaban usando sus lanzas para voltear la pasarela y arrojar a los chicos al foso. Los arqueros apuntaban a otros chicos en la muralla. Harold desenvainó y corrió a través de la pasarela más cercana, sin mostrar una pizca de vacilación. La Brigada Dorada lo siguió, gritando mientras corría, aunque las llamas rodeaban sus tobillos.

Marcio corrió hacia el otro lado. Apenas podía ver dónde ponía los pies, debido al humo que salía del foso. Cuando la pasarela empezó a inclinarse, su bota resbaló, pero recuperó el equilibrio y siguió corriendo. En seguida atravesó el humo y siguió hacia la segunda muralla. Harold iba delante, blandiendo la espada hacia un soldado de Calidor que lo sobrepasaba en estatura, pero cuya velocidad y fortaleza no le permitían competir con Harold, quien avanzaba por la muralla derribando con facilidad a cada soldado que se encontraba. Los chicos seguían sus pasos y era evidente que la resistencia de los otros se estaba desmoronando con rapidez; algunos de Calidor ya estaban huyendo.

¿Sería tan fácil, en verdad? Habían tardado años en erigir la muralla y se habían necesitado cientos, si no es que miles, de hombres para construirla, además de muchísimo dinero —Marcio recordaba cómo se quejaban los señores de Calidor—, y ahora unos cuantos chicos la habían franqueado en cuestión de minutos.

Harold estaba gritando:

—¡Mátenlos a todos! Cuelguen sus cuerpos para que todos los vean.

Se oyó un grito cuando un soldado de Calidor fue arrastrado hacia el frente y un chico lo atravesó con una lanza; su cuerpo fue arrojado enseguida al aire, mientras los chicos que estaban alrededor reían y celebraban.

Harold continuó:

—Osos, retengan la muralla. Ayuden a Thornlees. Nosotros seguiremos hacia Calia —sin esperar respuesta, el príncipe saltó al territorio de Calidor ayudándose con una cuerda. Sam lo siguió. Marcio miró hacia atrás. A lo lejos pudo ver los banderines del ejército de Brigant; lord Thornlees venía en camino.

Rashford alcanzó a Marcio.

—Bueno, eso fue fácil.

—Yo estaba pensando exactamente lo mismo —contestó Marcio—. Pero ya veremos qué sucede en Calia. Atravesar las fortificaciones del castillo será más difícil que trepar estos muros. Y ya estarán advertidos de que estamos llegando. El fuego de alarma está encendido, al igual que las antorchas en este foso —Marcio hizo un gesto hacia las llamas que salían de uno de los fuertes—. Estarán listos para enfrentarnos.

Marcio miró hacia Calia. Edyon debía estar ahí. Tal vez estaría a salvo. Si Edyon permanecía dentro del castillo, tal vez lo lograría. Y, si no, Marcio haría cuanto estuviera a su alcance para protegerlo. Sabía que eso podía significar que tendría que matar a Harold. Y si las cosas llegaban a ese punto, también sabía que no lograría escapar con vida.

EDYON

CALIA, CALIDOR

Edyon estaba medio dormido, envuelto en una maraña de sábanas sudorosas. Había sido una tarde larga y placentera haciendo el amor, y ahora ya era de noche. Byron era gentil, tierno y quizás el hombre más apuesto con el que Edyon se había acostado. El encuentro había sido delicioso, pero aquello no era amor. Byron era hermoso, pero no era Marcio.

Sin embargo, nunca podré tener a Marcio, así que debo dejar de pensar en él. ¡Sobre todo cuando estoy en la cama con otro hombre!

Byron estaba dormido y respiraba con suavidad. Edyon pasó el dedo por su pecho. ¿Podría amarlo? ¿Podría su corazón seguir adelante sin Marcio? Sin duda, Byron era un compañero de mucha valía. Pero él, Edyon, ¿era digno de Byron? Se suponía que Edyon se casaría —con una mujer— y engendraría hijos: los futuros herederos. El futuro de Calidor dependía de él. Dio un vistazo a su propio cuerpo desnudo. El futuro de Calidor dependía de este cuerpo.

Edyon se levantó de la cama y se acercó a la ventana. La vista abarcaba el mar y la costa hacia el sur. Ésta era su tierra. Tal como había profetizado Madame Eruth, había hecho un viaje difícil a tierras y riquezas lejanas. No obstante, ella no había hablado de felicidad. Edyon había asumido que las riquezas lo harían feliz, pero ahora tenía los ojos llenos de lágrimas, pues había sido Marcio, sólo Marcio, quien lo había hecho feliz.

Debajo de él, en las calles, algunos juerguistas comenzaron a gritar, perturbando sus pensamientos.

Al menos alguien está feliz.

En ese momento, Edyon notó la luz en la colina distante. Y escuchó más gritos, más cerca, dentro del castillo.

—¡Maestro! ¡Maestro! —Talin irrumpió en su habitación pero, al ver a Edyon desnudo, giró hacia la cama y, al ver a Byron desnudo, volteó hacia la puerta. Habló, la voz entrecortada y desesperada, sus brazos aleteaban de manera extraña mientras saltaba de arriba abajo—. El príncipe Thelonius lo ha convocado, Su Alteza. Debe acudir a su presencia de inmediato. Las hogueras arden. Los muros han caído.

Y Edyon supo que a pesar de toda la abundancia y las riquezas que poseía, la muerte seguía estando a su alrededor.

Byron se había incorporado de la cama y se estaba vistiendo. Se acercó a la terraza a mirar.

—Es verdad. La hoguera de la ciudad está encendida —dijo.

Edyon se vistió lo más rápido que pudo y ambos corrieron a la sala de reuniones de su padre. Edyon hubiera esperado que la recámara estuviera llena de pánico y alaridos, pero el lugar estaba sorprendentemente silencioso. Algunos nobles vasallos estaban allí, pero la mayoría había regresado a sus respectivas provincias tras la gira. Edyon se situó al lado de su padre.

Thelonius se dirigió en un tono directo y serio a toda la sala.

—El fuego de la hoguera arde en la muralla. Brigant ataca. Una vez más, nuestros vecinos del norte quieren tomar lo que no les pertenece. Sin embargo, parece que las tácticas de mi hermano han cambiado con respecto a las que usó y con las que fracasó en la última guerra. He recibido un informe enviado con un ave mensajera de que la muralla fue tomada por el ejército juvenil, ochocientos en total. Detrás de ellos vienen las tropas regulares, dirigidas por lord Thornlees, pero ellos apenas alcanzan los dos mil hombres. Aloysius y sus fuerzas no están a la vista. Nuestro ejército es de cinco mil guerreros. Tenemos la fuerza para vencerlos.

—Seguramente enviarán más soldados del ejército principal —dijo el canciller.

—Los informes más recientes de nuestros valientes espías en el norte de Brigant son que el ejército principal aún no se moviliza —respondió Thelonius—. Parece que este ataque tiene por objetivo tomar la muralla y asumir su control. Si lo logran, Aloysius podrá ir al sur cuando quiera. Debemos actuar con rapidez para contrarrestar este ataque, retomar la muralla y asegurar nuestras fronteras. Los puertos están a salvo y no hay señales de una ofensiva por mar. No obstante, como ahora nos encontramos en estado de guerra, todos los pueblos y ciudades deben activar sus procedimientos de defensa: las personas deben estar a salvo dentro de las fortificaciones de sus ciudades y pueblos, y todos los miembros del ejército deben estar en alerta máxima.

Thelonius se dirigió a Edyon:

—Salgo de inmediato, pero tú debes quedarte aquí, Edyon. Tu supervivencia es primordial. Quédate dentro del castillo hasta que la situación sea segura.

—Padre, sé perfectamente que usted conoce mucho más sobre la guerra que yo, pero tenga en cuenta los riesgos que este nuevo ejército proyecta.

—Recuerdo tu demostración, Edyon. Y recuerdo la fortaleza de Byron en Birtwistle. Pero también confío en mis hombres. Tú, sin embargo, debes tener cuidado. Es posible que envíen una pequeña fuerza al sur de Calia con el objetivo de asesinarte, a ti y a otras personas clave, pero mientras permanezcas dentro de los muros del castillo, estarás a salvo. Sin embargo, si sucediera algo que pudiera amenazarte de manera directa, tenemos barcos preparados para llevarte de regreso a Pitoria.

Edyon se sorprendió al encontrarse a sí mismo diciendo:

—No. No huiré. Voy a luchar.

Thelonius sacudió la cabeza.

—Eres valiente y sincero, Edyon, pero no un soldado. Los barcos sólo deben usarse como último recurso para escapar: no los necesitarás, pero están allí —miró a Byron—. Quédate con Edyon. Ya en el pasado nos salvaste, Byron, y sé que en caso de que ocurra algo inesperado, harás todo lo posible para proteger a tu príncipe.

El padre abrazó a su hijo y se despidieron.

Edyon observó desde las murallas mientras Thelonius se alejaba cabalgando del castillo con sus hombres. Al mismo tiempo, los primeros habitantes de la ciudad comenzaron a llegar allí para refugiarse. Ninguno tenía las manos vacías; todos parecían llevar consigo lo que podían: comida, ropa, pollos, algunos arreaban vacas, otros conducían cabras. Era como si la gente ya supiera qué hacer. Ya habían pasado por eso, al igual que su padre y muchos de los soldados. Habían sobrevivido antes y Edyon necesitaba creer que volverían a hacerlo.

TASH

TÚNELES DE LOS DEMONIOS

Tash estaba corriendo de nuevo para salvar su vida. Esta vez huía de los soldados de Brigant a lo largo de su propio túnel, a través del mundo de los demonios.

Concéntrate en seguir avanzando. Sal a la superficie y dirígete hacia el sur. Encuentra al ejército de Pitoria, no puede ser demasiado difícil, ¿cierto? Encuentra a la princesa Catherine o a sir Ambrose o al general Davyon o a Rafyon o a cualquiera que no sea de Brigant. Y adviérteles que la primera carga de humo ya fue despachada y que en cualquier momento podrían ser atacados.

Tash se detuvo a escuchar, pero nada oyó a sus espaldas. Su túnel era bajo y estrecho, una gran ventaja para ella y una gran desventaja para ellos.

No se rendirán: son de Brigant. Pero necesito pensar adónde voy.

Colocó una mano sobre las paredes de piedra del túnel, su túnel.

Quizá pueda usar el humo que hay en mí para ayudarme a encontrar a los demás. Si pienso en ellos, tal vez me sirva de guía, si están por aquí.

Correcto. Entonces. Piensa en el general Davyon.

Así lo hizo: rostro sombrío, ojos serios, cabello azul brillante y reluciente.

Nada pasó. La piedra no se alteró.

Pues bien. Ahora piensa en Rafyon.

Apuesto, esbelto, de hombros anchos.

Una vez más, nada.

¡Estoy perdiendo mi toque! O no están en la Meseta Norte. Inténtalo de nuevo. Piensa en Geratan.

Tash lo visualizó: rostro sonriente, cabello blanco recogido detrás de las orejas.

De inmediato sintió que la piedra debajo de su mano desaparecía. Se estaba formando un nuevo túnel.

¡Está funcionando!

El nuevo túnel siguió creciendo y se separó del anterior.

Pero me aseguraré de que éste sea aún más pequeño y más estrecho para los soldados que vienen detrás de mí.

Tash se agachó para que el túnel quedara bajo y sonrió al pensar en los enormes soldados que intentaran caminar en este nuevo túnel: ciertamente, no podrían correr.

¡Concéntrate! Piensa en Geratan. Geratan. Geratan. Geratan. Cabello blanco. Rostro sereno. Gran bailarín. Fuerte. Valiente. Cortés.

Y mientras pensaba en él, el túnel se abrió cada vez más rápido, hasta que pudo correr medio agachada. Mientras corría, la visión que tenía de Geratan comenzó a agudizarse y se dio cuenta de que su cabello no era blanco.

¡Carmesí! ¿Carmesí?

Y pudo ver que él estaba en medio de los otros soldados: todos con el mismo color de cabello. Y sir Ambrose estaba allí. Pero ni Davyon ni Rafyon.

Ésta es como la visión que tuve de Cristal. El humo me muestra mi destino. Debo estar llegando allí.

Y tras ese pensamiento, el túnel giró con brusquedad hacia arriba. Tash trepó por la pendiente y mientras se iba formando delante de ella, el aire cambió. Inhaló una bocanada de aire maravillosamente fresco al salir de regreso al mundo humano.

Era de noche, el cielo estaba lleno de estrellas y altos pinos. Y delante había un pequeño fuego con figuras sentadas a su alrededor.

Y entonces alguien la atrapó, inmovilizó sus brazos a los costados y le cubrió la boca con una mano de piel áspera. A duras penas podía respirar.

—¿Y qué tenemos aquí?

—¡Jee jar ditaaa seaaaa! —gritó Tash y pateó brutalmente al hombre.

—Maldita sea. Es una salvaje. Mira esto, Geratan.

—¡Geraffaannn!

—No sé qué está… ¡Ay, ay, ay!

Tash sacó los dientes de la mano del hombre y gritó:

—¡Geratan!

—¿Qué está pasando? ¡Silencio!

Era la voz de sir Ambrose, quien corría a toda prisa hacia ella desde la fogata. Junto a él, estaba Geratan.

—¡Soy yo! ¡Tash! —gritó, dándole al hombre que la sostenía otra patada en la espinilla. El tipo la maldijo en voz alta, pero siguió sin soltarla.

—Puedes liberarla, Anlax.

—Con gusto.

En cuanto el hombre la soltó, ya estaba en los brazos de Geratan, recibiendo un abrazo. Su sonrisa era algo digno de verse.

—Estás viva, Tash. ¡Estás viva!

—Por supuesto que estoy viva.

Tash se sentó junto al fuego con Geratan, sir Ambrose y sus hombres, el Escuadrón Demonio, como había descubierto que se llamaban, y les contó todo lo que había hecho en el mundo de los demonios. Algo de eso sonaba ridículo incluso a sus propios oídos, pero la forma en que Geratan la miró y asintió con un movimiento de cabeza le confirmó que él confiaba en que todo lo que ella decía era cierto. Y si él lo creía, entonces lo creía sir Ambrose. Y si él lo creía, entonces... bueno, su escuadrón también lo haría.

Justamente estaba explicando cómo había regresado a la superficie cuando recordó algo.

—¡Ay, mierda! El túnel. ¡Deben venir los hombres de Brigant!

—Anlax, elige a dos hombres y vigila fuera del túnel. Si oyes o ves algo, haz sonar la alarma —Anlax asintió y se apresuró a alejarse—. Gracias, Tash —continuó Ambrose—. Tu información es increíblemente valiosa. Así que el ejército de Brigant ya ha enviado cargamentos de humo, pero todavía tienen mucho almacenado allí. Tenemos que destruirlo, de ser posible.

—Pero yo también quiero escuchar tu historia —dijo Tash—. ¿Qué pasó después de que Geratan y yo nos separamos de ti y de la princesa?

Sir Ambrose esbozó una débil sonrisa.

—Te contaré en detalle todas nuestras aventuras cuando esto haya terminado, Tash, pero me temo que incluyen malas noticias —vaciló—. Lo siento, pero Rafyon perdió la vida. No por los demonios, sino a manos de un asesino. Murió salvando la vida de la princesa Catherine.

Tash sintió que se le escapaban las lágrimas. Odiaba la guerra. Odiaba cómo en un momento sus amigos estaban vivos y sanos y amándote y, al siguiente, ya no.

—¿Y los demás? —preguntó—. ¿La princesa?

—Viva, ahora es reina. Se ha casado con el rey Tzsayn.

—Reina, ¿eh? Y sigues siendo su... ¿qué eras?

—Guardia personal. No, ahora soy el líder del Escuadrón Demonio. No creo que el rey Tzsayn quiera que aparezca mucho por allí.

—Y te han enviado aquí en una misión para matar a los soldados de Brigant y recuperar el mundo de los demonios —Tash frunció los labios—. Bueno, tienes mucha suerte que te haya encontrado. Creo que puedo ayudarte con eso...

AMBROSE

MESETA NORTE, PITORIA

A mbrose se sentía de buen talante.

Gracias a Tash, tendría acceso al mundo de los demonios y una guía para mostrarles a él y a su gente el camino al depósito de humo. Armados con la información de Tash sobre el número de soldados de Brigant y la ausencia de demonios, sus posibilidades de éxito se habían incrementado. Incluso con sólo cincuenta hombres, sintió que podrían tomar la caverna central. Desde allí, deberían estar en capacidad de capturar y destruir el depósito de humo. No obstante, primero debían lidiar con los soldados que estarían siguiendo el túnel de Tash.

Ambrose dijo a Geratan:

—Si los encontramos en el túnel, algunos escaparían y advertirían a los otros, por lo que perderíamos el elemento sorpresa. Debemos esperar a que salgan todos hasta este punto y tenderles una trampa; no se puede permitir que nadie regrese a la caverna central para advertir al resto de nuestra presencia.

Colocó a los hombres en los árboles que rodeaban el túnel, asegurándose de que las únicas huellas visibles fueran las de Tash, que se dirigían al sur. Luego se acomodaron para esperar.

No tuvieron que aguardar mucho, ya que unos momentos más tarde, un soldado de cabello largo, cubierto de arañazos y gruñendo de ira, salió del túnel. Su espada no estaba desenvainada y era claro que no había pasado por su cabeza la idea de que podría estar rodeado de soldados de Pitoria. Otro soldado apareció y a ellos se unieron más. Uno comenzó a buscar huellas y encontró fácilmente las de Tash. Pronto los soldados de Brigant se habían reunido, ocho en total, y Ambrose pudo escuchar al líder dando órdenes.

—Hugo, regresa e informa al comandante que el resto de nosotros estamos siguiendo a la chica. No puede haber llegado muy lejos. La alcanzaremos al final del día, ahora que pudimos salir de este condenado túnel.

Ambrose miró a Geratan y le dio la señal de atacar.

Fue un ataque brutal y rápido. Los soldados de Brigant lucharon hasta el final, pero éste llegó muy pronto. Sólo uno del Escuadrón Demonio resultó herido, con un corte en el brazo. Mientras era vendado, Ambrose felicitó a la tropa por su primera victoria. Pero no había tiempo que perder. Ahora, por fin, la parte real de su misión estaba a punto de comenzar.

Ambrose se arrodilló en el borde del hueco, bajó la cabeza y se impulsó hacia delante.

Casi había olvidado el calor que hacía en el mundo de los demonios, lo extraña y teñida de rojo que era la luz. Sin embargo, esto nada era comparado con el hueco del demonio en el que había estado antes. No había espacio para moverse. Apenas podía pasar los hombros por el túnel de Tash. Regresó al mundo humano y le preguntó a Tash:

—¿Alguna posibilidad de que puedas hacer el túnel un poco más grande? Anlax ha perdido un poco de peso en los últimos días, pero no logrará que su barriga pase por allí de ninguna manera.

—Lo intentaré —respondió Tash—. Si lidero el camino, podría ampliarlo a medida que avanzo.

Ambrose la siguió, curioso por ver lo que hacía, anticipando que la joven palparía las paredes del túnel, pero ella ni siquiera necesitaba hacer eso. Extendía los brazos y las paredes de piedra se alejaban; mientras avanzaba, el túnel se ensanchaba y el techo se elevaba.

Ambrose siguió a Tash y miró hacia atrás para comprobar que el resto del Escuadrón Demonio lo seguía. Sintió un tacto en la piel de la mano y escuchó en su mente la voz de Geratan: *Todos están dentro.*

Su ritmo no era rápido, era más una caminata que una marcha; como sea, era más veloz que intentar atravesar un túnel estrecho. Siguieron caminando hasta que el túnel se unió a otro. Ambrose tocó el brazo de Tash.

¿Qué es esto?

Éste es mi túnel original. Si sigues por aquí, te llevará de regreso a la superficie. El sendero de la izquierda baja a la caverna central. Tal vez estemos a la mitad de camino.

Eso es genial, Tash. Si sientes algo que te cause dudas, te detienes y me lo dices.

Ambrose envió el mensaje de hombre a hombre por la fila de que estaban a medio camino de la caverna. Avanzaban lentamente, Tash seguía ensanchando el túnel, y todos tenían cada vez más cuidado de no hacer ruido.

Después de un tiempo, Tash se detuvo y bajó los brazos.

Lo siento. Estoy un poco cansada. Tengo que concentrarme mucho.

Está bien, Tash. Lo estás haciendo muy bien. Descansa si es necesario.

Tash asintió y se sentó. Ambrose miró a sus hombres. También estaban descansando, preparándose. Sabían que pronto entrarían en combate.

Cuando Tash estuvo lista para avanzar de nuevo, Ambrose y su escuadrón se levantaron como uno solo y la siguieron.

Ahora Ambrose notó un cambio en la luz, un brillo más púrpura. Seguramente venía de la caverna central.

Tash tomó del brazo a Ambrose, su advertencia era clara.

¡Soldados! Están vigilando la entrada a la caverna.

Ambrose asintió; su corazón latía de manera atropellada mientras sacaba la daga.

Déjame pasar.

Tash negó decididamente.

Son demasiados. Alguien dará la alarma. Retrocedamos y haré un nuevo túnel para que podamos salir más abajo.

Todos se movieron hacia atrás, tranquila y silenciosamente. Tash se puso a trabajar para hacer un nuevo túnel que se cortaba a la derecha, luego se desviaba a la izquierda y se abría en la caverna. Ambrose sonreía viendo lo fácil que lo hacía parecer Tash. La joven miró a izquierda y derecha antes de caer de rodillas y gatear hacia la terraza. Ambrose la siguió, después de indicar a los demás que esperaran.

Geratan le había descrito la caverna y Tash le había dicho que ésta se estaba encogiendo, pero aun así, Ambrose se quedó pasmado. Era enorme. Los lados estaban cubiertos de terrazas; en la más alta vio la figura roja de un demonio. Más abajo, unos cuantos soldados custodiaban algunas entradas de túneles, pero otros parecían descansar. Y en el centro de todo esto había un agujero profundo del que salía una columna de humo púrpura. El núcleo.

Ha cambiado de nuevo, le dijo Tash. *Hay más humo que antes y se mueve más rápido. Los demonios están haciendo que esto sea así. Muy por debajo de nosotros, debajo del núcleo, se están lanzando de nuevo al humo. Haciéndolo más grande.*

Los soldados de Brigant no parecen molestos por eso, dijo Ambrose, mirando a los guardias que descansaban.

Tash arrugó la nariz con desdén.

Los soldados piensan que van a conseguir más humo, pero me pregunto dónde irá a terminar.

No lo sé, Tash. Pero lo que sí sé es que debemos destruir su fábrica de humo si todavía está aquí. Primero, no obstante, tenemos que marcar este túnel para poder encontrarlo de nuevo: es nuestra salida.

Tash asintió.

Tal vez pueda darle una forma ligeramente diferente. ¿Darle un aspecto curvo?

Eso estaría bien. Entonces debemos ir al depósito de humo. ¿Puedes hacer un túnel hasta allá?

Fácil.

Bien. Cinco de mis hombres irán contigo y con Geratan para destruir el depósito.

¿Qué van a hacer los demás?, preguntó Tash con el ceño fruncido.

Ambrose sonrió.

Desatar el caos.

CATHERINE

CAMPAMENTO REAL,
NORTE DE PITORIA

La ventaja debe aprovecharse con rapidez y decisión.
Guerra: el arte de vencer, M. Tatcher

Tzsayn no estaba del todo recuperado para asistir al consejo de guerra, pero sí se sentía suficientemente repuesto para que el consejo de guerra acudiera a él. El rey se sentó en una cómoda silla, con el muñón vendado cubierto por una manta, con Catherine, Hanov, Davyon y lord Darby alrededor de la mesa de mapas mientras Ffyn presentaba su informe.

—Durante semanas, la fuerza de invasión se ha quedado en sus campamentos alrededor de Rossarb, pero nuestros espías nos informan que lord Thornlees y sus hombres se mueven en Brigant —miró a lord Darby—. Dos mil hombres a pie y a caballo. Se dirigen a Calidor.

—¿Sólo los hombres de Thornlees? —preguntó Darby.

—Creemos que es sólo su fuerza la que está en movimiento, y estamos seguros de que Aloysius permanece en Rossarb. Pero parece que la guerra está entrando en una nueva fase.

—Enviaré un mensaje a Calidor de inmediato —dijo Darby.

—Es posible que su mensaje no llegue antes que el ejército de Brigant. Me temo que la información es atrasada —dijo Hanov, con expresión de gran contrariedad.

—Pero al menos llegará —agregó Ffyn, levantando un barco modelo del mapa—. Los remeros nos han permitido romper el control de Brigant sobre el mar de Pitoria. Varios de sus buques han sido capturados y la amenaza de una invasión naval de Pitoria ha sido casi eliminada.

—Ciertamente —dijo Catherine—. Y ahora tenemos que darles otro uso a los remeros. Debemos atacar la ruta terrestre del norte mientras Aloysius permanece en Rossarb.

—Una acción audaz —comentó Ffyn—. Pero arriesgado. Aloysius utilizaría todas sus fuerzas contra ellos.

—No, si él también está ocupado luchando en el sur —respondió Catherine—. Los remeros llevarán una fuerza a la costa norte de la bahía de Rossarb. Estos hombres deben tomar los fuertes y defender el camino para evitar que Aloysius escape. Mientras tanto, la otra punta del ataque será por tierra: los cabezas azules y los cabezas blancas confluirán en Rossarb, un grupo desde el sur, otro desde oriente.

Tzsayn habló.

—Los cabezas blancas de la reina Catherine viajarán hacia el norte desde aquí hasta el camino del río Ross, antes de cortar hacia el oeste. Ffyn, irás con esa fuerza y te asegurarás de que la reina esté a salvo en todo momento. Davyon, tú guiarás a mis cabezas azules, que avanzarán desde el sur. Coordinarás el ataque a las fuerzas de Aloysius en las afueras de Rossarb.

Davyon preguntó:

—¿Qué noticias hay de las brigadas juveniles? ¿Algún detalle sobre su ubicación?

Hanov intervino.

—La información sobre esa fuerza de ataque es escasa, por decir lo menos. Se mueven rápidamente y con parafernalia mínima: sin caballos, sin equipaje, sin personal de ayuda en sus campamentos, por lo que rastrear su ubicación resulta retador. Sin embargo, creemos que el príncipe Harold ha tomado su mando general y creemos que se encuentra en algún lugar al sur de Brigant. No sé si todos los chicos están con él, pero tendría sentido.

Tzsayn asintió.

—Con Thornlees moviéndose hacia el sur, parece que los soldados de Brigant están decididos a comenzar una ofensiva, encabezada por las brigadas juveniles. Si es así, es probable que el ataque ya haya comenzado: nuestra información es de hace varios días.

—Sin embargo, la conquista de Calidor es un tema tan personal para Aloysius —dijo Darby— que me cuesta creer que ellos lanzarían una ofensiva seria sin que él esté presente.

—Ésa es otra razón por la que no debemos retrasar nuestro ataque —dijo Catherine—. Queremos que mi padre quede atrapado en el norte. Ésta es nuestra oportunidad. Sus fuerzas están más débiles con la ausencia de Thornlees y las brigadas juveniles. Pero si son capaces de conquistar Calidor y luego reorganizarse, nuevamente seremos superados en número.

—No ha mencionado la misión al mundo de los demonios —dijo Hanov.

Catherine contuvo la respiración. Había pasado una semana desde que Ambrose partiera. Todos los días pedía noticias, pero hasta ahora no había recibido alguna.

—No esperábamos tener noticias de ellos —respondió Davyon—, pero estoy seguro de que sir Ambrose y sus hombres harán todo lo posible para detener el acopio del humo de demonio.

La mente de Catherine volvió al mundo de los demonios y su tiempo allá con Ambrose. Lo había odiado. Habría preferido estar en la batalla en la superficie. Tzsayn la tomó de la mano y se inclinó hacia ella, susurrando:

—Sir Ambrose tiene más vidas que veinte gatos. Regresará.

Catherine asintió y sonrió. Pensó de nuevo en cómo Ambrose había hablado de que las vidas pendían de hilos. Cada uno de los hombres de su escuadrón era otro hilo que lo apoyaba. Y de alguna manera, ella misma todavía se sentía unida a él. Ese hilo nunca se rompería, siempre estarían conectados.

—¿Algo más? —Tzsayn miró alrededor del grupo, pero nadie habló—. Entonces el ejército se trasladará a sus posiciones avanzadas mañana por la mañana. Los remeros atacarán en la noche, el ejército de tierra al amanecer del día siguiente.

Una vez que todos se fueron, Tzsayn dijo a su esposa:

—Ojalá pudiera estar con mis hombres. No me gusta la sensación de enviarlos a la batalla mientras yo me quedo aquí en mi tienda.

—Dudo que estés holgazaneando. Y no sería seguro —respondió Catherine, absteniéndose de agregar que sería prácticamente imposible que los acompañara.

Tzsayn mejoraba todos los días, pero para su recuperación completa todavía faltaban algunas semanas, e incluso para entonces tendría que aprender a cabalgar con una sola pierna.

Tomó su mano de nuevo.

—La reina también necesita estar a salvo. Sé que quieres cabalgar con tus hombres, pero todavía no me hace mucha gracia la idea.

—Me quedaré atrás, no te preocupes. No puedo combatir, pero tal vez pueda servir de inspiración.

—¿No tendrás la tentación de volver a arrojar una lanza?

Catherine refutó la idea.

—Confieso que he probado el humo, pero ya no me fortalece. Debo estar envejeciendo.

Tzsayn sonrió.

—No estás envejeciendo. Aunque me alegro de que ya no te sientas tentada a usarlo. Todavía me aterra la idea de perderte.

Catherine le dio un beso.

—Seré cuidadosa. Mi futuro contigo es demasiado brillante para arriesgarlo.

Esa noche, en la cama, se aferró a su marido y a duras penas durmió. Quería saborear cada momento con Tzsayn, sentir su cuerpo junto al de ella. Pero la mañana llegó demasiado pronto y ya Tanya la estaba ayudando a vestirse.

Catherine se puso una sencilla camisa de seda blanca, sobre la que colocó su falda de cota de malla. Luego vino el peto, que todavía contenía la pequeña botella de humo de demonio guardada en su interior. Consideró retirarla, pero decidió no hacerlo. El humo siempre le había traído buena suerte. Quizá lo haría de nuevo. Sostuvo el peto con firmeza contra su cuerpo mientras Tanya colocaba la placa trasera y ataba las dos piezas con fuerza.

—No veo por qué debo quedarme en el campamento —se quejó Tanya, mientras tiraba de una correa—. Debería tener una doncella a su lado.

—No se trata de un agradable paseo a caballo por la campiña, Tanya. Estoy al mando de un ejército.

En realidad, Catherine estaba pensando en cómo había perdido a Sarah en Tornia y a Jane en las afueras de Rossarb. Las doncellas no tenían cabida en las batallas: y no soportaría perder a Tanya.

Afuera, los hombres estaban listos. Tzsayn hizo una breve aparición ante las tropas en medio de muchos vítores. A Catherine le encantó ver cómo la simple presencia de su marido levantaba el ánimo del ejército de Pitoria.

Tzsayn se volvió hacia ella y le dijo:

—No hagas nada precipitado. Si resultas herida, no podré soportarlo. Así que hazlo por mí, por favor, mantente a salvo.

La besó y los hombres vitorearon, pero Catherine apenas lo sintió. Acarició la mejilla de su marido y prometió:

—Lo haré.

Davyon montaba su enorme caballo al frente de los cabezas azules, que superaban en número a sus vecinos cabezas blancas en relación de diez a uno. Ellos afrontarían la parte más dura de la contienda; los hombres de Catherine proporcionarían apoyo en los flancos.

Catherine montó su propio caballo y partió junto a Davyon, antes de dividirse en el arroyo a las afueras del campamento. Los cabezas blancas de Catherine se dirigieron en dirección norte hacia el río Ross; Davyon y los cabezas azules giraron en dirección al oeste, hacia la ruta costera antes de que también doblaran hacia el norte. Una vez que cruzaron el arroyo poco profundo en el camino, Catherine echó un último vistazo al campamento y a Tzsayn. Estaba segura de que él estaba allí, en alguna parte, mirándola. Al fin se giró y miró hacia delante, a la lejana muralla gris de la Meseta Norte.

MARCIO

ABASCA, CALIDOR

Los chicos bajaban en tropel por los empinados valles de Abasca. Marcio estaba en su tierra de origen, la tierra donde habían muerto su madre, su padre y su hermano, masacrados por los soldados de Brigant, por Aloysius. Y ahora Marcio corría junto a otros soldados de Brigant, y era sirviente del hijo de Aloysius. Y esto, más que cualquier otra cosa, era lo que lo hería y avergonzaba. Pero lo que le sorprendió fue que Harold era consciente de cómo se estaba sintiendo. Mientras corrían, el príncipe dijo:

—Estás en tu antiguo hogar, Marcio, pero ahora luchas junto a los enemigos de tu padre. ¿Cómo te sientes?

Marcio descubrió que le costaba cada vez mayor dificultad actuar como un dócil sirviente, pero lo intentó.

—Abasca ardió hace años, Su Alteza. Ahora esta tierra está yerma y los tiempos han cambiado. Debo luchar por el futuro.

—Ciertamente, los tiempos han cambiado. Ahora nosotros, los jóvenes, gobernaremos el mundo.

¿Nosotros? No, tú quieres gobernar. Cualquiera que se interponga en tu camino será asesinado. Lo único que puedo hacer es intentar asegurarme de que Edyon nunca se cruce en tu camino.

Harold bajó la vista para contemplar Calidor, que se extendía ante él. La vista era una escena idílica de bosques y verdes tierras de cultivo; dondequiera que se encontrara el ejército de Calidor, no parecía estar cerca.

—Thelonius se esconde en su castillo, puedo sentirlo. Le aterroriza encontrarse con nosotros.

—Quizás cree que usted se quedará junto a la muralla y esperará al ejército principal.

—Tal como mi padre lo esperaba. Esos viejos están desconectados de la guerra moderna. Sus días están contados. Yo soy el futuro. Las brigadas juveniles son el futuro. Nada nos detendrá. Voy a hacer historia.

Y siguieron corriendo. Algunos chicos inhalaban más humo a medida que avanzaban. No se detuvieron a comer ni a beber: el humo era lo único que necesitaban. Corrieron hacia el sur por las colinas, a través de los campos, para unirse al camino que llevaba a Calia. Los primeros habitantes que vieron se encontraban en una aldea en la carretera. Un anciano se paró frente a su cabaña y los miró fijamente. A lo lejos, Marcio vio a algunos aldeanos que huían hacia los árboles. Harold dio la orden de que los mataran. Marcio se sorprendió de que los chicos no vacilaran. Se trataba de gente común, no de soldados, pero eso a Harold no le importaba.

En la siguiente aldea, más personas fueron asesinadas, pero el príncipe ya se estaba aburriendo. Era una distracción de su verdadera tarea y los estaba frenando, por lo que los chicos corrían a través de los pueblos, pero no perseguían a los que huían.

Los jóvenes avanzaron todo el día y fue sólo cuando el sol estaba bajo en el cielo que Marcio vio el mar y el castillo de Calia ante él. A medida que se acercaban, el cielo se oscureció con la noche y se encendieron antorchas en los baluartes más altos. De alguna manera, las murallas del castillo parecían más imponentes de lo que Marcio recordaba, a pesar de que había vivido gran parte de su vida dentro de ellas. En su mayor parte, había estado mirando hacia fuera desde adentro. Ahora, mientras miraba hacia arriba, incluso con todo el humo que flotaba a su alrededor, no podía imaginar cómo Harold podría tomar ese castillo. Si Edyon se encontraba en el interior, estaría a salvo.

Marcio había esperado que Thelonius y su ejército los esperaran fuera del castillo, pero no encontraron oposición alguna.

—Ha ido a la muralla fronteriza —murmuró Harold—. Debe estar en la ruta costera, avanzando con dificultad para unirse al grueso de su ejército y enfrentarse a Thornlees.

Marcio trató de distinguir las banderas en lo más alto del castillo. Era difícil ver en la oscuridad, pero estaba seguro de que la bandera de Thelonius no estaba ondeando. Harold parecía tener razón: Thelonius debía estar dirigiéndose al punto de la invasión, sin imaginar que las brigadas juveniles se moverían tan rápido a través de las montañas.

Así que Thelonius no estaba ahí, pero ¿y Edyon? ¿Estaría allá arriba mirando abajo, hacia donde estaba Marcio? Marcio estaba seguro de que Edyon no se involucraría en el combate: era tan inútil para las armas que ni siquiera lo intentaría. Lo único que Marcio podía hacer era conservar la esperanza de que el ejército de Calidor y la muralla del castillo cumplieran sus respectivas funciones.

Rashford se acercó a informar a Harold:

—Su Alteza, no hay señales de oposición afuera del castillo. Hemos recorrido la ciudadela. Está vacía.

—La población se ha replegado en el castillo. Son como mujeres, demasiado cobardes para salir. Bueno, tendremos que entrar por ellos.

Harold posicionó a las brigadas alrededor del castillo y encargó encontrar un camino hacia las rampas de las murallas. Los chicos pusieron manos a la obra utilizando ganchos de agarre y cuerdas atadas a lanzas. Pero, incluso con la fortaleza de los lanzamientos de los jóvenes, pocos ganchos alcanzaban las murallas y si las lanzas llegaban, la mayoría eran arrojadas rápidamente de regreso. Los guardias de Calidor estaban alineados a lo largo de los baluartes del castillo y parecían divertirse, incluso alentando a los chicos que estaban trepando por las pocas cuerdas que habían quedado en su lugar, y permitiéndoles recorrer parte del trayecto antes de cortarlas. Mientras tanto, llovían flechas sobre los jóvenes atacantes. Los proyectiles volaban en densas ráfagas, luego nada, sólo unas pocas flechas con el objetivo expreso de liquidar a los que estaban arrojando lanzas, y a continuación otra severa andanada. Aunque los atacantes tenían escudos, algunos fueron alcanzados.

La noche avanzaba y Rashford informó a Harold que muchos jóvenes habían sido heridos por flechas y que si bien algunos habían sanado gracias al humo, siete Toros habían fallecido, junto con otros cuarenta jovencitos de otras brigadas.

—Las tácticas de los soldados de Calidor son efectivas —lamentó—. Están sentados allá arriba riéndose de nosotros —Rashford parecía enojado y agregó—: En algún momento nos quedaremos sin humo o sin fuerza de ataque.

—¿Y tienes un plan mejor, líder de los Toros?

Rashford sacudió la cabeza con vigor.

—No, Su Alteza. Mis disculpas, no debería dejar que mis emociones se apoderen de mí.

—No, no deberías. Ahora haz algo útil y tráeme al líder de los Avispones.

El chico, Tiff, pronto se les unió. Era más pequeño y más joven que Harold, con cabello negro y espeso, y ojos hundidos.

—Tus chicos son los mejores escaladores, Tiff. ¿Alguno puede sortear esa pared?

Tiff lo miró con los ojos entrecerrados.

—Hay asideros estrechos en la piedra. Si es así todo el trecho, es posible, pero no será fácil. No muchos podrían hacerlo. Quizá yo, Ned y Shardly.

—Entonces ve con ellos y háganlo mientras está oscuro. Nos retiraremos, les haremos creer que nos hemos rendido por esta noche. Vayan al lado sur. Encuentra una manera de llegar hasta los baluartes y una vez allí, mantén la posición. Nos valdremos de cuerdas para enviarles lanzas. Tendrán que defender la posición mientras el resto de tu brigada se une a ustedes. Es una oportunidad para que los Avispones demuestren a las otras brigadas que ustedes son los mejores.

Tiff sonrió.

—Lo demostraremos.

—Sí, tendrán la gloria. Los Toros no son tan valientes —Harold señaló a Rashford con un gesto—. Su líder está temblando de miedo —Rashford parecía horrorizado, pero levantó la barbilla mientras Harold continuaba—: Puedes llevar a tus Toros a la patrulla nocturna. ¿O eso también es demasiado aterrador, líder de los Toros?

—Mis muchachos pueden hacerlo, Su Alteza.

—Asegúrate de que los soldados de Calidor no nos contraataquen desde el castillo. Revisa de nuevo que no haya tropas ocultas en los alrededores.

Rashford inclinó la cabeza.

—Sí, Su Alteza —dio media vuelta y corrió hacia su brigada.

Los atacantes se retiraron fuera del alcance de las flechas y establecieron campamentos; encendieron fogatas y comieron alimentos robados de las casas de Calia. Parecía que no esperaban que los Avispones tuvieran éxito en su asalto, al menos no en el corto plazo. Pero Harold no pudo descansar; fue a verlos y, por supuesto, Sam y Marcio tuvieron que ir con él.

Los tres escaladores estaban probando rutas diferentes y parecían quedar bloqueados en diferentes puntos, aproximadamente a una tercera parte de la altura de la muralla. Había un pequeño alero en ese nivel y pasarlo parecía imposible. Uno de los escaladores cayó al suelo, soltando un débil lamento. Harold lo maldijo por hacer ruido. No obstante, el joven no repetiría su error: la caída resultó mortal.

Tiff estaba estirando una mano más allá de la saliente cuando sus piernas resbalaron. Marcio hizo una mueca; desde luego, no quería verlo morir. Pero un instante después, Tiff ya avanzaba con más rapidez. Lo había logrado. Había encontrado una ruta. El segundo escalador subía ahora por el mismo lugar. Después de no poco esfuerzo, se las arregló para unirse a Tiff.

—Bien hecho, Avispones —Harold apretó el puño—. Sam, ve y di a los líderes de brigada que preparen a sus chicos y que se unan a mí. Los Avispones lo lograrán.

Y los dos Avispones empezaron a ascender juntos, lentos y firmes, hacia los baluartes superiores, pero ¿había alertado el grito a los soldados de Calidor? Marcio contempló fijamente el castillo silencioso y deseó que así fuera.

Tiff alcanzó el baluarte y se perdió de vista por un momento, luego reapareció y ayudó al otro Avispón a levantarse en el momento en que los líderes de brigada se unían a Harold.

Una lanza con una cuerda atada a ella fue propulsada con fuerza y rapidez hasta el baluarte. El lanzamiento fue perfecto. La lanza pasó rozando a Tiff, y él extendió la mano y la atrapó en el momento en que su velocidad aminoraba, al llegar al punto máximo de su vuelo. Cuando Los Avispones comenzaron a ascender por la primera cuerda, les arrojaron otra lanza.

—*Van a lograrlo. ¿Dónde estarán los guardias de Calidor?*

Y, como si respondieran a la pregunta de Marcio, se escuchó un grito desde el castillo. Un guardia había visto a los Avispones. Era imposible distinguir lo que sucedía en las murallas. Allí arriba sólo había dos Avispones pequeños, pero dos chicos vigorizados con humo de demonio valían igual que seis hombres.

Se escucharon más gritos de parte de los guardias, pero ya ascendían más Avispones a toda velocidad, y los guardias no estaban cortando las cuerdas. Lo que fuera que estuvieran haciendo para detenerlos, no funcionaba. Los Avispones trepaban por encima de los baluartes. Tiff apareció arriba e hizo señas con una mano.

Están dentro. Lo lograron.

Pero los soldados de Calidor contraatacarían. ¿Podrían los Avispones aguantar hasta que se les unieran más chicos?

—Traigan a todos a este punto —gritó Harold—. ¡Envíen más cuerdas! Quiero más chicos allá arriba ahora mismo.

Corrió hacia la muralla del castillo para trepar por una cuerda mientras un cuerpo caía desde lo alto. Aterrizó con un horrible crujido sordo en el suelo frente a Marcio, quien saltó hacia atrás, maldiciendo y temblando. Harold no se movió, sólo pasó por encima del cuerpo destrozado del guardia ensangrentado que había caído a sus pies.

Harold empezó a trepar, y Marcio y Sam lo siguieron. Marcio lo hizo de la misma manera que había trepado la muralla fronteriza, pero ésta era diferente, mucho más alta, y aunque el humo lo hacía fuerte, mirar hacia abajo resultaba aterrador. Cuando Marcio llegó a la cima y saltó sobre los baluartes, Harold ya se había unido a la lucha, y matado a tres hombres con los primeros tres golpes de su espada. Sam estaba cerca de él. Su fuerza y habilidad estaban teniendo resultados palpables. Los otros chicos venían detrás y Marcio los seguía en la retaguardia, pisando cadáveres que ahora se amontonaban en el suelo. Marcio no estaba del todo seguro del lado de quiénes estaba en ese momento. Quería que los soldados de Calidor vencieran, pero no tenía ningún deseo de ser arrojado bajo los baluartes.

Sin embargo, los soldados de Calidor estaban siendo derrotados. Estaban retrocediendo. Los atacantes no los superaban en número, pero no podían poner más hombres en esas almenas tan estrechas, y Harold y los chicos estaban allanando las defensas. Pronto no quedó contra quien luchar, al menos no a este nivel, pero los chicos todavía estaban lejos de tomar el castillo. Sólo estaban en posesión de un anillo exterior. Todavía tendrían que avanzar y luego ingresar al castillo, pero el hecho es que los chicos habían ganado confianza y parecía que cuanto más combatían, más ardía su llama de guerra, como si el humo exacerbara su deseo. En cuanto a Marcio, no había lanzado ni uno de sus proyectiles metálicos. Lo único que hacía era caminar sobre los cuerpos de los caídos, con sus pensamientos concentrados en Edyon.

Mantente a salvo, Edyon. Y por favor, anima a los guardias de Calidor de adentro para que hagan un mejor trabajo que los de afuera.

Harold se estaba divirtiendo.

—Ya casi llegamos, muchachos. Podemos hacerlo. Podemos destruir a nuestros enemigos. Una famosa victoria para mi ejército y para Brigant. El castillo de Calia será nuestro.

Querrás decir, será tuyo, Harold.

Marcio pensó en usar su munición. ¿Podría acertar a la nuca de Harold? Quizá, pero los chicos se volverían contra él si intentaba algo contra su líder, y entonces no tendría posibilidad de ayudar a Edyon en absoluto.

A estas alturas, algunos chicos estaban copiando a los Avispones y probando sus habilidades para escalar. Algunos fallaban y retrocedían, pero no pasó mucho tiempo antes de que el primer chico llegara a las almenas en lo alto y lanzara una cuerda hacia abajo. No había encontrado ningún tipo de resistencia en su trayecto. Los guardias debían haberse retirado hacia el interior del castillo. Era ahí donde harían su defensa final.

Harold también lo sabía y así lo dijo:

—El castillo es casi nuestro. Calia es casi nuestra. Tienen miedo de nosotros, muchachos. Un asalto más y la victoria será garantizada. Maten a todos. ¡A todos!

Los chicos gritaban de alegría, mientras Marcio seguía a Harold hacia lo alto y luego a lo largo de la terraza, donde había acceso abierto. Nunca había imaginado que alguien pudiera escalar tan alto. Los chicos pasaron corriendo junto a Marcio, acercándose al grupo principal de guardias, que combatían juntos. Los hombres eran mucho más altos que la mayoría de los chicos, pero éstos eran demasiado rápidos y fuertes. Los hombres fueron derribados uno por uno. Algunos intentaron correr, pero fue inútil. Los chicos circulaban en tropel por las habitaciones y las terrazas, destrozando a los adultos que encontraban a su paso y gritando de júbilo como si estuvieran en una feria.

Y no sólo morían soldados, sino también ciudadanos comunes y sirvientes desarmados. A los chicos no les importaba, agredían a cualquiera en su camino. Las cabezas de los hombres eran cercenadas de sus cuerpos, derramando tanta sangre que el piso se había puesto resbaloso; llegaban gritos y alaridos provenientes de todo el castillo. Era un caos, y los chicos lo disfrutaban. Marcio estaba horrorizado. Muchas de estas personas no eran soldados. Pero no había nada que pudiera hacer por ellos. Lo único que intentaría era asegurarse de que Edyon permaneciera a salvo, si es que estaba ahí, pero no tenía idea de cómo lo haría.

Se habrá ido. No es posible que esté aquí. Lo habrán enviado a un lugar seguro.

Pero Marcio tenía que asegurarse. En medio del caos, con la esperanza de que nadie siguiera de cerca sus movimientos, corrió a los aposentos privados, a las habitaciones del hijo mayor de Thelonius. Esta habitación debía ser ahora la de Edyon. Y parecía que tal era el caso: la ropa y las botas parecían hechas para él, un pergamino que reposaba sobre la mesa estaba dirigido a su heredad. Ésta era su habitación. Las sábanas de la cama estaban enredadas, como si Edyon acabara de levantarse, como si su criado no hubiera tenido tiempo de hacer la cama.

Eso significa que estuvo en el castillo recientemente. Todavía está aquí en alguna parte. Ay, no, Edyon.

Marcio corrió de habitación en habitación. Conocía este lugar íntimamente. Conocía los trayectos más directos. Los dormitorios estaban todos desiertos, las habitaciones de Thelonius también, pero mientras corría, llegaron otros tres chicos, jadeando de placer por las riquezas que los rodeaban, riquezas que nunca antes habían visto. Un chico lanzaba cojines de seda al aire, otro se calzaba botas negras altas, mientras el tercero marchaba por las habitaciones gritando: "¿Dónde están las coronas? ¡Quiero una corona!". Los chicos deliraban con el triunfo y no sabían cómo celebrar. Marcio estaba conmocionado. No sentía amor por este lugar y, no obstante, había crecido aquí y sentía respeto por su orden, su calma y su belleza. Pero ahora no había tiempo para pensar en eso, necesitaba encontrar a Edyon.

Por todo el castillo, los cadáveres tasajeados yacían de cualquier forma sobre los suelos ensangrentados. Algunas habitaciones parecían intactas, y en una de ellos Marcio se detuvo para recuperar el aliento; luego se giró y vio un cuerpo tendido en una esquina, con el cabello castaño ondulado exactamente como el de Edyon.

Oh, no. Por favor, no.

Marcio dio un paso adelante para ver el rostro. Era otro joven noble. Uno que siempre lo había despreciado, pero Marcio no se complació en ver al hombre muerto. Se alejó. Tenía que pensar. Edyon debía haber escapado. Había una habitación segura, pero también existía un túnel secreto desde el castillo hasta la playa. ¿Se arriesgaría por esa ruta? Edyon correría peligro en ese recorrido.

Había una escalera hacia el túnel desde una de las habitaciones de Thelonius. En su pánico, Marcio no lo había verificado. Corrió hacia allí y apartó la cortina de seda para revelar la puerta secreta; giró la manija, pero la puerta no se movió. Estaba asegurada por el otro extremo.

Se ha ido por allí. Escapó a la playa.

Eso era un comienzo. Pero todavía necesitaba asegurarse. La forma más rápida de llegar al final del túnel secreto era a través de las cocinas, el patio y luego la entrada lateral hacia la ciudad. Marcio se movió con mayor rapidez de la que creía posible, pero en las cocinas disminuyó la velocidad. No sabía dónde buscar. Se atragantó ante la vista que tenía delante.

La cocina estaba horriblemente tranquila y silenciosa. Y sin embargo, no estaba vacía. Allí había ocurrido una carnicería. Los sirvientes aquí habían tratado de defenderse con lo que tenían a mano: cuchillos y cacerolas, calderos y anzuelos para carne. Pero las armas improvisadas habían sido usadas en su contra, y hombres, mujeres y niños yacían muertos. Marcio vio rostros que reconocía, personas con las que había crecido, y tuvo que apartar la mirada.

Sólo encuentra a Edyon.

Pero algo lo hizo retroceder. Un movimiento. Una de las sirvientas, una niña, lo estaba mirando. No sabía su nombre, pero ella lo reconoció y lo miró con pavor.

Marcio fue hacia ella despacio y se agachó para decirle en un susurro:

—No te haré daño. Puedo ayudarte si me dejas —sacó su botella de humo—. No digas nada, limítate a hacer lo que digo y hazlo rápido.

La niña lo miró fijamente y no se movió.

—Inhala el humo. Te curará y te dará fuerza.

La niña no quería.

—Imítame.

Marcio inhaló una voluta de humo. Y dejó otra voluta de humo para la niña. Ella vaciló, pero luego obedeció.

—Debes tener cuidado. Escóndete aquí por un tiempo. Luego encuentra una salida a través de los establos. Atraviesa los campos. Mantente lejos de los edificios. Encuentra a otros: encuentra a los adultos.

La niña asintió. El hematoma de su frente ya se estaba desvaneciendo.

Marcio no podía hacer más por ella. Debía encontrar a Edyon. Cruzó corriendo el patio hasta una puerta lateral. Estaba cerrada, pero recién alimentado por el humo, la abrió de golpe sin dificultad y corrió por el callejón hacia la ciudad. Se sintió consternado al descubrir que los chicos ya habían pasado por aquí. Había un cuerpo en la esquina, y algunas personas estaban huyendo después de haber escapado del castillo. También se dirigían hacia el mar, quizá con la esperanza de encontrar un barco en el cual escapar. Cerca del muelle había más gente corriendo colina abajo, todos extraña y desesperadamente silenciosos.

Apartándose de la carretera que conducía al muelle y dirigiéndose hacia el extremo más alejado de la ciudad, donde el túnel del príncipe desembocaba en la playa, Marcio siguió adelante. Habría un bote de remos para llevar a Edyon y a quienquiera que hubiera escapado hasta un barco anclado en la bahía. Todas las personas que cruzaban eran pequeñas, ninguna con aspecto de pertenecer a la realeza, todas se movían de manera furtiva. Pasó la última casa y siguió corriendo por entre las rocas altas, con los pies hundidos hasta los tobillos en el agua del mar, luego salió de las rocas y llegó a la playa. Había dos pequeños botes de remos estacionados en la arena y un barco anclado cerca de la playa. Si Edyon iba a escapar de esta manera, todavía no se había marchado.

Avanzando a lo largo de la playa, con pasos más lentos sobre la suave arena, Marcio llegó a la pequeña cabaña de piedra por donde salía el túnel del castillo. Se detuvo a un lado y se escondió entre las sombras, con el pecho agitado. Tendría que esperar. No estaba seguro si quería que Edyon apareciera o no.

Que esté a salvo. Por favor.

Su respiración ya se había serenado por completo cuando escuchó las voces.

—La playa está más adelante.

—Esperaremos aquí. Deja que Byron vaya primero —era la voz de Edyon.

Apareció un joven. Tenía una larga trenza negra que descansaba en un lado de su cabeza. Miró a su alrededor pero no vio a Marcio. Luego hizo señas a los otros que estaban detrás para que salieran.

Apareció Edyon, junto con un soldado que sostenía a un hombre regordete. Detrás de ellos había otros cinco o seis individuos.

Marcio vaciló. Podía simplemente esconderse y ver escapar a Edyon. Pero el joven de la trenza lo vio y se lanzó en su dirección, blandiendo su espada con tal velocidad que Marcio supo que había inhalado humo.

EDYON

CALIA, CALIDOR

Después de que su padre partiera a caballo hacia la muralla fronteriza, Edyon había seguido todas las instrucciones recibidas.

—Quédate dentro del castillo —se había quedado en el castillo.

—Deja que Byron te proteja —definitivamente, había dejado que Byron lo protegiera.

—El castillo es inexpugnable —eso también lo había oído antes.

—Sólo como último recurso, si toman el castillo, lo cual no va a suceder, puedes usar la escalera secreta, seguir el túnel y dirigirte al barco.

Edyon había visto desde las murallas la forma en que se acercaba el ejército de jovencitos. No era una gran hueste, pero tampoco el pequeño grupo de chicos que su padre había pensado que intentaría asesinarlo. Era claro que su intención no era sólo ejecutar un ataque rápido para retirarse enseguida, sino atacar y apoderarse del castillo.

Sus guardias le habían informado que había más de cuarenta chicos muertos.

—No podrán escalar la muralla, Su Alteza. Sólo necesitamos esperar que sigan intentándolo, para poder aniquilarlos a todos.

Edyon había tratado de comer, había intentado dormir, pero no había podido hacer ninguna de las dos cosas. Era una noche oscura y se encontraba mirando fijamente el panorama desde su terraza. Recordó la última vez que había estado en un castillo bajo asedio. En ese momento, Rossarb estaba rodeada por el enorme ejército de Aloysius. Y aunque ésta parecía una batalla muy distinta, Edyon sentía la misma tensión en el vientre y el pecho.

Otra diferencia era que quien estaba con él era Byron y no Marcio. Byron permanecía en silencio a su lado, observando el campo. Edyon miró hacia el cielo y se preguntó dónde se encontraría Marcio en ese momento. Ojalá estuviera en un lugar seguro, un lugar alejado de la guerra y el combate.

El canciller permanecía detrás de Edyon, hablando sin parar y analizando los posibles desenlaces: Thelonius ordenaría el regreso de unas tropas para defender el castillo; el ejército juvenil entonces saldría huyendo de vuelta al norte; éste podría ser un plan para alejar al ejército de Calidor de la muralla y enviar al grueso de las tropas de Brigant regulares para que la franquearan. Edyon debía haber oído cómo el canciller consideraba cientos de opciones distintas sobre lo que podría estar ocurriendo.

Y justo cuando comenzaba a creer que tal vez estarían a salvo por algún tiempo, un guardia entró corriendo:

—Los chicos escalaron las murallas y, ya están en el nivel inferior.

Edyon supo que era el fin. Los chicos debían ser muy fuertes. Si habían escalado una muralla, podrían franquear las otras. Aun así, se le pidió permanecer en sus habitaciones. Byron se quedó con él, al igual que el canciller y Talin, que casi muere de vergüenza cuando sus intestinos no aguantaron la tensión.

Pero no pasó mucho tiempo antes de que el guardia regresara.

—Ya alcanzaron los niveles superiores. Debe marcharse, Su Alteza. De inmediato. No hay tiempo para dudas.

Y mientras Edyon seguía asimilando esto último, Byron ya lo estaba llevando de la mano, seguidos por el guardia, avanzando cada vez más rápido a través de los aposentos de Thelonius, deslizándose por los pisos de mármol, con Talin jadeando detrás, al tiempo que oían a sus espaldas un barullo de gritos y aullidos. El guardia levantó la cortina de seda que ocultaba la puerta y Byron empujó a Edyon a través de ella. Éste no cesaba de preguntar quién estaba con ellos y Byron sólo decía:

—No te preocupes por eso, Edyon. Los guardias saben lo que hacen. Ellos trancarán las puertas que vayamos atravesando. Nosotros tenemos que concentrarnos en avanzar lo más rápido posible.

Y, en efecto, Edyon *tenía* que concentrarse. Estaba oscuro y las escaleras de piedra que descendían en forma de espiral eran estrechas y empinadas. Descendían y descendían cada vez más. Edyon oyó que Talin lanzaba un grito y los guardias le pidieron que guardara silencio. A medida que bajaban, oyó otros ruidos a través de las paredes: los gritos y los aullidos del temor y la guerra. Pero luego alcanzaron el nivel del suelo, en medio de la húmeda oscuridad de un túnel. Nada se oía más que la pesada respiración del pequeño grupo. Todos se aproximaron mientras encendían las antorchas. Se respiraba una sensación de urgencia, pero no de pánico.

Talin estaba cojeando, pues había caído por las escaleras, pero tomó a Edyon de la mano.

—Gracias por no abandonarme, Su Alteza. ¡Gracias!

Como si Edyon fuera capaz de abandonar a alguien. Apretó la mano de Talin, que estaba sudorosa, y le aseguró que pronto estarían en un barco que los llevaría a un lugar seguro.

Enseguida volvieron a moverse y empezaron a correr por el túnel, mientras el suelo bajo sus pies dejaba de ser piedra y se convertía en arena. Al final del túnel había una pesada puerta de madera, cuya llave pendía de la cerradura. La puerta estaba atascada y crujió al abrirse. Un instante después salieron de un pequeño edificio que había sido tallado dentro del acantilado y avanzaron hacia la arena y la luz difusa de la noche; todavía faltaba un buen rato para que amaneciera, pero el cielo azul oscuro parecía iluminado en comparación con la negrura del túnel.

Había alguien delante de ellos, seguramente uno de los integrantes de las brigadas juveniles, y pareció dirigirse hacia Edyon. Y luego, todo pasó muy rápido. Byron saltó para protegerlo, esgrimiendo su espada en dirección al atacante. Los otros guardias también desenfundaron sus espadas y rodearon al heredero, seguramente esperando la aparición de más asaltantes. Edyon nada veía, pero oyó un grito.

—¡Edyon! ¡Vine a ayudar! —era una voz conocida. Una voz que Edyon reconocería en cualquier parte.

¿Marcio?

—Déjenme pasar —gritó Edyon y se abrió paso a través de sus guardias en el momento en que Byron embestía con su espada el cuerpo de Marcio.

—¡No! ¡Marcio! —gritó Edyon—. ¡Es un amigo, Byron! ¡No le hagas daño!

Pero era demasiado tarde. La espada de Byron ya estaba completando la arremetida.

Edyon avanzó tambaleándose hacia Marcio y Byron se apresuró a detenerlo, mientras mantenía su espada contra el cuerpo del abasco, que ahora yacía sobre la arena.

—¿Marcio?

Para asombro de Edyon, el chico levantó la cabeza.

—Sí, soy yo.

¿Acaso Byron había alcanzado a desviar su espada en el último minuto? ¿O Marcio había esquivado el lance? No importaba, estaba a salvo.

—Vine a ayudar. A ver si podía hacer algo —dijo Marcio con voz entrecortada, mientras se incorporaba y miraba primero a Edyon, luego a Byron y otra vez a Edyon—. Pero veo que ya tienes ayuda. Sólo huye. Aquí ya no hay esperanza. Harold acaba de tomar el castillo y pretende matar a todo el mundo.

Edyon trató de asimilar lo que estaba escuchando. Calia había sido derrotada y estaban asesinado a la gente; no obstante, Marcio estaba ahí.

—Pero ¿qué haces tú aquí, Marcio? ¿Estás con el ejército de jovencitos?

—Edyon. Su Alteza. No tenemos tiempo para esto —dijo Byron, tomándolo del brazo—. No podemos quedarnos aquí. Esto puede ser una treta.

Edyon miró a Marcio y clavó sus ojos en los hermosos ojos plateados de su amigo. Marcio ya lo había engañado una vez. Toda su relación se basaba en una mentira. Pero Marcio también le había salvado la vida en más de una ocasión y, para eso, había arriesgado la suya. Edyon sacudió la cabeza.

—No es una trampa.

—De todas formas, no podemos detenernos.

—Entonces huyamos todos juntos —dijo Edyon y tomó del brazo al abasco—. Marcio, ven con nosotros y dinos qué está sucediendo.

Cuando volvieron a ponerse en movimiento, avanzaron por la playa hacia un bote de remos que estaba amarrado entre unas rocas. Marcio habló de manera atropellada: se había unido a las brigadas juveniles; Harold lo había convertido en su sirviente personal; habían atacado la muralla que estaba en la frontera cerca de Abasca y luego habían seguido hacia el sur, hacia Calia. Pero antes de que Marcio pudiera dar más explicaciones, llegaron a la embarcación. Edyon subió rápidamente.

—¡Pronto, Marcio!

El chico abasco vaciló.

—¿Dónde está Thelonius?

—Eso no importa. No tenemos tiempo para esto —dijo Byron.

—Mi padre está con el ejército cerca de la frontera, Marcio. Pero sube al bote y así podremos hablar más —Edyon necesitaba que Marcio se quedara con él.

Pero el chico no se movió.

—Thornlees avanza con el ejército regular hacia el sur. Sólo los hombres bajo su mando, no todo el ejército de Brigant. Tu padre tiene posibilidades contra ellos, pero no contra los chicos.

—Pero los chicos están aquí.

—No por mucho tiempo. Harold busca apoderarse de todo Calidor. Y hará hasta lo imposible para matar a Thelonius. Y a todos los nobles, tú, entre ellos. Ésa es la razón por la cual debes huir. Márchate a Pitoria.

—Sí —dijo Byron con contundencia—. En eso estamos de acuerdo.

—No, no lo estamos —replicó Edyon—. No hasta que Marcio suba a la embarcación.

—No —dijo Marcio, negando con un gesto—. Yo no puedo ir. Harold está loco. Es el peor de todos. Hay que detenerlo. Y creo que puedo hacerlo. Tal vez. En todo caso, tengo más posibilidades que la mayoría.

—Marcio, pero tú no eres un guerrero. No eres soldado.

—Soy un abasco. Puedo hacerlo —dijo, y sus ojos resplandecieron. Parecía aterrorizado y, al mismo tiempo, desafiante—. Tengo que hacerlo. Puedo acercarme a él. Si quitamos a Harold de en medio, tal vez podamos poner fin a todo esto.

Edyon recordó a Madame Eruth, como ella profetizó que conocería a un extranjero que estaba sufriendo. Y los ojos de Marcio revelaban un dolor inmenso.

—Harold está arrasando pueblos enteros. Y no piensa detenerse. Debí haberlo hecho antes de que las cosas llegaran a este punto.

Edyon sabía que no tenía posibilidades de hacer cambiar de opinión a Marcio. Entonces le tomó una mano y le dijo:

—No permitas que te mate. Resiste, Marcio. Por favor —sus ojos se llenaron de lágrimas mientras lo abrazaba con fuerza—. Ya te amaba antes y todavía lo hago. Serás mi héroe, siempre.

Marcio hundió la cabeza en el hombro de Edyon y luego dio un paso atrás, con los ojos llorosos.

—Yo también te amo. Siempre. Tú también eres mi héroe, Edyon. Vive como un príncipe. Sé lo que quieras ser. Pero nunca cambies. Eres perfecto tal como eres.

Edyon besó la mejilla de Marcio y probó el sabor de sus lágrimas, pero antes de desmoronarse por completo, dio media vuelta y abordó el bote. Byron dio la orden de que empezaran a remar. Cuando Edyon miró hacia la playa, Marcio ya se estaba alejando.

MARCIO

CALIA, CALIDOR

Al despedirse de Edyon, Marcio se sintió incapaz de mirar atrás. Estaba seguro de que se derrumbaría si lo veía, otra vez, alejarse. A Edyon y a su nuevo protector, que parecía el joven más apuesto del mundo, y que claramente estaba dispuesto a cualquier cosa para protegerlo. Pero eso no importaba ahora. Lo importante era que Edyon tenía quien lo protegiera. Y que podría huir y seguir adelante con su vida. Marcio podría haberse marchado con ellos, pero ahora sabía que debía hacer cuanto pudiera para poner fin a esta guerra. Después de ver los cadáveres en el castillo, estaba seguro de que ése era su destino. Tal vez todo lo que había vivido confluía hacia este punto.

Marcio despreciaba a Thelonius por haberlo mantenido siempre como un criado y por haber traicionado a los abascos, pero había hecho todo eso para proteger a los demás. Lo que Marcio más odiaba era que Thelonius nunca hubiera querido admitirlo, nunca se hubiera mostrado arrepentido, ni hablado de la decisión tan difícil que había tenido que tomar, que no hubiera mostrado debilidad humana, sólo la certeza divina de que había hecho lo mejor. Había sido una decisión horrible, pero ¿por qué no admitirlo?

Sin embargo, a pesar de todos sus defectos, comparado con su hermano, Thelonius era un santo. Abasca y su pueblo todavía existirían si no fuera por Aloysius. Y Harold era un buen hijo de su padre, pero aun peor: más demente, ruin, y ahora en alas del humo de los demonios. Marcio había visto cómo Harold era capaz de la maldad más pura, de hacer a la gente de Calidor lo mismo que su padre le había hecho a los abascos. Pero Calidor no quedaría desierta, como le había sucedido a Abasca; sería colonizada por Brigant.

Marcio debía encontrar una manera de detener a Harold.

—Pero tengo que hacer lo posible por no morir en el intento —masculló.

—¿Qué dijiste?

Marcio levantó la mirada. Rashford estaba frente a él, metido en el agua hasta los tobillos, bloqueándole el camino entre las rocas. Marcio estaba tan absorto en sus pensamientos que no lo había visto. Miró por encima del hombro de Rashford, pero no había nadie más con él.

—Sólo pensaba en la vida y la muerte. ¿Qué haces tú aquí?

—Es justo lo que estaba a punto de preguntarte.

Marcio miró atrás. ¿Rashford habría alcanzado a ver a Edyon? Desde ese punto, casi no se veía la playa.

—Pensé en chapotear un poco para quitar la sangre de mis botas —dijo Marcio.

—Yo también.

¿Qué pretendía Rashford?

—¿Todavía no ha terminado el combate? —preguntó Marcio, mientras seguía su camino y pasaba frente a Rashford.

—Ya terminó. El castillo es nuestro —contestó Rashford, al tiempo que daba media vuelta para seguirlo—. Sin embargo, los chicos todavía no terminan de matar gente.

—Ni de incendiar cosas —añadió Marcio, mientras levantaba la vista hacia el cielo de Calia, que empezaba a aclararse con la luz del amanecer, al tiempo que se llenaba con el humo de los incendios.

—En cambio, nosotros somos sólo un par de chicos buenos que prefieren dar un paseo por la playa, en lugar de saquear y matar.

Marcio hizo caso omiso de ese comentario, siguió caminando y preguntó:

—¿Dónde está Harold?

—En algún lugar del castillo. ¿Por qué?

—Es mi amo y debo presentarme ante él.

—¿Y qué vas a decir sobre lo que has hecho en Calia? ¿A cuántos mataste?

Marcio encogió los hombros.

—¿A más gente de la que ayudaste a escapar? —Rashford sujetó a Marcio del hombro, pero éste se liberó—. Tú nunca has estado de verdad con nosotros, ¿cierto, Marcio?

Marcio se volvió para enfrentar a Rashford.

—¿Y tú? ¿En verdad eres parte de ellos, Rashford? Sé que adoras a los Toros, pero ¿amas a tu rey? ¿Veneras a Harold? ¿Disfrutas de toda esta matanza y destrucción?

Rashford abrió la boca, pero de sus labios no salió palabra alguna.

—Si en verdad fueras uno de los seguidores de Harold, ya habrías llamado a tus hombres y me habrían matado. O lo habrías hecho tú mismo, si tuvieras aunque fuera una leve duda sobre mi devoción. Después de todo, yo tengo acceso al príncipe Harold. Y soy un peligro para él.

Marcio sintió que ahora que había empezado, ya no podía parar. Toda la rabia y la frustración que se habían ido acumulando después de semanas, tal vez años, estaba empezando a salir.

—Pero no lo has hecho, ¿cierto, Rashford? Sabes que todo esto es terrible. Que está mal. Que es una perversión. Pero no quieres morir de hambre; buscas algo más de la vida que una existencia de mierda repleta de golpizas. Este humo parece una buena manera de obtenerlo, pero sabes que no va a durar. Sabes que tienes los días contados. ¿Y qué obtendrás al final de todo esto? En el mejor de los casos, un empleo ordinario como soldado, combatir por Aloysius y, tal vez, morir por las heridas recibidas o de diarrea, o simplemente siendo asesinado en batalla, para ser olvidado enseguida. Tú quieres algo más, y crees que el humo puede dártelo, pero no sabes bien cómo.

—Tal vez lo único que tengo que hacer es contarle a Harold la verdad sobre ti y así seré su nuevo favorito —dijo Rashford con un gesto de desdén.

—Durante medio día, si acaso. Sabes que no se puede confiar en Harold. Ninguno de nosotros le preocupa más de lo que le interesa una hormiga.

—Y entonces, ¿cuál es tu plan, Marcio? ¿Tienes alguno o sólo estás desahogándote?

En realidad, no tenía un plan bien definido, salvo esperar que se presentara una oportunidad. Seguía postergando su destino.

—Principalmente, me estoy desahogando.

Rashford sonrió al tiempo que tomaba la botella de humo de Marcio y le retiraba el corcho.

Marcio trató de recuperar el recipiente, pero ya era demasiado tarde. El humo púrpura se había escapado.

—¿Por qué hiciste eso? —gritó.

—A veces pareces tan enojado, Marcio. No quisiera que pierdas la razón cuando hayas inhalado un poco de humo y creas que puedes enfrentarte a Harold. Aun con el humo en ti, perderías, pero es posible que te sientas tentado a intentarlo. Te acabo de hacer un favor.

Marcio siguió caminando hacia el castillo y dejó atrás a Rashford, pero éste lo alcanzó. Cuando pasaban junto a los cuerpos de un par de ancianas que yacían desangradas en la calle, Marcio rompió el silencio:

—Esto no es una guerra. Es una carnicería. Estas personas no eran soldados.

—Harold quiere matar a uno de cada diez —dijo Rashford.

—¿Y quién lleva la cuenta?

Cuando llegaron al castillo, vieron que el número de personas ultimadas era aún mayor.

En ese momento dejaron de hablar y entraron, conscientes de que algunos chicos podrían oír su conversación. Alguien les dijo que Harold estaba en la Sala del Trono y Rashford murmuró:

—Queda en tus manos.

Harold estaba sentado en el trono de Thelonius. Ahora había al lado una silla que no había estado la última vez que Marcio compareció ante Thelonius. Debía de ser el puesto de Edyon. Estaban gobernando juntos, el sueño de Edyon se había hecho realidad por unas pocas semanas.

—Ah, por fin apareces, Marcio.

El chico abasco se detuvo e hizo una venia.

—Felicitaciones por una gran victoria, Su Alteza.

Harold sonrió.

—La primera de muchas.

—La primera de muchas —repitió Marcio, al tiempo que se acercaba al príncipe y se preguntaba si podría atacarlo por detrás mientras estaban solos—. ¿Necesita algo, Su Alteza?

—Sí. Montones. De. Comida. De. Inmediato. Y prepara mi dormitorio.

Marcio no tuvo otra alternativa que dar media vuelta y salir. Cuando Harold decía "de inmediato", así lo demandaba.

Marcio se dirigió a la cocina y de nuevo sintió náuseas por la cantidad de cadáveres que yacían allí, pero se alegró al ver que la chica a la que le había dado un poco de humo se había marchado. Recogió toda la comida que podía llevar y regresó a la Sala del Trono, pero Harold ya no estaba ahí. Marcio llevó los alimentos a las habitaciones de Thelonius, suponiendo que sería ahí donde el príncipe querría dormir. Y como en los viejos tiempos, Marcio dormiría en su antiguo y pequeño cuarto contiguo. El lugar perfecto para sorprender a Harold. Sería mucho más difícil sin la ayuda del humo, pero ésa sólo era otra excusa para la falta de acción y Marcio ya llevaba mucho tiempo disculpándose.

Tal vez esta noche pueda hacerlo. Tal vez mientras duerme.

Pero Harold no regresó por la comida ni a dormir. Estaba en un estado de euforia. Había liderado su primera victoria. Había logrado lo que su padre nunca había podido hacer y él lo había hecho con rapidez y con una facilidad absurda. Se había apoderado de Calia. Pasó el día recorriendo la ciudad, mientras Sam y otros chicos lo seguían. Marcio se les unió durante un rato, pero manteniendo la distancia. Las celebraciones nada significaban para él, estaba exhausto y carecía de humo para recuperar las fuerzas.

La juerga por fin terminó al amanecer del segundo día. La potente luz del día era casi como un latigazo. Había cadáveres en todas las calles y columnas de humo gris que se elevaban de numerosos incendios, calentaban el aire. Marcio deambuló por los alrededores del castillo. No tenía idea de dónde estaba Harold. Ni Sam. Ni Rashford. Los brigadistas caminaban sin rumbo, encontrándose en distintas habitaciones, durmiendo en el suelo, comiendo lo que encontraban.

A medio día arribaron unos jinetes: el comandante Pullman, uno de los altos oficiales de lord Thornlees, y diez hombres de su antiguo ejército. Fueron llevados a la Sala del Trono, donde se les pidió que esperaran. Alguien dijo que mandarían a buscar a Harold, pero que sería difícil encontrarlo. Pullman se paseaba por la cámara y, cuando miró a Marcio, éste se encogió de hombros.

—Es un príncipe. Vendrá cuando le plazca.

—Él está al frente de esta campaña y estamos en guerra. Pero ya ha cometido muchos errores. Se suponía que las brigadas juveniles permanecerían en la muralla y nos ayudarían a defenderla, pero ahora las tropas de Thelonius sitian a nuestros hombres.

—¿Están atacando? —preguntó Marcio, tratando de ocultar su tono esperanzado.

Justo en ese momento entró Harold, que lucía increíblemente elegante y pulcro, enfundado en su armadura, con el cabello peinado de forma distinta a como lo tenía el día anterior. Se dejó caer sobre el trono y gritó:

—Marcio, mi vino.

Pullman hizo una venia y dio un paso al frente para hablar.

Ay, no. Así no es como se hace, Pullman. Tienes que esperar a que te inviten.

Marcio estaba seguro de que la reunión no saldría bien. Él podría ayudar a suavizar las cosas, pero ¿por qué habría de hacerlo? Le sirvió a Harold una gran copa de vino y se quedó a su lado.

—Su Alteza. Lord Thornlees me ha enviado con...

—¿Alguien está hablando, Marcio? ¿Oíste un ruido? —preguntó Harold, mientras le daba un sorbo a su vino.

Pullman comprendió su equivocación al hablar sin haber sido invitado, pero empeoró las cosas disculpándose profusamente.

—Sigo oyendo un ruido horrible. ¿Tú también lo escuchas, Marcio?

—Sí oí algo, Su Alteza.

—Algo rudo y desagradable que lastima mis oídos.

Pullman abrió la boca para protestar, pero por fortuna lo pensó mejor.

—¿Quién es ése que está frente a mí? —preguntó Harold.

—Es el comandante Pullman, Su Alteza —respondió Marcio—. Lord Thornlees lo envió con un mensaje para mi señor. Seguramente, un mensaje de felicitación por su gran victoria.

—Que hable entonces.

Pullman titubeó un momento, miró de reojo a Marcio, se obligó a sonreír y aprovechó las palabras de éste para empezar su discurso.

—¡Felicitaciones, Su Alteza! Por su triunfo aquí en Calia. Todo Brigant está dichoso con su éxito.

—¿Ya se enteraron?

—Bueno... quiero decir que estarán dichosos cuando se enteren.

—¿Ése es el mensaje de Thornlees? —preguntó Harold.

—Lord Thornlees todavía no había recibido la noticia cuando me envió aquí, Su Alteza. Está defendiendo la muralla, pero está siendo atacado por los soldados de Calidor, que lo superan en número de manera significativa. Por eso le pide a Su Alteza que envíe a sus brigadas para asistirlo.

—Así es que *allá* huyó Thelonius.

Huir no era exactamente lo mismo que combatir al enemigo, pero Pullman no era tan idiota para contradecir al príncipe.

Harold se volvió hacia Marcio, que en realidad habría preferido quedar excluido de esta conversación.

—Marcio, tú conoces mejor a Thelonius que cualquiera de nosotros. ¿Qué estará pensando? ¿Por qué abandonó su castillo para combatir en la muralla?

—No soy un estratega, Su Alteza.

—¡Respóndeme!

—Aunque mi conocimiento de la estrategia militar es limitado, mi conocimiento de Thelonius es elocuente —Marcio hacía un esfuerzo por pensar en algo que decir—. Hará hasta lo imposible por defender su reino, sus fronteras. Él confía en su castillo. Estoy seguro de que nunca imaginó que usted podría tomarlo. Tal vez ni siquiera sabía que estábamos acercándonos, debido a la velocidad con que atravesamos Abasca. Quizá ya lo sepa, pero es demasiado tarde, pues está empeñado en atacar a Thornlees con sus tropas. Si recupera la muralla, cree que usted quedará atrapado en Calia… con una provisión limitada de humo… y cuando éste se acabe… sólo tendrá que combatir contra un puñado de chicos.

Harold escuchaba sin mostrar emoción alguna.

—A veces, Marcio, creo que no eres tan estúpido como te hacen ver tus pálidos ojos —levantó una bota para quitarse un terrón de barro—. Parece que tendremos que regresar para salvar a Thornlees y mostrarle a Thelonius de lo que somos capaces.

Al oír esto, el rostro de Pullman expresó una sensación de gran alivio, alivio y resentimiento por tener que depender de los caprichos de un muchacho.

Harold se levanto y sonrió.

—Las cosas aquí se estaban poniendo aburridas. Marcio, diles a los líderes de las brigadas que reúnan a sus chicos. Regresamos a la muralla. Les mostraremos a estos ancianos cómo se derrota al ejército de Calidor.

TASH
TÚNELES DE LOS DEMONIOS

Sólo piensa en el depósito de humo.

Tash intentó concentrarse, inútilmente. Era difícil concentrarse, pero Geratan, Ambrose y todo el ejército de Pitoria dependían de ella. Tenía que olvidarse del peligro, e incluso de lo que estaban tratando de lograr. Lo único que debía hacer era concentrarse...

Piensa en la jaula.

Pero seguía sin pasar nada.

Botellas en una jaula.

¡Botellas, botellas, botellas!

La piedra que tenía delante siguió inmutable.

Ay, mierda.

Tash tomó aire y apoyó la cabeza contra la piedra. Tenía que ir ampliando otra vez el túnel desde la superficie. Y antes de eso llegaría a la superficie. Y encontraría a Geratan, lo cual era genial, pero Rafyon estaba muerto. Y cientos de imágenes nadaban en su mente; estaba exhausta.

¿Estás bien? preguntó Geratan, mientras ponía una mano suavemente sobre el hombro de ella.

Tash se enderezó.

Sí, estoy bien. Sólo necesito concentrarme.

Claro. Sí. Todos estamos agradecidos por lo que estás haciendo, Tash. Eres asombrosa.

Estoy viva, eso es lo asombroso. En un túnel de demonios, en un mundo de demonios. ¿Quién lo hubiera pensado?

Tash, estoy tratando de hacerte un cumplido. Cuando alguien me elogia por mi manera de bailar, me lo tomo muy en serio. Complacer a alguien es una cosa maravillosa. Por favor, presta atención a mi cumplido.

Tash no sabía cómo hacer eso.

Sí, claro.

También me puedes agradecer, si quieres.

Ah, bueno. Gracias.

Con gusto.

Tash todavía no sabía qué más decir, pero se sintió bien. Nadie había dicho nunca cosas amables sobre ella, ni siquiera Gravell.

Ahora tengo que pensar en el depósito de humo.

Por supuesto.

Gracias, en todo caso.

Estaré justo detrás de ti, si me necesitas.

Tash se sintió un poco más fuerte. Un poco más feliz. Retuvo en su cabeza la visión del depósito de humo. También se concentró en un lugar específico, quería salir desde abajo, *dentro* de la jaula.

Y por fin la piedra empezó a ceder —casi como una cortina que alguien abriera— y el túnel se inclinó hacia abajo, formando primero un arco amplio, que más adelante empezó a subir.

La visión se aclaraba en la cabeza de Tash; estaban cerca del depósito. Cerró los ojos y pensó en salir dentro de la jaula, y casi en cuanto lo pensó, la piedra que tenía encima se abrió y se deslizó hacia ella una botella de humo. Tash la sujetó, y luego empezó a levantar lentamente la cabeza a través de la hendidura. Estaba dentro de la jaula. Podía ver que había un guardia en la entrada a la cueva principal, pero les estaba dando la espalda y no parecía haberlos oído.

Tash retrocedió para hablar con Geratan.

Estamos dentro. Hay un guardia en la entrada.

Geratan se asomó por el agujero y luego volvió a bajar y tocó el hombro de Tash.

¿Puedes hacer otro túnel para salir justo detrás del guardia?

Tash hizo lo que le pedían, pensando en un lugar que estuviera a un par de pasos detrás del guardia. Tan pronto como la piedra se abrió totalmente, Geratan se adelantó, con tres de los otros cabezas carmesí. Tash no quería ver lo que harían. Fuera lo que fuera, lo hicieron en silencio.

Geratan volvió a descender por el túnel hacia donde estaba ella.

En pocos minutos, Ambrose empezará a atacar la cueva principal. Quédate aquí hasta que termine el combate.

Casi de inmediato, se oyó un sonido metálico a lo lejos. La batalla había comenzado.

¡Cuídate, Tash!

Geratan y sus hombres subieron corriendo hacia la caverna, sin que nadie los viera.

Tash regresó por su túnel y subió hasta el depósito de humo. No podía luchar, pero había algo que tenía que hacer y que era igual de importante. Retiró el corcho de la botella más cercana. El humo escapó de la botella y la envolvió, pero luego pareció elegir una dirección y bajó hacia el piso del túnel, para evaporarse hacia la cueva principal.

Tash dejó la botella en el suelo, tomó otra y liberó el humo, el cual volvió a formar un remolino que se filtró hacia el túnel. Abrió una tercera botella y luego una cuarta. Pero todavía había muchas. Esto tomaría demasiado tiempo. Así que levantó una quinta botella y la dejó caer. Luego una sexta, al suelo. Séptima y octava, aplastadas una contra otra, con una carcajada. Arrojó la novena contra los barrotes de la jaula.

Trozos de vidrio y remolinos de humo volaban a su alrededor. Apenas podía ver las botellas destrozadas a sus pies, debido a la cantidad de humo púrpura. Tash les dio una patada, mientras el humo revoloteaba alrededor de ella, cubría su cara y se metía por su nariz, hasta llegar a su cabeza. Estaba rodeada de humo, y lo respiraba, mientras arrojaba y pateaba botellas, riendo y gritando.

AMBROSE
TÚNELES DE LOS DEMONIOS

Ambrose se arrastró por la terraza, manteniéndose cerca de las paredes, mientras sus hombres lo seguían en silencio. Al otro lado de la caverna, Anlax hacía lo mismo: avanzar sigilosamente hacia los soldados de Brigant, para tomarlos por sorpresa. Al levantar la vista, Ambrose vio a varios demonios espiando desde sus terrazas superiores: ellos sí habían notado que algo estaba pasando, aunque los de Brigant todavía no.

Bueno, pensó Ambrose, *vamos a darles un espectáculo entonces…*

Luego de dar la señal de ataque, Ambrose corrió hacia el soldado que tenía más cerca y blandió su espada corta. El filo de la hoja rebanó el cuello del hombre y la sangre salpicó la mano y el rostro de Ambrose, quien ya estaba sobre el siguiente soldado, hundiendo su espada en el hombro del enemigo. Un barullo de golpes metálicos reverberaba por toda la caverna. Los soldados tomaron sus armas y corrieron a unirse al combate. Ambrose saltó desde las rampas para recibirlos, acuchillando a dos más, y quedó en terreno despejado. Enseguida atravesó la terraza corriendo y bajó la siguiente rampa, mientras revisaba que sus hombres siguieran detrás y miraba de reojo hacia donde estaba Anlax, para ver su progreso. En ese momento, vio a Cristal, la chica de la que Tash había hablado, corriendo hacia un túnel, guiando a varios soldados de Brigant.

Ella conoce la red de túneles, pensó Ambrose. *Intentarán atacarnos desde atrás.*

Así que hizo señas a cinco de sus hombres para que regresaran e interceptaran a la chica, mientras un grupo de soldados se abalanzaba contra él. El hombre que iba al frente era enorme y Ambrose vio que no podría igualarlo en fuerza, así que se hizo a un lado y le tajó las piernas, mientras saltaba a la terraza de abajo. Dos soldados lo siguieron de inmediato.

El combate se volvió puramente instintivo. Primero veía con los ojos y luego su cuerpo reaccionaba. Cortó la garganta de un hombre, usó el cuerpo de ese soldado para protegerse por un momento, luego rodó sobre el suelo para cortar las piernas de su siguiente adversario y hundir de inmediato la espada en su entrepierna. Ambrose volvió a incorporarse y sus hombres lo respaldaron.

Una columna de humo púrpura se elevaba desde uno de los túneles inferiores y daba vueltas por la caverna.

¡Tash! Está destruyendo el depósito de humo.

Volvió a ver a Cristal, que ahora estaba arriba, encima de Anlax. Detrás de la chica había una fila de soldados enemigos, que corrían a atacar a los hombres de Anlax desde atrás. Pero los hombres que Ambrose había enviado a interceptarlos ya estaban ahí, emboscándolos desde la boca de un túnel.

En la base de la caverna, los enemigos comenzaron a emprender la retirada, mientras los envolvía un humo púrpura cada vez más espeso. Ambrose corrió hacia ellos, al tiempo que soltaba su grito de guerra, un ensordecedor alarido metálico. Sus hombres se le unieron, gritando al unísono, mientras bajaban la rampa y aplastaban al último grupo de soldados. Ambrose sentía que le dolía el brazo con el que blandía la espada, y sentía la mano pegajosa de sangre y la cabeza embotada por el ruido, pero no podía parar hasta que asegurara la victoria.

TASH
TÚNELES DE LOS DEMONIOS

El estruendo que se oía en la caverna no se parecía a nada que Tash hubiese escuchado antes. Era una locura. El humo púrpura de los demonios que ella había liberado se arremolinaba sobre los cuerpos de los soldados muertos y en torno a los vivos, convirtiendo a los guerreros en meras siluetas. En el núcleo central, el humo se elevaba cada vez más y toda la caverna brillaba con una luz más púrpura que roja. También se sentía caliente, mucho más caliente. Era como estar dentro de una hoguera. Tash levantó los ojos hacia el techo. No le sorprendió ver a varios demonios que observaban la batalla desde arriba. Y de pronto vio a un demonio en particular.

¡Girón!

Y luego, unas cuantas terrazas debajo, Tash vio otro rostro conocido que se asomaba desde un túnel. Cristal observaba el humo que revoloteaba en el foso, y luego desapareció.

Ah, no, señorita. Tú no vas a escapar…

Tash salió corriendo, más rápido que nunca, sintiendo cómo el poder del humo púrpura fluía a través de ella, mientras saltaba por encima de cadáveres y armas abandonadas.

Arriba y más arriba. Cada vez más alto. En los niveles superiores había puentes de piedra que atravesaban la caverna y Tash vio a Cristal corriendo por uno y saltando a otro, con los ojos fijos en un túnel a su derecha.

¿Sería una salida? Fuera lo que fuera, Tash no quería que Cristal lo alcanzara.

Tengo que llegar allá antes que ella.

Tash corrió y se esforzó cuanto pudo. Voló por el aire y aterrizó en el siguiente puente, pero iba tan rápido que tuvo que frenar con todas sus fuerzas para no caer por el otro lado. Atravesó la terraza y bloqueó la entrada del túnel, justo cuando Cristal subía una rampa, con el pecho agitado por el esfuerzo. La chica disminuyó el paso al ver a Tash, y luego sacudió la cabeza y extendió los brazos, como si se sintiera derrotada.

Si crees que voy a caer en esto tan fácilmente, tú eres la del cerebro de guisante.

Pero luego, detrás de Cristal, apareció otra figura: la inmensa figura roja de Girón. La chica volteó y su rostro se llenó de pavor. Entonces corrió hacia Tash y la sujetó del brazo con desesperación.

Déjame pasar. Necesito salir.

Tú no vas a ninguna parte.

Si dejas que ese demonio me atrape, me va a matar.

¿Por qué debería preocuparme eso?

Te contaré sobre el humo. Por qué está cambiando. Y ahora está cambiando todavía más rápido. Sé muy bien qué pasará después.

Si te protejo de Girón, será mejor que nos cuentes qué está pasando. Si no, yo misma te pondré en sus manos. Y Tash sujetó a Cristal del cabello y liberó su brazo, para que la chica no pudiera oír sus pensamientos mientras se acercaba al demonio.

Girón se quedó muy quieto. No parecía enojado ni violento, sólo curioso. Incluso parecía sonreír.

Tash no sabía qué decir y sabía que los demonios hablaban con imágenes, no con palabras, pero le tendió una mano y Girón lentamente puso una mano sobre la suya.

¡Qué bueno verte, Girón! Aun si no puedes entenderme. Pero necesito llevar a esta chica con Ambrose.

Trató de mostrarle mentalmente lo que iba a hacer, pero antes de que tuviera tiempo de formar bien las imágenes en su cabeza, sintió que Girón le apretaba la mano y supo que se alegraba de saber que estaba viva.

Tengo tantas preguntas, Girón. Tanto que decir. Pero en realidad no sé cómo hacerlo.

De nuevo sintió una oleada de bienestar, casi como si una mano invisible la levantara y la consolara. Y Girón estaba sonriendo.

Entonces el demonio retiró la mano y se hizo a un lado.

AMBROSE
TÚNELES DE LOS DEMONIOS

Ambrose estaba jadeando, mientras el brazo con el que sujetaba la espada no dejaba de temblar. El humo púrpura que daba vueltas sobre el suelo empezaba a despejarse, dejando ver un montón de cuerpos ensangrentados a sus pies. Los soldados de Brigant habían luchado hasta su último aliento en la base de la caverna, pero habían sido vencidos. No obstante, todavía había mucho por hacer: debía garantizar que las entradas de los túneles estuvieran vigiladas y luego evaluar sus bajas. Giró para mirar a Geratan, pero en su lugar vio a Tash, que arrastraba a una chica del cabello en dirección a él.

Tash le tocó el brazo.

Ella es Cristal.

Eso imaginé.

No puede oírme ahora, pues, sólo estoy agarrando su cabello. Dice que sabe qué es lo que está pasando en la caverna y con los demonios. Dice que es importante.

Ambrose sacudió la cabeza.

Ella contaría lo que fuera… su vida depende de ello. Pero yo me encargaré a partir de ahora, Tash. Gracias.

Tash soltó a la chica y Ambrose la sostuvo del brazo, pero ella no trató de escapar. En lugar de eso, rodeó la cintura de Ambrose con sus brazos.

Gracias por rescatarme de los soldados de Brigant. Estaba tan asustada.

La voz que resonaba en la cabeza de Ambrose parecía suave y desesperada. Cristal lo miró. Tenía unos ojos hermosos, color plata, como los de Marcio, pero con un destello lila gracias a la luz púrpura de la caverna. Sin embargo, Ambrose no estaba interesado en la belleza de los ojos de la chica.

No te rescatamos. Tú eres una prisionera. Has estado colaborando con el enemigo.

Me obligaron. Yo era su esclava. Soy abasca. Lo único que conozco en la vida es la esclavitud. Los soldados de Brigant me habrían matado si no hacía lo que me pedían. Pero veo que ya sabes lo crueles que son. También mataron a toda mi familia.

Ambrose sacudió la cabeza, desconcertado.

¿Estás leyendo mis pensamientos? ¿Mi pasado?

Tus pensamientos están abiertos. Al igual que los míos. ¿Ves? Yo no te estoy ocultando mi sufrimiento.

Y entonces la cabeza de Ambrose se llenó con una visión de aquella chica trabajando en una mina, arrastrando carros llenos de piedra. Cubierta de moretones, muerta de hambre, viendo cómo sus compatriotas morían.

Sí, sufriste mucho. Pero de cualquier forma, trabajabas para ellos, contestó Ambrose.

Al igual que tú. Eras uno de los guardias de la casa real. Y veo que eras uno de los favoritos de la princesa Catherine.

Cristal aflojó un poco los brazos y levantó la vista con expresión de sorpresa.

Ah, ya sé quién eres. Sir Ambrose Norwend. He oído hablar de ti.

No tengo tiempo para comparar los horrores que hemos vivido. Tash dijo que tienes información útil sobre los demonios y el humo. ¿De qué se trata?

Sí, tengo información. Y ahora que he visto tus pensamientos y tus recuerdos, veo que esa información será más que útil, vital. Sé qué está por suceder aquí, en el mundo de los demonios. Y sé lo que sucederá con el humo. Puedo ayudarte. Cristal sonrió al mirar a Ambrose. *Y también puedo ayudar a Catherine.*

¿A Catherine? ¿Cómo? ¿Cuál es esa información?

He sentido el amor que albergas por tu princesa, por tu reina... y ella está en peligro, mucho peligro.

Ambrose se quedó atónito. *¿De qué hablas?*

Tu amada morirá si no haces algo para ayudarla. ¿Acaso no es tu deber protegerla? ¿No fue eso lo que juraste hacer?

Y si de verdad has visto mis recuerdos, entonces sabrás que Catherine me liberó de esa promesa.

Cristal negó con la cabeza.

Pero tú no te sientes libre de ella, ¿cierto? Estás atado para siempre, debido a esa promesa. Pues bien, ella morirá muy pronto si no me escuchas.

¿Y por qué debería creerte?

Cree en lo que puedas ver, sir Ambrose. Mira a tu alrededor. Este mundo de los demonios está cambiando, ¿cierto? Está cambiando cada vez más rápido.

Era cierto. La enorme columna de humo, el foso, se estaba elevando cada vez más y la caverna entera aumentaba su temperatura.

¿Y eso qué tiene que ver con Catherine?

Este mundo está llegando a su fin. Y sé cómo va a ocurrir. He leído los pensamientos de los demonios. Sé cómo está construido este mundo y cómo va a morir y a renacer.

El mundo de los demonios estaba cambiando, pero ¿podía Ambrose confiar en esta chica? ¿Cómo podía morir todo un mundo y volver a nacer?

Entonces cuéntame.

Cristal hizo un gesto de negación.

Te contaré todo si me llevas de regreso al mundo humano.

Me da la impresión de que eres capaz de decirme cualquier cosa con tal de salir al mundo humano.

Eso debes juzgarlo tú. Pero te alegrarás de estar allá cuando te lo diga. Vas a querer estar cerca de tu reina.

Ambrose se mordió el labio y examinó la situación en la que se encontraba. Su misión había tenido éxito. Habían destruido el depósito de humo y habían capturado o matado a todos sus enemigos. Catherine le había pedido que defendiera la caverna todo el tiempo que fuese posible, pero Geratan podía encargarse de eso. Algo estaba pasando aquí y él necesitaba saber qué era. Ambrose hizo señas a Anlax para que reuniera el escuadrón.

Está bien. Te llevaré a la superficie. Pero si esto es una mentira...

No lo es. Es la verdad más aterradora.

EDYON

MAR DE PITORIA

Edyon permanecía en el puente del *Pilar*, escrutando la lejana costa de Calidor. Lejana, sí, pero no lo suficiente. El *Pilar* era una nave pequeña de gran velocidad; no obstante, dependía del viento. Y aunque al comienzo había soplado una brisa ligera y constante que los alejó con rapidez de la costa, hasta que Calidor no fue más que una mancha vaga en el horizonte, la brisa había cesado al caer la noche y los había dejado estancados, flotando a la deriva en la oscuridad. Por eso al amanecer se horrorizaron al ver claramente a Calidor y, peor aún, cuando comprendieron que la corriente los estaba llevando lenta pero inevitablemente de regreso a tierra, hacia el temido ejército de Brigant.

Edyon levantó la mirada. La gran vela blanca del *Pilar* colgaba indolente del mástil, como una pesada cortina, y también parecía una inmensa bandera que se podía ver desde una gran distancia. Un par de patos se habían posado en el mástil, pero al menos las aves tenían opción de volar, o chapotear.

—¿No podemos remar? —preguntó Edyon.

—Al parecer, no se puede remar en esta clase de embarcación —contestó Byron—. Sólo podemos esperar que regrese el viento.

—Siento como si estuviéramos esperando a que los enemigos nos avisten.

—Bueno, pero supongo que, en ese caso, ellos tampoco tendrían viento para llegar hasta acá.

—Tal vez no, pero tendrían remos —Edyon volvió a mirar hacia Calidor—. Puedo ver el castillo —dijo, mientras observaba el humo que se elevaba por encima de la ciudad.

Edyon giró para mirar hacia el otro lado, hacia Pitoria; desde luego, no pudo ver tierra firme. Necesitarían tres días de buen viento para llegar allá.

El mar lucía plano, tan tranquilo que la superficie parecía lisa como un cristal. El *Pilar* se balanceaba en el agua, mientras el sol se reflejaba en la superficie azul; un pez volador saltó de pronto y se alejó por el aire, como si quisiera hacer alarde de su libertad y su velocidad. Pero al mirar hacia el agua, Edyon vio un gran disco de una sustancia cremosa y blanca que flotaba en el agua, luego vio otro y otro más, hasta que pareció como si el agua se hubiese vuelto blanca a su alrededor.

—Medusas —dijo Byron.

Edyon se estremeció.

—¡Qué horror! ¡Y son muchísimas!

—Las medusas pican, pero no hacen tanto daño.

Edyon no quería ver ni las medusas ni la costa, así que se tendió sobre la cubierta y cerró los ojos. Sentía como si lo estuvieran arrastrando a enfrentar su destino, y nada podía hacer para evitarlo. Tal vez también lo estaban arrastrando de regreso hacia Marcio. Entonces cerró los ojos y se concentró en el calor del sol y el lento crujido de la madera de la embarcación. No había dormido en toda la noche y ahora, a pesar de los nervios que sentía, sonrió al pensar en que Marcio había venido a buscarlo, sólo así concilió el sueño.

Despertó luego de lo que le pareció apenas un instante y sintió que el aire se había enfriado. Entonces oyó un golpe seco y, al levantar la mirada, vio cómo el viento volvía a inflar la vela.

¡Por fin! ¡Viento!

Edyon sonrió y se puso en pie.

Pero su alegría se convirtió en horror cuando vio lo cerca que estaban ahora de la playa y que un bote de remos acababa de zarpar del puerto de Calia y avanzaba directamente hacia ellos. Uno de sus guardias también vio el bote y gritó:

—¡Barcos saliendo del puerto!

Pero ¿serían refugiados huyendo de los soldados de Brigant? ¿O soldados de Brigant que venían tras el *Pilar*?

Quienesquiera que fuesen, estaban bastante lejos, ahora que el *Pilar* por fin reanudaba su avance.

Edyon miró al frente.

—Lo lograremos. Podremos escapar —dijo, mientras miraba a lo lejos y sentía el viento en la cara.

—¡Nos están alcanzando! —se oyó otro grito.

Edyon miró hacia atrás. Los barcos que habían salido del puerto ya estaban mucho más cerca. Eran tres barcos de remos y estaban avanzando tan rápido que no cabía duda de que debían venir impulsados por chicos vigorizados por el humo.

—La brisa todavía no es muy fuerte, pero ya estamos ganando más velocidad. Y esos remeros no podrán mantener semejante ritmo —dijo el capitán.

—Sí, sí podrán —contestó Edyon—. Tenemos que prepararnos.

Pero los guardias ya estaban en alerta máxima; habían visto a esos chicos tomar el castillo de Calia.

La única cosa que Edyon había tomado cuando huyó del castillo fue la botella de humo de demonio, así que se la tendió a Byron.

—Creo que deberías inhalar un poco.

Byron asintió, tomó la botella e inhaló.

La distancia entre el *Pilar* y los barcos de remos se cerraba cada vez más. El capitán de la embarcación gritó sus instrucciones:

—¡Hay que impedir a toda costa que nos aborden! Manténgalos lejos con fuego, arpones y flechas. Mientras no suban, podremos defendernos.

—Y si alguno de los chicos logra abordar —agregó Byron—, recuerden que tendrá una fortaleza y energía increíbles. Así que déjenmelo. Atáquenlos sólo si me ven caer o hay más de uno —luego se volvió hacia Edyon y añadió—: Y Su Alteza debe mantenerse abajo. Espere allá. Lo llamaremos cuando sea seguro.

—Bajaré si se acercan. Tal vez todavía podamos escapar —Edyon levantó la vista hacia la vela, deseando que el viento embraveciera. La brisa se sentía un poco más intensa en su mejilla. Luego miró la estela que dejaba el *Pilar* y trató de establecer si se estaban moviendo más rápido. Por último miró hacia la costa, que definitivamente estaba más lejos.

Nos estamos moviendo. El Pilar *podrá lograrlo.*

Pero los chicos también podrían alcanzarlos. Remaban cada vez más rápido y sin descanso. Los botes ya estaban cerca y pronto pudieron distinguir los rostros imberbes de los chicos. Nada más que unos jovenzuelos que les gritaban amenazas, mientras los guardias de Edyon les lanzaban flechas que se estrellaban contra sus escudos, a pesar de que no dejaban de remar. Uno de los chicos dejó incluso que una flecha le atravesara la mano. Luego se la arrancó y, entre carcajadas, gritó:

—¡Sus flechas no nos hacen daño!

—¡Baje a protegerse, Su Alteza! —gritó Byron.

Pero el príncipe no quería huir. Tenía que hacer algo.

—Inhalaré un poco de humo, Byron. Al menos eso me dará fortaleza para luchar contra ellos.

Antes de que Byron pudiera protestar, Edyon inhaló el resto de humo púrpura que quedaba en la botella. Y se sintió mareado y torpe, pero también mucho más vigorizado.

Los tres barcos de remos estaban cerrando la brecha, pero eran tan bajitos comparados con el *Pilar* que parecía imposible que pudieran abordarlos. Más se demoró Edyon en pensar eso, que los chicos en demostrarle cuán equivocado estaba. En un momento, dos chicos lanzaron a un tercero al aire. Parecía una pirueta de circo, sólo que los chicos emplearon más fuerza y el otro salió volando. Sin embargo, no alcanzó a llegar lo suficientemente lejos y cayó al agua como una piedra, en medio de las burlas de sus amigos. El líder estaba furioso y empezó a gritarles:

—Les dije que esperaran mi orden. ¡Ahora prepárense para lanzar a sus compañeros! Si el príncipe está a bordo, lo quiero vivo. Maten a los demás.

Los barcos se acercaron todavía más y su líder gritó:

—¡Ahora!

Seis chicos salieron despedidos, pero en ese momento se levantó una ráfaga de viento y el capitán del *Pilar* giró el timón, cambiando el rumbo de la embarcación. Gracias a esta maniobra, tres chicos más cayeron al agua. Pero los otros tres aterrizaron en la cubierta. El viento arreciaba y el capitán volvió a girar el timón, mientras otros chicos eran lanzados al aire. Los tres que abordaron se deslizaron hacia el puente y Byron mató al primero. Luego se volvió rápidamente hacia el segundo, mientras la vela de la embarcación se hinchaba plenamente y el *Pilar* empezaba a alejarse de las embarcaciones de Brigant, a medida que había menos chicos para remar.

Podemos hacerlo. Podremos escapar.

Pero a esas alturas ya habían aterrizado en la cubierta otros tres chicos y uno de ellos había derribado al capitán y se había apoderado del timón con un grito, mientras Edyon perdía el equilibrio y salía rodando hacia un costado de la embarcación. El *Pilar* comenzaba a navegar hacia los barcos de remos.

Byron estaba frente a tres chicos. Siendo un joven noble que había crecido entrenando, era mucho más hábil con la espada que los chicos, pero no podía mantenerlos a todos a raya y uno logró apuñalarlo por la espalda. Byron cayó de rodillas y volteó a mirar a Edyon. El príncipe gritó al ver que Byron se desplomaba sobre cubierta. Entonces trató de correr, pero en ese momento más chicos aterrizaron en el *Pilar* y algo lo golpeó con fuerza en la cara. Edyon trastabilló y cayó de espaldas sobre la cubierta, pero el humo lo curó casi de inmediato. Trató de levantarse, pero estaba rodeado de chicos que lo sujetaban de los brazos.

—¡Sujétenlo! ¡Amárrenlo! No lo maten. El príncipe Harold premiará nuestro logro.

Edyon luchaba por liberarse, pero a pesar de la fuerza que el humo le confería, sus adversarios eran muchos y uno de ellos lo golpeó otra vez. Edyon gritó con furia, pero en un segundo trajeron cuerdas y le ataron los brazos a los costados. Y lo único que pudo hacer fue quedarse ahí, escuchando la burla de sus captores. El cuerpo ensangrentado de Byron yacía inmóvil a sus pies, con la cara todavía apuntando en su dirección, y los ojos, abiertos y vacíos. Todos los otros guardias también habían muerto, el cuerpo de Talin yacía un poco más allá y había cadáveres en el agua flotando entre las medusas blancas.

—¿Alguien sabe cómo navegar este pedazo de mierda o tendremos que remar? —gritó el líder.

Pero resultó que nadie sabía navegar y Edyon fue arrojado por la borda hacia uno de los remeros, mientras los otros abandonaban el *Pilar*, dejando los cuerpo de Byron, Talin y los demás a la deriva.

MARCIO
CALIA, CALIDOR

Harold estaba reuniendo a las brigadas en preparación para su salida del castillo de Calia. Marcio necesitaría humo de demonio si quería seguir el ritmo de los chicos, pero no encontró a Rashford y terminó pidiéndole a Sam un poco.

—Supongo que sí, pero a Harold no le gustará que hayas usado el tuyo. Detesta que los chicos lo desperdicien. No tenemos un suministro interminable, ¿sabes?

—No lo desperdicié. El corcho de la botella se desprendió en medio del combate.

—Tendré que decirle lo que pasó —advirtió Sam mientras Marcio inhalaba.

Marcio puso los ojos en blanco.

—Por supuesto que lo harás, Sam. Asegúrate de que también sepa que compartiste con generosidad tu humo.

Y Sam fue directamente con Harold.

Cuando Marcio se unió a ellos, Harold lo miró y le dijo:

—¿Perdiste el humo, Marcio? Eso es inusualmente descuidado de tu parte. Eres uno de mis chicos dorados. Deberías estar brillando. Deberías estar radiante. No puedes ser descuidado.

—Tendré más cuidado en el futuro, Su Alteza. Es un honor pertenecer a su élite y hago lo máximo a mi alcance para ser un buen ejemplo ante los demás chicos. Sam fue muy generoso y compartió un poco de su humo conmigo —Marcio estaba acostumbrado a ocultar sus sentimientos, pero con Harold necesitaba rebajarse notoriamente. Estaba decidido a no despertar sospechas de ser algo diferente a un entusiasta devoto de su príncipe. Era horrible, pero haría todo lo posible para aparentar un poco más. Cuando confirmara que Edyon había escapado sano y salvo por el mar, encontraría una forma de dar muerte a Harold.

El ejército juvenil salió apresuradamente de Calia y se dirigió de regreso a la muralla fronteriza, mientras a su paso dejaba restos humeantes, escombros y cadáveres. Corrieron a lo largo del día más rápido que de costumbre, utilizando la ruta costera, pero sin detenerse a destruir nada a su paso. Y de esta forma, al final del día, cuando ya el sol se ocultaba, se acercaron a la frontera de Brigant y al punto de la muralla por donde habían cruzado unos días antes.

Harold detuvo sus huestes en la cima de una colina con vista a la muralla. Aún salía humo del foso del otro lado. La muralla había sido dañada y perforada en un punto para dejar una abertura estrecha. Quizá lo había hecho Thornlees. Y luego parecía que hubiera avanzado, pero no más de unos pocos cientos de pasos, hasta un punto donde era claro que se había librado una cruenta batalla. El suelo estaba sembrado de cadáveres y armas. También los caballos se pudrían en el suelo; uno de ellos todavía relinchaba e intentaba levantarse, pero sin lograrlo. Un perro pasó vacilante por encima de los cadáveres, olfateó uno y luego empezó a tirar de él con los dientes.

Harold sacudió la cabeza, indignado.

—Thornlees ni siquiera pudo cumplir esta simple tarea. Ni siquiera logró defender la muralla. Ese hombre es un inútil.

Marcio tenía el presentimiento de que Thornlees había *dejado* de ser un inútil, pero guardó silencio.

Harold bajó la pendiente hacia el campo de batalla y los chicos lo siguieron lentamente mientras su líder caminaba entre los cadáveres, dando tajos al azar con su espada, matando al caballo y pateando al perro, que gimió y se escabulló.

Un soldado de Brigant herido fue descubierto y arrastrado hasta donde se encontraba Harold. Rashford se arrodilló junto a él y preguntó:

—¿Qué pasó aquí, soldado?

—Perdimos —respondió el soldado.

La ira de Harold lo abandonó al instante y echó a reír.

—Bueno, no encuentro fallas en la evaluación de este hombre —se inclinó sobre él—. ¿Puedes decirme por qué perdieron?

—Eran demasiados.

—Demasiados para unos vejestorios como Thornlees.

—Descendieron desde un terreno más alto en cuanto atravesamos la abertura en la muralla. Los soldados de Calidor nos superaban en relación de tres a uno y nos obligaron a retroceder, pero la abertura era demasiado estrecha para hacerlo con rapidez. Sus arqueros dieron muerte a muchos. Lord Thornlees recibió un proyectil en el cuello al inicio de la batalla.

—¿Thornlees está muerto?

—Sí, Su Alteza.

—Merecía morir por este fracaso. Se suponía que debía defender la muralla, no avanzar.

Se suponía que tú también, pensó Marcio. *Si hubieras obedecido, esto no habría sucedido.*

—¿Dónde están mis Osos? —preguntó Harold—. Los dejé aquí para que los ayudaran a defender la muralla.

—Los arqueros de Calidor se deshicieron de la mayoría. Los chicos no tenían escudos. Las flechas caían de forma tan copiosa que era imposible esconderse de ellas, pero al menos los Osos eran hábiles y veloces, por lo que muchos huyeron.

Harold pareció ignorar esta acusación de desertores de sus tan queridos chicos. Se incorporó y miró a su alrededor mientras murmuraba:

—Volverán a intentarlo con las flechas —en voz más alta, añadió—: ¿Dónde están ahora los soldados de Calidor? No los veo en la muralla.

El líder de los Zorros respondió:

—Mis exploradores dicen que se han movido a las colinas alrededor.

Harold sonrió.

—Creen que nos tendieron una trampa.

El líder de los Zorros asintió.

—Y caímos directo en ella.

Harold se encogió de hombros como si eso fuese lo que había esperado.

—Es un plan simple. Como copiado de un manual de guerra. Poco imaginativo, pero así es como luchan los viejos. De todos modos, venceremos. Mañana, antes de la hora del almuerzo, el traidor de Thelonius colgará de la horca —Harold se dirigió a Marcio y agregó—: La batalla final se librará aquí, en tierra abasca. ¿Vas a disfrutarlo, Marcio? ¿Te dignarás a unirte?

—Estaré con mi señor de principio a fin, Su Alteza.

—Así será, Marcio—respondió Harold, y luego miró las colinas que los rodeaban—. Nos han atraído a su trampa, pero no combatirán con nosotros en la oscuridad. Su error fue esperar. Deberían haber atacado en cuanto llegamos.

—Entonces, ¿qué hacemos? —se atrevió a preguntar Marcio.

—Usaremos la noche, luego nuestra fuerza. Se sentirán confiados porque acaban de ganar una gran batalla, pero también estarán cansados. Han perdido hombres —enseguida se dirigió a los chicos que lo rodeaban—: Líder Zorro, lleva contigo a los mejores exploradores. Quiero saber la ubicación y el número de mis enemigos —giró hacia Rashford—: Lleva contigo a Sam y a los mejores asesinos de las otras brigadas. Quiero que elimines a los guardias de Calidor. Ponlos nerviosos. Córtales la garganta, derrama sus entrañas... Aterrorízalos. ¿Puedes hacerlo, líder de los Toros? ¿Has recuperado el coraje?

—Tengo el suficiente —respondió Rashford—. ¿Debemos actuar con sigilo?

—En silencio o con mucho ruido. Lo que sea más aterrador. Clavemos sus cabezas en lanzas, arrojémoslas a los arbustos, cortémosles las manos y los pies. Saquémosles las lenguas. Cuando llegue el amanecer, quiero que estos hombres contemplen lo que les espera.

Rashford asintió y miró a Marcio, diciendo:

—Quizás este abasco conozca bien el territorio.

Harold frunció el ceño.

—No es complicado. Son colinas y arroyos con algunos soldados escondidos. Procede y deja en paz a mi lacayo.

Rashford hizo una reverencia y retrocedió. Pidió a otros que se unieran a él, y en poco tiempo ya corrían hacia las colinas.

Harold se dirigió al resto de sus chicos.

—Quiero que avancen por el campo de batalla y encuentren todos los cadáveres de soldados de Calidor. Córtenles la cabeza. Pónganlas en estacas.

Los chicos encendieron antorchas y se pusieron manos a la obra. Al principio, algunos se mostraron reacios, pero Harold gritó:

—¡Cualquiera que no cumpla su tarea será castigado! ¡Cualquiera que no siga mis órdenes es un traidor!

Entonces, los chicos se lanzaron en tropel y con hacha en mano sobre los cuerpos con sombrío entusiasmo, mientras intentaban bromear sobre las partes de los cuerpos y la cantidad de sangre.

Harold estaba junto a Marcio y observaba con atención la escena.

—La gente de Calidor debe estar mirando. ¿Qué pensarán de esto, Marcio?

En medio de la luz vacilante, la escena resultaba macabra. Había cabezas clavadas en lanzas, al igual que brazos y manos. Los chicos estaban compitiendo para ver quién podía exhibir los cuerpos de la peor manera. Marcio sabía que la gente de Calidor pensaría que Harold era un monstruo de Brigant, bárbaro e incivilizado.

—Les parecerá aterrador, estremecedor. Le temerán, Su Alteza. Como deberían hacerlo —respondió.

—Sí, como deberían hacerlo —murmuró Harold.

Antes del amanecer, el líder de los Zorros regresó con su informe.

—Las fuerzas de Calidor se dividen en tres. La más grande, al sur, está compuesta por alrededor de dos mil hombres, doscientos de ellos a caballo. Al oeste y al este, otros mil a cada lado, y los arqueros están con ellos: cien en cada grupo.

—¿Y hay algunos en la muralla? —preguntó Harold.

El chico negó con un gesto.

—Sólo en los fuertes que están más adelante; ninguno cerca.

—Ja. Por eso no desplegaron su trampa en cuanto llegamos. Esperan que simplemente regresemos a Brigant. Por eso nos están dejando la puerta abierta para que la usemos —Harold sonrió.

Tal como debieron haberlo hecho algunos de los Osos.

—Bueno, iremos hasta esa abertura, pero no la atravesaremos. Quiero vigías en la muralla. Los arqueros serán el primer desafío. Todos los chicos deben tener escudos. Pueden obtenerlos del campo de batalla. Después de las flechas, vendrán los caballos. Los soldados de Calidor saben que ahí recae su fortaleza. Es en el combate cuerpo a cuerpo donde venceremos —de pronto, en el rostro de Harold apareció una expresión de regocijo tras una idea—. Nos haremos los muertos. Entonces se acercarán. Y nos levantaremos —sonrió y se dio unos golpecitos en los labios—. Pero Thelonius no es tan tonto. Será cauteloso. Creo que aquí es donde mis pequeños Avispones volverán a ser de utilidad.

Harold convocó a Tiff.

—Tu objetivo es capturar a Thelonius. Ni más ni menos. Cuando nos hagamos los muertos, enviarán hombres para comprobarlo. Thelonius, espero, estará con estos hombres, pero si no es así, si se queda en su sitio, entonces ustedes llegarán por detrás —Harold sonrió—. Son tan pequeños y veloces que estos viejos no sabrán si son soldados o niños. Griten y den alaridos. Confúndanlos. Griten pidiendo ayuda. Como si ellos debieran ayudarlos, como si ustedes estuvieran huyendo de algo. Ellos dudarán. No querrán matar niños.

Rashford, Sam y los otros asesinos regresaron en ese momento, con las manos y la ropa salpicadas de sangre.

Sam estaba radiante.

—Fue como sacrificar ganado. Son tan lentos que pudimos acercarnos, cortarles el cuello y marcharnos antes de que pudieran moverse. Fue como un juego.

—Y perdieron todas las partidas —dijo Rashford, aunque no sonaba muy alegre—. Hemos eliminado algunos guardias, pero todavía hay muchos de Calidor allí.

En ese momento, el sol salió sobre la ladera, revelando el horror del campo de batalla, con los cadáveres desmembrados y colgados. Rashford guardó silencio, pero miró hacia el otro lado del campo y luego se giró con un breve estremecimiento.

Marcio, sin embargo, tenía su propio trabajo que hacer. Harold, como siempre, estaba preocupado por su apariencia, sobre todo en este día, cuando obtendría una famosa victoria, por lo que Marcio tuvo que limpiar su armadura. Una vez que la pulió hasta darle un brillo reluciente, Harold dijo:

—Póntela.

Era tan brillante que el enemigo no podía equivocarse. Con una sensación de vacío en el estómago, Marcio comprendió el plan. Los soldados de Calidor pensarían que el chico que llevaba esta armadura era Harold. Una vez que Marcio se vistió, Harold sonrió.

—Ahora te ves casi como un soldado, Marcio. Pero nunca te verás como un príncipe.

—Quizá si tuviera una espada —sugirió Marcio.

—Bueno, toma una, hay mil por aquí —dijo Harold. Claramente, no le daría a Marcio su propio filo, de plata y oro.

—¡Arqueros al oeste! —el grito provenía del mirador de la muralla—. Arqueros al este. Cúbranse. A cubierta.

Un silbido llegó desde el oeste, seguido rápidamente por otro desde el este. Todos los chicos miraron hacia arriba a un tiempo y sus ojos siguieron las flechas que se elevaban hacia lo alto; al instante levantaron los escudos de los soldados caídos que habían recogido en el campo de batalla.

—Sí, usen sus escudos. Protéjanse. Pero quiero que algunos de ustedes se dejen caer al suelo —dijo Harold—. Y griten. Y algunos pueden intentar correr hacia la muralla. Que parezca que estamos entrando en pánico. Pero traten de no reír, muchachos.

Harold levantó su escudo y caminó con confianza a través del campo de cuerpos mutilados. Algunos chicos a su alrededor gritaron y cayeron al suelo, fingiendo estar muertos.

—Mantén tu escudo en alto, Marcio. Aún no estás muerto. El príncipe Harold no caería tan fácilmente.

Harold caminó hacia el centro del campo. Estaban rodeados de cuerpos, vivos y muertos. Llovían flechas. Una le hizo un corte en el muslo a Marcio, pero sintió cómo enseguida el humo curaba su herida. Se desprendió otro enjambre de flechas y más chicos cayeron. Marcio no sabía cuántos estaban fingiendo y cuántos habían resultado realmente heridos. Sólo había veinte o treinta chicos en pie, y Harold dijo:

—Sam, Marcio. Quédense conmigo. Vamos a buscar a Thelonius. Lo quiero vivo. Mi prisionero. Pero primero un poco de actuación —al decir esto, se agarró el pecho, como si se le hubiera clavado una flecha, e hizo un ruido como de moribundo mientras caía dramáticamente al suelo.

Rashford estaba cerca y miró a Marcio con las cejas enarcadas antes de sujetarse el pecho y gruñir y quejarse mientras caía. Marcio también cayó de rodillas en el momento mismo en que divisaba movimiento hacia el norte. Las flechas habían dejado de llover.

—Se aproximan los jinetes —anunció.

—Puedo oír el sonido de los cascos —respondió Harold—. Mantente visible, Marcio. Y vigila. Cuéntanos qué tan cerca está tu antiguo amo.

Marcio permaneció de rodillas. Los jinetes venían hacia él. Debían haber visto la armadura del príncipe; después de todo, ¿quién podría ignorarla?

—¿Alcanzas a ver a Thelonius? —preguntó Harold.

—Sí, pero está muy atrás, en el extremo del campo.

Los jinetes de Calidor se dirigían hacia Marcio. Pero el campo de batalla era un mar de cuerpos. Era imposible determinar cuáles estaban vivos, si es que quedaba alguno, y casi imposible determinar quién era de Brigant y quién de Calidor. A los caballos les disgustaba caminar entre los cuerpos y algunos jinetes tenían que azuzarlos y darles pequeños puntapiés para que avanzaran. La mayoría de los caballeros desmontaron, con las espadas desenvainadas, estoqueando cuerpos en el suelo. El hedor a sangre y carne se había intensificado de la noche a la mañana, y las moscas habían comenzado a pulular bajo el calor del sol matinal. Los de Calidor maldecían, asqueados por lo que veían y olían. Las rodillas de Marcio estaban mojadas por el contacto con el suelo ensangrentado. Su estómago estaba revuelto. Quería orinar y cagar y vomitar, todo al mismo tiempo.

Los Avispones ya deberían venir corriendo, pero no se les veía.

Lentamente, los soldados de Calidor se aproximaron, todavía encabezados por dos jinetes. Marcio bajó la cabeza, su corazón latía desbocado. Un caballo negro se detuvo frente a él y el jinete habló.

—Levante la cabeza. Déjenos ver su cara.

Marcio no se movió, pero respondió en el idioma de Calidor:

—Vete a la mierda.

—Dije que levantaras la cabeza.

—Y yo dije que te fueras a la mierda.

El hombre desmontó. Lo mismo que el otro jinete, cerca de él. Llegaron hasta donde estaba Marcio.

Pero en ese momento se escuchó un grito distante. Los soldados se giraron para mirar y cuando Marcio levantó la cabeza alcanzó a ver a los Avispones corriendo en un grupo sólido en dirección al contingente principal de Calidor, que estaba concentrado en el extremo del campo de batalla. Los Avispones lanzaban chillidos y aullaban a más no poder.

—¿Pero qué dem...? —comenzó a decir el soldado de Calidor, pero no terminó su pregunta.

Harold se levantó y le enterró su espada en el cuello. Su cabeza y su cuerpo cayeron en diferentes direcciones en el momento en que el príncipe gritaba:

—¡Al ataque!

Los chicos ya se estaban levantando, saltando y gritando, moviéndose tan rápido que los soldados de Calidor, en comparación, parecían tener los pies hundidos en barro.

El soldado frente a Marcio blandió su espada, pero Marcio rechazó el golpe y Rashford derribó al hombre desde atrás. Los soldados de Calidor en el campo de batalla ya habían sido sometidos y los jinetes bajados de sus monturas. Tomó sólo un momento. Harold corrió hacia el frente gritando:

—¡A buscar a Thelonius! ¡Y la victoria!

Los chicos se lanzaron hacia el ejército principal de Calidor. Dieron un salto enorme por encima de las filas externas de hombres para aterrizar en medio de aquella multitud, cortando cabezas, cuellos y hombros en su aterrizaje. Era un caos total. Los caballos se encabritaban, los hombres gritaban y, en el centro, los Avispones rodearon a Thelonius. Ya un chico se había subido a su caballo y otro se aferraba a su espada mientras el gobernante de Calidor atacaba a los chicos debajo de él. De pronto, el rey desapareció de la vista, tirado por su caballo, y se perdió en medio del tumulto.

Marcio siguió a Harold mientras lanzaba tajos contra los soldados de Calidor.

—¡Tenemos a Thelonius! Es nuestro —gritó Tiff.

Harold se abrió paso a estocadas y giró hacia el centro de la masa de hombres, con espada rápida y precisa, hasta que sólo quedaron chicos frente a él. Los Avispones tenían a Thelonius de rodillas. A su alrededor, la lucha se estaba extinguiendo. Los soldados a caballo todavía intentaban abrirse paso, pero los chicos estaban protegiendo este círculo.

—¡Soldados de Calidor, tengo a su líder! Tengo a Thelonius —gritó Harold. Luego puso la punta de su espada en el cuello del rey y exigió—: Ríndanse.

Thelonius miró a Harold y sacudió la cabeza.

—Nunca.

—Imaginé que dirías eso. Pero mira a tu alrededor, tío. Perdiste. Mis chicos darán muerte a todos tus hombres. Todos morirán por un reino que ya es mío —Harold bajó la espada y se agachó para ver el rostro de Thelonius, o quizá para que Thelonius viera el suyo—. Sin embargo, te concederé una escapatoria. Una noble salida. Una mínima oportunidad. Resolvamos esto el uno contra uno. Tú contra mí. Si me vences tú, nos iremos.

Thelonius parecía tentado.

—Tendrás que decidir pronto —dijo Harold.

—Dame tu palabra.

Harold sonrió.

—Palabra de honor. Mis chicos se irán si tú me matas.

Marcio estaba seguro de que Thelonius no creía en la palabra de Harold y él ciertamente no creía que Aloysius la honraría, pero en realidad no tenía otra opción.

—¡Dejen de combatir, muchachos! Tenemos una tregua —gritó Harold.

La orden se dispersó de voz en voz y los últimos combates cesaron.

Harold ordenó a los Avispones que soltaran a Thelonius y le entregaran su espada.

—Y devuélveme mi armadura, Marcio. Éste pasará a la historia como un glorioso combate, un hombre hecho y derecho contra un joven muchacho.

Marcio ayudó a Harold a ceñirse de nuevo la armadura mientras los soldados de Calidor y los de Brigant se reunían a su alrededor, cada uno a un lado de los dos contrincantes.

Thelonius reparó en Marcio y se puso rígido. Gritó:

—Así que estás aquí. ¿Es éste el bando que elegiste, Marcio? Me equivoqué al pensar bien de ti.

—¿Y yo alguna vez tuve razón en pensar bien de ti? —replicó Marcio.

Thelonius no respondió y se alejó. Y Marcio sintió tristeza en su corazón. Sabía que Thelonius moriría. Sería bueno decirle algunas palabras de aliento, al menos hacerle saber que Edyon había escapado. Pero ése era un lujo que no podía permitirse; Thelonius tendría que asumir su propia carga.

Thelonius y Harold caminaron hacia el centro del círculo abierto: el hombre y el chico, rodeados respectivamente de hombres y chicos. Ambos levantaron sus espadas y caminaron en círculos, evaluando a su oponente. Thelonius atacó primero y Harold se defendió. Los primeros lances fueron bastante convencionales. Thelonius era un espadachín experto, pero Harold también había sido bien instruido. Thelonius era más corpulento, más musculoso y mucho más experimentado, pero Harold había inhalado humo de demonio.

La lucha tenía un aspecto casi frívolo. Las espadas chocaron, los combatientes retrocedieron. Se encontraron de nuevo, retrocedieron de nuevo. Pero en el siguiente encuentro, Thelonius arremetió con fuerza. Harold se giró rápidamente para evitar el afilado acero y luego dio media vuelta, lanzando un contraataque que logró una herida en la parte inferior de la pierna de Thelonius antes de replegarse fuera del alcance de su tío. Thelonius se tambaleó, pero levantó la espada.

—Bueno, todo esto está muy bien como calentamiento, pero no es una batalla histórica —dijo Harold—. Es demasiado aburrida. Nadie quiere ver un combate como éste. Quieren ver algo como esto —entonces emprendió una carrera y saltó por encima de Thelonius, girando en el aire y acertando una estocada en el hombro izquierdo de su oponente. Thelonius fue empujado, pero logró mantenerse erguido, mientras la sangre empezaba a brotar de una herida profunda.

Harold se paseó a su alrededor.

—Tu pierna derecha es la más débil. Casi inútil. Estarías mejor sin ella —luego gritó—: Muchachos, ¿no creen que él estaría mejor sin una pierna inútil?

Se escuchó una gran ovación a modo de respuesta. Los chicos estaban emocionados ante semejante despliegue de fuerza. Y Harold corrió hacia Thelonius, derribó su espada y al girar le propinó un tajo muy profundo en la pierna; enseguida, usando el impulso de su propia espada, lanzó a su oponente por el aire, ejecutó una espectacular voltereta y aterrizó con firmeza en sus pies. Los chicos a su alrededor vitoreaban enardecidos. Marcio se vio obligado a también hacerlo.

Thelonius todavía estaba en pie. Rugió de rabia y trató de avanzar, pero su pierna derecha cayó al suelo, cortada limpiamente a la altura del muslo. Permaneció erguido un momento, mientras la sangre brotaba de su herida, antes de caer.

Harold se paró sobre él.

—¿Te rindes?

—Estás demente y eres malvado, maldigo el...

Pero Marcio nunca supo lo que iba a maldecir Thelonius pues Harold le cortó la cabeza con un furioso grito.

—¡No te atrevas a maldecirme, vejestorio!

Harold se paró triunfante sobre el cuerpo y ordenó:

—Exhiban su cabeza, su cuerpo y la pierna. Que todos vean las tres partes —luego miró hacia arriba y a su alrededor, como si estuviera tratando de decidir qué hacer con la enorme fuerza militar de Calidor. Gritó—: Suelten las armas. Ríndanse.

Algunos de los soldados arrojaron sus armas y se arrodillaron, y muchos corrieron hacia el bosque. Un grupo de chicos los persiguió, pero Harold ya había perdido el interés. Estaba demasiado ocupado en su desfile victorioso, felicitando a sus muchachos.

—Hemos tomado Calidor. He derrotado a Thelonius. Calidor es nuestra. Nos quedamos con *todo*.

Marcio estaba asqueado. Harold haría lo mismo con Edyon si alguna vez lo atrapaba. Los chicos también habían enloquecido. Todo era una locura sangrienta y espantosa. Él quería irse, pero más que eso, quería deshacerse de Harold.

Marcio podría acabar con todo esto con una sola piedra. Sacó una de su bolso y echó el brazo hacia atrás, pero un Zorro corrió hacia Harold en ese momento y el abasco abortó su lanzamiento.

—Su Alteza, tengo noticias —gritó el chico—: Hemos capturado al hijo de Thelonius. Es nuestro prisionero en Calia.

—¿Edyon? —preguntó Marcio.

De nuevo, Marcio había perdido su oportunidad, aunque tal vez nunca había sido una opción en absoluto.

CATHERINE

CAMPAMENTO REAL,
NORTE DE PITORIA

*Si sospechas que algo anda mal, probablemente tengas
razón.*

Proverbio de Pitoria

Catherine casi deseó haberse quedado en el campamento
con Tzsayn, pero sabía que necesitaba estar junto a sus
hombres. Sin el rey, al ejército le faltaba una figura que li-
derara. Tal vez ella no podría combatir, pero sí comandar. La
ruta que tomaron fue a través de tierras de cultivo y colinas
verdes, y Catherine iba midiendo su avance mirando hacia la
Meseta Norte, una presencia constante, que cada vez parecía
más alta y más cerca. Y en algún lugar allí, dentro de todas
esas rocas, estaba Ambrose. Recordó cuando había estado en
el borde de la meseta con él, lo diferente que se veían las
cosas desde allá arriba y lo lejos que alcanzaba la vista. Sin
duda, cualquiera que estuviera allí en ese momento vería a
su ejército y sabría que ella estaba a la cabeza.

Catherine se sintió de pronto muy pequeña. Era una sensación que había experimentado antes: como si fuera una diminuta hormiga roja caminando sobre la tierra, observada

por su padre; sólo que ahora ella era una hormiga blanca brillante. Y sabía que estaba siendo observada: con seguridad el ejército de Brigant tendría vigías en la meseta.

Sintió una pizca de temor, pero luego miró a los hombres a su alrededor y se recordó a sí misma: *No soy una hormiga y no estoy sola. Tengo cientos de hombres conmigo. Y no estamos tratando de escondernos. Los enemigos de Brigant deberían vernos, deberían verme y sentir miedo.*

Avanzaron hacia el río Ross, luego se dirigieron al oeste durante toda la tarde, sin encontrar señas del enemigo. Después de un recodo en el río, subieron una pequeña colina, que les daba una excelente vista en todas las direcciones. Catherine se detuvo para hacerse un mapa mental. A lo lejos se veía la oscura mancha de Rossarb, con las ruinas del castillo destacando en lo alto. Y en la llanura próxima, había una masa de caballos y hombres. El ejército de Brigant.

Era inmenso.

Una vez más, Catherine sintió que el miedo amenazaba con apoderarse de ella, pero dirigió la mirada a sus propias tropas y encontró un espectáculo reconfortante. Los cabezas blancas no sumaban un número muy considerable, pero a su izquierda alcanzaba a ver a los cabezas azules de Davyon, que se acercaban desde la costa. Desde esta distancia parecían hormigas, pero eran miles.

—Avanzaré con los cabezas blancas un poco más, Su Alteza —dijo el general Ffyn—. Ésta es una buena posición para que permanezca mi señora; será visible para nuestros hombres, pero estará protegida del enemigo.

Catherine estuvo de acuerdo y su guardaespaldas instaló un pequeño campamento en la colina mientras Ffyn lideraba la fuerza principal de los cabezas blancas. A primera hora de la tarde, el ejército de Pitoria estaba alineado desde la costa hasta el río. Al amanecer, los remeros atracarían en la costa norte. Los soldados de Brigant estarían rodeados y obligados a dar batalla.

A la luz de una vela titilante, Catherine escribió y envió dos mensajes, uno a Tzsayn y otro a Davyon.

—No los confundas, por favor —instruyó mientras los entregaba, imaginando a Tzsayn recibiendo la notificación formal de que las fuerzas de Catherine ya estaban en posición, mientras Davyon abría el mensaje más íntimo destinado a su esposo.

Y entonces... nada. Catherine recordaba esta sensación de la batalla de Rossarb: la espera era la peor parte. Caminó alrededor de su pequeño campamento, hablando con sus hombres, tratando de parecer relajada, de pensar positivamente, pero deseando con desesperación ver iniciada la acción.

EDYON

CALIA, CALIDOR

tro día, otra mazmorra. Edyon se habría reído de no ser
porque sentía que nunca volvería a reír. No después de
haber visto a Byron y a todos los demás muertos en el *Pilar*, y
no después de que fueran arrastrados por el castillo los cuerpos de nobles y sirvientes que ahora yacían en charcos de
sangre. La muerte estaba literalmente a su alrededor. No podía escapar.

¿Soy yo? ¿Es mi culpa?

Quizá si yo no estuviera aquí, la muerte tampoco estaría.

Edyon se sentó en el calabozo del castillo de Calia. Estaba
oscura, húmeda y maloliente. No tan mal como la cabaña de
lord Farrow, pero peor que las celdas de Tzsayn en Rossarb.

Al menos ésta será la última celda que veré.

Edyon estaba seguro de eso.

No me dejes morir lenta y dolorosamente. Hazlo rápido.

El chico que había encerrado a Edyon en la celda le había
dicho:

—Harold querrá una gran audiencia para tu ejecución.
Puede que te suban a la carreta.

—¿La carreta?

—Una carreta tirada por burros, con una gran hoja afilada que corta a las personas en dos.

—Ah. Es útil tenerlo en un artilugio móvil, de eso estoy seguro.

—A él le gustan sus máquinas.

—Es una pena que no le guste la paz, el orden, la justicia, la civilización, servir a su gente, beber tranquilamente una copa de vino y una buena vista, o algo tan simple como ser amable.

—¿Quién quiere ser amable cuando tienes el poder que él posee? —y el chico le cerró la puerta a Edyon.

Yo quiero ser amable. Quiero a Byron con vida y a toda la gente de Calia sana y salva y...

Las lágrimas rodaron por sus mejillas. Nada bueno quedaba y mientras más pronto se alejara de todo, mejor.

De hecho, Edyon no estuvo mucho tiempo en la mazmorra dado que los chicos odiaban bajar a alimentarlo. No había probado bocado en todo el día y alguien debió recordarlo, así que lo llevaron a la Sala del Trono. Al mismo sitio donde unas semanas antes había sido coronado. Ahora estaba encadenado a la pared como un perro, con un cuenco de agua y un poco de pan duro, y le habían asignado un guardia especial: Broderick.

Broderick, no obstante, estaba menos interesado en Edyon y más en ver a los otros chicos que jugaban a los dados. Apostaban botas, dagas y monedas, todo en abundancia, y Edyon supuso que habían sido arrebatados de los cuerpos en el castillo. Pero lo que no abundaba era la comida, que se estaba volviendo cada vez más valiosa. Edyon observaba desde un costado. Los chicos eran desorganizados, agresivos, groseros y perezosos, y pronto estarían a punto de morir de hambre.

Y no sería una mala forma de deshacerse de todos ellos.

Alguien trajo un bolso de manzanas por el cual regatearon agresivamente. Broderick, que sólo tenía dos monedas, consiguió una manzana magullada.

—En todo el día sólo he comido corteza de pan —dijo Edyon.

Broderick se colocó junto a Edyon masticando su manzana.

—¿Y?

—Pensé que me iban a ejecutar en un espectáculo dramático, no que moriría de hambre en la esquina de este calabozo.

—No estás muriendo de hambre; sólo tienes hambre. Todos nos hemos sentido igual en algún momento. Acostúmbrate —dijo Broderick.

—Me encantaría una rebanada de pan fresco, un pollo cocido, incluso un tazón de avena sería suficiente. Supongo que el personal de la cocina todavía está vivo, ¿cierto? —preguntó Edyon, aunque conocía de antemano la respuesta.

—Incluso si lo estuvieran, no obtendrías comida —respondió Broderick.

—¿Cuánto pagaste por esa manzana?

—No es asunto tuyo —respondió Broderick, y comenzó a alejarse.

—Tengo dinero. Podría comprar mi propia comida.

Broderick se detuvo, dio media vuelta y regresó.

—¿Dinero?

—No conmigo, ése ya lo han robado, sino en mi reserva personal. Puedo decirte dónde está. Hay más que suficiente para pagar la comida de ambos.

—¿Dónde está?

—Será mejor que compartas la comida que compras, Broderick.

—Dime dónde está y luego te compraré algo.

Edyon no estaba seguro de que pudiera confiar en Broderick, pero tenía hambre y no le importaban las cosas en su reserva personal.

—En mi habitación hay un armario secreto detrás del panel, a la izquierda del escritorio —dijo—. Presiona el lado derecho y el panel se abrirá. La llave está en el cajón del escritorio.

Poco tiempo después, Broderick regresó con los bolsillos tintineando y una sonrisa en el rostro.

—¿Puedo comer un pastel y pollo? —preguntó Edyon—. Y una manzana, para empezar.

—Muy pronto —respondió Broderick, y luego fue a sentarse en la esquina a contar monedas.

—Tengo hambre —gritó Edyon.

Broderick volvió adonde estaba él y le dijo:

—Estoy cansado de tus lloriqueos —le dio un par de patadas—. Comerás cuando yo así lo indique.

Las patadas dolieron, pero entonces todo dolía. Edyon pensó en Byron tendido en un charco de sangre y sollozó por él. Sus únicas esperanzas eran que Marcio estuviese vivo y de alguna manera se alejara de esta turba demente y viviera una larga vida en algún lugar libre de dolor y crueldad, y que el ejército de Thelonius aplastara a Harold.

Su esperanza no duró más de dos días, tiempo en el cual pudo comer un trozo de pastel rancio, dos manzanas y una pierna de pollo con más huesos y cartílago que carne. Al segundo día, Broderick le dio una leve patada y le dijo con una sonrisa:

—Harold está aquí y trae una gran noticia. La noticia es que él mismo mató a tu padre.

Edyon no estaba seguro de qué creer o qué sentir siquiera. Thelonius era su padre, pero no podía decir que lo amara. Apenas lo conocía. Sin embargo, había esperado llegar a conocerlo bien con el tiempo. Desde su infancia, había imaginado que se encontraría algún día con su padre y, una vez que supo quién era, había anhelado algo más: acercarse a él, aprender de él, hacer que se enorgulleciera de este hijo. Y eso había comenzado a ocurrir. Pensó en cómo Thelonius lo había apoyado incluso cuando acusó a Regan de planear su asesinato. Nada en la relación de ellos había sido sencillo, pero se fueron compenetrando poco a poco; habían sido padre e hijo. Recordó que Thelonius había dicho, *no podría desear un mejor hijo y Calidor no podría añorar un futuro mejor que con él a su cuidado.*

Miró a Broderick.

—¿Estás seguro? ¿Mi padre ha muerto?

—Combatieron uno contra el otro para decidir el ganador de la batalla y Harold venció fácilmente. Le cortó una pierna y luego la cabeza.

Edyon se sentó con la mirada perdida, y recordó su primera cena con Thelonius y lo felices que se habían sentido los dos. Eso había sido sólo un par de semanas atrás.

Una patada y la bota de Broderick en su muslo lo devolvieron al presente.

—No obstante, no creo que Harold quiera combatir contigo. No serías en absoluto un desafío para él.

—Por una vez estamos de acuerdo, Broderick.

—Creo que te cortarán en dos.

—Eso ya lo habías dicho —notó Edyon.

—Puede ser una mejor manera de morir. Un espectáculo espantoso, supongo, pero rápido.

—Gracias por tus palabras, son un gran consuelo, Broderick.

—En Brigant, muchos chicos pobres son llevados a la horca todo el tiempo y a nadie le importa.

—Imagino que a *ellos* les importa. Como me importará a mí.

—Bueno, entonces no deberías haber sido un príncipe, ¿cierto?

—En efecto. Podría ser un estudiante pobre en Pitoria. Pero estoy aquí y tú también, Broderick. Nos ha unido el destino, ¿y por qué debería oponerme a eso? Estamos juntos durante mis últimos días y debe haber una razón para ello, ¿no crees?

—Bueno, me ordenaron que te vigilara. Ésa es la razón.

—Me has vigilado y me has robado. No me alimentaste, como dijiste que harías. Nos han puesto juntos y por eso me quedaré contigo. Incluso cuando esté muerto, cortado en dos, me quedaré contigo, Broderick. Mi fantasma te va a perseguir todos los días. No escaparás de mí.

Broderick frunció el ceño.

—No me vas a perseguir. No lo harás.

—Sólo en las noches más oscuras. Pero vendré. Estás ayudando a matarme, así que sólo puedo devolverte el favor. Volveré y gritaré con alaridos de muerte en tu cabeza —Edyon agitó las manos y abrió mucho los ojos mientras decía esto.

Broderick parecía verdaderamente asustado y se defendió de su miedo pateando a Edyon otra vez. Pero apenas le había asestado una patada cuando lo distrajeron los gritos de otros chicos que entraban en la habitación.

Edyon, acurrucado en el suelo, levantó la cabeza cuando vio al muchacho en el centro del grupo. Vestido con una armadura, el cabello trenzado y atado con moños, pequeño y delicado de cuerpo, y con un rostro joven de aspecto dulce: sólo podía ser Harold.

Y, detrás de él, otro rostro mucho más dulce: Marcio, con sus ojos clavados en Edyon. El dolor y el miedo se reflejaban en ellos.

Y valentía y amor y… al menos, lo he vuelto a ver antes de morir.

Los ojos de Edyon empezaron a humedecerse, pero parpadeó para alejar las lágrimas en el momento en que Harold se acercó a él.

—Entonces, ¿éste es el bastardo que cree que es príncipe?

Edyon se puso en pie, un poco inestable, y dijo:

—Nunca estoy seguro de este asunto de las reverencias, quién tiene más rango y todo ese asunto. Pero como me tiene encadenado y nunca me he tomado muy en serio esto de la cosa principesca… —hizo una profunda reverencia—. Lo saludo, Su Alteza.

El rostro de Harold cambió.

—Te expresas bien para ser un bastardo.

—Gracias, primo. Por desgracia, últimamente la conversación ha sido un poco escasa. Mi guardia se comunica sobre todo a través de su bota. Yo me preguntaba si ésta era quizá la forma típica en que conversaban los chicos en Brigant.

—Pateamos a los perros que no se comportan.

—Puedo asegurarle, Su Alteza, que he sido un obediente prisionero. Un rol con el que estoy más familiarizado de lo que cabría esperar. De hecho, fue su hermana quien me rescató la última vez de una celda y me puso en libertad. Difícilmente me atrevo a esperar que Su Alteza sea tan generoso.

—Puedes esperar lo que te venga en gana, pero serás ejecutado —Harold sonrió—. ¿En verdad conociste a mi hermana? Háblame de Catherine. ¿Cómo estaba ella?

—Ocupada. Siempre ocupada. Nos condujo a través de la Meseta Norte. Escapamos juntos de Rossarb y se adentró en el mundo de los demonios —miró a Marcio y agregó—: Por desgracia, no pude entrar en ese mundo para ver sus maravillas; escapé al sur con un joven valiente al que llegué a amar y en el que confié profundamente —Edyon notó que la boca de Marcio se ablandaba ligeramente.

—¿Catherine entró en el mundo de los demonios?

—Y salió viva. Liderando a sus hombres.

Harold frunció el ceño.

—Yo nunca he estado allí. Iré pronto. No está bien que ella haga cosas que yo no.

—Creo que ella también inhala humo. Cuando le parece necesario. Supongo que eso fue lo que le dio la fuerza para matar a su hermano, el príncipe Boris.

Harold se acercó más a Edyon y susurró:

—Por lo cual estoy muy agradecido —se enderezó y agregó—: Como sea, sin embargo, no ha tenido un comportamiento muy femenino. Ha escapado de las ataduras de nuestro padre y hace lo que le viene en gana.

—Sin duda. Y actuó como juez cuando me acusaron de un asesinato. Ella se encargó de que se hiciera justicia.

—¿Juez? ¡Una mujer como juez! ¿Qué está pasando en Pitoria?

—El mundo se ha vuelto realmente loco —aseguró Edyon.

Harold se alejó de su lado y un momento después regresó.

—No eres como yo esperaba.

Edyon sonrió.

—Creo que puedo decir lo mismo —*Eres más pequeño y aún más canalla de lo que imaginaba.*

—Sin embargo, te pareces mucho a tu padre, en el rostro.

Edyon miró a Marcio, cuyos ojos le dijeron que aquella noticia era mala.

—Traigan aquí el rostro de su padre.

Y para horror de Edyon, entraron en el recinto con una estaca. Con la cabeza de Thelonius clavada en ella.

Edyon apartó la mirada, asqueado.

—La pregunta es qué hacer contigo, hijo bastardo de Pitoria. Tu padre está muerto, así que sabes en qué te convierte eso.

Edyon tragó saliva.

—Es verdad. Soy hijo de Thelonius. Un príncipe y ahora... gobernante de Calidor.

Harold sonrió.

—Excepto que ahora *yo* he conquistado tu castillo. Y deseo hacer una exhibición de aquellos a quienes he derrotado. Es favorable que te parezcas tanto a tu padre. Tu ejecución tendrá lugar después de que me hayas contado más sobre las hazañas de mi hermana. Pero primero quiero un baño —y, al decir esto, Harold salió del recinto gritando—: Marcio, no te quedes atrás. Prepárame un baño. Ahora.

Marcio vaciló, mirando fijamente a Edyon, antes de seguir a Harold.

Edyon miró a Broderick y dijo:

—Me cortarán la cabeza, exhibirán mi cuerpo desnutrido, pero aun así te visitaré en tus sueños y te gritaré al oído.

Broderick se cubrió las orejas y murmuró:

—Cállate. Cállate. Cállate —mientras pateaba a Edyon.

Mucho más tarde ese mismo día, cuando el cielo se oscurecía con los tonos de la noche, Harold regresó para sentarse en el trono y atender a sus chicos. Edyon escuchó los reportes y las noticias desde su esquina. Abundaron las quejas, ya que escaseaba la comida y no había nadie que cocinara. El castillo apestaba y las moscas pululaban.

Harold desdeñó las quejas con gesto irritado.

—Soy un príncipe. No me interesa esta charla. ¿Qué esperan? ¿Que acaso les limpie yo su desorden? —se animó cuando alguien trajo la noticia de que habían encontrado el tesoro de Thelonius.

Harold desapareció por un rato para examinar su nueva riqueza, luego regresó con una copa de oro y dio instrucciones sobre cómo proteger la bóveda.

—Un chico de cada brigada para protegerla, dos de mi Brigada Dorada también —dijo. Claramente no confiaba en nadie. Pero estaba de mejor humor que antes. Mientras Marcio llenaba de vino la copa de Harold, Edyon fue arrastrado hacia el frente y obligado a arrodillarse a los pies de Harold.

—Príncipe Edyon, cuéntame más de lo que está sucediendo en Pitoria con mi hermana.

—Bueno, Su Alteza, déjeme pensar por dónde empezar. Han pasado tantas cosas —Edyon se preguntó si podría hablar para siempre y así retrasar su ejecución—. Cuando estuve en Pitoria, hace unas semanas, la princesa Catherine había sido nombrada reina legítima. Se había casado con Tzsayn en Rossarb, antes de la caída del castillo. Ahí es donde la conocí. Me habían arrestado y estaba en una celda. Es una historia compleja. Como sea, Tzsayn y Catherine estaban allí. Una pareja feliz, creo.

—Conocí a Tzsayn. Es apuesto por un lado, feo como un pecado por el otro. Aunque es un hombre interesante. Lo conocí cuando mi padre lo tenía encadenado —Harold miró más de cerca a Edyon como si evaluara algo—. Eres muy diferente y no obstante... en una cosa tú eres como él.

409

—Una buena cosa, espero.

—Eres... civilizado —Harold frunció el ceño como si no estuviera seguro de que eso fuera correcto—. No, tal vez no sea eso...

—Quizás es sólo que ambos esperamos morir.

—Quizás es que hay una parte de ti que espera vivir —Harold rio—. Pero no vas a escapar de ésta.

—Aunque Tzsayn sí lo hizo.

Al escuchar esto, Harold frunció el ceño, pero luego se encogió de hombros.

—Sus días están contados. Pitoria caerá pronto —Harold no pudo resistirse a pavonear—. He conquistado Calia. Soy el guerrero más joven en conquistar este reino o cualquier otro. Logré en unos días lo que mi padre no pudo hacer en años. Pitoria será la siguiente presa, y luego Savaant e Illast. El mundo se abre ante mí; lo único que tengo que hacer es dominarlo.

—¿Y qué pasará aquí en Calia mientras usted conquista el mundo?

—Imagino que mi padre lo gobernará con puño de hierro. Y yo lo haré después de él.

Edyon asintió. El mundo sería de Harold por un corto tiempo. No sería de Edyon por mucho más.

Pero ¿qué pasaría con Marcio? Estaba al lado de Harold, aunque Edyon comprendía que odiaba estar allí. Edyon sabía que Marcio no lo dejaría. Se había quedado con él durante todas sus dificultades, y para bien o para mal estaría cerca para este último acto. Y eso le infundía valor, lo hacía desear hacer algo en lugar de sólo darse por vencido.

Casi sintió lástima por Broderick cuando dijo:

—¿Y llevará a todos estos chicos con Su Alteza en sus conquistas? ¿Incluso aquellos que le robarían?

—Nadie me roba.

—Ah, entonces los chicos han estado saqueando el castillo con su permiso, supongo. Broderick se sienta en ese mismo trono cuando Su Alteza no está, vistiendo una de mis camisetas, jugando con una moneda que se jacta de haber obtenido del tesoro de Thelonius.

Broderick estaba en un costado y su boca se abrió y se cerró anonadada cuando Harold giró hacia él y le preguntó:

—¿Tomaste algo del tesoro de Thelonius?

Broderick negó con vehemencia.

—No.

—¿Y de dónde sacaste ese anillo que estás usando?

—Ehh. Bueno, eso lo tomé de un cadáver.

Edyon sabía que él moriría sin importar lo que pasara, pero se permitió una pequeña sonrisa de cualquier forma.

MARCIO
CALIA, CALIDOR

Curtis, el líder de la Brigada Halcón, se acercó a Harold para interceder por Broderick. También llegó a inculpar a otros, incluido a Thomas, un Toro, que fue arrastrado ante Harold y le desgarraron el jubón, dejando al descubierto una camisa muy bonita con un borde dorado en el cuello y tres collares con dijes de diamantes y perlas.

—Una de las mejores camisas de Thelonius —dijo Marcio—. Y varios de sus collares menos valiosos.

—¿Ves? —dijo Curtis—. No es sólo Broderick.

Ésta era la verdad, pero aun así Marcio se sintió mal por acusar a un Toro, uno de los chicos de Rashford y, de hecho, uno de los suyos durante un tiempo. No obstante, Marcio pudo ver que Edyon estaba tratando de sembrar cizaña entre las brigadas y quiso agregar algo más. Su propio plan era ser visto como ultraleal a Harold, y confirmar el robo no afectaría su posición. Sin duda, Thomas recibiría una fuerte paliza, pero sobreviviría.

—Yo pensé… pensé que podía quedarme con la camisa y vendí algo de comida a cambio de los dijes —suplicó Thomas.

—¡Todo aquí es mío! Es mío para regalar, no es de ustedes para que lo tomen o hagan trueques —Harold parecía furioso—. Quienquiera que los robe debe ser denunciado. No están aquí para comerciar cual puesteros de mercado. Castígalo, líder de los Toros.

Rashford dio un paso adelante.

—Sí, Su Alteza —y empezó a llevarse a Thomas.

—Espera un momento —añadió Harold—. Quiero ver su castigo. Quiero que todos lo veamos. Córtale la mano, líder de los Toros.

Rashford se quedó mirando a Harold boquiabierto.

—¿Su mano? Por favor, Su Alteza. Es uno de mis chicos y es un buen soldado. No lo volverá a hacer.

—No, no lo volverá a hacer. Tampoco ninguno de ellos. Él es uno de los tuyos y tú eres uno de los míos, Rashford. Y haré que te partan en dos si no obedeces.

Rashford pareció consternado. Thomas corrió hacia la puerta, pero Sam y otro miembro de la Brigada Dorada lo trajeron de vuelta.

—Hazlo ahora, líder de los Toros —ordenó Harold—. Córtale la mano. Y que esto sea una lección para todos. Nadie me robará impunemente. Este joven no es apto para servir en las brigadas de adolescentes, pero claramente tiene un futuro como comerciante. Sin embargo, su porvenir será con una mano o, de lo contrario, no tendrá vida, y ninguno de ustedes tampoco.

—Pero yo no sabía —suplicó Thomas—. No lo volveré a hacer —forcejeó con los chicos que lo sujetaban.

Rashford desenvainó su espada.

—Sostén su mano.

Thomas gritó y Rashford cercenó la mano izquierda de Thomas a la altura de la muñeca. Los gritos de Thomas cesaron de pronto. Rashford le dio una inhalación de su propio humo y se inclinó para hablar con él.

Marcio les dio la espalda y se alejó. Incluso si no hubiera dicho nada, Thomas quizás habría perdido una mano, pero no se sentía bien ser parte de todo esto. Iba a salir de la habitación, pero Sam le bloqueó el paso.

—¿Tienes algún problema, Marcio? ¿No apruebas que se haga justicia?

Marcio respondió en abasco, maldiciendo a Harold y a Sam y la falta de justicia.

—¿Qué es lo que dijiste?

Marcio logró dominarse y respondió:

—Dije que, por supuesto, el príncipe puede administrar justicia como quiera. Pero Thomas era un Toro, y tú también lo fuiste durante un tiempo.

—¿Así que tu lealtad es con los Toros y no con la Brigada Dorada? ¿No con Harold?

—No dije eso, y lo sabes, Sam —Marcio apartó a Sam para caminar por el largo pasillo, alejándose de aquella sala.

El castillo era un desastre, apestaba a sangre y muerte, estaba plagado de moscas. Harold había ordenado que lo limpiaran, pero los chicos no estaban tan entusiasmados con la limpieza como con la matanza. Marcio necesitaba pensar. Necesitaba planificar. Tenía que deshacerse de Harold y salvar a Edyon de alguna manera. Sin embargo, su mente apenas podía concentrarse, ya que seguía viendo la mano de Thomas en el suelo. Regresó a su habitación y poco después Rashford se unió a él, cerró la puerta y luego la golpeó con el puño.

—¿Cómo va todo, líder de los Toros? —preguntó Marcio.

Rashford no respondió, pero apoyó la frente contra la puerta.

—¿Cómo está Thomas?

Rashford siguió sin responder.

—Bueno, estoy seguro de que estará bien —dijo Marcio—. Sanará pronto y Harold dice que tendrá un floreciente puesto de mercado. Tiene un gran futuro por delante.

—Cállate —Rashford se golpeó la cabeza contra la puerta y luego volvió a golpearla con el puño.

Marcio no estaba seguro de lo que Rashford buscaba, pero obviamente había llegado a su límite.

Rashford por fin dio la vuelta y, con la espalda contra la puerta, se dejó deslizar hacia abajo hasta quedar sentado en el suelo.

—No estoy seguro de cuánto más puedo soportar. He pensado simplemente marcharme, pero no sé adónde iría.

Marcio asintió.

—Ya estoy hastiado del campo de batalla. De ver cuerpos mutilados. No quiero ser parte de eso.

Rashford se echó atrás con los ojos llenos de lágrimas.

—No quiero cortar las manos a las personas. Y menos las de mis chicos.

—Cuanto más tiempo estemos aquí, más parecidos a ellos seremos. Nosotros nos metimos en esto. Cualquiera que trabaje para Harold sólo se puede culpar a sí mismo. Eso nos incluye a ti y a mí.

La cabeza de Rashford se desplomó.

—Lo odio —murmuró—. No se puede culpar a Thomas y a Broderick por robar en este lugar. Nunca antes habían puesto un pie en un palacio, ni siquiera habían visto tal riqueza. Quieren conservar al menos algo. ¿Por qué no deberían tomarlo? Todavía habrá montañas para Harold.

—Pero él es un príncipe. Desagradable, cruel y tal vez demente, pero un príncipe. Así que castigará a cualquiera que lo desobedezca y tú cumplirás sus órdenes, Rashford.

—¿Qué más puedo hacer?

Marcio vaciló. Esto era arriesgado, pero Rashford lo había visto en la playa y había guardado el secreto.

—Bien… puedes hacer una reverencia, arrodillarte y hacer lo que te digan que hagas. Puedes cortar las manos de tus hermanos de armas. O… puedes ponerle un fin.

Rashford levantó la cabeza y sus ojos se encontraron con los de Marcio.

—Pese a todo, no tiene fin. Son tan malos los unos como los otros. Si no es Aloysius, es Harold. Si no fuera Harold, sería alguien más.

—No, eso no es verdad. Edyon sería príncipe. Míralo: puedes darte cuenta de que él no lastimaría a una mosca. Recompensaría a quienes lo ayudaran. Este reino todavía está en juego. Los refuerzos de Aloysius no han llegado del norte y quién sabe cuándo llegarán.

—Pero Edyon será ejecutado —Rashford frunció el ceño y bajó el volumen de la voz—. ¿O estás planeando que suceda algo más?

—¿Qué puedo planear, Rashford? No puedo detener la ejecución. A no ser que… Harold estuviera muerto. De algún modo.

—¿De algún modo?

—Una daga afilada en el cuello. Podrías hacerlo, Rashford.

—No lo creo. Ya lo has visto, nadie se le acerca. Todo el tiempo está inhalando humo. La única persona que puede acercarse eres tú. Si Harold muriera mientras duerme, a nadie le importaría excepto a Sam y algunos pocos de su Brigada Dorada —dijo Rashford—. Tú podrías hacerlo.

—Y las brigadas buscarían un nuevo líder. Alguien como tú —añadió Marcio—. Alguien a quien todos respetan.

Rashford se mordió el labio, pero asintió.

—Habrá más chicos castigados como Thomas si no actuamos. Todos deben comprenderlo. Debe haber otros que se unan a nosotros. Te admiran, Rashford. Te respetan más que a Harold.

Rashford lo refutó.

—No todos.

—Pero tú sabes en quiénes puedes confiar.

—Hablaré con unos pocos: Kellen, Fitz y algunos más. Puede que haya problemas después de esto, pero los Toros no nos harán daño. Y si convenzo a Curtis, las Águilas también nos ayudarán. ¿Qué tan pronto?

—Lo antes posible. Esta noche.

Rashford asintió.

—Convenido.

—Yo puedo entrar en su dormitorio, pero él tiene cuatro guardias a su alrededor en todo momento. Tenemos que vencerlos. Y el mismo Harold es fuerte; nunca deja que el poder del humo lo abandone. Pero si yo pudiera urdir una excusa para limpiar su espada y mantenerla lejos de él...

Marcio sabía que era un plan débil, pero tendrían que intentarlo.

Mientras tanto, él tenía que continuar de alguna manera con su día y hacer un esfuerzo por parecer lo más normal posible. Acompañó a Harold para ver el artilugio de metal en el que se ejecutaría a Edyon.

—La ejecución tendrá lugar mañana —dijo Harold—. Quiero la cabeza de Edyon en una estaca antes de que el rostro de su padre se pudra y sea irreconocible.

Después de eso, Marcio vio a Rashford una vez más, a última hora de la tarde.

—Estamos todos a bordo —informó Rashford en voz baja—. Nos reuniremos esta noche.

Marcio asintió. El momento había llegado. Debía hacerlo por Edyon, por todo el mundo.

Esa noche, mientras Harold se preparaba para acostarse, Marcio tomó su armadura y su espada.

—¿Qué estás haciendo, Marcio?

—Han perdido el brillo, Su Alteza. Iba a pulirlas antes de la ejecución de mañana —la voz de Marcio parecía tensa; su corazón latía desbocado. Y Harold parecía estar evaluándolo. Parecía que no le creía ni una sola palabra, así que Marcio agregó—: Pero si prefiere que no lo haga... —y se dispuso a acomodar nuevamente la armadura.

—No. Déjalas relucientes. Pon manos a la obra.

Marcio se llevó la espada a su propio dormitorio y esperó. Era un manojo de nervios. Oyó el cambio de guardia en la habitación de Harold: cuatro guerreros, como siempre, estarían a su alrededor.

Cuando estuvo oscuro y en silencio, metió el cuchillo en su bota y salió al pasillo. Rashford estaba allí con Kellen, Fitz y Curtis. Se ocuparían de los guardias, pero Marcio tenía que ocuparse de Harold. Tomó una pequeña inhalación del humo de Rashford y sintió que su fuerza lo llenaba.

Soy abasco. Es lo correcto. Es lo que hay que hacer. Por mí, por Edyon. Por todos.

Tomó su daga, la puso dentro del pliegue de una toalla y tomó una jarra de agua. Llevaría estas cosas a su príncipe en preparación para su ritual matutino. Nada inusual en absoluto.

Se dirigió a la habitación de Harold y entró; pasó junto a los guardias y avanzó lentamente hacia la cama. Era lo que había hecho muchas veces, aunque nunca a esta hora de la noche. Dejó la jarra en la mesa lateral. Detrás de él, escuchó el forcejeo: como Rashford y los demás doblegaban a los guardias. Harold estaba cubierto con una sábana, su cabello era lo único visible. Marcio tomó el cuchillo y tiró de la sábana hacia abajo para apuñalar el cuello del príncipe.

Pero... miró bien y el que estaba allí era Sam, no Harold.

—¡Traidor! —gritó Sam al tiempo que se levantaba de un salto, empujaba a Marcio hacia atrás y le arrebataba el puñal de la mano, en tanto alguien más lo sostenía por la espalda. A Rashford lo tenía sujeto el más grande de la Brigada Dorada. Los otros también habían sido reducidos.

Sam gritó:

—¡Los tenemos, Su Alteza! Marcio y los Toros vinieron aquí para traicionarlo, tal como había imaginado.

Harold salió del baño y miró a cada uno de sus cautivos.

—Bueno, bueno, bueno. Parece que Sam ha sido más listo que ustedes, partida de cretinos.

Sam sonrió.

—Sabía que estabas tramando algo, Rashford. Te he estado observando durante días.

Harold se situó frente a Marcio.

—Es una lástima que ustedes, abascos, sean traidores de nacimiento. No encontraré a alguien con ojos como los tuyos fácilmente. Pero te servirá de consuelo que los exhibiré cerca de mí.

Marcio escupió a Harold y Harold lo abofeteó con tanta fuerza que incluso con el poder curativo del humo, Marcio pensó que perdería la cabeza.

—Llévate a estos traidores. Morirán mañana con el príncipe bastardo. Espero con ansias el espectáculo.

AMBROSE
TÚNELES DE LOS DEMONIOS

Incluso dentro de la cabeza de Ambrose había algo en la voz de Cristal que lo irritaba, y el hecho de que pudiera ver en el interior de su mente, que pudiera examinar toda su vida, era terriblemente incómodo. Pero no podía arriesgarse a ignorar la advertencia hecha por la pequeña. Jaló a Geratan hacia un lado y tocó a su amigo en el brazo.

Necesito ir con ella. Dice que tiene información sobre una amenaza que se cierne sobre la reina, pero sólo me dirá de qué se trata cuando estemos en la superficie. Necesito que tú te quedes aquí y vigiles los túneles. Es probable que los soldados de Brigant contraataquen. Mantente alerta: hay algo que no me gusta en todo esto.

¿Estás seguro de que puedes confiar en ella?

Ni un poco. Pero creo que sabe algo.

Enseguida, Ambrose acudió a Tash y le tomó la mano.

Gracias por tu ayuda. Pero tengo que pedirte algo más. Necesito otro túnel.

No hay modo de descansar contigo, ¿cierto?

¿Puedes hacer uno que salga al sur de la meseta? Necesito estar lo más cerca posible del campamento de Pitoria.

¿Nos vamos entonces?

Solamente tú, Cristal y yo.

¡¿Ella?!

No me gusta la idea más que a ti, pero necesito su información.

Ambrose giró hacia Cristal y le indicó que se acercara. La joven caminó despreocupadamente junto a sus guardias y presionó el dedo en el brazo de él.

¿Supongo que emprendemos una misión para salvar a la reina?

Será mejor que tu información sea correcta.

Oh, lo es. Pero, ¿en verdad crees que si la salvas, tu preciosa reina comprenderá que tu amor es el que ella necesita?

Limítate a caminar. Ambrose empujó a Cristal hacia delante. *Tash abrirá un nuevo túnel.*

Podríamos usar un túnel que sé que tiene salida por el sur. Ahí es donde quieres estar, ¿no es así?

Exacto. Pero sin duda tu túnel saldrá en medio de muchos soldados de Brigant.

Cristal sonrió con malicia.

Sólo una pequeña base. Diez guardias.

Ambrose se sintió tentado. Sería más rápido: si acaso era cierto.

Lo seguiremos la mayor parte del camino. Luego Tash podrá conducirnos a un sitio cercano.

Cristal sonrió irónicamente.

Oh, qué afortunados somos de tenerla.

Los condujo a través de varias rampas, se metió en un túnel bajo y aceleró de inmediato. Ambrose la retuvo.

No escaparás.

Sólo estaba estirando las piernas. No voy a huir y abandonarte. Esto es mucho más interesante. Tengo muchas ganas de ver tu rostro cuando te diga lo que está por suceder.

Sólo quédate detrás de mí y no te muevas de allí.

Ambrose empujó a Cristal hacia atrás, entre él y Tash, y emprendió la marcha. El túnel era estrecho, aunque recto, y él comenzó a correr con ritmo pausado. Era probable que tuvieran que hacer esto todo el día. Después de un rato, Ambrose tuvo que reducir la velocidad para caminar, aunque parecía que Tash podría correr sin fatigarse.

¿Cuánto tiempo más?, le preguntó a Cristal.

Ya no falta mucho.

Por fin, el túnel empezó a subir, convirtiéndose en una pendiente tan pronunciada que las botas de Ambrose empezaron a resbalar. Las paredes del túnel eran demasiado lisas para ofrecer algún asidero, por lo que apoyó los brazos contra éstas mientras se abría paso. Se escuchó un agudo chillido que llegó desde adelante.

¿Un demonio?, preguntó.

Sí, está en una jaula al final del túnel. Bien asegurada. Cristal lo dijo con la mayor naturalidad.

Los ojos de Tash destellaron con furia y empujó a la chica contra la pared del túnel.

Ustedes son los demonios, no ellos.

Ambrose las separó.

Cálmense. Necesitamos estar callados y continuar con nuestra tarea. No permitas que te haga enojar, Tash.

No estaba enojada.

¡Ja! La cerebro de guisante ama a sus amigos demonios.

Ignórala, Tash. Necesito que nos conduzcas desde aquí a la superficie. Tenemos que alejarnos lo suficiente de la entrada de este túnel para que los guardias no puedan vernos ni oírnos. ¿Puedes hacerlo?

Tash se inclinó hacia el rostro de Cristal y dijo: *Sencillo.*

Ambrose suspiró aliviado cuando Tash apartó las manos de Cristal y las puso en la pared del túnel. Al instante, la piedra comenzó a retroceder. Tash dio un paso adelante y se formó un nuevo túnel delante de ella.

Avanzaron con paso lento pero firme, trepando hasta que salieron del mundo de los demonios y entraron en el humano.

Ambrose contuvo a Cristal.

Quédate cerca. No quiero que escapes sin haber completado tu parte del trato.

Mantuvo un fuerte agarre sobre la muñeca de Cristal mientras subía la pendiente. El resplandor de la brillante luz del sol lo cegó por un instante al tiempo que recibía la bienvenida del aire frío del mundo humano. Cristal retorcía su mano y Ambrose la atrajo hacia sí y le cubrió la boca.

—Si gritas, te rompo el cuello —le dijo a la joven en un susurro.

Cristal miró hacia arriba con sus enormes ojos plateados y parpadeó con tanta inocencia como un niño.

Tash se acercó y habló en voz baja:

—Deberíamos estar a salvo aquí. Los de Brigant no tendrían por qué oírnos.

—Quizá no, pero prefiero no arriesgarme.

Cuando Ambrose apartó la mano de la boca de Cristal, sacó su daga, la apretó contra su garganta y dijo:

—Ahora dime lo que sabes.

Cristal empezó a hablar, su voz era tan dulce y empalagosa como lo había sido en la cabeza de Ambrose.

—Habrán notado, estoy segura, que el mundo de los demonios se está sellando. Los túneles hacia la superficie se están cerrando y la propia caverna central se está encogiendo. Y, no obstante, el núcleo del humo se hace más grande, mucho más grande desde que liberaron el humo del depósito.

Y también hace más calor. Más humo, más calor y menos espacio. Los demonios eso pretenden.

Ambrose asintió.

—Tash me dijo que estaban regresando al núcleo central. ¿Pero por qué?

—Es como si hubieran renunciado a luchar y se estuvieran matando ellos mismos —dijo Tash con profunda tristeza.

Cristal se burló.

—Ellos no lo ven como si se mataran, lo ven como si estuvieran alimentando el cambio. No se consideran individuos. No como lo hacemos tú y yo. Se conciben como parte de un espíritu único: el vapor. Son gente del humo, hechos de un humo que puede rehacerse, moverse, crear nueva gente y nuevos mundos.

—¿Nuevos mundos de demonios? —preguntó Tash.

—Sí, cerebro de guisante, nuevos mundos de demonios. Éste no es el primero y no será el último. Cada vez que los humanos encuentran su mundo, la gente del humo termina siendo explotada y cazada. Cuando eso sucede, ellos simplemente… se mudan a otra parte.

—¿Cómo lo sabes? —preguntó Ambrose.

—He visto sus pensamientos. En el mundo de los demonios percibo los pensamientos de todos. Al instante. Eso lo sabes, sir Ambrose. Vi tu vida entera en un segundo. Es algo que sencillamente puedo hacer —sonrió brevemente, al fin una sonrisa genuina—. Algo en lo que parezco ser excepcionalmente hábil. Y he visto dentro de los pensamientos de los demonios, su conocimiento del mundo. Un conocimiento que por lo general no comparten, ni siquiera con la señoritica cerebro de guisante, pero yo lo vi. Es como tener la llave de una bóveda: una vez que la abres, toda la información está ahí, y sólo tienes que ver dentro de la memoria colectiva de ellos.

Sin duda, era cierto que Cristal había visto la vida entera de Ambrose en un instante.

—Entonces, ¿has visto en los pensamientos de los demonios que su mundo se cierra y el humo se esparce para formar otro? —preguntó él.

—Eso es exactamente lo que he visto. Los túneles se cierran, la caverna se encoge, el viejo mundo muere a medida que el vapor se acumula. ¿No han notado que el humo también está cambiando? Cada vez es más pálido y caliente. En algún momento será blanco y estará tan caliente que nada lo mantendrá adentro. Se moverá hacia una nube de calor ardiente. Una nube de muerte.

—¿La muerte de los demonios? —preguntó Ambrose.

Cristal puso los ojos en blanco.

—La muerte de cualquier cosa que esté cerca del humo cuando éste sea blanco —mantuvo la mirada en Ambrose mientras agregaba—: No sólo el vapor en el mundo de los demonios. El humo en todas partes. Todo está conectado. Todo arderá y destruirá cualquier cosa que esté cerca: el humo de las botellas que llevan las brigadas de combatientes. El vapor en los pulmones de esos chicos. Y el humo de esa pequeña botella que la reina Catherine lleva cerca de su siempre frágil corazón. Todo está conectado, todo pertenece a la nube. Ese humo encontrará una manera de liberarse y matará todo lo que toque —parpadeó con gesto inocente en dirección a Ambrose.

El caballero sintió un nudo en el estómago. Giró hacia Tash.

—¿Tú crees todo esto?

—No lo sé... Pero el humo si parece conectado. Y está cambiando.

—¿Qué tan pronto sucederá? —preguntó Ambrose.

Cristal se encogió de hombros.

—Eso no lo sé, pero no regresaré allá para descubrirlo. Quizás hoy o mañana o el día después de mañana... No estoy segura de cuándo ocurrirá, pero sé que si vuelves aquí dentro de una semana, no habrá un mundo de demonios. Se habrá trasladado a un nuevo lugar para empezar de nuevo —Cristal parpadeó y le sonrió a Ambrose—. De cualquier manera, se acabó la clase. ¿No vas a salvar a tu amada?

Ambrose vaciló.

—Mis hombres están ahí adentro. Morirán.

Cristal frunció el ceño teatralmente.

—Oh, sí. Me olvidé casi por completo de eso. Bueno, tienes que tomar una decisión, ¿cierto? Salvarlos a ellos o salvar a tu reina. O... —giró hacia Tash—. Está siempre la opción de que la envíes *a ella* de regreso.

Ambrose soltó una maldición.

Tash le puso la mano en el brazo.

—Tú advierte a Catherine. Regresaré. Los sacaré. Si me apresuro, no me tomará más de medio día. Puedo hacerlo.

—Podría volverse un infierno en cualquier momento.

—Tengo que intentarlo. Pero ¿qué haremos con ella? —Tash preguntó, señalando con la cabeza a Cristal.

—Pensaré en algo.

—Algo doloroso, espero —Tash esbozó una sonrisa rápida—. Debo ir. No puedo perder ni un minuto. Chocó el puño contra el de Ambrose—. Buena suerte, y no lo arruines.

—Te deseo lo mismo, Tash.

Y entonces, la chica dio media vuelta y corrió hacia su túnel. Ambrose se sentía culpable por dejar que se pusiera en peligro, pero no podía detenerla y necesitaba advertir a Catherine. Pero ¿qué hacer con Cristal? No podía matarla, pero tampoco podía liberarla pues podría dar la alarma. Lo único que podía hacer era llevarla consigo hasta pensar una mejor idea.

—Vamos —dijo, arrastrando a la pequeña con él. Se puso en marcha, sujetándola con fuerza por la muñeca, y se sorprendió al ver que avanzaba, sin resistirse ni retrasarlo.

—Irías más rápido si me soltaras —dijo ella de cualquier manera.

—Sí claro, hasta que envíes a los soldados de Brigant detrás de mí y después de eso estaré muerto.

—No voy a volver con ellos. ¿No lo entiendes? ¡Yo era su esclava! No mentí sobre eso. No me permitían salir de esos túneles. Me llevarían de regreso y tal vez me obligarían a luchar contra ustedes, incluso sabiendo que todos los que están allí van a morir de todos modos.

—Muy convincente. Sólo hay un problema.

—¿Cuál sería?

—No confío en una palabra de lo que dices.

Cristal soltó una maldición y retorció la mano, pero Ambrose mantuvo firme su agarre.

—En realidad, me apetece viajar. Al sur, creo. Hacia Savaant. Quizá más lejos.

—Bueno, vamos en esa dirección, así que sigamos avanzando.

Cristal se burló.

—Amas mucho a Catherine, ¿cierto? ¿Pero sabes que nunca volverá a ser tuya, incluso si la salvas?

—Lo sé.

—Y es muy probable que no llegues a tiempo o que mueras en el intento. El amor parece causar mucho dolor y sufrimiento.

—Y en ocasiones también es hermoso.

—Espero no sufrir nunca por eso.

Ambrose rio.

—No creo que haya mucho riesgo de que eso suceda.

Caminaban deprisa por la orilla de un arroyo.

—Me vendría bien beber algo y orinar —dijo Cristal.

—Puedes hacer ambas cosas, pero no voy a soltarte.

Cristal lo miró.

—He estado viviendo como esclava con soldados durante años, ¿crees que eso me molesta?

Pero antes de que Ambrose pudiera responder, ya se había liberado y saltado por la pendiente hasta llegar al agua. Ambrose corrió tras ella, tratando de atraparla, pero cayó al suelo mientras ella se alejaba rodando y chapoteando a través del arroyo hasta llegar al otro lado.

Ambrose se puso en pie y la miró fijamente.

—Podrías perder el tiempo persiguiéndome o podrías correr adonde está Catherine —dijo la pequeña—. Yo sé qué haría si fuera tú.

Ambrose la vio dar media vuelta y huir, alejándose de él, lejos de los soldados de Brigant y, quién sabe, tal vez eventualmente hacia Illast o Savaant.

Él se dirigió al sur lo más rápido que pudo, caminando durante la noche, bebiendo de los arroyos y siguiendo la corriente hacia el sur. El sol se había elevado un poco por encima del horizonte cuando llegó al borde de la meseta. Podía ver la tierra abajo: el río y el camino que avanzaban por el sendero más alejado.

Lo había logrado.

Se protegió los ojos para ver mejor. Tenía un aspecto muy similar a la maqueta en el salón de guerra. Rossarb estaba a la derecha, alrededor de la ciudad estaban las fuerzas de Aloysius, y alrededor de ellas había más hombres: el ejército de Pitoria.

Ha comenzado.

Pudo ver que los soldados más cercanos a él eran cabezas blancas y en una pequeña colina, no lejos del río Ross, había una pequeña zona de tiendas de campaña. Un puesto de mando. ¿Estaría Catherine allí?

Pero luego vio algo más: soldados que corrían entre los árboles a lo largo del caudal norte del Ross. Tenían que ser de Brigant y, de ser así, se estaban posicionando alrededor del campamento de los cabezas blancas. Más lejos pudo ver más hombres avanzando rápidamente entre los árboles, pero algunos saltaban y daban volteretas.

No son hombres, son los chicos.

Había al menos un centenar de ellos, tal vez más. Y luego, en el campamento, muy abajo, vio una pequeña figura vestida de blanco.

¡Catherine!

Ambrose descendió a saltos por la ladera empinada de la meseta. Debía llegar a ella antes que los chicos.

CATHERINE

COLINA ALSOP, NORTE DE PITORIA

Lucha hasta morir y luego sigue luchando.

Proverbio de Brigant

Catherine caminaba por su campamento mientras el cielo despejado comenzaba a iluminar el nuevo día. La imponente muralla de la Meseta Norte ya había sido tocada por el sol y la piedra brillaba como plata. Estaba extrañamente sereno. No había viento. Era posible escuchar el cauce del río, aunque no estaba a la vista.

Hacia el oeste, la silueta de Rossarb era apenas visible y, frente a ella, los dos ejércitos se alineaban. Más lejos aún, Catherine pensó que podía ver un tenue resplandor del mar de Pitoria. Era imposible ver barcos desde esta distancia, y ciertamente no a los pequeños remeros, pero si el plan había funcionado, debían haber desembarcado en la costa norte por la noche y tomado el control de los fuertes.

La batalla ya había comenzado y, empero, aquí se respiraba tranquilidad. Catherine miró a su guardia personal y más allá, a la enorme cantidad de cabezas blancas, y sintió orgullo de que estos hombres hubieran elegido luchar por ella contra un enemigo común: un hombre que siempre había sido su enemigo, su propio padre.

Se veían caballos detrás de las líneas de Pitoria, que se extendían hasta donde estaban Ffyn y Davyon, e incluso de regreso donde se encontraba Tzsayn. Llegó un jinete con un mensaje.

Los remeros han desembarcado con éxito y han tomado control de los fuertes a pesar de la férrea defensa. Davyon y los cabezas azules están en posición y listos para atacar.

Les deseo lo mejor a él y a ti también, mi amor. Éste es nuestro momento. Hoy colocaremos juntos la primera piedra de nuestro futuro en una Pitoria libre.

Tu amado esposo,
Tzsayn

Catherine acarició con el dedo la firma.

Esposo.

Un grito la sobresaltó y sus hombres señalaron a lo lejos. Los cabezas azules, encabezados por Davyon, avanzaban. Se daba comienzo a la siguiente etapa del ataque. Sabiendo que Tzsayn estaría preocupado por ella, Catherine entró en su tienda para escribir una nota corta y asegurarle que estaba a salvo. Acababa de levantar la pluma cuando se escuchó un grito diferente desde afuera. Uno de alarma.

—¡Atacantes! ¡Atacantes! ¡Protejan a la reina!

Catherine dejó caer su pluma y salió corriendo en el momento en que uno de sus guardias llegó hasta ella.

—Los chicos, Su Alteza. Están cruzando el río. Vienen hacia acá. Son *veloces...*

La sangre de Catherine se heló. Venían por ella. Los espías de su padre la habían divisado desde la Meseta Norte y había enviado a los chicos a tenderle una emboscada. ¿Por qué no lo había anticipado?

Giró hacia el guardia.

—Encuentre al general Ffyn. Dígale que las brigadas juveniles nos atacan. Necesitamos apoyo. ¡Vamos!

El hombre saltó a su caballo, pero los primeros chicos ya estaban corriendo hacia el campamento y se dirigían a su tienda, dando tajos de espada a los cabezas blancas sin perder velocidad. Uno de sus guardias tomó a Catherine en brazos y prácticamente la lanzó sobre su caballo.

—Debemos irnos ya, Su Alteza.

Catherine tomó las riendas, pero ¿adónde dirigirse? Quería ir donde se encontraban Ffyn y la fuerza principal de los cabezas blancas, pero los chicos ya habían obstruido esa ruta.

—Siga el sendero del río. Diríjase hacia el este.

Estaba lejos de Ffyn, pero era el camino más corto y Catherine sabía que debía ser veloz. Espoleó su caballo, galopando con vigor, con cinco guardias cerca de ella y diez o doce chicos a sus espaldas.

—Pronto estaremos lejos —gritó un guardia.

—No. Ellos pueden mantener esa velocidad todo el día. ¡No frenen el ritmo!

Pero aparecieron otros chicos delante de ellos. El río estaba a su izquierda y a su derecha vio aún más chicos convergiendo en la carretera.

Una lanza derribó a uno de sus guardias.

Catherine espoleó de nuevo a su caballo.

Los chicos se estaban acercando. Uno de ellos se aproximó, corriendo junto al caballo a pleno galope de su guardia más cercano, gritando y chillando como si fuera un juego.

El guardia golpeó al chico con su espada, pero enseguida se perdió de vista: había sido derribado de su caballo.

Otro guardia reemplazó su posición, espoleando a su caballo con fuerza.

—¡Siga cabalgando, Su Alteza! —luego él también se desvaneció. Catherine quería gritar de la rabia y la frustración que sentía. Pero los gritos provenían de los chicos que la rodeaban. Lo único que pudo hacer fue espolear a su caballo para que avanzara.

Y entonces, de alguna manera, ya un chico estaba en el aire a su lado, dando un salto imposible, golpeando su hombro y derribándola del caballo, por lo que terminó surcando el aire.

No. Ahora estaba en el suelo. Y el suelo era duro y el mundo estaba girando, antes de que todo se oscureciera. Los gritos continuaban a su alrededor.

Catherine se obligó a abrir los ojos.

Había alrededor de veinte chicos en torno a ella. La arrastraron de los pies y su líder la miró de arriba abajo. El jovencito tenía manchas en la barbilla y sus dientes estaban casi verdes. Llevaba un jubón de cuero con una insignia en forma de cabeza de águila cosida burdamente a la altura del corazón. Podría tener dieciséis años.

—Reina Catherine —el chico hizo una reverencia burlona—. Encantado de conocerla en esta hermosa mañana. Considérese prisionera de las Águilas.

—Te consideraré un tonto y un villano. No sabes lo que estás haciendo —dijo Catherine.

—¿Acaso le pedí su opinión? —el chico abofeteó a Catherine con fuerza y ella cayó al suelo, mientras la sangre brotaba de su nariz—. Ahora deje de parlotear y empiece a caminar. La llevaremos con el rey.

Cuando la forzaron a levantarse, vio que un soldado a caballo se acercaba al galope. Incluso en el estado de aturdimiento en que se encontraba, notó algo familiar en su postura, pero su cerebro no pudo identificarlo hasta que estuvo más cerca, y entonces no tuvo dudas del dueño de ese hermoso rostro.

¡Ambrose!

AMBROSE

NORTE DE PITORIA

Se había lanzado corriendo por aquella pendiente para llegar al fondo de la meseta; trastabilló al llegar al puente,
montó un caballo del campamento destruido de los cabezas
blancas y galopó en la dirección que había visto huir a Catherine. Estaba exhausto y muy ansioso, pero entonces vio lo
que más temía: unos chicos la tenían rodeada y Catherine
había caído al suelo.

No.

Pero mientras él cabalgaba, Catherine fue obligada a levantarse.

Está viva.

Ambrose cabalgó en esa dirección, sin saber qué hacer.
No podía enfrentarse a todos esos chicos —tal vez no podría
enfrentarse ni a uno solo de ellos—, pero debía hacer algo.
Desmontó de su caballo y gritó:

—¡Bien hecho, muchachos! ¡Han capturado a la reina de
Pitoria!

—¿Y quién eres tú, cabeza rosada? —preguntó uno de los
chicos.

—Trabajo para Noyes.

Ambrose necesitaba una excusa para su repentina aparición y el espionaje parecía la única vagamente posible.

—Tengo información sobre la reina. No se dejen engañar: ella sigue siendo una amenaza: también inhala humo para vigorizarse.

—Bueno, ahora no tiene fuerzas. Está tan débil como una gatita.

Ambrose miró a Catherine. Tenía sangre alrededor de la nariz y su ojo derecho estaba morado e hinchado. En otras condiciones, verla así lo habría llenado de rabia, pero Ambrose ahora sintió alivio. No se estaba curando, lo que significaba que no había inhalado humo de demonio. Catherine lo miró a su vez con incredulidad, y Ambrose tuvo que apartar la mirada para no delatarse. Preguntó:

—¿Saben si lleva consigo algo de humo? Si es así, aún podría representar una amenaza. Creo que guarda una botella dentro de su armadura.

—¿Cómo lo sabes? —el chico que hablaba era mayor que los otros y ahora apuntaba con su lanza al pecho de Ambrose—. ¿Y cómo dijiste que te llamabas?

—Daniels. Trabajo para Noyes. Y me alegraría que apuntaras con eso a otro lugar, chico.

—Soy Gaskett, líder de los Ciervos —respondió el joven, bajando un poco su lanza—. ¿Y qué haces aquí, Daniels?

—Me enviaron para proteger a la reina. Aloysius la quiere viva.

—Ciertamente estoy enterado de eso. No soy estúpido. Pero todavía no entiendo qué estás haciendo aquí o por qué tienes el cabello rosado.

Ambrose suspiró.

—Te lo dije, trabajo para Noyes. Me infiltré en el campamento de Pitoria.

—Bueno, da la casualidad de que Noyes regresó a nuestro campamento anoche. Llevaré allí a Su Alteza y tú vendrás con nosotros.

TASH

TÚNELES DE LOS DEMONIOS

Tash seguía corriendo, el humo la dotaba de una velocidad mayor de la que había experimentado antes. Era maravilloso moverse a ese ritmo, a pesar de que su rapidez estaba impulsada por el miedo de lo que pudiera pasarle a ella y al Escuadrón Demonio. Mientras se acercaba a la caverna, una cacofonía de golpes le advirtió que algo andaba mal, y emergió de su túnel en medio de otra batalla. Geratan y sus hombres estaban luchando contra soldados de Brigant en las terrazas inferiores, mientras más soldados enemigos salían de los túneles al otro lado de la caverna. Era claro que los hombres de Brigant estaban intentando retomar el control de su apreciada fábrica de humo, y aunque Geratan y sus hombres se defendían con ferocidad, eran superados en número y estaban cediendo terreno. La caverna en sí parecía más pequeña y el embudo ondulante de humo en el núcleo central era de un color lila pálido en lugar de púrpura.

Pero aún no es blanco. Tenemos tiempo.

Tash se dirigió hacia Geratan, saltando por encima de una terraza, pero un enorme soldado enemigo le bloqueó el paso. El hombre avanzó lentamente, con su espada a un costado, sonriendo. *Ufff, esto es un juego para él, ¿cierto? Bueno, veamos si le gusta cómo juego.* Ella le devolvió la sonrisa y le indicó que se acercara antes de correr directo hacia él. Llena de fuerza y velocidad, vigorizada por el humo, golpeó con su hombro el pecho del soldado y lo derribó de la terraza, con gran agitación de brazos y piernas.

Pero detrás de él había otro soldado. Y detrás de *éste*, venían más.

Ahora los hombres de Geratan se estaban retirando por las terrazas superiores, retrocediendo hacia el túnel ladeado que Tash había marcado como salida. Tash también tenía que dirigirse allí, pero más soldados acudían desde todas las direcciones. Estaba atrapada. De pronto, otra figura saltó a su lado.

¡Girón!

Tomando la cabeza del soldado más cercano, Girón jaló con gran fuerza y rompió el cuello del hombre; luego levantó el cuerpo del soldado y lo usó como escudo y arma para expulsar a otros tres soldados de la terraza. Tomó a Tash del brazo y comenzaron a correr. Los pensamientos del demonio brillaban como imágenes en la cabeza de la jovencita, por lo que supo de inmediato lo que él pretendía hacer cuando se inclinó y le tendió la mano. Ella se paró sobre ésta y él la impulsó en el aire con tal fuerza que fue a dar tres terrazas más arriba, cerca de su túnel torcido. Girón luego saltó hacia abajo para ayudar a los cabezas carmesí, pasando como un bólido por entre los soldados de Brigant y despejando el camino para que el Escuadrón Demonio se retirara hacia arriba, donde estaba Tash.

La chica tomó a Geratan del brazo lo más rápido que pudo.

Escucha, todo este lugar va a sellarse y arder. Necesitamos salir de aquí.

¡No creo que pudiéramos quedarnos incluso si quisiéramos! Geratan volvió a mirar a los soldados enemigos. *Necesitamos entrar en el túnel, Tash.*

Tash quería que Girón la acompañara y, para su alivio, él se encontró de pronto a su lado. La tomó de las manos y señaló hacia arriba. Una visión llenó la cabeza de Tash: todos los túneles se estaban cerrando, cada vez más rápido. Pero uno de ellos en el nivel superior, era la ruta más corta hacia la superficie. La última salida.

Tash tocó a Geratan.

Cambio de planes. Tenemos que usar un túnel diferente. Girón nos lo mostrará.

¿Estás segura?

Estoy segura.

Tash tomó la mano de Girón y el demonio comenzó a correr por las terrazas, conduciendo al escuadrón al túnel más alto. En la entrada, apartó a Tash a un lado mientras Anlax comenzaba a llevar a los hombres al interior. Girón tomó la mano de Tash, quien tuvo una nueva visión. En ella, el humo del núcleo se hacía cada vez más turbulento y se tornaba blanco. Los demonios estaban en la pequeña cámara que Tash había divisado en los niveles inferiores del mundo, todavía caminando hacia el núcleo. Sólo quedaban cinco. Girón era uno de los últimos. Una terrible revelación se apoderó de ella.

Se está despidiendo.

Él no podía venir con ella. No quería. Pero era su amigo; Tash lo sabía, lo sentía.

Adiós. Gracias por ser mi amigo. Gracias por ayudarnos, aunque nada nos debías.

Tash sabía que Girón no podía entender sus palabras, pero esperaba que entendiera sus sentimientos, su gratitud. Pero ahora Tash tuvo una visión diferente. Se vio con una pequeña llama de humo rojo en su interior.

Girón la miró a los ojos y señaló el pecho de la joven.

En medio de todo ese caos, Tash había olvidado que tenía humo en su interior. Había inhalado el humo púrpura cuando rompió las botellas y conservaba esa voluta de humo rojo muy profundo en su interior. Ese vapor la había salvado, pero ahora podría matarla. Cuando el humo fuera blanco y el mundo de los demonios se contrajera ella también encontraría su fin.

No lo quiero, pensó Tash desesperadamente. *No me pertenece. Pero, ¿cómo me deshago de él?*

A modo de respuesta, Girón se inclinó como si fuera a besarla. Y luego la boca del demonio estaba sobre la de la chica, pero no era un beso como los que ella había visto que practicaban los jóvenes enamorados. Girón estaba succionando su aliento, luego, de alguna manera, aspiraba incluso más, hasta que los pulmones de Tash se vaciaron por completo.

¡Para! ¡No!

Tash sentía un calor abrasador en el pecho y la garganta, y cuando echó la cabeza atrás percibió un pequeño hilo de humo rojo y lila saliendo de su boca, robándole las fuerzas. Y sólo cuando desapareció la última voluta, la joven pudo respirar de nuevo.

Bueno, eso fue espantosamente horrible.

El humo flotaba alrededor de su cuello y se alejaba a través de la caverna, bajando para unirse al resto del humo pálido que se arremolinaba dentro del núcleo.

Tash se sentía débil y mareada, pero trató de sonreír.

Gracias, Girón. Gracias por todo.

A Tash se le llenaron los ojos de lágrimas, se inclinó y besó la mejilla de su gran amigo.

Adiós. Te extrañaré.

Las manos de ambos se deslizaron hasta separarse.

Girón dio media vuelta y comenzó a correr hasta desaparecer en otro túnel. Tash supo que estaba regresando al núcleo para convertirse de nuevo en humo y ayudar a rehacer su mundo en otro lugar.

Echó un último vistazo a la caverna. Parecía encogerse ante sus ojos: las terrazas se estrechaban, los túneles se cerraban, el techo bajaba hacia ella. Y, sin embargo, el humo brillaba, casi deslumbrante.

La mano de Geratan estaba en el brazo de ella.

Tenemos que darnos prisa, Tash. Ve al frente. Guía el camino.

Pasó junto al Escuadrón Demonio y siguió corriendo lo más rápido que le era posible.

Girón nos mostró este túnel. Él sabía que tendríamos una oportunidad. Pero, por favor, no te cierres. Por favor, no te cierres...

El túnel ascendió en espiral abruptamente. Tash sentía las piernas pesadas, como si hubiera estado corriendo durante días. Lo cual, si lo pensaba, efectivamente había sucedido.

Sólo sigue adelante. Sigue adelante...

Y entonces lo vio.

El cielo. Cielo azul, abierto. Y la silueta de las copas de los árboles.

Con el corazón latiendo desbocado en su pecho, Tash se obligó a subir los últimos pasos y adentrarse en el aire fresco del mundo humano. Cayó de rodillas sobre la hierba, jadeando para inhalar aire. Nunca se había esforzado tanto en su vida. Giró para mirar atrás y deseó ver salir al resto.

Anlax fue el siguiente. Luego uno tras otro. Todos respiraban con dificultad y se dejaban caer al suelo. No había ni rastro de Geratan, y Tash sabía que haría lo que siempre hacía: quedarse hasta el final para asegurarse de que todos salieran.

—Por favor, date prisa, Geratan.

Pero no salía.

—Estaban combatiendo en la retaguardia —dijo jadeante un soldado mientras abandonaba tambaleante el hueco—. Los soldados nos atacaron de nuevo cuando salíamos.

Anlax soltó una maldición. Tash miró los árboles mientras las lágrimas rodaban por sus mejillas. No era capaz de soportar aquello.

Pero en ese momento escuchó un grito y giró para ver a un cabeza carmesí, que emergía de la tierra ensangrentado: Geratan, resollando y jadeante. Su mirada se encontró con la de la jovencita, quien corrió hacia él y lo abrazó. No hubo palabras. Tash rompió a llorar, estremeciéndose de sorpresa, miedo y alivio. Cuando por fin aflojó el abrazo, vio que los otros hombres los miraban en silencio, también con lágrimas en los ojos.

Tash miró el suelo bajo sus pies. El hueco era del más pálido de los rojos que hubiera visto y entonces el brillo se desvaneció. En sólo segundos ya había desaparecido por completo.

EDYON

CALIA, CALIDOR

Los prisioneros estaban sentados en el suelo de piedra, con la espalda contra la pared. Edyon estaba al lado de Marcio, que era lo único bueno de toda esta situación. Rashford y Broderick también permanecían encadenados, junto con los otros seis Toros que habían sido parte del complot de magnicidio. Hacía frío y estaba húmedo. Edyon sentía hambre y sed.

—No estoy seguro de que no muramos de hambre antes de ser ejecutados —dijo Fitz.

Edyon asintió.

—Un pensamiento que he tenido a menudo en los últimos tiempos.

Rashford dejó caer la cabeza a un lado para mirar a Edyon.

—Harold desea un espectáculo, no creo que dejarnos morir de hambre sea lo que tiene en mente.

—Eso no significa que *no vayamos* a morir de hambre. Este grupo es incapaz de organizar un carajo —dijo Kellen.

—En realidad, hay un largo trayecto hasta aquí y no queda mucha comida —dijo Broderick. Los demás lo miraron y Fitz lo maldijo. Broderick respondió—: ¡Pues bien, es verdad!

—El pobre Broderick tenía que traer comida para mí, ¿cierto? —dijo Edyon—. Cómo sufriste.

—Es culpa tuya que yo esté aquí —dijo el aludido con resentimiento.

—Broderick, sé que no tienes mucho más tiempo para hacerlo, pero, por el amor de Dios, madura —dijo Rashford.

—No creo que tengamos que esperar mucho —dijo Marcio—. Las máquinas de ejecución de Harold están listas. Las vi ayer.

—Me pregunto cómo lo hará —dijo Kellen—. ¿Uno a la vez, pero con los demás mirando? ¿O todos juntos? No estoy seguro si quiero ir al principio o al final.

—¿Puedes callarte? —se quejó Broderick, con la voz quebrada y una lágrima corriendo por su mejilla.

—Quizá seamos tú y yo juntos, Brod —dijo Edyon—. Juntos hasta el final. Nuestros cuerpos expuestos uno al lado del otro. Quizá sólo nuestras cabezas. Yo mirándote a ti.

—Cállate.

—Deberías estar contento. A pesar de las patadas que me diste, a pesar de tu robo y tu traición, he decidido que no te perseguiré —apretó la mano de Marcio y dijo en voz baja—: Si hay una vida, del tipo que sea, después de la muerte, me agrada la idea de que estaré con aquellos que amo.

Marcio sonrió y le devolvió el apretón de mano.

—Yo también.

Kellen miró a la puerta.

—Alguien viene. Podría ser la comida.

Eran Sam y algunos miembros de la Brigada León, pero no traían la cena.

—Levántense todos, van a salir —dijo Sam.

—¿Qué? ¿Nos van a liberar? —preguntó Broderick, incorporándose.

Sam rio.

—Eso no pasará.

—¿Así que esto es todo? —dijo Broderick.

Rashford se levantó.

—Éste es el jodido final. Terminemos con esto de una vez.

Pero nadie más se movió. Edyon apretó la mano de Marcio, de alguna manera esperando aferrarse a ese momento. Luego avanzaron los Leones dentro de la celda. Levantaron a Kellen para ponerlo en pie, y Kellen a su vez lanzó patadas y puñetazos, pero Sam fue hacia el frente y le dio un puñetazo en el abdomen. Y, por supuesto, Sam y los Leones habían inhalado humo, mientras que los prisioneros no.

No tenía sentido luchar. Había llegado el final y Edyon lo afrontaría lo mejor que pudiera. Estaba cerca de Marcio, todavía sosteniendo su mano. Acercándose al oído del príncipe, el abasco susurró:

—Lo siento. No puedo expresarlo lo suficiente, pero me alegro de haberte conocido. Incluso ahora, incluso en este terrible lugar, doy gracias por haberte conocido.

Edyon volvió a apretar la mano de Marcio y dijo:

—La muerte me rodea, pero tú siempre me has acercado la felicidad. Tú más que nadie creíste en mí, confiaste en mí. Gracias, Marcio.

Luego sacaron a Edyon a empujones y fue conducido por los escalones de piedra hasta un patio abierto. Un cielo azul claro brillaba en lo alto, Edyon incluso intentó disfrutarlo: eran sus últimos y preciosos momentos en el mundo. Quería ver la belleza. Miró a Marcio y le dijo:

—Es hermoso. Quiero volver aunque sea como fantasma. ¿Pasearías conmigo?

Marcio asintió.

—Con gusto. Por siempre.

—Residiremos en Abasca. En las colinas, junto a un río. Tú y yo, al fin en paz.

—Al fin en paz —repitió Marcio—. Te amo ahora y lo haré siempre, Edyon.

Edyon abrazó a Marcio y lo besó en la mejilla, pero fueron separados. Los Leones a su alrededor se burlaban, pero Edyon apenas lo notaba. Centró su vista en Marcio, mirándolo por última vez.

Fueron llevados a la gran terraza del castillo, donde se habían alineado extraños artilugios de metal de forma simétrica. Parecía haber una variedad de métodos de ejecución —lentos o rápidos—, aunque Edyon no esperaba poder elegir. Desde el exterior de la línea, entrando, había dos métodos de crucifixión, uno en una cruz en forma de T y otra en forma de X; enseguida había una jaula con forma humana colgando de una cadena; después, los dos enormes artilugios de metal negro y, frente a ellos, dos cajas para decapitaciones; al final, otra jaula con forma humana, una cruz en forma de X y otra cruz en forma de T.

Edyon fue llevado a uno de los grandes artilugios de metal y atado a él con los brazos extendidos. A Marcio lo acercaron al cepo frente a él para ser decapitado. Rashford fue conducido a la máquina al lado de Edyon, donde frente a él, en el otro cepo de decapitación, aguardaba Broderick. Los demás fueron llevados a las otras cruces y jaulas.

Edyon, no obstante, se equivocó al creer que estaría en el centro del escenario. Harold, por supuesto, quería ese puesto, y en ese momento el joven príncipe se adelantó y se paró frente a ellos para dirigirse a la multitud que observaba abajo. Los asistentes eran en su mayoría gente del pueblo, y ninguno parecía demasiado jubiloso por atestiguar aquello. De hecho, parecían abatidos y, en general, guardaban silencio. Edyon notó que las puertas de entrada a la plaza estaban custodiadas por chicos.

—Gente de Calia. Leales jóvenes de las brigadas. Esta tarde tendremos un espectáculo para ustedes —Harold extendió los brazos como si mostrara mercancía—. Éstos son nuestros enemigos. Son traidores y villanos. Pagarán con sus vidas y al hacerlo nos brindarán algo de entretenimiento a modo de pequeña recompensa. Sus cuerpos serán exhibidos como advertencia a cualquiera que tenga intenciones de oponerse a mí. Estoy aquí como su futuro rey. Estoy aquí para mostrarles mi poder y mi fuerza. Disfruten del espectáculo.

Hubo vítores de algunos chicos y de uno o dos vecinos del pueblo, pero sobre todo, reinaban la quietud y silencio.

Y así comenzó la exhibición de Harold, de afuera hacia dentro. Los dos prisioneros más alejados, Kellen y Fitz, fueron empujados a su posición, cada uno sostenido por dos chicos León y clavados por un tercero a sus cruces. Los prisioneros gritaron y Kellen pataleó, pero no tardaron en ser silenciados.

Edyon trató de no pensar en los clavos que atravesaban sus carnes. Al menos, su propia muerte sería más rápida que la de ellos, aunque, al mirar el artilugio al cual estaba atado, no estaba seguro de la forma en que moriría. No podía moverse, pero al menos sólo estaba encadenado.

Los próximos chicos fueron clavados en cruces, y los siguientes encerrados en jaulas con forma humana. A todos les ponían cascos de metal que a su vez introducían algo en su boca. Y al tiempo que respiraban y jadeaban, los ruidos se convertían en silbidos de diferentes tonos y sonidos.

Edyon trató de evadir la escena. Miró el cielo azul y pensó en su madre, y luego miró a Marcio. Pero ahora ellos se aproximaban a Marcio y a Broderick, a quienes obligaron a seguir una determinada posición. Broderick se había desvanecido y orinado encima, y los verdugos le dieron puntapiés y lo maldijeron.

A Edyon le pusieron un casco de metal en la cabeza, lo obligaron a abrir la boca e introdujeron en ella un tubo redondo de metal. Mientras exhalaba, el silbido agudo lastimaba sus oídos.

Harold caminó por la terraza y se balanceó con los silbidos que salían de las bocas de los chicos como si fuera música, aunque en realidad era un ruido espantoso que ni siquiera las aves más extrañas y tristes emitirían jamás.

Edyon miró la espalda de Marcio mientras se inclinaba, con la cabeza apoyada en el cepo.

Te amo. Te amo ahora y te amaré siempre.

Las lágrimas corrieron por las mejillas del príncipe cuando cerró los ojos.

Al menos Marcio morirá rápidamente.

Se escuchó un grito. Y luego otro.

Edyon no sabía lo que estaba pasando. No quería saberlo. Mantuvo los ojos cerrados.

Terminará pronto.

Los silbidos a su alrededor se volvieron más frenéticos. Escuchó un ruido sordo como si el hacha hubiera caído y luego un alarido, un alarido que no cesaba. Y más gritos.

Por favor. Que acabe. Que termine de una vez.

Pero nada, salvo más gritos y alguien que pedía ayuda. Edyon se obligó a abrir los ojos, pero no lograba comprender.

Era el verdugo de Broderick quien pedía ayuda entre gritos: estaba en llamas intentando arrancarse las vestiduras. Un humo blanco flotaba alrededor de su cintura y se curvaba a la altura de su pecho.

El otro verdugo levantó su hacha sobre Marcio, pero parecía indeciso sobre si debía continuar con su trabajo o ayudar a su colega. Sin embargo, antes de que pudiera tomar la decisión, brotaron llamas en su propia boca como en un gran eructo. Su cabello ardió. La botella de humo en su cintura estalló y una columna de humo blanco espeso se elevó a su alrededor y lo envolvió por completo, de modo que lo único que Edyon podía ver era el hacha, que caía hacia el cuello de Marcio. Edyon quiso gritar con el silbato dentro de su boca cuando la hoja del hacha aterrizó donde acababa de estar la cabeza de Marcio. Pero éste había retrocedido y miraba conmocionado a su verdugo, cuyo cuerpo ahora estaba envuelto en llamas.

Todo alrededor era caos. Gritos y alaridos, humo y llamas que brotaban de todos los chicos. Harold permanecía en el centro del escenario, inmóvil, con un rizo de humo blanco alrededor de su cintura. Se quitó las botellas de humo de su cinturón y las arrojó a la multitud. Luego dijo:

—Muchachos, arrojen el humo —pensó que eso lo salvaría, pero cuando repitió su orden, salió humo blanco de su boca—. ¡Ordeno que esto se detenga! —gritó, pero ahora de su boca emanaba fuego al mismo tiempo que el humo.

—¡No voy a soportar esto! —gritó, y dio media vuelta, quemando a Sam con las llamas que salían de su boca. Los ojos de Harold se encontraron con los de Edyon y corrió hacia él, gritando, aunque sus palabras eran más como gritos llameantes. Marcio tomó el hacha, y blandiéndola para tomar impulso la hundió con fuerza en el pecho de Harold. El príncipe cayó al suelo, con el cuerpo tembloroso envuelto en humo blanco. El heredero de Brigant había muerto. Sam se encontraba de rodillas, consumido por las llamas. A su alrededor, los chicos de la brigada ardían y el humo blanco los rodeaba. Edyon no tenía idea de lo que estaba sucediendo, pero el humo púrpura parecía haber cambiado a blanco, y cualquier chico que hubiera inhalado o lo tuviera en una botella ahora estaba siendo atacado por las llamas.

Marcio había levantado a Broderick de un tirón, al tiempo que decía:

—Saca a Rashford de ese artilugio y ten cuidado al hacerlo. Después ayuda a los demás —luego, Marcio llegó hasta Edyon, le retiró el casco y preguntó—: ¿Estás herido?

—Estoy bien. Pero ¿qué está pasando?

—No lo sé. Las botellas de humo explotan y arden. Los chicos que tienen humo en su interior son envueltos en llamas.

Marcio liberó las manos de Edyon y Broderick liberó a Rashford. Marcio y Edyon ayudaron al chico que quedaba en la jaula, y luego tuvieron la lúgubre tarea de bajar a los chicos de las cruces y sacar los clavos. Mientras lo hacían, Rashford no dejaba de hablar con los chicos diciéndoles:

—Eres muy valiente, Fitz. Muy valiente. Vamos a sobrevivir. Y tú, Kellen, tú también. Les quedarán un par de buenas cicatrices para probar que todas sus historias son verdaderas, porque de lo contrario, ¿quién las creería?

El humo blanco se elevaba de los cuerpos envueltos en llamas de los chicos y se acumulaba en una nube baja, que se arremolinaba en el patio. La multitud abajo soltaba alaridos, presa del pánico. Algunos huían por las puertas, que ya no eran vigiladas. La blanca nube de humo estaba a una altura inquietantemente baja sobre ellos, y una voluta se desprendió y envolvió a un hombre de Calidor, que empezó a proferir alaridos cuando su ropa estalló en llamas.

Parecía que el humo daría muerte a cualquiera que alcanzara.

—¡El humo quema! —gritó Edyon—. Aléjense todos de la nube. Corran hacia el mar. Entren en el agua. No permitan que el humo los toque.

La multitud se dio a la fuga y Marcio, Edyon, Rashford y los demás prisioneros se unieron a ellos, corriendo por las calles de Calia desde el castillo hasta el muelle. La nube parecía seguirlos, como si estuviera dando vueltas y buscando presas; descendió entonces en picada y rodeó a otro par de hombres, cuyo cabello y vestimentas empezaron a arder.

—Nada podemos hacer por ellos —dijo Marcio—. No se detengan.

Corrieron a través de la ciudad, saliendo de las estrechas calles rumbo al puerto. Edyon tomó a Marcio de la mano mientras ambos saltaban del muelle al agua fría, atestada de gente. Se veían chicos y ancianos, incluso bebés. Las madres lloraban. Las personas buscaban a sus familias. Y por encima de todos, flotaba suspendido el humo blanco, avanzando tras ellos, pero no lograba alcanzar a las personas en el agua. De la nube se desprendían lenguetazos de vapor blanco, pero la gente empezó a chapotear y a salpicar agua y la nube se elevó.

—¡Párense en el fondo! ¡Aquí donde no es tan profundo! —gritó Rashford—. ¡Y sigan chapoteando!

Todos se unieron a él. Miles de personas al mismo tiempo chapoteando y gritando, y la nube de humo se elevó aún más. La multitud gritaba y aplaudía. Alguien arrojó una camisa mojada a la nube y ésta centelleó sibilante antes de volver al mar, mientras la nube se elevaba aún más, como si finalmente hubiera decidido dejarlos escapar. Se elevó más y más, y luego flotó sobre las colinas y se perdió entre el brillo del sol.

Edyon y Marcio se dirigieron a la playa, que estaba repleta de personas. Muchos no se atrevían a alejarse de la orilla del agua, diciendo que se quedarían allí todo el día y toda la noche hasta estar seguros de que aquel humo mortal no regresaría.

Edyon abrazó a Marcio y éste apoyó la cabeza en el hombro del príncipe.

—¿Crees que estemos a salvo? —preguntó Edyon.

—No tengo idea. Creo que el humo se ha disipado. Todo el ejército de chicos lo tenía en su interior o en las botellas. Perdieron la vida o se quedaron sin poder. Ahora son normales.

—Entonces... ¿estoy a cargo?

Marcio rio un poco, recostado contra el hombro del heredero al trono de Calidor.

—Muy posiblemente.

CATHERINE
NORTE DE PITORIA

Nunca te rindas, que jamás se rinda tu corazón.

Reina Valeria de Illast

Catherine y Ambrose fueron conducidos ante Aloysius. Los chicos no se molestaron en sujetarlos. Sabían que sus prisioneros nunca podrían ser más veloces ni más fuertes que ellos. Catherine estaba aturdida, en parte por el golpe que había recibido y por su nariz rota y ensangrentada, pero también por la presencia de Ambrose.

¿Cómo había llegado aquí? Se suponía que estaba en el mundo de los demonios. Debía estar ahí para ayudarla, pero ¿por qué estaba hablando con los chicos sobre el humo de demonio?

—Escúchenme, tienen que quitarle el humo. Es posible que ella intente atacar al rey —nadie respondió—. Noyes arderá de furia cuando se entere de la forma en que me han tratado —continuó Ambrose—. Será mejor que rueguen para que esté de buen humor.

—Silencio —replicó Gaskett.

—Sé que estás ansioso por mostrar lealtad, muchacho. Pero acabo de salir del mundo de los demonios. Mis hombres han tenido un gran triunfo. Sin embargo, algo está sucediendo allá: algo crucial. Es urgente.

—Y pronto podrás decírselo a Noyes. Pero por ahora, ¿puedes simplemente cerrar el pico? —respondió Gaskett.

La mente de Catherine estaba turbada. ¿Por qué Ambrose la miraba como expresando algún sobreentendido? Estaba tratando de enviarle un mensaje, eso parecía claro, pero ¿cuál?

Vengo del mundo de los demonios… Mis hombres han tenido un gran triunfo…

¿Eso significaba que habían destruido la fábrica de humo? Seguramente no. Estos chicos eran una prueba de que Aloysius contaba con suministros para su ejército.

Algo estaba sucediendo allí: algo crucial…

Era imposible saber a qué se refería. Podía ver sus dedos temblando, como si quisiera comunicarse con señas, pero ambos eran vigilados de cerca.

Cabalgaron de regreso a través del destruido campamento de Catherine, el suelo repleto de cabezas blancas. Guardaba una vaga esperanza de que su mensaje para Ffyn hubiera llegado de alguna manera y que él viniera al rescate, pero desde lo alto de la colina vio que la batalla principal se estaba librando hacia el oeste. Más adelante, la llanura pareció despejada durante todo el trayecto hasta donde se encontraba el ejército de Brigant. ¿También habían sido derrotados los hombres de Ffyn?

Continuaron cabalgando, en compañía de cada vez más y más chicos, todos dirigiéndose hacia el banderín de Aloysius, que ondeaba sobre un enorme contingente de caballos con armadura. Catherine se sintió aliviada al ver a un grupo de prisioneros cabezas blancas de rodillas; no todos sus hombres habían sido masacrados. Luego vio a su padre. Y un temor antiguo y helado recorrió todo su ser.

Aloysius estaba vestido de rojo y negro con un peto negro. Junto a él, había otra figura que reconoció: Noyes.

Los chicos tiraron a Catherine fuera de su caballo y la agarraron por los brazos, como si quisieran asegurarse de que el rey se percatara de que habían sido ellos quienes la habían capturado. Cuando la llevaron al frente, su padre de hecho sonrió y Noyes aplaudió con parsimonia.

Éste último habló primero.

—Chicos, chicos, chicos. Han superado mis expectativas. Dos por el precio de uno —se acercó como si quisiera comprobar que en verdad se trataba de ellos—. Sir Ambrose Norwend. Y la princesa Catherine.

—*Reina* Catherine.

Noyes rio entre dientes.

—No por mucho tiempo —pasó el dedo desde el hombro de ella hasta la muñeca—. ¿Y es éste el brazo que mató a su propio hermano? ¿Está planeando más travesuras? ¿Ha inhalado más humo de demonio?

—No. Pero aquel —respondió Gaskett, apuntando con la cabeza hacia Ambrose— dijo que ella guarda un poco debajo de la armadura.

Noyes sonrió.

—¿En serio? Disculpe, Su Alteza —deslizó sus delgados dedos debajo del peto de Catherine y extrajo hábilmente la pequeña botella de humo—. Pueden liberarlos ahora. Después de todo, ella es una *reina*.

Gaskett así lo hizo.

—Él también dijo que trabajaba para usted.

Noyes sonrió de nuevo.

—Sí, bueno, sir Ambrose es un mentiroso profesional, además de traidor.

Durante toda la escena, Aloysius había permanecido en silencio, aunque sus ojos no se habían apartado de Catherine, y ella sabía que debía dirigirse a él directamente. Dio un paso adelante de Noyes.

—Rey Aloysius, padre, exijo que nos libere, a mí y a sir Ambrose. Él es mi subordinado y ésta es mi tierra. Mía y de mi esposo.

Los labios de Aloysius se curvaron.

—Puede que aún sea la tierra de tu marido, pero no por mucho tiempo. La marea de la batalla está cambiando a nuestro favor y aún no he dado vía libre a mis chicos. Pero una vez que haya terminado contigo, destrozarán a los cabezas azules. Mañana a esta hora ustedes no serán mis únicos prisioneros. Tzsayn también estará encadenado.

—Me divertí mucho con Tzsayn la última vez que nos vimos —dijo Noyes con malicia—. No puedo esperar a verlo de nuevo. ¿Me habrá extrañado?

Catherine no pudo evitar soltar un grito:

—Eres un desalmado, Noyes. No sé qué se te pudrió adentro para que disfrutes con el dolor de otras personas. Pero algún día recibirás tu castigo.

—No, eres tú quien será castigada —exclamó Aloysius—, perra traidora.

Catherine levantó la barbilla.

—Padre, lo que sea de lo que se me acuse, sigo siendo su hija. Usted me envió a este reino como señuelo para su verdadero propósito: invadir Pitoria y reunir el humo de demonio. Digo "verdadero propósito", aunque nada que tenga que ver con usted es verdadero. Nunca fue un verdadero padre para mí, así como no ha sido un verdadero rey para su pueblo. Pero aprendí la verdad de la gente buena que me ha rodeado:

mi madre, sir Ambrose, Tzsayn, mi doncella Tanya y mis buenos y numerosos soldados.

"También aprendí que la verdad no tiene límites. Usted asesinó a sir Tarquin Norwend y a lady Anne Norwend para ocultar sus propias mentiras. La verdad sobre usted y su crueldad es conocida en todo el mundo, pero la verdad sobre el honor de ellos resonará con una mayor intensidad. Sus acciones conllevan consecuencias, padre, y algún día lo pagará.

El rey soltó un resoplido.

—Un bonito discurso de alguien que mató a su propio hermano.

—¿Al igual que usted ha estado intentando asesinar al suyo y fracasado durante los últimos diez años?

La mandíbula de Aloysius se endureció y Ambrose intervino.

—Fracasó en ese propósito y volverá a fracasar en esta guerra. El humo desapareció. Se acabó. Ha perdido.

Catherine lo miró fijamente. ¿De qué estaba hablando?

—¿Ha tenido noticias de sus fuerzas en el mundo de los demonios recientemente? —Ambrose continuó—. Ah, aguarde, no, mis hombres los han matado y se apoderaron de la caverna. Y la chica de ahí, ¿cómo es que se llama? ¿Cristal? ¿La que lo ayuda a reunir el humo? Ella le envía sus saludos, Noyes. Se marchó a buscarse una vida en Illast.

El rostro de Noyes se desencajó por un instante.

—Y también me dijo algo más: el humo está cambiando.

—¿Cambiando cómo? —se burló Noyes.

—Se lo mostraré —dijo Ambrose, dando un brinco hacia el frente y arrancando el corcho de la pequeña botella de humo en manos de Noyes.

Pero nada sucedió. Ni siquiera apareció una voluta de humo púrpura.

Noyes rezongó.

—La botella está vacía.

No obstante, mientras hablaba, humo blanco comenzó a salir del recipiente. Era tan denso que tenía una consistencia casi como un líquido y se enroscaba como una serpiente alrededor de la mano de Noyes. Él la apartó, pero luego gritó de dolor y dejó caer la botella, frotándose desesperadamente la mano.

—¿Qué es esto? ¡Quema!

Pero la manga de su chaqueta ya estaba ardiendo, y su brazo había estallado en llamas.

—¡Apágalo, Noyes! —gritó Aloysius.

Mientras todos los ojos estaban puestos en Noyes, Catherine tomó la botella de humo de la cintura de Gaskett, retiró el corcho y arrojó el recipiente al pecho de su padre. Se estrelló contra el peto oscuro y un humo blanco se arremolinó y empezó a ondear alrededor del cuerpo del rey. Aloysius dio un paso atrás, maldiciendo.

—¡Quítenmelo de encima!

Pero nadie corrió a ayudar. Alrededor de Catherine, los chicos gritaban, maldecían y corrían; todas sus botellas de humo habían comenzado a calentarse y estaban estallando con ruidoso estruendo. Gaskett abrió la boca, pero de ella sólo salieron llamas y humo blanco. Ambrose le arrebató la daga de la cintura y lo apuñaló; luego, se apoderó de su espada y avanzó hacia Noyes, quien seguía tratando de quitarse la chaqueta en llamas.

—¿Quieres ayuda, Noyes? —gritó Ambrose—. Hela aquí. Tienes suerte de morir rápido —y blandiendo su espada le conectó un tajo al cuello, cortándole la cabeza. El cuerpo en llamas de Noyes se derrumbó, su cabeza cayó rodando hasta los pies de Ambrose.

Los prisioneros de cabellera blanca habían visto una oportunidad de escapar y ahora enfrentaban a sus captores. Algunos, que ya estaban libres, corrían junto a Catherine, arrebatando las armas a los chicos en llamas. Ellos ya no eran capaces de combatir, pero el ejército de Brigant superaba ampliamente en número a los cabezas blancas.

Sólo había una forma de vencer y Ambrose lo sabía. Tomó una lanza caída en el suelo y se volvió hacia Aloysius, quien seguía sacudiéndose las llamas sobre su pecho.

—¡Por mi hermana, por mi hermano y por todos aquellos a quienes arruinaste y asesinaste! —gritó Ambrose, empujando la lanza hacia el rey. Pero, incluso ardiendo en llamas, Aloysius se defendió, usando su espada para desviar el ataque. Ambrose volvió a estocar con fuerza y rapidez hacia el pecho del rey. La punta de la lanza golpeó el peto y, esta vez, Ambrose la empujó hacia arriba con toda su fuerza, hacia el cuello enemigo.

Aloysius se tambaleó, mirando al cielo, mientras la sangre brotaba de su garganta. Luego se derrumbó en el suelo, rígido y en llamas.

Catherine lo miró fijamente. Su padre, el rey que parecía eterno e inamovible, yacía a sus pies. Una parte de ella quería empuñar una espada y clavársela en el cuerpo, pero Ambrose le sujetó por la muñeca y tiró suavemente de ella para apartarla.

—Manténgase alejada del humo. No deje que la toque.

—¿En verdad está muerto?

—Ha muerto, Catherine.

Ella alzó la mirada y vio que el ejército de Brigant estaba sumido en el caos. Los chicos, presas del pánico, corrían entre los soldados, lanzando llamas de bocas y cuerpos. Algunos soldados atacaban a los chicos, otros estaban también envueltos en llamas. Y flotando sobre todos ellos se veía una nube blanca baja que parecía estar enviando largas y delgadas volutas de humo que prendían fuego a todo objeto o persona que alcanzaran.

Ambrose hizo retroceder a Catherine y los cabezas blancas se retiraron de los soldados de Brigant y la nube blanca. Catherine se ubicó al frente de sus soldados y vio arder al ejército. La nube de vapor blanco se elevó desde los cuerpos humeantes, alto en el cielo, y se desvió en dirección septentrional. Y allá, sobre la Meseta Norte, se alzó una nube aún más grande de humo blanco. Las dos nubes parecieron unirse y luego se movieron más alto y más al norte, hasta quedar fuera de la vista.

Al llegar junto a Catherine, Ambrose dijo:

—El mundo de los demonios se ha sellado. El humo ha desaparecido. No habrá más vapor ardoroso ni ejército de jovencitos. Ni un rey malvado que los controle. Me parece que es el final.

Catherine asintió.

—La guerra ha terminado. El reinado de mi padre ha llegado a su fin. Pero para nosotros es apenas el comienzo.

EPÍLOGO

MARCIO Y EDYON
CALIA, CALIDOR

La luz del atardecer descendía con calidez sobre el rostro de Marcio mientras caminaba por la terraza de las habitaciones privadas de Edyon en el castillo de Calia. El cielo estaba adquiriendo un color rojizo en el poniente y el mar reflejaba el más oscuro de los tonos azules. Aún era posible divisar algunos velámenes, pero la mayoría de los barcos habían arribado ya a la seguridad del puerto. El calor de aquel día otoñal todavía los acompañaba, y las campanillas de viento resonaban en medio de la suave brisa marina.

Había transcurrido un mes desde que el ejército juvenil había abandonado la ciudad y, en general, la mayoría de las áreas fuera del castillo parecían haber vuelto a la normalidad: la ciudad de Calia estaba limpia y bullía de actividad, el comercio se había reanudado, y el mercado y los muelles estaban concurridos. Pero dentro del castillo las cosas habían cambiado. El edificio en sí había quedado incinerado y destrozado en algunos sectores, pero las carencias en el gobierno eran aún más obvias. El príncipe Thelonius había sido asesinado, al igual que su canciller y muchos nobles vasallos. También Regan, por supuesto, había sido asesinado, aunque

Edyon le dijo a Marcio que su muerte no se había producido en el campo de batalla, sino a causa de su traición. A Marcio le reconfortó saber que aunque su plan de secuestrar a Edyon con Holywell había fallado, de hecho, a largo plazo, le había salvado la vida a Edyon.

Y el nuevo rey había cambiado y estaba en un momento de plenitud. Era un líder a quien los ciudadanos de Calidor admiraban, un pilar sorprendentemente estable del sistema: uno de los pocos que quedaban. Pero las otras partes del sistema estaban siendo reemplazadas: la mayoría de los Señores de Calidor que habían sido asesinados tenían hijos que heredarían sus posiciones, y ya se había nombrado un nuevo canciller. Rashford y Kellen también habían recibido un cargo.

El principal problema para Marcio era saber dónde encajaba él en esta sociedad. ¿Qué era? ¿Un sirviente? ¿Un amigo? ¿Un consejero? Definitivamente un amante. También un hombre. Al igual que Edyon. Y el papel del nuevo regente de Calidor no era sólo gobernar, sino también engendrar herederos.

—Tienes un semblante serio —dijo Edyon, apoyando una mano en el hombro de Marcio.

—Sólo estoy un poco cansado.

—¿Cansado pero feliz?

Marcio asintió.

La mayor parte del tiempo.

Edyon frunció el ceño.

—Pensé que ya habíamos hablado de esto, Marcio. Tuvimos una larga conversación apenas ayer y al menos dos noches a la semana durante el último par de semanas sobre la necesidad de que hables conmigo y me digas lo que pasa por tu mente.

Marcio asintió de nuevo. Eso era cierto. Todo el tiempo prometía hacerlo, pero era difícil deshacerse de los viejos hábitos.

—¿Y bien? —insistió Edyon.

—Estaba pensando qué estupendo es todo esto.

—Y no obstante, te las arreglas para decirlo como si ya te hubiera aburrido.

Marcio hizo un gesto de desagrado.

—No estoy aburrido. Nunca me aburriría de ti.

—Me parece que se avecina un "pero", ¿correcto? Puedo oírlo en camino, acercándose cada vez más. Así que dímelo ya, ¿cuál es el pero?

—*Pero* todavía me preocupa lo que pueda deparar el futuro. Para ti. Y para mí.

—¿Te refieres a nosotros?

Marcio asintió.

—Quiero decir... todo mundo espera que te cases y tengas hijos. Y no quiero interponerme en tu camino si eso es lo que quieres y...

—Basta. ¿Podrías parar por favor? Te he dicho que eso no es lo que yo quiero.

—No. Pero es lo que se espera de ti.

—No me importa lo que se espera de mí. Nadie esperaba que yo fuera el gobernante de este reino. Pero lo haré lo mejor que pueda por el momento. Y te quiero a mi lado todo el tiempo —se inclinó hacia Marcio y dijo en voz baja—: Sólo a ti. Y a nadie más. No puedo hacer este trabajo sin ti. Y, ¿sabes algo más?, no quiero hacerlo. Me equivoqué al permitir que te desterraran.

—La alternativa era la muerte, así que después de todo...

—Debería haberlo intentado.

—Y entonces yo habría estado junto a ti en el castillo. Me habrían matado allí o en el barco.

—De todos modos, me equivoqué al no escucharte.

—Yo erré al no contarte antes mi secreto.

—Así que parece que ninguno de los dos es perfecto. Pero juntos somos... bueno, mucho mejores personas. No estoy seguro de lo que me depare el futuro, pero voy a conversarlo con mi prima, la reina Catherine.

—¿Vas a hablar sobre nosotros? —Marcio estaba horrorizado.

¿Qué iría a decir Edyon?

—Vamos a hablar sobre mi rol. *Nuestros* roles. Elucidar quién va a gobernar después de mi muerte, si no engendro un heredero, si no contraigo matrimonio. Calidor antes era parte de Brigant.

Marcio se horrorizó aún más.

—Los habitantes de Calidor odiarían volver a eso. Ni siquiera lo pienses. ¿Recuerdas lo que te dijo tu padre sobre cómo valoran ellos su autonomía? La apremiante angustia que les genera el asociarse con cualquier otro reino y que esto les signifique perder la independencia. Lucharon y murieron para mantener a raya a Brigant.

—Para mantener a raya a Aloysius.

—Y, por mucho que Catherine sea diferente a él, es su hija.

—Y yo soy su sobrino. Por mucho que me repugne pensarlo.

Marcio soltó una risita.

—Estoy seguro de que a Aloysius tampoco le habría gustado.

Edyon sonrió y asintió.

—De todos modos, como estaba diciendo, tengo una idea sobre la forma de proceder que quiero dialogar con Catherine y Tzsayn. Ellos son los gobernantes de Pitoria y Brigant y desean implementar un sistema más parecido al de Illast, que tiene un gobierno de funcionarios electos. Tzsayn me ha escrito al respecto. Apoya mucho las nuevas ideas. Parece que funcionan en Illast de una manera que no es peor que la nuestra. Pero el punto es que el cambio es posible. El cambio puede funcionar para nosotros.

Edyon se inclinó sobre la mesa, tomó la jarra con agua de flor de saúco y le sirvió un vaso a Marcio.

—¿Te das cuenta? Soy tu príncipe y también tu sirviente. Tu socio y tu amante. Tu amigo, que una vez fue tu enemigo.

—Y yo también he cambiado. Gracias a ti. He cambiado en... —y Marcio quería decirlo, no obstante, se contuvo—. De corazón.

—¿De corazón?

—Sí, tengo uno. Y ha cambiado. Es tuyo —Marcio se sonrojó y miró a Edyon, luego miró hacia un lado.

Edyon se inclinó hacia delante y le plantó un beso en la mejilla.

—Está muy bien, Marcio. Ahora eres mucho más abierto y compartes tu sentir. Me place inmensamente este nuevo tú. Y como tu corazón es mío, hay algo tuyo a lo que definitivamente voy a renunciar.

—¿Algo mío?

—Mi título de príncipe de Abasca —Edyon miró a Marcio—. No debería ser mío. Me gustaría que lo tuvieras. Si lo aceptas. Si consideras que es apropiado.

Los ojos de Marcio se llenaron de lágrimas.

—No estoy seguro.

—Medítalo a conciencia. Todavía no te he recompensado por todo lo que has hecho por mí. Lo mínimo que puedo ahora es devolverte tu reino, de la misma forma en que me has ayudado a mí y a toda esta gente de Calidor a recuperar el nuestro.

CATHERINE
BRIGANE, BRIGANT

No busquen bondad, no impongan su rabia: sean, ante todo justos.

Proverbio de Illast

Qué fácil parecía navegar acabada la tormenta, reflexionó Catherine.

Tras la muerte de Aloysius, el ejército de Brigant se había desintegrado y los vasallos supervivientes hacían lo posible por rendirse ante ella y Tzsayn. La victoria había sido declarada, y con ésta había llegado el botín: una nación por completo nueva.

Con Aloysius y sus dos hijos muertos, pocas semanas después de su triunfo en Rossarb, Catherine cabalgó a través de Brigant para reclamar el trono vacío, derrochando buena voluntad a medida que avanzaba. Aun así, era evidente que la mayoría de la población no confiaba en ella.

—No me lo tomaría como algo personal —dijo Tanya—. En nadie confían. Mucho menos después de Aloysius.

Catherine cabalgó al frente del cortejo real junto a Tzsayn. Él estaba, como siempre, vestido por completo de azul, y ella de blanco. La pierna restante del rey había sanado bien y, con la ayuda de una silla de montar diseñada especialmente para él, ya podía, para su gran deleite, recorrer distancias cortas. El cortejo real avanzaba con lentitud todos los días por el reino. Músicos, bailarines y soldados acudían detrás de ellos. La multitud que acudía a verlos pasar era una mezcla de rostros tristes y alegres, pero todos parecían hambrientos.

—Si les damos comida y paz, deberían estar lo suficientemente felices —dijo Tzsayn.

—Pensé que con tus nuevas ideas de gobierno apuntabas a objetivos más elevados —dijo Catherine.

Tzsayn rio entre dientes.

—Tengo la sensación de que la gente de Brigant no acepta cambios con mucho entusiasmo, pero con el paso del tiempo es posible que suceda.

—En este momento, creo que la idea de que una mujer los gobierne es algo que va más allá de lo que la mayoría podría asimilar. Esperan de mí que engendre un heredero, que me ocupe de los asuntos del palacio y que guarde silencio, no que dirija los destinos del reino.

—Pronto aprenderán que una mujer puede hacerlo mejor que un hombre —dijo Tzsayn, sonriendo.

Cuando llegaron a Brigane, la multitud no era precisamente acogedora: se escucharon burlas y muchos rostros se mostraron disgustados. Después de todo, ésta era la capital de Aloysius. La guardia alrededor de la pareja real se incrementó, y Tzsayn le recomendó:

—Debemos seguir sonriendo y saludando. Ahora piensan en nosotros como los malvados conquistadores; con el tiempo pensarán en nosotros, en ti, como su líder.

Catherine no estaba tan segura. Le aterrorizaba pensar que algunas de estas personas tuvieran las mismas actitudes hacia las mujeres que habían tenido Aloysius y Boris.

Pero la carga de estos pensamientos se disipó cuando vio a su madre, la reina Isabella. Corrió hacia ella y abrazó su cuerpo rígido.

—Pensé que no volvería a verte —Catherine miró el rostro de su madre, que seguía siendo reservado, cauteloso. Había pasado tantos años ocultando sus sentimientos que no cambiaría de la noche a la mañana. Catherine condujo a su madre a un rincón privado y le dio un beso en la mejilla—. Te he extrañado más de lo que puedes imaginar. Tengo muchas cosas que contarte. Pero por encima de todo, me siento feliz. Me he casado.

La madre de Catherine sonrió.

—Elocuente y audaz.

—Victoriosa y en casa. Pero sigo siendo tu hija y... ¿ya te dije que me siento feliz, muy feliz de ver a mi madre?

La reina Isabella asintió.

—Has usado la palabra "feliz" más de lo que jamás te la había oído decir.

—¿Son lágrimas las que veo en tus ojos? —preguntó Catherine.

—Así es. Lágrimas de felicidad.

—Entonces escucharás esa palabra una y otra vez.

Durante los días siguientes, madre e hija pasaron mucho tiempo juntas, paseando por el jardín de rosas y sentadas en la biblioteca, pero también fueron más allá, con Catherine animando a su madre a salir de los confines de su pequeño mundo.

—Ya no eres mi niña —dijo Isabella—. Eres mi guía, pero no quiero que pienses que necesitas quedarte conmigo. No soy débil...

—¡Eso lo sé! —interrumpió Catherine—. Eres una de las personas más fuertes que conozco.

—Y encontraré mi lugar en el mundo. Quizás un lugar nuevo, en un mundo nuevo. ¿Qué harás luego, Catherine?

—En un mes seremos coronados aquí, en Brigane. Vendrán dignatarios invitados de todos los reinos. Queremos que esta celebración sea una oportunidad para atraer comercio a Brigant, para abrir el reino al mundo después de que mi padre nos mantuvo separados de él durante tanto tiempo.

Catherine miró a su madre.

—Así como te separó a ti del mundo. Encerrándote en el castillo.

—Ya no hablemos más de mí. Pregunté sobre tus planes.

—Después de la coronación, regresaremos a Tornia. Quizá podrías visitarnos. Son sólo tres días en barco. No está a un continente de distancia. Y ahora que soy una experta en cuestiones de transporte marítimo, creo que la flota de Pitoria estará viajando de manera constante de un lado a otro a través del mar.

—¿Pero tu corazón está ahora con Pitoria?

—Depende de Tzsayn, de ti, de Brigant y de Pitoria. No sólo depende de una persona o de un lugar. Todos son importantes para mí y los amo a todos de diferentes maneras.

—Así como tu papel de reina.

Catherine asintió.

—Eso también me encanta. Tengo que agradecerte por eso. Me enseñaste a usar mi mente y mi espíritu, a luchar con lo que reposa aquí —se golpeó un flanco de la cabeza—. Ese libro que me diste, escrito por la reina Valeria, también fue una fuente de inspiración.

—Quizás algún día escribas tu propio libro.

Catherine rio.

—Quizá.

Esa noche, en su dormitorio, Tzsayn preguntó:

—¿Cómo te sientes de haber vuelto?

—Bien. Aunque siento que debería estar haciendo más.

El rey la besó en el cuello.

—No. Necesitas descansar. Y acordamos que una vez que se cerrara la puerta, no hablaríamos de trabajo.

—Es verdad —Catherine retrocedió y lo miró de arriba abajo—. ¿Entonces hablamos de tu chaqueta o de tu camisa?

Tzsayn arqueó una ceja.

—¿Por qué deberíamos conversar sobre alguna de esas cosas?

—Bueno, se me ocurrió que pudieron haber sido el motivo de las burlas y abucheos que escuchamos en nuestro camino hacia aquí.

—¿Lo dices en serio? Qué fácil es ofender a un hombre de Brigant. ¡Con una camisa!

—Mmm, tal vez no fue tanto la camisa como la pintura corporal azul que tenías debajo. Y por debajo, me refiero a lo expuesto a través de los cortes en la tela.

Tzsayn se quitó la camisa por encima de la cabeza y la arrojó sobre la cama.

—¿Te refieres a esta pintura corporal?

AMBROSE

BRIGANE, BRIGANT

Ambrose estaba frente a Catherine. Tanya por fin había dejado en paz el cabello de su señora y se había retirado a cierta distancia. La ceremonia de coronación estaba a punto de comenzar, pero Tzsayn aún no había aparecido, de manera que Ambrose tenía unos momentos para hablar.

Catherine se alisó la falda, un hábito suyo cuando estaba nerviosa, como había notado Ambrose desde hacía mucho tiempo.

—¿Puedo ofrecer un consejo? —preguntó a la joven.

—Por supuesto, siempre aprecio los prudentes consejos de mis nobles.

Ambrose sonrió, se inclinó cerca de ella y susurró:

—No haga algo muy alocado hoy. Pero de vez en cuando, quizás una vez al año, suba a su caballo, cabalgue a lo largo de la playa y zambúllase en el agua.

Catherine sonrió.

—Ojalá pudiera hacer eso ahora mismo.

—No creo que en realidad quiera hacerlo ahora —dijo Ambrose—. Obviamente prefiere quedarse aquí, esperando a ser coronada.

—Bueno, me alegro de que estés aquí conmigo —dijo ella, tomándolo de la mano—. No hubiera sido posible sin ti.

—Soy su guardia personal, Su Alteza.

Catherine sacudió la cabeza.

—No, eres mucho más que eso, Ambrose. Eres uno de los hilos que sustentan mi solidez... uno crucial. Uno que me sostuvo cuando podría haber caído, no sólo en Pitoria, sino antes de eso, aquí en Brigant, cuando me diste la esperanza de que la gente, los hombres quiero decir, podían ser buenos y amables. No puedo expresar lo agradecida que estoy de seguir contando con tu amistad y tu apoyo. Sé que es difícil para ti.

—No es difícil verla feliz —respondió Ambrose, aunque estaba mintiendo un poco. Verla con Tzsayn era más doloroso de lo que podría confesar—. Está en el sitio donde debe estar.

—¿En un castillo feo y húmedo?

Ambrose sonrió y negó con un gesto.

—En el lugar que se merece. Reina. Gobernante. Y, en mi opinión, una gobernante justa y de Brigant y Pitoria.

—Y tú también estás en la posición en que deberías estar, marqués de Norwend, duque del Norte de Brigant.

Ambrose hizo una reverencia. Después de que su padre fuera ejecutado por Aloysius, las tierras de Norwend habían sido reclamadas por el rey, pero ahora Catherine y Tzsayn se las habían devuelto, junto con otras más, al norte de Brigant.

—Necesito volver pronto. Hay mucho por hacer. A duras penas alcanzarán las cosechas hasta el final del invierno —dijo.

—La verdad es que no consigo imaginarte como granjero.

—Yo tampoco lo habría pensado, pero me reanima la idea de tener de nuevo un hogar —bajó la mirada un instante y luego la fijó de nuevo en los ojos de su reina—. Tiene para mí tantos recuerdos felices como dolorosos. Pero es un lugar especial.

—¿Y en algún momento recibiré una invitación para visitarte?

—Será más que bienvenida en cualquier momento.

Por un segundo, Ambrose se preguntó qué pensaría Tzsayn de aquello, pero luego comprendió que tal vez sería increíblemente comprensivo. Levantó la mano de Catherine y le dio un beso.

—Ha sido un honor.

Al día siguiente, fue el turno de Ambrose para mostrarse nervioso. Catherine y Tzsayn premiaban a aquellos que los habían apoyado. Su posición como marqués de Norwend debía ser confirmada, al igual que como duque del Norte de Brigant. La ceremonia también honró a aquellos que no podrían recibir la gratitud del rey y la reina porque habían dado sus vidas, incluyendo a sir Rowland Hooper, el embajador en Pitoria, Rafyon, y las doncellas de Catherine, Jane y Sarah.

Mientras se leían los nombres lenta y solemnemente, Ambrose recordaba a cada una de esas personas: el sentido del humor de sir Rowland, su encanto e ingenio, ahora perdidos para el mundo. Rafyon, leal, valiente e incondicional, ultimado por un lunático. La gentil y afable Jane, quien pereció por una lluvia de flechas cuando escapaban hacia Rossarb. La sensible y práctica Sarah, inmolada por un asesino. Cada muerte era un desperdicio. Cada muerte era una persona que debería seguir con nosotros. Y luego se leyó el nombre de Tarquin, al igual que el de Anne. Y mientras las lágrimas acudían a sus ojos, Ambrose optó por pensar en lo valientes que habían sido, en que habían sido asesinados porque eran honestos y no se habían doblegado ante las mentiras de otros. Extrañaba desesperadamente a su hermano y a su hermana, y deseaba que hubieran sabido que el futuro no era tan sombrío como el mundo que ellos habían experimentado. Ésa era otra fuente de dolor, la idea de que no hubiera sabido que las cosas podrían mejorar.

Una vez que terminaron las formalidades, la música, las conversaciones y las charlas relajadas llenaron el pasillo. Edyon se unió a Ambrose y levantó su copa.

—Felicitaciones, lord Ambrose, duque del Norte de Brigant.

—Gracias, príncipe Edyon. Aunque todavía me superas en rango.

—Al igual que todo el mundo por estos días —dijo Marcio, introduciendo la medalla de oro en su faja. Había sido nombrado príncipe de Abasca durante la ceremonia.

—Bueno, no lo seré por mucho más tiempo —dijo Edyon.

—¿En verdad, vas a renunciar a tu cargo? —preguntó Ambrose. Algo le había contado Catherine acerca de ese plan.

—Sí, a su debido tiempo. Me gustan las ideas de Tzsayn para instalar un gobierno de administradores. Sin embargo, pienso conservar un título honorífico, sólo por diversión. Aunque suene absurdo.

—¿"Duque del Mundo de los Demonios"? —sugirió Tash en el momento que regresaba de la mesa del bufet y se unía a ellos. Ella misma había recibido una recompensa y ahora era lady Tash de la Meseta Norte.

—No estoy seguro. No me parece que suene muy bien para mí.

Tash asintió.

—¿Qué tal "caballero del Humo Ardiente"?

—Ah, ése me gusta —dijo Edyon sonriéndole a Marcio—.
¿A ti qué te parece?

—Tengo el mal presentimiento de que estás hablando en
serio.

Tzsayn y Catherine se unieron a ellos, y Catherine propu-
so un brindis.

—Por lady Anne. La mujer que me inició en este viaje. Yo
no estaría aquí si no fuera por su valentía —Ambrose levantó
su copa y secundó el brindis por su hermana. Quizás él tampoco sería el hombre que era de no ser por ella.

—Bueno, yo no estaría aquí si tú no hubieras robado
nuestro humo —dijo Tash, dándole a Edyon una patada en
la espinilla.

—Y es por eso que soy el caballero del Humo Ardiente
—dijo Edyon.

—Sí y no —dijo Marcio—. Todos estamos aquí por nuestras propias acciones. Buenas y malas. Otros influyeron en
nosotros, pero tomamos nuestras propias elecciones.

Ambrose asintió, aunque sin la certeza de estar de acuerdo. Él se había entregado a Catherine, pero ella había elegido
a Tzsayn. Se quedó para las festividades aquella noche, y a la
salida del sol la mañana siguiente cabalgó hacia el norte.

Hacía un día glorioso y pronto estaría en casa.

TASH

MESETA NORTE, PITORIA

Tash viajó a Calidor tras una corta estancia en Brigant por invitación de Edyon y Marcio, pero regresó al norte antes de que entrara el invierno. Después de todo, ahora era lady Tash de la Meseta Norte, y quería volver a sus tierras. No estaba sola, sin embargo. Geratan viajó con ella.

Ahora él permanecía sentado muy quieto contemplando la quietud del lago.

—¿Ha mordido algo? —preguntó Tash, mirando la vara de pescar, apoyada en los pies de Geratan.

—No desde la última vez que preguntaste.

—Esto es un poco aburrido, ¿cierto? ¿Podríamos ir de caza?

—Acordamos que vendríamos a pescar. Es tranquilo. Relajante. Un agradable cambio de tanto combatir contra Brigant y tanto escapar de demonios.

—En realidad, no tuvimos que escapar de muchos demonios; la mayoría del tiempo, aludíamos a los soldados de Brigant.

Tash pensó por un instante en Gravell, que no había logrado sobrevivir.

—¿Piensas mucho en él?

Tash sabía que Geratan no se refería a Gravell.

—¿En Girón? —miró hacia la lejana Meseta Norte. El mundo de los demonios había desaparecido. No quedaban huecos de demonios en toda la meseta—. Sí, pienso en él. Estoy segura de que el humo volverá. Tal vez no aquí, sino en alguna otra parte. Buscará un sitio despejado y erigirá un mundo nuevo.

—Pero eso es sólo el humo. El humo necesita un cuerpo para hacer un demonio.

—Prefiero llamarlos gente del humo.

—Bueno, pero se necesita un cuerpo para hacer uno de ésos.

—Sí, y puede tomar un año, cientos de años o incluso miles, pero tarde o temprano alguien caerá en el humo y el mundo comenzará de nuevo —miró en dirección del lago—. Tal vez sucederá antes de que tú logres atrapar un pez.

En ese momento, el flotador descendió y Geratan tiró de la vara. Tash soltó un grito de emoción y corrió por la red.

Esa noche asaron pescado a las brasas y durmieron bajo las estrellas. Podrían pasar un par de semanas en este sitio antes de que se intensificara el invierno; luego continuarían hacia el sur. Tash quería viajar a Illast y Savaant, quizás incluso más lejos. El humo ya se había mudado para encontrar un nuevo hogar y tal vez ella también lo haría. Pero la Meseta Norte estaría siempre aquí, y ella podría volver cada vez que lo necesitara.

Lugares y personajes

BRIGANT

Reino belicoso.

Brigane: ciudad capital.

Norwend: región al norte de Brigant.

Fielding: pueblo pequeño en la costa noroeste, donde lady Anne fue capturada por Noyes.

Castillo de Tarasent: el hogar del marqués de Norwend.

Rey Aloysius: rey de Brigant.

Reina Isabella: reina de Brigant.

Príncipe Boris: hijo primogénito de Aloysius. Muerto en combate a manos de su hermana, la princesa Catherine.

Príncipe Harold: segundo hijo de Aloysius. Tras la muerte de su hermano Boris, se convierte en heredero de la corona de Brigant. Sólo tiene catorce años.

Marqués de Norwend: noble del norte de Brigant, padre de sir Ambrose Norwend.

Tarquin: primogénito del marqués de Norwend, torturado y ejecutado como traidor.

Lady Anne: hija del Marqués de Norwend; ejecutada como traidora.

Noyes: el inquisidor de la corte.

Holywell: ahora muerto, trabajó para Aloysius como intermediario, espía y asesino; abasco de nacimiento.

Lord Thornlees: noble vasallo y líder de una de las secciones del ejército de Brigant.

Pullman: comandante bajo la orden de lord Thornlees.

Marcio: abasco de nacimiento. En el pasado, sirviente de Thelonius y amante de Edyon; exiliado en Brigant.

Sam: chico de Brigant sin hogar que se une al ejército de adolescentes.

Rashford: líder de la Brigada Toro en el ejército de jovencitos.

Kellen: segundo al mando de la Brigada Toro.

Frank, Fitz: miembros de la Brigada Toro.

Broderick: Miembro de la Brigada Halcón.

Gaskett: líder de la Brigada Ciervo.

Tiff: líder de la Brigada Avispón.

Curtis: líder de la Brigada Halcón.

CALIDOR

Pequeño reino al sur de Brigant.

Calia: ciudad capital.

Abasca: una pequeña región montañosa, devastada durante la guerra entre Calidor y Brigant, cuyos habitantes son conocidos por sus ojos de color azul como el hielo.

Príncipe Thelonius: príncipe de Calidor, hermano menor del rey Aloysius de Brigant.

Princesa Lydia: fallecida, esposa del príncipe Thelonius.

Castor, Argentus: fallecidos, hijos legítimos de Thelonius.

Edyon: hijo ilegítimo del príncipe Thelonius, diecisiete años de edad.

Lord Regan: poderoso Señor de Calidor y amigo cercano del príncipe Thelonius.

Byron: joven noble, amigo de Edyon.

Ellis: joven noble de Calidor.

Talin: sirviente personal de Edyon.

Lord Bruntwood: canciller de Calidor.

lores Hunt, Birtwistle, Grantham, Haydeen, Brook: nobles Señores de Calidor.

PITORIA

Reino grande y rico conocido por sus bailes, donde los hombres se tiñen el cabello para mostrar sus lealtades a determinados Señores. La witun es una flor blanca que crece de forma silvestre en la mayor parte de Pitoria.

Tornia: ciudad capital.

Meseta Norte: una región fría y prohibida donde viven los demonios.

Rossarb: puerto norteño con un pequeño castillo.

Rey Tzsayn: tras la muerte de su padre, es ahora rey de Pitoria; "casado" en secreto con la princesa Catherine de Brigant; veintitrés años de edad.

Reina Catherine: hija de Aloysius; reina de Pitoria y, según cree la mayoría, casada con Tzsayn; diecisiete años de edad.

Sir Ambrose: segundo hijo del marqués de Norwend; guardia personal de Catherine; veintiún años de edad.

Rey Arell: finado padre del rey Tzsayn.

Tanya: doncella de Catherine, ascendida al cargo de ayuda de cámara.

General Davyon: ayuda de cámara y principal consejero del rey Tzsayn.

Geratan: cabeza blanca, leal a la reina Catherine.

Rafyon: cabeza blanca, muerto mientras protegía a la princesa Catherine.

Savage: médico personal del rey Tzsayn.

Ffyn: general, comandante del ejército de Pitoria.

Lord Hanov: general de alto rango, jefe de inteligencia de las fuerzas armadas de Pitoria.

Lord Farrow: poderoso lord que traicionó a Catherine, al intentar entregarla contra su voluntad a su padre.

Anlax, Harrison: soldados, integrantes del Escuadrón Demonio.

Lord Darby: señor de Calidor; encabeza la delegación de ayuda a Pitoria.

Albert Aves: ayuda de cámara de lord Darby.

MUNDO DE LOS DEMONIOS

Un área de rocas y túneles situada bajo la Meseta Norte, donde el aire es rojo y caliente, y la comunicación entre los seres se lleva a cabo a través de la mente.

Tash: cazadora innata de demonios. Trece o catorce años de edad.

Gravell: cazador de demonios y mentor de Tash, muerto en la batalla de Rossarb.

Girón: demonio rescatado por Tash y Geratan.

Cristal: joven esclava abasca, familiarizada con el mundo de los demonios; trabaja para el ejército de Brigant.

Fallon: comandante del ejército de Brigant; enlace de Cristal.

ILLAST

Reino vecino de Pitoria, donde las mujeres gozan de mayor igualdad y tienen derecho a la propiedad y el comercio.

Valeria: reina de Illast, mucho tiempo atrás.

AGRADECIMIENTOS

Estaba escuchando un programa de radio por internet para corredores de muy largas distancias el otro día y uno de los temas que se abordaron fue el de los recorridos estilo travesía. Aventuras en las que un equipo tiene que sortear un trayecto irregular a través de un terreno muy exigente, lo que requiere recurrir a diferentes disciplinas deportivas como correr, andar en bicicleta, escalar y nadar, y quizás habilidades mucho menos comunes como patinaje, balsismo, escalada, montañismo y cabalgata (¡de caballos o camellos!). Los recorridos pueden durar horas, días o incluso semanas. Suena difícil, divertido y hasta un tanto desquiciado. Se parece mucho a escribir libros. Escribir es una carrera de fondo, y planear una trilogía es, quizá, más cercano a una travesía: requiere un equipo multidisciplinario que sortea dificultades a través de terrenos inexplorados. No soy muy dada a planear mi escritura, y los demás miembros de mi equipo, en particular mis editores, Ben Horslen y Leila Sales, deben tener una gran confianza en mi capacidad para encontrar mi camino hasta la línea final. En realidad, mi escritura es menos como un terreno inhóspito y más como una jungla de ideas, y no puedo agradecerles lo suficiente por sus consejos y apoyo para ayudar a abrirme un sendero a través de la maraña: son exploradores expertos, que muestran verdadero profesionalismo y me recomiendan dónde necesito hallar un atajo y donde puedo permitirme un pequeño desvío. Y lo más importante: siempre muestran su serenidad, apoyo y consideración, incluso en las raras ocasiones en que no sigo el camino que me aconsejan y tomo el riesgo de profundizar en mi propia dirección.

Mi más sincero agradecimiento a todos los demás miembros del equipo a lo largo de esta aventura, en particular a mi agente, Claire Wilson, de la agencia literaria RCW (ella también sería un gran plus si la carrera requiriera patinar, y sospecho que tiene otras habilidades secretas y no me sorprendería que fuera experta en montar en camello). Mi agradecimiento también a mi maravillosa correctora de estilo, Wendy Shakespeare, y a su equipo; a Ben Hughes y su equipo de diseño; a Roy McMillan en producción de audio y todo el personal de Penguin Random House en lo que se refiere a ventas, administración de derechos, mercadeo y relaciones públicas. También me gustaría expresar mi gratitud a todos los fantásticos editores de la trilogía Los ladrones de humo en todo el mundo, a sus entusiastas equipos y a los increíblemente talentosos traductores que trabajan con ellos.

De igual forma, estoy agradecida con mi familia, amigos y seguidores, quienes me han apoyado de muchas maneras a lo largo de mi viaje, dándome ánimo durante las noches oscuras y ayudándome a celebrar cuando las cosas marchaban bien.

Mientras escribo esto, en marzo de 2020, estoy trabajando desde casa, como muchos miembros del equipo, debido a las restricciones a causa del Covid-19. Espero que podamos celebrar juntos en una fecha futura la publicación de *Reinos en llamas*, y les deseo a ellos y a mis seguidores, lectores, libreros y amigos de todo el mundo lo mejor en estos tiempos inciertos.

Gracias y amor para todos ustedes.

Esta obra se imprimió y encuadernó
en el mes de marzo de 2021, en los talleres
de Impregráfica Digital, S.A. de C.V.
Av. Coyoacán 100-D, Col. Del Valle Norte,
C.P. 03103, Benito Juárez, Ciudad de México.